W0217823

Dirk van den Boom

Tentakelschatten

ATLANTIS

In Vorbereitung:

Tentakeltraum
Tentakelsturm

Besuchen Sie uns im Internet:
www.tentakelkrieg.de

Dirk van den Boom

Tentakelschatten

Eine Veröffentlichung des
Atlantis-Verlages, Stolberg
3. Auflage, Mai 2008

Lektorat: Sylke Brandt, Nina Horvath
Titelbild: Christian Kesler
Umschlaggestaltung Timo Kümmel

ISBN 978-3-946742-82-4

Weitere Informationen zum Atlantis-Verlag unter
www.atlantis-verlag.de

»Sergent, was muss ich mir darunter vorstellen?«

Jonathan Haark versuchte gar nicht erst, besondere Strenge in seine Stimme zu legen. Zum einen nahm man ihm das angesichts des eher laxen Regiments auf der *Admiral Malu* nicht ab. Zum anderen war Sergent Chef van Vickers nicht der Typ, der auf »Strenge« im Tonfall von Offizieren reagierte. Er war der Unteroffizier mit dem höchsten Dienstgrad an Bord der *Malu*, oder das, was nach zwei Degradierungen davon übrig geblieben war. Er war Alkoholiker, betrieb im Maschinenraum eine illegale Destille und war der beste Techniker an Bord des heruntergekommenen Torpedobootes.

Außerdem war die Frage im Grunde müßig.

Es handelte sich um Rost.

»Capitaine, es handelt sich um Rost«, war dann auch die zu erwartende Antwort. Van Vickers war ein extrem bulliger Mann, dessen breiten, behaarten Händen man die oft sehr kleinteilige und diffizile Arbeit gar nicht zutraute, zu der sie befähigt waren. Er hielt dem kommandierenden Offizier der *Malu* ein Stück Schweißmaterial hin.

»Das ist der Bösewicht. Minderwertiges Schweißmaterial. Es war wohl besonders billig, und wir bekommen sowieso immer das Billigste. Ein wenig Feuchtigkeit, und es fängt an zu rosten. Ich habe es vorgestern noch an einer anderen Stelle bemerkt.«

Haark nickte. An Bord der *Malu* gab es immer etwas zu schweißen. Das Raumschiff war vor 110 Jahren in Dienst gestellt und vor 35 Jahren zum letzten Mal generalüberholt worden. Vor gut einer Woche hatten sie auf Arbedian Terminal das offenbar mangelhafte Wartungsmaterial an Bord genommen – zusammen mit 200 Standardrationen, die sich zur Hälfte als verdorben herausgestellt hatten. Zum Glück hatte Haark hier im Outback seine Quellen, sonst wäre seine Mannschaft längst an Mangelerscheinungen zugrunde gegangen.

»Schmeißen Sie das Zeugs weg!«, befahl Haark schließlich. »Haben wir noch was von dem alten?«

Van Vickers nickte. »Ein wenig. Reicht noch ein bis zwei Wochen.«

»Seien Sie sparsam damit. Morgen haben wir den ersten Run beendet und legen bei Arbedian an. Ein Frachter von Prosperity Lines wird ebenfalls erwartet. Sie können uns sicher was abgeben.«

Van Vickers spuckte auf den Boden. Kein Wunder, dass sich hier Feuchtigkeit ansammelte.

»Prosperity? Arrogante Affen.«

»Aber im Outback zur Hilfestellung für Marineeinheiten verpflichtet«, ergänzte Haark mit warnendem Unterton. Er wusste, was man in der Mannschaft von den Betreibern der modernen und gut ausgestatteten Handelsflotten hielt, die in den Händen der großen Familien lagen und offenbar nie Mangel leiden mussten.

Van Vickers erwiderte nichts mehr und zuckte mit den Achseln. Wenn der Capitaine ihm geeignetes Material besorgen konnte, wollte er im Grunde auch gar nicht wissen, woher es stammte.

Haark wandte sich ab und setzte seinen Rundgang fort. Er verließ den Maschinenraum, ohne nach dem Chefingenieur, Aspirant Sarazon, zu fragen. Er wusste, dass Sarazon immer nur dann zum Dienst erschien, wenn es die Umstände erforderten. Die Definition dessen, was »erfordern« meinte, lag nicht im Einklang mit den Dienstvorschriften. Andererseits gab es niemanden, der so begnadet mit den 110 Jahre alten Triebwerken umgehen konnte, wie der junge Ingenieur. Routinearbeiten konnte man ruhigen Gewissens Männern wie van Vickers überlassen, für den der Maschinenraum ohnehin so etwas wie eine persönliche Kabine war. Die Destille produzierte Qualitätsschnaps, hatte aber die Angewohnheit, zur unpassenden Gelegenheit Feuer zu fangen. Sie bedurfte ständiger Aufsicht.

Haark schritt den Außengang entlang, der den an den Spitzen oval zulaufenden Zylinder des Schiffes direkt an der Bordwand umrundete. Sein Weg führte ihn an einigen großen Bullaugen vorbei, die einen Blick in den Weltraum gestatteten. Es gab nicht viel zu sehen: Die *Malu* befand sich auf dem Rückweg nach Arbedian, einer relativ jungen Kolonialwelt, deren einzige Auszeichnung darin bestand, dass sie im Orbitalterminal zusätzlich eine kleine Flottendienststation unterhielt. Für die Verhältnisse des Systems herrschte reger Schiffsverkehr: Neben der Fregatte *Napoleon*, die sich derzeit in diesem Sektor befand und demnächst ihre Rundreise durch die äußeren Systeme fortsetzen würde, war das Große Torpedoboot *Admiral Malu* ständig hier stationiert. Piraten gab es hier keine, aber seit den vernichtenden Kolonialkriegen, deren letzter erst vor fünf Jahren ein Ende gefunden hatte, hielt die Admiralität es für nötig, in jedem auch noch so unwichtigen System Präsenz zu zeigen. Mit dem in Kürze eintreffenden Prosperity-Frachter waren dann drei Schiffe im System versammelt, was für Arbedian heftigen interstellaren Verkehr bedeutete. De facto, und da machte sich jemand wie Haark nicht die geringsten Illusionen, war dies der Arsch der bekannten Galaxis. Da passte es gut, dass der Kommandant der *Malu* selbst, ebenso wie ein Großteil seiner Mannschaft, zu den Ausgestoßenen und Geduldeten der Flotte gehörte. Hier passte zusammen, was zusammen gehörte. Immerhin, der Gouverneur von Arbedian hatte ihn nicht mit Flüchen empfangen, als Haark vor vier Wochen diesen Posten angetreten hatte. Arbedian war allerdings vor den größten Zerstörungen der Kolonialkriege auch weitgehend verschont geblieben. Andernorts genoss die Flotte einen entsetzlichen Ruf. Das lag nicht an Haark, im Gegenteil.

Und das war gleichzeitig der Grund dafür, dass man ihn aufs Abstellgleis gestellt hatte.

Haark betrat nach seinem Rundgang die kleine Brücke der *Malu*. Auf dem fleckigen Kommandosessel saß mit halb geschlossenen Augen Sous-Lieutenant Josef Beck, sein Erster Offizier. Er trug, wie immer, eine absolut makellose Uniform, war ordentlich rasiert und von einwandfreier Erscheinung. Dass er die Augen halb geschlossen hielt, hatte nichts zu sagen, denn er hatte die Instrumente des Kommandopults alle im Blickfeld. Beck war gut zehn Jahre jünger als Haark, gleichzeitig war seine Beförderung ebenso zehn Jahre überfällig wie die seines Vorgesetzten und achtzig Prozent der Stammbesatzung dieses Schiffes. Jeder hatte hier sein Päckchen zu tragen, und das von Beck war auf seine Art sicher ebenso schwer und bedrückend wie die Bürde, die Haark auf seinen Schultern trug. Beck redete nicht darüber.

Als der Kommandant die Brücke betrat, ging eine unmerkliche Veränderung mit Beck vor. Saß er vorher relativ entspannt im Sessel, versteifte sich nun seine Haltung. Das geschah jedes Mal, wenn der Mann Dienst hatte und Haark ihn ansprach. Beck würde niemals gegenüber einem Vorgesetzten die Schirme fallen lassen und entspannt, gar leutselig mit ihm umgehen, wie es sonst auf der *Malu* üblich war. Das hatte vielleicht damit zu tun, warum Beck Erster Offizier eines Seelenverkäufers am Rande des Outbacks war und nicht längst zum Capitaine befördert und kommandierender Offizier mindestens einer Fregatte wie der *Napoleon*.

Nein, mahnte Haark sich selbst, als er sich freundlich lächelnd die absolut vorschriftsmäßige Meldung Becks anhörte. Keine Grübeleien. Es führt doch zu nichts.

»Danke, Beck. Ich löse Sie ab. Meine Wache beginnt ohnehin in zehn Minuten. Tun Sie mir den Gefallen und checken Sie noch in der Kombüse ab, ob Caporal Tijden die 100 schlechten Rationen tatsächlich in den Konverter geworfen hat. Ich habe gehört, er soll geplant haben, sie auf Arbedian auf dem Schwarzmarkt zu verschachern.«

Trotz aller Steifheit und Förmlichkeit war Beck kein Narr. Er wusste, unter welchen Umständen die *Malu* operierte. Niemand hier hatte seit einem Vierteljahr so etwas wie Sold erhalten. Jeder, der es konnte, machte seine Geschäfte. Beck würde lediglich nachprüfen, ob die Rationen noch irgendwo an Bord waren und kein großes Aufheben um die Sache machen. Aber er würde es akkurat, schnell und absolut zuverlässig erledigen, dessen konnte sich Haark sicher sein.

Lieutenant Haark ließ sich seufzend in den ausgeleierten Kommandosessel nieder. Er schloss für einen Moment die Augen. Mit seinen 42 Jahren hatten sich längst silbrige Strähnen in sein braunes Haar gemischt und die Falten in seinem Gesicht ließen ihn älter erscheinen als er war. Beck hatte sich gut gehalten, das musste er ihm neidlos anerkennen. Haark sah aus wie 50, und so fühlte er sich meistens auch. Manchmal wünschte er sich, er hätte nach dem Debakel vor Danuba seinen Abschied genommen. Statt seines Glaubens an die moralischen Werte der Flotte hätte man ihm lieber sein Pflichtbewusstsein herausoperieren sollen. Außerdem hatte er ja eine Weile noch Hoffnung gehabt, Hoffnung auf Verständnis oder Pardon oder Vergessen. Nichts von alledem war eingetreten.

Aber jetzt war es wahrscheinlich zu spät.

Haark merkte, dass er erneut ins Grübeln geriet und richtete seine Aufmerksamkeit lieber auf die Instrumente. Auf einem modernen Schiff hätte er jederzeit aktuelle Flugdaten über Neuroimplantate abrufen können, sobald er einen der Hotspots im Schiff erreicht hatte. Die *Malu* verfügte über keine solchen Hotspots und Haark nicht über Implantate. Er hatte die entsprechenden Operationen nicht erhalten, weil er nie den dafür notwendigen Rang erreicht hatte.

Keine Grübeleien, ermahnte Haark sich erneut.

Die *Malu* hatte ihre Triebwerke abgeschaltet. Am Ende eines viertägigen Rundflugs durch das System, mit einem kurzen Orbit um den fünften Planeten, einem sehr beeindruckenden Gasriesen, um den eine automatische Forschungsstation kreiste, war das Torpedoboot nach einer längeren Brennphase nun im freien Fall unterwegs. Haark schonte die Triebwerke, wo er nur konnte, denn das altersschwache Schiff knirschte an allen Ecken und Enden. Seine regelmäßigen Schadensberichte an das Flottenkommando wurden im Regelfalle ignoriert. Dass er überhaupt noch irgendwelche Ersatzteile erhielt, war ein kleines Wunder. Haark hätte das persönlich genommen, wenn er nicht gewusst hätte, dass es fast allen Schiffen außerhalb der Heimatflotte so ging. Einigen etwas besser, anderen schlechter - je nachdem, wie gut die persönlichen Beziehungen des Kommandanten zur Admiralität waren. Aber die allgegenwärtige ökonomische Krise, die direkte Folge des mörderischen letzten Kolonialkrieges war, hatte auch und gerade die staatlichen Strukturen der Irdischen Sphäre durchdrungen, und nichts war dort teurer als die Flotte. In jeder Hinsicht.

»Ein Signal von der *Napoleon*, Capitaine!«

Die Meldung war von Simmons gekommen, der die Nachrichtenstation innehatte. Der blasse, ungelenk wirkende Jüngling wirkte permanent krank – er war es wahrscheinlich auch, aber Haark hatte nie danach gefragt, und selbst wenn, er hatte auf seinem Schiff nur einen Sanitätsmaat und keinen studierten Mediziner. Er tat trotz seines niedrigen Ranges als Caporal die Arbeit eines Offiziers. Nur hatte Haark außer Beck sowie dem Chefingenieur gar keine weiteren Offiziere an Bord. Alles war relativ.

Der Dienstgrad an Bord der *Malu* entsprach ohnehin selten der Position. Simmons hatte Haark als Capitaine angeredet, obgleich er diesen Rang nie erreicht hatte. In diesem Falle wollten es die Gepflogenheiten der Flotte, dass er als kommandierender Offizier so angesprochen wurde. In seinen dunkleren Momenten schmerzte ihn das.

»Schalten Sie es auf das Kommandopult«, befahl er. Er warf einen schnellen Blick auf den Kursplotter. Dieser zeigte die relative Position der *Malu* zu anderen Raumschiffen im System an. Außer der *Napoleon* flog noch ein unbemannter automatischer Erzfrachter, ein Systemschiff, auf seinem vorausberechneten Kurs durch das All. Die *Napoleon* war rund eine Lichtstunde entfernt unterwegs, die Funknachrichten wurden mit erheblicher Verzögerung ausgetauscht.

Auf dem Schirm erschien das leicht verzerrte Bild von Capitaine Jorge Esterhazy. Der Mann war in etwa in Haarks Alter und hatte drei Dienstjahre weniger, trotzdem entsprach bei ihm der Dienstgrad der Position. Esterhazy trug an der Schläfe die winzigen, schwarzen Punkte des implantierten NeuroLAN-Anschlusses. Marschierte er durch sein Schiff, musste er nicht warten, bis er wieder auf der Brücke war, um über alle Neuigkeiten informiert zu sein.

Haark hatte nichts gegen ihn. Esterhazy gehörte zum besseren Drittel des Offizierscorps und war schlicht nicht in die falsche Gesellschaft geraten. Als Kommandant einer Fregatte, die rund 60 Jahre jünger als die *Malu* war, hatte er aller Wahrscheinlichkeit auch das Ende seiner Karriereleiter erreicht. Es ging ihm besser als Haark, aber der Unterschied war nicht groß. Esterhazy hatte ihn durchweg anständig behandelt, als gleichwertigen Schiffskommandanten. Haarks Minderwertigkeitskomplex hatte das durchaus gut getan.

»Capitaine Haark, ich grüße Sie. Ich teile Ihnen mit, dass der Run der *Napoleon* im Arbedian-System so gut wie abgeschlossen ist. Wir warten noch auf die Ankunft des Prosperity-Liners, ehe wir unseren Rundflug in den Randwelten fortsetzen. Ich lade Ihnen den vollständigen Systembericht hoch, der auch mit der nächsten Nachrichtensonde an die Admiralität geht. Sie werden ihm entnehmen können, dass ich dem Dienst der *Malu* keinen Mangel beschieden habe.«

Unausgesprochen blieb, dass das nichts nützen würde. Seit dem verhängnisvollen Vorfall vor zwölf Jahren war Haarks Dienst tadellos gewesen. Doch so lange seine Nemesis noch den Rang eines Admirals hatte und nebenher Oberbefehlshaber der Flotte war, würde ihm das nicht sehr helfen.

Haark drückte die Aufzeichnungstaste und diktierte eine Antwort.

»Capitaine Esterhazy, ich bestätige Ihre Meldung und danke Ihnen. Sollten wir uns nicht mehr sprechen, wünsche ich Ihnen und der *Napoleon* einen sicheren Transit und alles Gute, auch im Namen meiner Mannschaft.«

Er wollte noch etwas hinzufügen, um seiner Sympathie für den Mann Ausdruck zu geben, unterließ es dann aber. Er wollte nicht den Eindruck erwecken, ein Schleimer zu sein. Außerdem hielt er Esterhazy für klug genug, selbst zu merken, wer ihm Respekt entgegen brachte und wer nicht.

»Simmons, senden Sie das und speichern Sie den Systembericht der *Napoleon* in meinem Verzeichnis.«

»Sofort, Capitaine!« Simmons atmete für einen Moment pfeifend, wie immer, wenn er etwas gesagt hatte.

Haark würde sich den Bericht später ansehen, das war ohnehin eine reine Formsache. Arbedian war vielleicht relativ unbedeutend und hinterwäldlerisch, aber es war vor allem ein friedliches System, dessen Bewohner selbst während der Kolonialkriege keine besonderen Anstalten gemacht hatten, sich an Kriegshandlungen zu beteiligen. Das mochte auch mit der geringen Bevölkerungsdichte zu tun haben: Die einzig bewohnbare Welt bot zwar akzeptable, aber keinesfalls ideale Lebensbedingungen und der eigentliche Reichtum lag in den gigantischen Vorkommen seltener Erze in dem großen Asteroidengürtel des Systems. Die Hauptstadt Arbed City hatte rund 250.000 Einwohner und war damit gleichzeitig die einzige Stadt von nennenswerter Größe. Im gesamten System mochten vielleicht eine Million Menschen leben, fast alle Angestellte einer der großen Bergbaugesellschaften.

Hier passierte wenig bis gar nichts, zumindest nichts, mit dem die Systempolizei nicht alleine fertig wurde. Haarks *Malu* hatte einen ruhigen Job, und bis zur Versetzung des Schiffes würde noch ein gutes halbes Jahr vergehen. Die größte Gefahr bestand darin, entweder aus Langeweile zu sterben oder aufgrund einer der zahlreichen Fehlfunktionen des überalterten Raumschiffes in Not zu geraten.

Haark konsultierte seine Datenbank. Die letzte Nachrichtensonde, die unbemannt die Außensysteme mit der Sektorhauptwelt Ambius verband, war vor drei Tagen durch die Brücke gekommen und hatte den aktualisierten Zeitplan des Prosperity-Liners enthalten. Die Tatsache, dass Funkwellen durch die energetischen Zustände in den Brücken förmlich »aufgefressen« wurden, machte den Einsatz der Sonden notwendig. Die Brückenstationen, von denen die Transits gesteuert wurden, übermittelten die Nachrichten nach einem Download dann normal per Funk an den Long Range Array. Da die Brückenstationen im Regelfalle weit außerhalb aller Planeten senkrecht zur Ekliptik standen, brauchte das seine Zeit.

Wenn es keine weiteren Verzögerungen gegeben hatte, würde der Liner innerhalb der nächsten drei Stunden im System eintreffen. Die *Napoleon* würde den Frachter wahrscheinlich auf ihrem Weg zur Brücke begrüßen und aktuelle Nachrichten austauschen, während die *Malu* – Haark warf einen Blick auf die Uhr – schon fast Arbedian Station erreicht haben würde.

Mit etwas Glück würde er auf einen verständnisvollen Frachterkommandanten treffen, der ohne größeres Gezicke aus seinen sicher reichhaltigen Vorräten an Reparaturmaterial abgeben würde. Mit etwas Glück.

Haark seufzte.

Das wäre mal eine angenehme Abwechslung.

2 Lydos

»Das haben Sie sehr gut gemacht, Marechal!«

»Nennen Sie mich nicht mehr so.«

Die Antwort war Tooma beinahe reflexartig von den Lippen gekommen, und im gleichen Moment bereute sie es auch schon. Sie hatte nicht auf ihren Tonfall geachtet. Ihr Gegenüber war kein Soldat. Sie musste lernen, sich besser zu beherrschen. Und er hatte es nur nett gemeint.

Erwald Tompkin war ein einfacher, grobschlächtiger Mann, genau das, was man eine »ehrliche Haut« nannte. Dem Landwirt gehörte eine 250 Hektar große Farm auf Lydos, abgeschieden und einsam wie fast alle Ansiedlungen auf der Dschungelebene, und er hatte sie über zehn mühsame Jahre fast ohne jede Hilfe aufgebaut. Jetzt hatte er um Hilfe gebeten, und Rahel Tooma hatte seiner Bitte entsprochen. Mit etwas technischem Sachverstand und einschlägiger Erfahrung hatte sie den Weidezaun um das Tiergehege aufgestellt, unter Strom gesetzt und getestet. Die lydischen Perlhühner waren jetzt sicher wie in Abrahams Schoß, kein Räuber aus dem aus dem nahen Wald würde jetzt noch an die friedvoll pickenden Tiere heran kommen. Toomas Werk war das Produkt einer Spezialistin, die darin ausgebildet worden war, Sicherheitsperimeter gegen menschliche, intelligente Gegner aufzustellen. Auch der bemerkenswert schlaue Tigerfuchs, den es noch in großer Anzahl im Dschungel gab, würde keine Möglichkeit haben, den Zaun zu überwinden. Selbst die lydische Python, deren Vorliebe für die Perlhühner sprichwörtlich war, würde ernsthafte Probleme bekommen.

»Sorry, Erwald«, murmelte Tooma nun, als sie den etwas bedrückten Ausdruck im Gesicht des Mannes sah. Wie alle Farmer in der Ebene, weitab von der nächsten urbanen Siedlung, war er nicht an die Feinheiten menschlicher Umgangsformen gewöhnt, aber vor allem nicht an den reflexhaften Kasernenton in Toomas Stimme. Hier draußen sprach man recht deutlich aus, was man fühlte, und das galt auch für den Respekt, den der Mann zeigen wollte. Doch Tooma war kein *Marechal de Logis Chef* mehr, seit sie freiwillig den Raummarinedienst verlassen und sich in der Einsamkeit von Lydos angesiedelt hatte. Und sie wollte auch nicht daran erinnert werden. Aber das musste sie nun wirklich nicht an ihrem neuesten Kunden auslassen, der ganz offensichtlich auch noch ein Fan von ihr war.

»Macht nichts«, erwiderte der breit gebaute Mann unbeholfen. »Schaffen Sie es denn heute abend noch nach Hause? Ich nehme Sie gerne noch eine Nacht auf!«

Es war erfrischend, dass dieses Angebot ohne jeden Hintergedanken kam. Erwald war verheiratet, seine Frau eine etwas schüchterne, aber extrem freundliche Person, die sie mit der gleichen Gastfreundschaft empfangen hatte wie ihr Mann. Im Raummarinedienst wäre ein solches Angebot - vor allem von einem männlichen Vorgesetzten - erst einmal bezüglich möglicher Hintergedanken abzuwägen gewesen. Tooma wusste das genau, denn nicht zuletzt hatte es dazu geführt, dass sie den Dienst freiwillig verlassen hatte.

Vor nunmehr schon fast fünf Jahren.

»Ich denke, ich kann es schaffen, Erwald«, meinte sie nun und lächelte so freundlich, wie sie nur konnte. Ihr eher quadratisch wirkendes Gesicht mit der flachen Nase und den hoch stehenden Backenknochen war nicht wirklich für herzliche Mimik geeignet, aber ihre variationsreiche Stimme beherrschte den Ausdruck von Gefühlen ausgezeichnet. Die Wärme ihres Tonfalls zerstreute Erwalds Bedenken über eventuelle Unhöflichkeiten seinerseits. Sein eigenes Lächeln wurde selbstbewusster.

»Ihr Gleiter ist ein tolles Modell«, lobte er. »Ich habe ihn mir gestern angeschaut. Von außen, meine ich. Eine alte Militärmaschine, nicht wahr?«

Tooma nickte und lächelte. Die einzige Reminiszenz an ihre Vergangenheit war der zwölf Jahre alte, aus dem aktiven Dienst ausgemusterte Feldgleiter, dessen mächtige Maschine für ihre Zwecke eigentlich überdimensioniert und dessen mehrfache Schichtpanzerung völlig überflüssig war. Sie liebte das Fahrzeug. Auf seinem Dach war normalerweise eine schwenkbare 12mm-Vierlingskanone montiert, an den stummeligen Stabilisationsflossen kleine Raketenwerfer, die wahlweise mit Boden-Boden- oder Boden-Luft-Geschossen bestückt werden konnten. Jetzt waren da nur Abdeckungen und Platzhalter montiert. Auch die in der Nase eingebaute, nach beiden Seiten nur um 15 Grad schwenkbare Sun Ray Powergatling gab es nur für die eigentliche Kampfversion. Im Gegensatz zur restlichen Bestückung hatte Tooma sich allerdings - und hier erwies sich die allgegenwärtige Korruption in der Flotte als hilfreich - eine Sun Ray besorgt, inklusive einiger Kisten mit panzerbrechender Munition, Schrapnellpatronen sowie einen Speicher für hochenergetische Plasmabolzen, gegen die kein Kraut gewachsen war. Tooma hatte dafür viel Geld investiert und es entsprach ihrem Sicherheitsdenken, dass sie nach der Installation der Sun Ray alleine genug Feuerkraft hatte, um so ziemlich alles, was auf Lydos bewaffnet war, in Schutt und Asche legen zu können. Man wusste ja nie …

Natürlich war das paranoid. Tooma war die Paranoia durch jahrelange psychische Konditionierung anerzogen worden. Als sie freiwillig aus dem Dienst geschieden war, hatte man ihre aktiven Kampfimplantate, mit denen sie Waffen kontrollieren und Truppen hatte kommandieren können, entfernt. Inoperabel waren die genmanipulierten Drüsen, hier war ihr aufgetragen worden, dämpfende Medikamente einzunehmen.

Die hatte sie schon lange abgesetzt. Es gab hier keine Situationen, die automatische hormonelle Reflexe auslösten oder die Ausschüttung körpereigener Drogen notwendig machten.

Die dämpfenden Medikamente machten sie müde. Rahel Tooma hasste den Schlaf und vermied ihn, wo sie nur konnte.

Ihre beständige Paranoia widersprach der Tatsache, dass sie den Gleiter die ganze Zeit nicht abgeschlossen hatte. Aber es gab so gut wie keine Kriminalität auf der Ebene, dafür lebten hier schlicht nicht genug Menschen. Und niemand würde auf den abwegigen Gedanken kommen, den »Marechal« zu bestehlen. Tooma kannte ihren Ruf und war darüber nicht sehr glücklich, andererseits hatte er seine Vorteile.

»Ein Lexington Executor«, erwiderte die Frau und reckte sich. Erwald konnte nicht umhin, ihrem muskulösen Körper einen anerkennenden Blick zu zollen. Der Mann war selbst ein Kraftprotz, wirkte dabei allerdings gleichzeitig plump, obwohl man ihm damit wahrscheinlich Unrecht tat. Tooma verband Kraft mit einer tödlichen Eleganz, die sich in ihren geschmeidigen Bewegungen ausdrückte. Ihre Knochen waren mit Keramikstahl verstärkt worden, ihre Gelenke mit Nanomotoren. Die Chirurgen hatten bei ihrer Entlassung die Leistung gedrosselt, soweit es ging, aber die Mischung aus gebändigter Kraft und graziöser Exaktheit ihrer Bewegungen blieb bestehen.

Besondere Wirkung erzielte sie dadurch, dass dieser Eindruck ganz unbewusst vermittelt wurde, an ihren Bewegungen war nichts willentlich Gesteuertes. Rahel Tooma wirkte auch fünf Jahre nach ihrem Abschied wie die tödliche Waffe, die sie einst gewesen war. Die Tatsache, dass jemand wie Erwald gar nicht erkannte, dass Rahel aufgerüstet worden war, führte dazu, dass er es als etwas natürlich Bewundernswertes ansah.

Darüber hinaus, und dessen war sich Rahel ganz genau bewusst, wirkte es bei vielen Männern ausgesprochen erotisch.

»Wenn ich das nächste Mal komme, dürfen Sie mal eine Runde drehen«, beantwortete Rahel die unausgesprochene Frage des Mannes. »Ich soll nächste Woche zu Tomlin, er will auch einen effektiven Zaun für seine Hühnerfarm. Kann es übrigens sein, dass ich diesen Auftrag Ihnen zu verdanken habe?«

Erwald grinste breit, wie ein Junge, dem ein Streich geglückt war.

»Ja, ich dachte mir, das könnte nicht schaden!«

»Vielen Dank dafür«, meinte Rahel und klopfte dem Mann auf die Schulter. Sie bestritt ihren Lebensunterhalt mit der Installation von Sicherheitseinrichtungen und deren Wartung. Ihre Kunden waren die rund 240 Farmer auf der endlosen Dschungelebene. Der Flug zu ihrem entferntesten Kunden dauerte fast vier Stunden. Der Executor war kein Hochgeschwindigkeitsfahrzeug, er war ein Lastentier. Bei rund 300 Stundenkilometern endete die Beschleunigungsfähigkeit der Maschine. Und die Ebene war riesig, wie der gesamte Planet, auf dem sich die Bevölkerung von knapp zehn Millionen fast verlor.

Von Erwalds Farm bis zu ihrer großen Blockhütte, die sie auf einem sehr bescheidenen Stück Grundbesitz errichtet hatte, waren es glücklicherweise nicht mehr als knappe zwei Stunden. Es war bereits früher Abend, und der plötzliche Sonnenuntergang hier am Äquator stand unmittelbar bevor, doch die Ortungsanlagen des Executor waren Militärtechnik und würden sie sicher nach Hause geleiten. Der automatische Peilsender auf ihrem Hausdach würde das Seine dazu beitragen.

Außerdem verlangte es Tooma wieder nach einigen Tagen Einsamkeit. Die Aufnahme bei Erwald war herzlich gewesen und es hatte ihr an nichts gemangelt, doch jetzt war es auch wieder genug und Zeit, allein zu sein.

»Ich komme in zwei Wochen wieder vorbei, um nach dem Rechten zu sehen«, kündigte sie auf dem Weg zum Gleiter an. Erwald nickte. In der Zwischenzeit würde er kaum irgendwelchen anderen Besuch bekommen. Die nächste Farm war gute 25 Kilometer entfernt. Man hatte selten Gesellschaft in dieser Gegend von Lydos, ein Grund mehr, warum Tooma sich hier niedergelassen hatte.

»Haben Sie gehört, dass der Gouverneur zurück getreten ist?«, fragte Erwald. »Es war gestern in den Nachrichten. Aus Gesundheitsgründen, sagen sie.«

Er lächelte listig. »In Wirklichkeit hat er sich ein paar Mal zu offenherzig kaufen lassen, hat mir mein Schwager erzählt!«

Erwalds Schwester war in der Hauptstadt verheiratet, wie Tooma erfahren durfte. Der Farmer rühmte sich dieses direkten Drahtes in das urbane Leben der Kolonialwelt zu jeder passenden und unpassenden Gelegenheit. Er war ein Quell politischer Interpretationen, kluger Analysen und gewichtiger Prognosen. Seine Frau ertrug dies offenbar mit stoischer Gelassenheit.

»Nein, das war mir neu«, meinte Tooma neutral. Sie interessierte sich nur am Rande für die Politik von Lydos. Der Gouverneur war im Endeffekt, wie die meisten planetaren Politiker, eine Kreatur eines der großen Konzerne. Das Hauptexportprodukt von Lydos war Genmasse für die Biotechlabore in den Zentralwelten. Wahrscheinlich stand der Gouverneur auf der Gehaltsliste einer einschlägigen Firma. Sein Nachfolger würde vermutlich eine ähnliche Herkunft haben. Immerhin, seit der Wirtschaftskrise ließ der Einfluss der großen Konzerne doch spürbar nach. Alle Firmen waren davon betroffen, und mit ihren ökonomischen Verlusten ging auch eine Einbuße politischer Macht einher. Selbst jene Firmen, die ohne eine enge Verquickung mit dem Staat auf ehrliche Art ihr Geld zu machen versuchten, hatten ernsthafte Probleme. Tooma war froh, dass man hier draußen von der Politik ohnehin so gut wie nie belästigt wurde. Sobald im kommenden Jahr das Koloniale Kuratel auslief und planetare Wahlen wieder zugelassen waren, würde sich das ändern. Auch Erwald war ein Wähler. Tooma schauderte es bei dem Gedanken, dass sich ein Wahlkampfleiter der Ebene erinnern würde. Sie hoffte, ihr eigener Sicherheitsperimeter würde – ganz unabsichtlich natürlich – jeden Politiker, der sich ihr bis auf 500 Meter näherte, sofort vaporisieren.

Da war ihr jeder Tigerfuchs und jede Python lieber.

An Erwalds Grinsen erkannte sie, dass die Überzeugungen des Farmers nicht allzu weit von den ihren entfernt waren.

Als sie den Gleiter erreicht hatte, verabschiedete sie sich kurz und herzlich. Sie bestieg das schwere Fahrzeug, warf einen Blick in die voluminöse Transportkapsel, in der normalerweise ein 24köpfiges Dropteam und dessen Ausrüstung reichlich Platz fanden, und setzte sich in die Kanzel.

Auf dem Copilotensitz lag ein noch warmer Apfelkuchen. Der lydische Apfel hatte zwar nicht mehr als den Namen mit dem irdischen gemein, war aber eine ungemein schmackhafte und vielseitige Frucht. Der Kuchen dampfte.

Tooma musste unwillkürlich grinsen. Sie beförderte das Backwerk an eine sichere Stelle, warf einen Blick auf das Wohngebäude der Familie. Am Küchenfenster stand Erwalds Frau und lächelte. Tooma winkte ihr durch die Sichtscheibe zu und bekam die gleiche Geste zur Antwort. Dann startete sie die Maschine.

Mit dumpfem Brüllen sprang das Triebwerk an. Der Executor war alt und schon länger außer Dienst gestellt gewesen, als Tooma ihn in einem erbärmlichen Zustand erworben hatte. Davon war nun nichts mehr zu sehen, aber es änderte nichts an der Tatsache, dass es sich bei dem Monster um eine alte Maschine handelte. Als Tooma das Prallfeld aktivierte, erhob sich der Gleiter mit hörbarem Ächzen in die Luft. Tooma tippte gegen die Geschwindigkeitskontrolle. War es erst in der Luft, schwebte das massive Fahrzeug sanft in die Höhe. Als es 100 Meter erreicht hatte, schob die Pilotin den Beschleunigungshebel nach vorne. Der Executor reagierte folgsam und presste Tooma in den Sitz. Sie hörte das Glucksen des Beschleunigungsgels in den Polstern, doch vermied sie jedes Gewaltmanöver. Dafür gab es keinen Grund, vor allem hatte sie niemandem etwas zu beweisen. Nach zwanzig Sekunden hatte sie eine Reisegeschwindigkeit von 270 Stundenkilometern erreicht und das Peilsignal ihres Hauses fixiert.

Den Rest würde der Autopilot erledigen. Sie lehnte sich entspannt zurück, holte den Apfelkuchen hervor und riss mit der Hand ein mächtiges Stück ab. Der angenehme Duft von warmem Apfel und lockerem Gebäck stieg in ihre Nase. Es war nicht gut für den Magen, aber wer Standardrationen ertrug, kam auch mit frischem Kuchen zurecht. Er zerging ihr förmlich auf der Zunge, hatte ein köstliches Aroma und war ohne Zweifel aus frischem Obst gemacht. Sie nahm sich vor, beim nächsten Besuch als Teil der Bezahlung ein weiteres Produkt dieser Art zu verlangen. Backen gehörte zu den Fertigkeiten, die sie nie erlernt hatte, und auch heute noch war die Mikrowelle ihre bevorzugte Nahrungszubereitungsapparatur. Sie jagte etwas und konnte Frischfleisch zubereiten, das gehörte zu ihrer Ausbildung. Aber sie empfand nicht die Freude und Befriedigung bei der Bereitung von Nahrung wie offensichtlich Erwalds Frau. Zumindest schmeckte dieser Kuchen nach Leidenschaft, und wenngleich Tooma anderen Leidenschaften frönte, wusste sie die Arbeit einer Expertin zu würdigen.

Sie griff sogleich nach einem zweiten Stück. Da war einiges zu würdigen!

Der Executor glitt in die hereinbrechende Dunkelheit. Der Ortungsschirm blieb leer. Um diese Zeit reiste niemand mehr auf der Ebene, nicht auf dem Boden und nicht in der Luft. Der einzige permanente Datenstrom waren die Signale des GPS sowie der Feed der Kommunikationssatelliten. Es war ein ruhiger, beschaulicher Abend auf Lydos, und wie immer, wenn sich diese Erkenntnis durchsetzte, fragte sich Tooma, warum sie trotzdem nicht entspannt war. Obgleich sie bewusst die Einsamkeit dieser Welt gesucht hatte, um die Enttäuschungen ihres Lebens zu vergessen, hatte sie ihren Frieden im Grunde nie gefunden. Die innere Rastlosigkeit war, so schien es, ein bestimmendes Merkmal ihrer Persönlichkeit. Sie war dafür verantwortlich gewesen, dass sie sich freiwillig bei den Marines gemeldet hatte, anstatt ein vorgeplantes und behütetes Leben auf Terra zu beginnen. Aber dennoch, während ihrer Dienstzeit hatte es immer wieder Momente gegeben, in denen sie völlig entspannt gewesen war. Das war ein Gefühl, das sie auf Lydos trotz aller Ruhe und Beschaulichkeit immer vermisst hatte.

Oder es lag daran, dass sie im Grunde ihre Herzens gar nicht hier sein wollte und stattdessen ihrer Vergangenheit im Raummarinedienst nachtrauerte – trotz der Tatsache, dass sie nach den mehrfachen sexuellen Übergriffen Colonel Barrasos, darunter fünf versuchten Vergewaltigungen, und der Erkenntnis, dass die höheren Hierarchien den Abkömmling aus einer der Handelsfamilien immer decken würden, ihren Dienst zu hassen begonnen hatte?

Sie hatte einmal geglaubt, der Marinedienst sei ihr Leben.

Rahel Tooma presste die Lippen zusammen, als die mittlerweile altbekannte emotionale Welle aus Enttäuschung, Frustration, Sehnsucht und Verzweiflung über sie hereinbrach.

Nein, ihren Frieden hatte sie tatsächlich nicht gefunden.

Sie hatte ihn lediglich gegen Stille eingetauscht.

Er verstand die Leute nicht.

Nein, das war nicht ganz richtig. Er verstand sie schon – Verstehen im Sinne der richtigen Aufnahme der Bedeutung eines Wortes oder Satzes. Was sie sagten, hörte und verstand er. Nur was sie meinten, entging ihm oft. Bewegten sie ihre Arme und verzogen sie die Muskulatur ihres Gesichts, war das für ihn nur Bewegung. Sie hatte kein Ziel. Was sie ausdrückte, blieb ihm verschlossen. Rational wusste er, was manche dieser Bewegungen bedeuteten: Verzog sich der Mund nach oben, dann wurde damit oft Humor ausgedrückt. Aber bei anderen sah das Lachen offenbar anders aus, was sehr missverständlich war, und viele machten zwar die Mimik des Lächelns, meinten aber nicht das, was es eigentlich bedeutete. Für ihn ergab sich kein sichtbarer Zusammenhang zwischen dem Gesagten und dem, mit dem es untermalt wurde.

Und so kam es, dass er die Leute nicht verstand.

Das war verschmerzbar, denn fast jeder, mit dem er zu tun hatte, war ein Idiot.

So lange er seine Arbeit hatte und die damit verbundenen Bedürfnisse erfüllt wurden, war die Verwirrung nicht mehr als ein manchmal störendes, aber im Grunde leicht zu ignorierendes Hintergrundrauschen. Er saß vor seinen Computersimulationen oder im Labor. Leute arbeiteten für ihn, sicher, aber er musste nicht verstehen, was sie meinten. Er gab ihnen Anweisungen – sehr klare dazu, und es gab in diese Richtung offenbar keinerlei Verständigungsprobleme. Waren seine Leute gut, führten sie sie aus und die Computer teilten ihm das Ergebnis mit. Computer sagten und meinten in einem, es gab keine unterschiedlichen Vermittlungsformen.

Er mochte Computer.

Diejenigen seiner Leute, die seine Anweisungen nicht befolgten oder versuchten, ihn in sinnlose Gespräche über ihre Arbeit zu verwickeln, blieben nicht lange. Es gab andere, meist Uniformträger, die das Labor gut beobachteten. Erkannten sie, dass er verwirrt wurde oder in seinen Anweisungen stockte, entfernten sie das Übel. Ihm war das egal, für ihn war der eine Mensch wie der andere. Er erkannte Unterschiede im Aussehen und machte sich die Mühe, dem Äußeren die individuellen Namen zuzuordnen, mit denen sie gerne angesprochen wurden, aber er kannte niemanden, auch nicht jene, die seit Jahren für ihn arbeiteten. Es machte keinen Unterschied, ob jemand seit einer Woche oder einem Jahrzehnt da war. Wenn er funktionierte, war es gut. Wenn er nicht funktionierte, ging er.

Er liebte Probleme.

Dabei kam es nicht darauf an, wer ihm die Probleme bereitete.

Vorstellte. Vorbereitete. Präsentierte. Er selbst hatte keine Probleme, er bekam sie von anderen. Ihn interessierte meist nicht das spezifische Problem – obgleich er solche vorzog, bei deren Lösung er sein umfassendes Wissen einsetzten konnte. Ihn interessierte das Problem an sich. Die Tatsache, dass es eines war. Es reizte ihn. Es war die einzige Herausforderung, die ihn auch emotional werden ließ. Emotionalität drückte sich bei ihm dadurch aus, dass er stundenlang, ohne Unterbrechung, über das Problem zu reden begann, meistens zu sich selbst. Er wusste, dass die Uniformen diese Monologe mitschnitten und sich ganze Teams nur mit dem befassten, was er an Lösungswegen formulierte und verwarf. Es kümmerte ihn nicht. Was seinen Mund verließ, war bereits veraltet. Sein Verstand war schneller, immer zwei bis drei Schritte voraus. Aber das Reden half ihm, die wirbelnden Erkenntnisse zu verarbeiten. Es half ihm, sich zu konzentrieren. Er sortierte sich. Worte waren da nur Abfall, die Zuhörer nicht mehr als die Müllabfuhr. Sollten sie nehmen, was sie durch das Wühlen im Müll fanden, ihm war das gleichgültig.

Es gab keinen Mangel an Problemen. Meist waren es physisch-technische. Manchmal waren es rein theoretische, oft mathematische. Hin und wieder war es eine Frage der Interpretation von Daten. Aber es gab beständigen Nachschub. War eines gelöst – was oft vorkam – oder eines unlösbar – was sehr selten war –, wurde sofort etwas nachgeschoben. Er fraß Probleme. Er ernährte seinen Verstand durch sie. Ihm war es völlig egal, was die Uniformen anschließend damit anfingen. Den einzigen Lohn, den er erwartete, war, dass sie ihm den Nachschub besorgten, den er benötigte. Dass sie ihn kleideten und ernährten und ihn so ertrugen, wie er war. Abgesehen davon war er bedürfnislos. Hin und wieder schickten sie ihm eine neue Uniform, die versuchte, mit ihm zu sprechen. Wenn die betreffende Person gut war, verzichtete sie auf unnötige nonverbale Kommunikation und sprach klare Sätze mit verständlichen Anliegen. War sie darauf nicht vorbereitet, verschwand sie meist auch sehr schnell wieder.

Heute war wieder so ein Tag, an dem er eine neue Uniform zugeteilt bekam. Die letzte war gar nicht so übel gewesen, aber offenbar hatte sie kein Interesse mehr an der Arbeit mit ihm gehabt. Wer das Interesse an ihm verlor, verlor meist auch die Geduld, sich korrekt mit ihm auseinanderzusetzen. Es musste dann einen Wechsel geben, denn die Uniformen waren sehr daran interessiert, mit ihm im Gespräch zu bleiben und versuchten, die geeignete Person für diese Aufgabe zu finden.

Sie nannten es einen »Verbindungsoffizier«, doch für ihn waren sie alle gleich. Eine gewisse Neugierde konnte er nicht verhehlen: War diese Uniform in der Lage, sich ihm gegenüber verständlich zu machen? Würde sie darauf verzichten, eine »persönliche Beziehung« aufbauen zu wollen? Dann würde er sie als intelligent einstufen, in etwa so, wie ein normaler Mensch einen Hund als intelligent bezeichnen würde. Aber das war das höchste Lob, das jemand von Dr. Jan DeBurenberg erhalten konnte, wenngleich er es nie aussprach.

Capitaine Geraldo Frazier hatte sich dieses Lob noch nicht einmal verdient. Das lag vor allem daran, dass der schlaksige Offizier mit den blassblauen Augen sich neben DeBurenberg gesetzt hatte, als dieser gerade mitten in einem seiner Monologe war. Ohne es zu wissen, hatte er die richtige Entscheidung getroffen und ihn dabei nicht unterbrochen. Erst als der Mittvierziger mit seiner beginnenden Glatze fertig war und seine Aufmerksamkeit auf Frazier gelenkt hatte, ergriff dieser das Wort.

»Dr. DeBurenberg, mein Name ist Geraldo Frazier. Ich bin Ihr neuer Verbindungsoffizier und möchte mich Ihnen vorstellen.«

»Angenehm«, kam die knappe Erwiderung, fast mechanisch. DeBurenberg erkundigte sich nicht nach seinem Vorgänger, der es auf diesem Posten immerhin fast ein Dreivierteljahr ausgehalten hatte. Frazier wunderte sich nicht darüber. Er wusste, dass für den genialen Wissenschaftler ein Mensch wie der andere war. DeBurenberg fehlte die Fähigkeit, soziale Beziehungen zu seiner Umwelt aufzubauen, fast völlig. Zudem, so meinten zumindest die Flottenpsychologen, war er nicht in der Lage, Gestik und Mimik zu deuten und den möglichen symbolischen oder tieferen Gehalt von Äußerungen zu entschlüsseln. Er nahm das exakt gesprochene Wort wahr - und er verfügte über einen bemerkenswerten Wortschatz und beherrschte sieben Fremdsprachen fließend - und verstand es auch so. Und nur so. Das bedeutete nicht, dass ihm die Interpretation von Sachverhalten fremd war. Diese Fähigkeit schien jedoch in exakt jenem Moment zu erlöschen, in dem er sich direkt mit seinen Mitmenschen auseinanderzusetzen hatte.

Frazier hatte sich freiwillig für diese Aufgabe gemeldet, obgleich er über keine psychologische Fachausbildung verfügte - im Gegensatz zu seinen Vorgängern. Er hatte keine großen Chancen im Flottendienst gesehen, als Kommunikationsoffizier ohnehin nicht, vor allem nach den letzten Streichungen im Etat.

Die Tatsache, dass sein eigener Bruder am Asperger-Syndrom litt, einer speziellen Form von Autismus, mit in mancher Hinsicht vergleichbaren Symptomen wie jene, mit denen DeBurenberg lebte, hatte möglicherweise dazu beigetragen, dass er für diesen Posten akzeptiert worden war. Seine Versetzung ins irdische Zentralsystem, das er nie zuvor besucht hatte, und auf die den Jupiter umkreisende Forschungsstation, war dann nur noch eine Formalie gewesen. Diese Entscheidung konnte sich als Sackgasse für seine Karriere erweisen, oder als neuer Aufbruch. In jedem Falle entfernte sie ihn bis auf weiteres von gewissen Teilen der Marinehierarchie, mit denen er potentiell aneinander geraten konnte. Er hoffte, bei Wissenschaftlern eine wärmere Aufnahme zu finden, wenngleich das Konzept menschlicher Wärme diesem Exemplar nur höchst abstrakt bekannt war.

»Dr. DeBurenberg, gibt es Dinge oder Dienstleistungen, die Sie wünschen und die ich Ihnen beschaffen soll?«

»Die Rechnereinheit 17 ist bereits vor einer Woche ausgefallen«, erwiderte DeBurenberg prompt. »Ich will, dass sie ersetzt wird.«

»Ich werde das veranlassen«, sicherte Frazier zu. »Gibt es weitere Dinge?«

»Der Kaffee schmeckt bitter. Der Automat muss neu eingestellt werden.«

»Ich werde mich sofort darum kümmern. Welchen Fortschritt macht Ihre aktuelle Aufgabe?«

»Ich bin fertig und bereits mit dem nächsten Problem befasst.«

Frazier wusste das natürlich. Die Fortschritte des Labors wurden akribisch aufgezeichnet. Aber er wollte die Konversation auf Dinge beschränken, von denen er ahnte, dass sie DeBurenbergs Interesse finden würden. Er nickte, vergaß für einen Moment, dass diese Geste seinem Gegenüber nichts sagte, wenn er sie nicht in einen konkreten verbalen Kontext stellte.

»Ich gehe«, kündigte er an. »Sie können sich jederzeit an mich wenden, wenn Sie etwas benötigen. Zu wirklich jeder Zeit.«

Für einen Moment sah er etwas wie Anerkennung in DeBurenbergs Augen aufflackern. Der Wissenschaftler hatte bereits vor Jahren jeden Bezug zu einem Tag-Nacht-Rhythmus verloren. Er schlief viel und ausgiebig, aber exakt nach seinen Bedürfnissen und ohne Rücksicht auf Zeitpläne. Die Tatsache, dass der Offizier sich diesem Habitus unterwarf, ohne Fragen zu stellen, schien das Wohlgefallen des Genies zu wecken.

Ohne weiteren Gruß, den DeBurenberg als unverständliche soziale Floskel ohnehin nicht wahrgenommen hätte, erhob Frazier sich und verließ das Labor. Er betrat sein direkt angrenzendes Büro, wo der kommandierende Offizier von Thetis, Colonel Robert Delivier, bereits auf ihn wartete.

Der kleine, fast zwergenhafte Mann genoss das Vertrauen der Admiralität. In Fraziers Augen war er damit so etwas wie ein Aussätziger. Immerhin, das musste auch er anerkennen, trug Delivier einen Doktortitel in Nuklearphysik, den, so sagten die Gerüchte, er ganz und gar rechtmäßig erworben hatte. Der Colonel hatte demnach wissenschaftliche Meriten. Trotzdem war sicher einer der Gründe dafür, dass er diesen wichtigen Posten gewonnen hatte, seine Intimität mit der aktuellen Flottenführung. Und mit der wollte Frazier, notfalls auch auf Kosten seiner eigenen Karriere, nicht intim werden. Er stammte von einer der Kolonialwelten - Tantrum - und hatte seine Familie während der Kolonialkriege verloren. Sie waren unschuldige Opfer eines Flächenbombardements, mit dem die Flottenführung die renitente Regierung Tantrums aus der Kolonialallianz hatte lösen wollen. Frazier war zu diesem Zeitpunkt bereits seit einem Jahr in Haft gewesen: Alle Offiziere aus den Kolonien waren mit Beginn der militärischen Auseinandersetzungen in Schutzhaft genommen worden, auch und gerade grüne Aspirants wie er. Bis zum Ende des Krieges hatte Frazier in Haft gesessen, und dann war sein kometenhafter Aufstieg gefolgt, denn letztendlich hatte an seiner Loyalität kein realer Zweifel bestanden – und an seinen Fähigkeiten ohnehin nicht. Dabei hätte man nach dem gewaltsamen Tod seiner Familie berechtigterweise annehmen müssen, dass seine Begeisterung für die Sphäre sehr begrenzt sein würde. Doch Frazier hatte all diese Gedanken tief in sich begraben.

Jetzt, fünf Jahre nach dem Ende des letzten Krieges, war er einer der höchstrangigen Offiziere aus den Kolonien, und obgleich er die Admiralität, die ihm vorstand, mit Inbrunst hasste, liebte er den Flottendienst. Leider wurde diese Liebe nicht erwidert: Mehrfach hatte man ihm bedeutet, dass mit weiteren Beförderungen bis auf weiteres nicht zu rechnen sei. Kolonialoffiziere hatten immer noch auf besondere Weise ihre Loyalität zu beweisen, und keiner kam an wirklich wichtige Schaltstellen der Macht. Frazier wurde daher seit je her von einem starken inneren Widerstreit gebeutelt, der ihn des Öfteren fast hatte depressiv werden lassen.

Er würde, das wusste er, eines Tages an Magengeschwüren leiden.

»Nun, Capitaine? Haben Sie Freundschaft mit unserem Wunderkind geschlossen?«

Das meckernde Lachen, das Delivier der Frage folgen ließ, verbarg seinen Minderwertigkeitskomplex nur ungenügend. Gerade weil der Colonel eigene wissenschaftliche Meriten hatte, musste eine Person von seiner Persönlichkeitsstruktur unvermittelt Neid empfinden, wenn er auf jemanden wie DeBurenberg traf.

Erst recht dann, wenn sein ausdrücklicher Befehl war, dem Mann jeden Wunsch von den Augen abzulesen.

Oder ablesen zu lassen, denn das war nun Fraziers Job.

»Ich denke nicht, dass dieser Mann jemals Freunde hatte oder jemals welche haben wird«, erwiderte Frazier und setzte sich unaufgefordert. Delivier, das hielt der Capitaine ihm zugute, war kein übertrieben fanatischer Anhänger militärischer Förmlichkeiten, die auf einer reinen Forschungseinrichtung auch eher kontraproduktiv waren. »Er lebt in seiner eigenen Welt, er ist ein absoluter Egoist, ohne dies zu wollen – nein, ohne dies zu reflektieren. Aber er hat mit der Außenwelt ein Geschäft abgeschlossen: Er nimmt sie wahr und kommuniziert mit ihr, wenn sie ihn dafür mit Dingen beschäftigt, die ihn herausfordern. Ich kann nicht mehr tun, als dafür zu sorgen, dass unser Teil des Geschäfts eingehalten wird.«

Delivier nickte nachdenklich und sah Frazier forschend an.

»Das haben Sie gut erkannt, Capitaine. Ich sehe, Sie werden mit DeBurenberg zurecht kommen. Morgen kommt ein Dispatch der Astronomischen Abteilung der Admiralität. Ein Explorator hat interessante Daten gesendet, es scheint, dass man plant, nun doch weitere Brücken zu errichten.«

Frazier hob interessiert die Augenbrauen. Das war eine beiläufig mitgeteilte, aber durchaus spannende Neuigkeit. Seit Beginn der großen Nachkriegsdepression war keine neue Einstein-Rosen-Brücke mehr errichtet worden. Die Mittel dafür waren schlicht nicht ausreichend gewesen. Wenn der Explorator Material versprach, das es nun möglich machte, diese Tatsache zu ändern, mussten die explorierten Systeme wirklich viel versprechende Ressourcen haben - oder schlicht die richtige Schwerkraftkonstellation, um eine Brücke einfach errichten zu können. Ohne die Hilfe der ER-Brücken war es bisher physikalisch nur möglich gewesen, kleine Raumfahrzeuge mit gigantischem Energieaufwand in das übergeordnete Kontinuum zu zwingen, in das einen die Brücken mit großer Leichtigkeit brachten. Die wenigen Explorations- und Brückenbaueinheiten waren sündhaft teuer und hatten den Energieverbrauch ganzer bewohnter Sonnensysteme, und sie waren sehr alt: Von den drei existierenden Einheiten war die jüngste vor rund 100 Jahren gebaut worden. Die Sphäre besaß schon seit geraumer Zeit nicht mehr die ökonomische Kraft, solche Einheiten in Auftrag zu geben. Stattdessen hatte man sich lieber in wiederkehrenden Kolonialkriegen selbst zerfleischt.

Die Tatsache allein, dass man einen der alten Exploratoren entmottet und in den Einsatz geschickt hatte, war eine nahezu revolutionäre Entwicklung gewesen.

In jedem Falle war die Zündung einer Brücke ein erhebliches Unterfangen. Der damit in Monopolstellung betraute Konzern Interstellar Constellations steckte in der schwierigsten Krise seit seiner Gründung und konnte sich durch die Passagegebühren der Händlerfamilien gerade noch so vor dem Bankrott retten. Wollte er eine neue Brücke errichten, würde er Kapital benötigen, aller Wahrscheinlichkeit einen Staatszuschuss. Das heißt, die Regierung würde noch mehr Geld drucken.

Dabei war die Inflation bereits im hohen zweistelligen Prozentbereich angekommen.

Frazier wollte sich mit den Details dieses Aspektes nicht befassen. Ihn faszinierte die Idee neuer Systeme. Deswegen war er der Flotte beigetreten.

»DeBurenberg soll sich die Daten einmal ansehen?«

»Wenn es ihn interessiert. Versuchen Sie es. Ich schicke Ihnen den Dispatch, sobald ich ihn habe.«

»Ja, mon Colonel!«

Im Endeffekt würde DeBurenberg sich mit den Daten nur befassen, wenn er darin einen Sinn sah. Selbst die besten Flottenpsychologen hatten noch nicht herausfinden können, welche Kriterien das Genie tatsächlich anlegte, um dies zu entscheiden. Seit er den kompletten Newsfeed der Flotte sowie der größten interstellaren Konzerne bekam, suchte er sich seine Probleme manchmal selbst. Das führte dazu, dass er sich mitunter mit Dingen befasste, die die Flottenführung eigentlich nicht interessierte. Fraziers Aufgabe war es unter anderem, DeBurenberg ein wenig in die »richtige« Richtung zu schubsen, so weit das überhaupt möglich war. Seine Stellung in dieser Station würde wesentlich davon abhängen, ob und inwieweit er in der Lage war, Einfluss auf den Autisten auszuüben.

Delivier nickte Frazier noch einmal zu und verließ ohne weiteren Gruß sein Büro.

Der Capitaine entspannte sich sichtlich. Durch die einseitig durchsichtige Scheibe hatte er einen guten Blick in DeBurenbergs Arbeitsbereich. Das Genie saß vor einem Computermonitor und biss in einen Hamburger. Ketchup floss ihm das Kinn herab. DeBurenberg wischte ihn abwesend fort, dafür benutzte er den ausgedruckten Tagesbefehl von Thetis mit Deliviers geschwungener, breiter Unterschrift.

Frazier grinste.

Diese Aufgabe begann, ihren Reiz zu entwickeln.

4 *Arbedian*

Wie immer war der Transit unspektakulär. Auf der Brücke der *Admiral Malu*, die gerade in Warteposition vor Arbedian Terminal einschwenkte, zeichnete sich die Ankunft des Prosperity Liners nur als Energiespitze ab. Die *Napoleon*, die sich bereits auf Kurs zur Brücke befand, würde vielleicht sogar den hellen Lichtblitz erkannt haben, mit dem ein Schiff gemeinhin die Brücke verließ. Wie alle ER-Brücken, so war auch die des Arbedian-Systems senkrecht zur Ekliptik, fast direkt »über« dem Zentralgestirn, angesiedelt. Vom derzeitigen Standort der *Malu* entfernt, würde der Liner etwa sechs Tage benötigen, um den Terminal zu erreichen. Auf halbem Wege würde er die *Napoleon* treffen. Die Tatsache, dass Prosperity trotz aller ökonomischen Probleme die Außensysteme weiterhin regelmäßig anflog – auch, wenn sich nicht jeder Run lohnte – hatte auch etwas damit zu tun, dass der Konzern vom Direktorium intensiv gebeten worden war. Die Stimmung nach dem Ende des letzten Kolonialkrieges war ebenso schlecht gewesen wie die wirtschaftliche Lage und daher musste man den Bewohnern der Kolonien zeigen, dass sie nicht abgeschrieben waren. Von den insgesamt 37 besiedelten Systemen waren nur etwas mehr als die Hälfte ökonomisch autark, der Rest wies meist wirtschaftliche Monosysteme auf und war für viele wichtige Kapitalgüter auf Handel angewiesen. Arbedian gehörte dazu, und so wurde der Liner mit großer Freude erwartet. Er lieferte nicht zuletzt die Luxusgüter für die kleine Oberschicht der Kolonie und stellte nicht nur aus diesem Grunde eine willkommene Abwechslung im kolonialen Alltag dar.

Es war daher auch nicht verwunderlich, dass es das Allermindeste war, dass der höchste Flottenoffizier im System dem Kommandanten des Liners seine persönliche Aufwartung machte. In solchen Momenten war Haark dafür dankbar, nicht der höchste Flottenoffizier zu sein. Die Offiziere der gigantischen Frachtschiffe waren sich ihrer wichtigen Stellung im Wirtschaftsgefüge der Sphäre durchaus bewusst. Meist legten sie ein entsprechendes Maß an Sozialkompetenz an den Tag. Kein Prosperity-Kommandant musste zu irgendjemandem höflich sein. Erst recht nicht zu diesen Flottenfuzzis in ihren veralteten Konservendosen. Die Verachtung beruhte auf Gegenseitigkeit. Haark hatte während seiner Karriere noch keinen Linerkommandanten kennen gelernt, mit dem er warm geworden wäre. Es hatte sich allerdings auch noch nie einer sonderlich um die Vergabe von Sympathiepunkten beworben.

Haark seufzte. Er musste immer noch seine Bordreparaturmittel aus den Beständen des Liners auffrischen. Die Tatsache, dass Capitaine Esterhazy die Begrüßung für ihn erledigte, enthob ihn leider nicht der Notwendigkeit, trotz aller klaren rechtlichen Regelungen mit dem Frachterkapitän über die kleine »Spende« verhandeln zu müssen. Und die Bereitwilligkeit der Linerkommandanten, von ihren reichhaltigen Vorräten anzugeben, stieg proportional zu der Unterwürfigkeit, mit der man sie darum bat.

Haark verzog das Gesicht.

Er stellte die Tasse mit kalt gewordenem Kaffee ab und reckte sich. Seine Schicht war um, aber der stete Genuss von Koffein hatte jede Müdigkeit aus ihm vertrieben. Obgleich seine Augen brannten, wusste er, dass er jetzt keine Ruhe finden würde. Beck hatte das Kommando und saß auf dem Sitz des Piloten, der mit einer Magenverstimmung zur Krankenstation geeilt war. Beck hatte Haark versichert, Tijden habe die schlechten Rationen vernichtet und keine davon sei der Mannschaft serviert worden. Haark glaubte Beck, aber er traute Tijden nicht über den Weg. Der Smutje der *Malu* war ein Genie darin, aus den faden Rationen essbare Gerichte zu bereiten, was ihn zu einem der beliebtesten Besatzungsmitglieder machte. Andererseits übertrieb er es mitunter damit, aus »diesem und jenem« dann »doch noch etwas« machen zu wollen. Möglicherweise war doch eine der schlechten Rationen diesmal unter »diesem und jenem« gewesen. Es ging das Gerücht um, dass Tijdens Mageninnenwände mit Keramikstahl verkleidet waren und er daher immer der Letzte war, der bei weniger geglückten Kreationen zu leiden begann. Das verstärkte seine Improvisationsfreude nur noch.

Haark seufzte. Er rieb sich die Augen und blieb noch etwas sitzen. Auf dem Hauptmonitor zeichnete sich deutlich das Spinnengewebe des Terminals ab. Einer der Ausleger würde für einige Tage die Heimat der *Malu* sein. Sobald angedockt, übernahm die Versorgungsstelle des Terminals die Verpflegung der Mannschaft. Die Küche war nicht gut, aber dafür waren die zubereiteten Speisen frisch, mit Zutaten, die in wöchentlichen Abständen von der Oberfläche herangeschafft wurden. Arbedian hatte etwas Landwirtschaft und Haark hatte es sich sofort nach seiner Stationierung zur Aufgabe gemacht, der beste Freund des zuständigen Nachschuboffiziers zu werden. Das hatte geholfen, wenngleich der Terminalchefkoch die begnadete Hand eines Tijden vermissen ließ. Das wurde durch die Frische der Ware jedoch durchaus kompensiert. Haark machte sich eine mentale Notiz, die Liegezeit zu nutzen, um seine tiefe und innige Freundschaft zum Nachschuboffizier zu erneuern. Manche Dinge bedurften der ständigen Pflege.

Nicht zuletzt deswegen, weil auch der Kaffee nicht das abgestandene, künstliche Flottenpulver war, sondern richtiger, angebauter, frisch gemahlener. Arbedian hatte guten Boden für Kaffee und auch das richtige Klima. Leider wurde diese Ressource in diesem Bergbausystem nicht wirklich genutzt. Haark musste sich immer ziemlich anstrengen, ein paar Kilo zu erhalten. Abnehmer gab es viele, und die meisten hatten deutlich mehr Geld als er zur Verfügung.

»Mon Capitaine ...«

Becks Stimme riss Haark aus seinen Überlegungen.

Sie hatte einen seltsamen Unterton gehabt. Haark hatte diesen Unterton das letzte Mal gehört, als vor drei Monaten der Fusionsmeiler der *Malu* plötzlich durchzugehen drohte. Eine Alarmglocke begann in seinem Kopf zu schwingen.

Er richtete sich auf, jetzt voller Konzentration. Beck starrte vor sich auf die Ortungsanzeigen. Ihm war offenbar etwas aufgefallen.

»Ja, Lieutenant?«

»Das hier ist seltsam, vielleicht können Sie mal ...«

Haark runzelte die Stirn.

Beck war ein sagenhaft exakter und kenntnisreicher Offizier. Dieses Verhalten war sehr ungewöhnlich. Er erhob sich und gesellte sich zum Offizier. Der hatte die Ortungsergebnisse aufgeschaltet.

»Das kam eben vom Long Range Array aus Arbed City. Die Sensoren des Terminals haben es auch aufgefangen.«

Haark warf einen kurzen Blick, zwinkerte, beugte sich vor. Dann erhob er sich wieder.

»Geben Sie mir den Chef vom Dienst.«

Augenblicke später tauchte das Gesicht eines jungen Offiziers auf dem Schirm auf. Die Besatzung des Arrays war neben den hier tätigen Schiffen die einzige weitere Marinepräsenz im System - die Offiziere auf dem Terminal gehörten im Regelfalle den Kolonialtruppen an - und entsprechend auf das Notwendigste begrenzt: Drei Wachoffiziere und vier Techniker. Haark kannte sie mittlerweile alle. Lieutenant Yakama war ein aufgeweckter Bursche und er wusste offenbar sofort, um was es sich drehte.

»Capitaine, wir haben bereits eine Analyse laufen«, meldete er statt einer Begrüßung.

»Seit wann haben Sie das Objekt auf dem Schirm?«

Yakama warf einen raschen Blick zur Seite.

»Seit exakt 35 Sekunden. Als der Computer gemeldet hat, dass es sich nicht um ein Störungsartefakt handelt, sondern eine reale Ortung vorliegt, habe ich erstmal zu Ihnen durchgeschaltet.«

Haark schaute wieder auf das Ortungsbild.

Ein undeutlicher Blip zeichnete sich auf der Darstellung ab. Es war offenbar kein elektronisches Artefakt, also war es »etwas«.

»Sie haben eine Auswertung laufen?«, vergewisserte sich der Kommandant der *Malu*.

»Ja.«

»Wo und was ist das?«

»Ich kann Ihnen nur die erste Frage beantworten, Capitaine. Es ist am Rand des Systems, siebzehn Grad zur Ekliptik, und offenbar aus der Oortschen Wolke gestoßen. Der Array muss es durch Zufall entdeckt haben, in der Richtung gibt es eigentlich keinen Schiffsverkehr.«

Stellte man sich das Arbedian-System als flache Scheibe vor, die aus den Umlaufbahnen der Planeten bestand, war der Blip »unterhalb« dieser Scheibe aufgetaucht. Die ER-Brücke befand sich weit oberhalb dieser Scheibe, sozusagen »auf der anderen Seite«.

»Es muss sich also noch am äußersten Rand der Ortungsreichweite befinden, selbst wenn man die leichte Verzögerung durch die Entfernung mit einberechnet.«

»Korrekt, Capitaine. Und wir haben es ohnehin nur bemerkt, weil es strahlt wie ein Weihnachtsbaum. Es emittiert Energie, und zwar reichlich.«

»Halten Sie mich auf dem Laufenden!«

Yakama bestätigte und sein Abbild verblasste.

Haark ließ einige Daten über den Schirm wandern. Die *Napoleon* war immer noch das Schiff am ehesten in der Nähe des Blips. Die Fregatte befand sich zwar auf ihrem Weg oberhalb der Ekliptik in Richtung ER-Station, die *Malu* aber war weiter entfernt, da »seitlich« versetzt im Orbit Arbedians. Außerdem war die *Napoleon* viel, viel schneller als das alte Torpedoboot. Er wandte sich an Beck.

»Senden Sie die Daten an Esterhazy. Was haben wir für Insystem-Schiffe?«

»Zwei automatische Frachter auf Kurs nach draußen, drei nach innen. Die Standardsonden des Satellitensystems. Wir könnten da was machen, wenn der Terminal mitspielt.«

»Geben Sie mir Direktor Lüthannes.«

Beck schaltete.

Er tat dies klaglos, obgleich er für so was eigentlich gar nicht zuständig war. Aber er und Haark waren ein eingespieltes Team, das keinen großen Wert auf formale Zuständigkeitsabgrenzungen legte. Hauptsache, die Ergebnisse stimmten.

Unvermittelt erschien das hagere Gesicht des Terminaldirektors auf dem Kommunikationsschirm. Es schien, als habe der Chef der Station nur auf den Ruf der *Malu* gewartet. Haark hatte den Chef des Terminals als uninspirierten, aber relativ effektiven Verwalter kennen gelernt. Zumindest seine Orbitalstation hatte er im Griff. Er hielt es wie der Lieutenant und kam ohne Umschweife zum Thema.

»Capitaine. Ich vermute, es geht um unsere Ortung.«

»Exakt, Direktor. Ich erbitte um Kontrollgewalt über das Satellitensystem. Ich würde gerne eine der Sonden in Richtung des Bogeys entsenden.«

Lüthannes zögerte.

»Sollte nicht Capitaine Esterhazy ...«

Haark hatte mit diesem Einwand gerechnet.

»Die *Napoleon* wird von uns informiert, aber Esterhazy ist zu weit weg, um auf den starken Terminalsender zugreifen zu können. Ich werde die Satelliten über das Terminal als Relais steuern.«

Lüthannes war ein allzu korrekter und vielleicht etwas langsamer Bürokrat, aber er war kein Idiot, zumindest war das bisher immer Haarks Eindruck gewesen. Dies schien sich nun erneut zu bestätigen.

»Wir wissen noch immer nicht, ob die Ortung so wichtig ist. Es könnte auch ein Artefakt sein!«

»Yakama hat das abgestritten. Und außerdem - schauen Sie sich die Daten doch bitte genauer an! Ein Artefakt mit eigener Energiesignatur und ...«, Haark kontrollierte die laufend einströmenden Daten, »... mit Beschleunigung?«

Lüthannes hatte offenbar einen Blick auf seine eigenen Anzeigen geworfen und nickte vorsichtig. Er musste keine Rücksprache mit dem Gouverneur halten. Als Terminaldirektor gehörte ihm alles, was sich außerhalb der Atmosphäre im Orbit befand. Schließlich hatte er seine Entscheidung getroffen.

»Ich sende Ihnen die Codes, Capitaine!«

Dann verschwand das Gesicht des Mannes vom Schirm.

Beck starrte Haark erwartungsvoll an. Er konnte seinem Kommandanten die Verwirrung förmlich von den Gesichtszügen ablesen. Ein eigengetriebenes, energetisch aktives Etwas aus der entgegengesetzten Richtung der Brücke? Das hörte sich ausgesprochen absurd an. Der naheliegendste Gedanke war damit gleichzeitig der verwegenste, und schließlich sprach der erste Offizier ihn aus.

»Capitaine, das könnte ein Erstkontakt sein«, flüsterte Beck Haark erwiderte seinen Blick.

»Absurd«, murmelte er. »Das ist noch nie passiert.«

Seit über 400 Jahren besiedelte die Menschheit den interstellaren Raum. Sicher, bisher hatte man nur einen winzigen Bruchteil des eigenen Spiralarmes erforscht, aber Hinweise auf intelligentes, außerirdisches Leben hatten sich nie gefunden. Unbeseelte Fauna und Flora war reichlich vorhanden, doch nichts, was über die natürliche Schläue einer großen Raubkatze oder eines Meeressäugers hinausging. Im Grunde hatte sich die Menschheit mehr oder weniger mit dem Gedanken abgefunden, dass der Funke der Evolution intelligenten Lebens nur sehr selten gezündet haben musste. Haark war da keine Ausnahme, und so war für ihn die Vermutung Becks eher schwer zu verdauen. Auch hatte er nicht gewusst, dass sein Erster Offizier zu den Träumern gehörte, die so was für möglich hielten.

»Es musste einmal passieren«, kommentierte Beck. »Wir müssen damit umgehen.«

Nun, der Träumer hatte derzeit gute Argumente auf seiner Seite.

»Capitaine Esterhazy wird damit umgehen«, stellte Haark richtig, »sobald wir Kommunikation etabliert haben. Bis wir seine Befehle kennen, werden wir verfahren wie beschrieben. Ich denke immer noch, dass es eine andere Erklärung für das Phänomen geben muss.«

Beck nahm dies schweigend zur Kenntnis.

Haark reckte sich hoch, hielt einen Moment inne, dann seufzte er.

Seine Hand drückte sacht auf den Alarmknopf.

Als das jammernde Geräusch der Sirene durch die *Malu* wimmerte, klang es wie das Gemecker einer alten Xanthippe, die man aus dem Schlaf gerissen hatte.

Haark wurde klar, dass er dieses Geräusch gleichermaßen vermisst wie auch gefürchtet hatte.

Fußgetrappel ertönte. Verschlafene Gesichter im Schotteingang. Unausgesprochene Fragen blieben nach einem Blick auf Haarks Gesicht unausgesprochen. Es war unvermittelt klar, dass dies keine Übung war.

Stechender Alkoholgeruch stieg in Haarks Nase, als Signalmaat Sergent Fujikawa seinen Posten am Kommunikationspult einnahm. Fujikawa war ein heftiger Trinker, wie so viele an Bord dieses Schiffes. Haark traute ihm mehr zu, wenn er voll war, als wenn er nüchtern seinen Dienst verrichtete. Es schien, als wäre für den Sergent der Alarm zur rechten Zeit gekommen. Seine Augen glitzerten unternehmenslustig und sein Gruß, als Haark ihm zunickte, war fast zackig.

»Die Codes vom Terminal«, meldete Beck. Lüthannes hatte sein Versprechen schnell eingelöst. Beck wusste, was zu tun war. Haark setzte sich wieder auf seinen Sessel und nahm die Klarmeldungen der Stationen entgegen, die tröpfelweise eintrafen. Möglicherweise rächte sich jetzt, dass er die regelmäßigen Alarmübungen vernachlässigt hatte. Andererseits ... Haark kalkulierte kurz ... das fremde Objekt war selbst bei maximaler Beschleunigung gute fünf Tage entfernt. Kein Grund zur Eile.

Er nahm Verbindung zur Küche auf.

»Tijden?«

»Yessir!«

Haark verdrehte die Augen. An Caporal Tijden war die Tatsache, dass sich französische Dienstgrade und Anreden historisch in der Flotte der Sphäre durchgesetzt hatten, offenbar weitgehend vorbei gegangen. Dabei handelte es sich im Grunde um das Erbe einer sehr dunklen Epoche, der 22jährigen Diktatur von Admiral-General Marc Tarous, dessen einziges Verdienst es gewesen sein mochte, aus der Flotte ein schlagkräftiges Instrument zu machen. Dass er dabei seine frankophilen sprachlichen Vorlieben gepflegt hatte, gehörte zu seinen kleineren Sünden. Immerhin, es wurde so etwas wie eine einheitliche Tradition etabliert, und niemand fragte mehr nach den anderen, weniger harmlosen Anordnungen eines vor rund 200 Jahren verstorbenen Militärdiktators. Das mochte auch damit zusammen hängen, dass nach seinem unnatürlichen Ableben alles getan wurde, um die Erinnerung an die Exzesse seiner Regierungszeit aus dem kollektiven Gedächtnis zu löschen. *Damnatio memoriae* war ohnehin immer ein beliebtes Mittel der Sphärenregierung gewesen. Für viele waren die französischen Dienstgrade der Flotte daher nur eine etwas seltsame Marotte. Jemand wie Tijden ignorierte sie gar. Das mochte auch daran liegen, dass Englisch die lingua franca war, trotz des Einflusses von Tarous. Aber Tijden schien als gebürtiger Flame ohnehin seine Vorbehalte gegen das Französische gepflegt zu haben. Es war faszinierend, wie stark sich irdische, regionale Traditionen in die interstellare Gemeinschaft hinein gerettet hatten. Wo die Sphäre nicht dazu geeignet war, Legitimation und Identifikation zu erzeugen, besann man sich auf tatsächliche oder konstruierte Identitäten historischer Herkunft.

»Kaffee. Viel. Stark«, befahl Haark und deaktivierte die Verbindung, ehe der Smutje noch etwas sagen konnte.

Dann richtete er seine brennenden Augen auf das langsam wandernde Symbol auf der taktischen Darstellung, die Beck auf den Schirm geworfen hatte. Zwei Sonden, die sich bereits unterhalb der Ekliptik befanden, nahmen derzeit Kurs auf den Bogey. Sie würden ihn in ein bis zwei Stunden erreicht haben. Erste Erkenntnisse würden über die Funkstrecke etwa zwei weitere Stunden später ankommen. Die schwachen KIs der Sonden würden selbständig handeln, denn eine Fernsteuerung war über diese Entfernung sinnlos. Die Elektronik hatte den Befehl erhalten: Schau Dir das an!

Und das tat sie jetzt.

Haark wartete.

Zum Glück meldeten die Sonden ihren Standort durch permanente Signale. Er bekam sie mit Zeitverzögerung, aber immerhin doch so schnell, dass er nicht das Gefühl hatte, völlig ohne Aussicht auf Einfluss einem drohenden Unheil zuschauen zu müssen.

Jedes Zeitgefühl kam ihm abhanden. Mit halbem Ohr hörte er die gemurmelten Meldungen der Brückencrew. Spekulationen wurden leise ausgetauscht. Haark nahm sie nicht bewusst wahr. Dann riss ihn die erwartete Meldung aus seiner Kontemplation.

»Capitaine, wir empfangen eine Nachricht der *Napoleon*. Nur Audio.«

»Abspielen!«

Ein fast unhörbares Knacken ertönte, dann erklang die Stimme Esterhazys.

»Capitaine Haark, ich bestätige die Ortung und Ihre Befehle. Sie erhalten von mir volle Kommandogewalt über die Ressourcen des Terminals. Ich empfange klare Energiewerte von dem Objekt, es ist für mich zweifelsfrei ein fremdes Raumfahrzeug. Ich gehe auf Abfangkurs und werde das Ziel bei vollem Schub in etwa zwei Tagen erreichen. Beobachten Sie meinen Flug und werten Sie die Sondendaten aus. Ich sende Ihnen ab sofort einen direkten Datenfeed aus der *Napoleon*, permanente Aufzeichnung. Weisen Sie den Terminal an, sofort eine Nachrichtensonde zur Brücke zu entsenden und in Abständen von 12 Stunden jeweils eine weitere, oder zusätzliche auf Ihren Befehl. Ich habe dem Prosperity-Liner befohlen, auf Vollschub zu gehen und den Terminal anzufliegen. Ich habe den Gouverneur angewiesen, Systemalarm auszulösen. Alles Gute.«

Haark hatte die Meldung mit permanentem Kopfnicken begleitet. Seine positive Meinung über Esterhazy hatte sich bestätigt. Er wies Fujikawa an, die Befehle an den Terminaldirektor weiterzuleiten. Dann betrachtete er die Anzeigen. In diesem Moment begann der Datenstrom von der *Napoleon*: Ortungsergebnisse, Betriebsdaten des Schiffes, Navigationsdaten in permanenter Abfolge, wenngleich gut zwei Stunden veraltet. Kurz nach Absetzen der Nachricht war das Schiff auf Vollschub gegangen, das ließ sich dem Feed unmittelbar entnehmen. Dann kamen audiovisuelle Aufzeichnungen aus der Brücke. Esterhazy wollte, dass jede Sekunde seines Anfluges von der *Malu* aufgezeichnet wurde. Die Tatsache, dass der Kommandant der Fregatte solche Vorsichtsmaßnahmen traf, verhieß nichts Gutes. Haark kam zu dem Schluss, dass Esterhazy Becks Vermutungen offenbar teilte.

»Fujikawa, den Feed direkt in die Nachrichtensonde einspeisen und in jede neue, die bereitgehalten wird. Eine Sicherheitskopie jede Stunde in den Datenkern des Terminals und nach Arbed City. Eine Sicherheitskopie jede Stunde in die Black Box der *Malu*.«

Der Signalmaat machte sich nicht die Mühe, die Befehle einzeln zu bestätigen. Außer einem gemurmelten »Ja, Chef ...« hörte Haark nichts, dafür sah er die fliegenden Finger des Mannes auf der Tastatur.

Der Prosperity Liner würde mittlerweile auch auf Vollschub gegangen sein. Der Array würde die entsprechenden Signaturen bald auffangen. Haark warf einen Blick auf den Schirm, wo immer noch die taktische Darstellung glühte. Beide Schiffe, der Liner und die *Napoleon*, näherten sich mit Volllast dem Bogey. Haark führte einige rasche Berechnung durch. Der Liner würde aufgrund der schwächeren Leistung seiner zivilen Triebwerke rasch zurückfallen. Mit Glück würde er an dem Bogey in weitem Abstand vorbei rauschen, während sich die Fregatte um den Besucher kümmerte. Dennoch ...

»Sergent Bakova!«

Der ältliche Pilot der *Malu* horchte auf. Er hatte den Platz von Beck im Pilotensessel eingenommen und wirkte entspannt. Seine Magenverstimmung schien durch ein entsprechendes Mittel des Sanitätsmaats zumindest unter Kontrolle zu sein, jedenfalls schien er einsatzbereit.

»Ja, Chef?«

»Lösen Sie die *Malu* aus dem Orbit des Terminals. Nehmen Sie eine Position von rund 200.000 Kilometern in Richtung der Flugbahn des Bogeys ein.«

»Ja, Chef.«

Bakova schaltete sofort. Das alte Torpedoboot gehorchte widerwillig seinen Befehlen und mit einem Zittern zwang er das Schiff aus dem Anflugkurs zum Terminal. Haark warf Beck einen Blick zu.

»Lieutenant, Sie übernehmen die Waffenkontrolle.«

Der Erste Offizier war in allem gut, was er tat, aber als taktischer Offizier war er unschlagbar. Haark hatte noch keine Simulation gegen ihn gewonnen, und sie hatten beide viel Zeit für Simulationen gehabt ...

Beck kommentierte den Befehl nicht. Er setzte sich, löste die ohnehin lockere Abdeckung vom Zentralschalter des Waffenpultes und drückte den leuchtend roten Knopf tief in die Fassung. Lampen begannen zu flackern, als die Armierungsenergie hochfuhr. Die *Malu* war ein Torpedoboot, und so bestand ein Großteil der Bewaffnung aus Fernwaffen. Insgesamt führte das Schiff 80 Raumtorpedos an Bord mit sich, einige davon fast so alt wie ihr Mutterschiff selbst. Haark sah Grünmeldungen über Becks Pult wandern. Die Torpedos waren narrensichere Konstruktionen. Sie waren gleichzeitig auch mehrere Generationen hinter den aktuellen Fernwaffen zurückgeblieben. Doch diese, sowie ein starker, starr in die Spitze des Schiffes eingebauter Plasmalaser, waren alles, was die *Malu* aufzubieten hatte.

»Waffencrews melden Klar Schiff zum Gefecht«, teilte Beck mit unbewegter Stimme mit. Es hatte einige Minuten gedauert, doch aufgrund des Schiffsalarms waren schon alle Männer auf Station gewesen. Da hatte es gereicht, ein paar Knöpfe zu drücken.

Haark nickte nur. Er fühlte aus irgendeinem Grund einen Klumpen in seinem Magen. Er kannte das Gefühl, wenngleich er es verdrängt hatte. Das letzte Mal hatte er es gefühlt, als Admiral Sikorsky die Auslöschung von Danuba Metropol befohlen hatte. Haark hatte den Befehl aus eben diesem Gefühl heraus nicht weitergeleitet. Es wäre dumm und ein sinnloses Massaker gewesen. Die Geschichte hatte ihm Recht gegeben, eine Stunde später hatte die Regierung von Danuba kapituliert. Für die Danubier war er ein Held gewesen, und das hatte ihn vor dem Kriegsgericht bewahrt, denn die Regierung war daran interessiert gewesen, die demoralisierten Kolonien nicht unnötig zu reizen, jetzt, wo der Krieg gewonnen war.

Nur Admiral Sikorsky hatte die Insubordination Haarks nicht vergessen.

Nie.

Bis heute nicht.

Deswegen war Haark hier, an Bord dieses alten Kastens, und hatte wieder dieses Gefühl, das sich noch verstärkte, als er den Blip der *Napoleon* über den Plotter gleiten sah.

Der Kommandant der *Malu* behielt es für sich.

Diesmal war sein kommandierender Offizier kein blutrünstiger Wahnsinniger. Und es gab keinen Grund, erneut irgendwelche Befehle zu missachten.

Er wartete.

5 *Lydos*

Als Marechal a. D. Rahel Tooma den Lexington auf dem Vorplatz ihres Hauses abgestellt und gesichert hatte, betrat sie ihr bescheidenes Anwesen. Alles war so, wie sie es zurückgelassen hatte. Dafür sorgte unter anderem ihr eigener Sicherheitsperimeter, der noch einmal einige Kategorien komplexer war als der, den sie gerade bei Farmer Erwald installiert hatte.

Das einfache Haus war durchaus wohnlich eingerichtet. Viele der Möbel waren selbst angefertigt, denn gutes Holz gab es hier in Hülle und Fülle – und Zeit auch. Der massive Esstisch war Toomas ganzer Stolz, die glatt polierte Oberfläche hatte sie endlose Stunden intensiver Schleifarbeit gekostet. Die Wände waren schmucklos, doch die Holzbohlen, aus denen sie bestanden, gaben den Räumen eine ganz eigene rustikale Atmosphäre. Das Gebäude hatte nur wenige Räume, der Wohnraum war gleichzeitig Küche wie auch Schlafzimmer. Lediglich ein Bad war abgetrennt. Tooma hatte so gut wie nie Besucher, und nächtigende Gäste schon gar nicht. Dieses Haus war allein auf ihre Bedürfnisse hin ausgerichtet. Auf dem Schreibtisch - einem der wenigen gekauften Möbelstücke aus Plast - standen ein paar Hologramme aus besseren Zeiten. Tooma in Uniform, alleine oder mit Kameraden. Bevor die Verhältnisse im Marinedienst so unhaltbar und bedrückend geworden waren, dass selbst ein hoher Unteroffizier nur noch den Dienst hatte quittieren können. Obgleich die Erinnerung schmerzhaft war, zwang sich Tooma dazu, die Bilder immer wieder zu betrachten. Die relative Eintönigkeit auf Lydos war nur zu ertragen, wenn sie sich vergegenwärtigte, welcher Hölle sie entsagt hatte.

Tooma seufzte und warf ihre Jacke auf das abgenutzte Sofa. Einige Handgriffe und im Steinkamin flackerte ein Feuer. Nachts konnte es recht kühl werden, denn dann strichen die Fallwinde von den Berghängen über die Ebene. Temperaturstürze um bis zu 15 Grad in einer Nacht waren keine Seltenheit. Eine Heizung lohnte sich hier draußen nicht und kostete nur unnötige Energie. Der Kamin sowie ein alter Kachelofen hatten sich jedenfalls bisher immer als ausreichend erwiesen.

Tooma spürte jeden Knochen in ihrem Körper.

Sie ließ sich vor dem Schreibtisch nieder, auf dem neben den Hologrammen ihr Computerterminal stand. Von dort hatte sie einen direkten Uplink zum Kommunikationssatelliten, der geostationär über der Ebene hing und alle Anwesen mit der Außenwelt verband. So eine Anlage gab es in jedem Haus auf der Ebene, neben der Verbreitung von Informationen war es die einzige Quelle an Unterhaltung, da man damit auch Zugriff auf die 3D-Videodatenbanken der gängigen Anbieter hatte. Ein Vergnügen, das sich auch Tooma bisweilen gönnte.

Gedankenverloren schaltete sie den Bildschirm ein und sah auf die Uhr. Die Spätabendnachrichten würden laufen. Sie wählte den passenden Kanal.

»... fest, dass kein unmittelbarer Grund zur Besorgnis bestünde. Commandant Atkinson traf sich nach dem Gespräch mit dem Gouverneur mit Medienvertretern, um sie über die aktuellen Entwicklungen zu informieren.«

Toomas Kopf fuhr hoch. Etwas in der Stimme des Sprechers hatte sie alarmiert. Längst verschüttet geglaubte Instinkte waren mit einem Male geweckt. Gleichzeitig fühlte sie, wie ihre Implantate sich zu regen begannen. Ein frischer Kraftstrom durchflutete ihren Körper und schärfte ihre Sinne. Alle Müdigkeit fiel von ihr ab. Sie konzentrierte sie auf die Sendung.

Das Bild auf dem Schirm zeigte einen Raum im Pressezentrum des Gouverneurs. Nicht des zurückgetretenen, sondern seines Stellvertreters, der bis zur Neubenennung das Amt ausfüllte. Atkinson war der kommandierende Offizier des VII. Grenzgeschwaders, einer Einheit von sieben veralteten Schiffen, die den Flottenstützpunkt von Lydos zu einem Knotenpunkt in diesem Außensektor der Sphäre machte.

Es gab insgesamt acht solcher Knotenpunkte, von denen aus theoretisch mindestens drei weitere Systeme erreicht werden konnten. Lydos war hier eine Ausnahme, da selbst ein System am äußersten Rand der Sphäre und daher an der Grenze der terranischen Expansion. Aber der gerade zurückgetretene Gouverneur hatte sich ausgezeichneter Verbindungen in höchste Admiralitätskreise gerühmt. Das bedeutete, er hatte sie geschmiert. Und so war Lydos, mit nur zwei weiteren ER-Brücken versehen, in den Genuss des Geschwaders gekommen, wofür das auch immer gut sein mochte.

Atkinson selbst war, soweit Tooma gehört hatte, ein farbloser Offizier ohne Meriten und ohne größeren Tadel. Er stand kurz vor der Pensionierung, und so wirkte er auch auf dem Bildschirm: Müde, erschöpft und überfordert.

Doch überfordert wodurch?

Atkinson las eine offenbar vorbereitete Meldung vor.

»Heute morgen um 7.16 Uhr Standard hat der Long Range Array des Flottenstützpunkts einen Ortungsschatten am Systemrand ausgemacht, ungefähr aus der Richtung der ER-Brücke nach Tangata. Die Brückencrew hat keinen bevorstehenden Transit gemeldet. Das Schiff reagierte nicht auf Anrufe der Brückenbesatzung. Jeder Kontakt zur Brückenstation brach um 9.45 Uhr Standard ab und konnte seitdem nicht wieder hergestellt werden. Ich habe daraufhin Systemalarm ausgelöst und sämtliche Streitkräfte auf Lydos direkt meinem Befehl unterstellt.«

Tooma stieß ein Schnauben aus. Neben der Gendarmerie, die nur über leichte Waffen verfügte und keine 200 Mann ausmachte, war hier aus Prestigegründen noch ein halbes Bataillon Kolonialinfanterie stationiert. Tooma hatte den desorganisierten Haufen vor einem Jahr während eines Feiertages der Garnison in Augenschein nehmen können. Mit einem voll ausgerüsteten

Executor traute sie sich jederzeit zu, die bedauernswerte Einheit im Alleingang zu eliminieren. Selbst die Offiziere schafften es nach ihrer Einschätzung nicht, im Dunkeln ohne Hilfe ihren eigenen Hintern zu finden.

»Viel Spaß damit, Atkinson!«, murmelte Tooma und prostete dem weiter sprechenden Offizier mit Mineralwasser zu. Eine seltsame Gelassenheit hatte sie trotz der beunruhigenden Nachrichten befallen. Die in ihren Blutkreislauf ausgeschütteten Drogen taten ihre Wirkung. Ihr Instinkt hatte sie nicht betrogen, und das beruhigte sie außerordentlich. Was immer dort geschah, sie würde sich entsprechend darauf vorbereiten. Eine seltsame, gespannte Erwartung erfüllte sie.

»Wir werden alle notwendigen Maßnahmen ergreifen, um die Sicherheit des Systems zu gewährleisten. Drei Aufklärungssonden sind auf dem Weg. Das Geschwader ist einsatzbereit und hat bereits Kurs auf den Fremden genommen.«

»Ohne dich an Bord, kleiner Pisser«, kommentierte Tooma. Beinahe automatisch hatte sie eine Whiskyflasche aus dem Regal genommen und goss sich fingerbreit ein. Sie kannte das Gefühl, das sie gerade erfüllte. Sie hatte es vor langer Zeit genossen, jetzt war es rein professionelles Interesse. Atkinsons Gesicht auf dem Schirm schwitzte. Er tupfte sich mit einem Tuch über die Stirn und blickte immer wieder auf ein offenbar vorbereitetes Manuskript. Er war entweder durch den öffentlichen Auftritt oder die Situation überfordert. Tooma vermutete beides.

»Ich rufe die Bevölkerung von Lydos auf, Ruhe zu bewahren!«, salbaderte Atkinson nun in die Kameras. Der schräg hinter ihm stehende Gouverneur nickte gewichtig und versuchte, so etwas wie Zuversicht zu zeigen. Er scheiterte darin kläglich, was bereits einiges über die Situation aussagte. Atkinsons verzweifelter Versuch, beherrscht und zuversichtlich zu wirken, geriet zur Persiflage seiner selbst. Es folgten einige Gemeinplätze, bis das Bild des Commandant ausgeblendet wurde. Nach weiteren Belanglosigkeiten aus der Nachrichtenredaktion begann die Aufzeichnung der Highlights einer beliebten Gameshow. Bis auf weiteres war über die offiziellen Kanäle nichts wirklich Informatives zu erwarten, also schaltete Tooma ab.

Für einen Moment blieb sie regungslos sitzen. Sie ordnete die Gedanken und Empfinden in ihrem Kopf nach strengen Prinzipien. Es blieb das überwältigende Gefühl einer nahenden Bedrohung. All das konnte sich als Sturm im Wasserglas heraus stellen, doch Tooma bemerkte, wie alte, eingeübte Routinen sich in ihrem Bewusstsein nach vorne drängten und begannen, ihr Denken zu dominieren. Der Drogencocktail in ihren Blutbahnen fing an, nach Aktivität zu schreien.

»Du täuschst mich nicht«, murmelte Tooma und meinte Atkinson. »Du machst dir in die Hosen vor Angst!« Sie schluckte den Inhalt des Whiskyglases hinunter und wartete, bis sich das Brennen in ihrem Hals gelegt hatte.

Dann entspannte sie sich und kapitulierte vor dem inneren Drängen, das sich in ihr aufgebaut hatte.

Sie erhob sich. Plötzlich wirkten ihre Bewegungen methodisch, wie abgezirkelt - fast so, als wäre sie eine Marionette und jemand hätte sich jetzt entschlossen, an den Strippen zu ziehen. Sie durchmaß den Wohnraum und stand vor einem Metallschrank mit einem elektronischen Schloss. Auf einem Keypad tippte sie eine lange Kombination von Zahlen und mit einem leisen Klicken öffnete sich die Tür. Ein auf Hochglanz polierter Kampfanzug des Raummarinedienstes, ohne Rangabzeichen, hing dort an einem Haken, in Folie vakuumverschweißt. Tooma nahm ihn heraus, riss ohne zu zögern die Folie auf. Sie drapierte die Körperpanzerteile auf ihrem Sofa. Jedes Teil unterzog sie einer gründlichen Musterung, die offensichtlich zu ihrer Zufriedenheit ausfiel. Dann zog sie sich langsam bis auf die Unterwäsche aus. Mit präzisen Bewegungen, die von jahrelanger Übung zeugten, legte sie die Einzelteile des Anzuges an. Es wirkte, als würde sie ein Ritual zelebrieren.

»Passt immer noch. Schätzchen, du hast doch kein Fett angesetzt!«, sagte sie zu sich selbst.

Den Helm unter dem Arm wandte sie sich ab. Sie verließ das Haus und betrat den kleinen Schuppen neben dem Wohngebäude. Das Geräusch eines pneumatischen Laders ertönte, und als der Halbautomat mit scheppernden Gleisketten aus dem Schuppen rollte, hielt er in seinen Greifarmen den eingeölten Körper einer Sun Ray Powergatling. Illegale Konterbande, aber das war jetzt wahrscheinlich zweitrangig. Tooma steuerte das schwere Ladegerät mit der Virtuosität jahrelanger Praxis. Sie ließ den Automaten vor dem Executor Halt machen. Sie wandte sich der Nase des schweren Gleiters zu und nahm mit methodischen Bewegungen die Abdeckhaube aus Kunststoff ab. Damit wurde die gähnende Öffnung der Waffenhalterung enthüllt. Dann war das Werk schnell vollbracht. Der Lader positionierte die Sun Ray in der richtigen Stellung, Tooma ließ die Halterungen einrasten und steckte die Kabelverbindungen fest: Elektronik, Hydraulik und das matt schimmernde Band der Munitionszuführung. Es dauerte etwa zwanzig Minuten, bis sie alle Verbindungen gesetzt hatte. Sie prüfte noch einmal die Festigkeit der Anschlüsse, ehe sie den Lader zurück zum Schuppen steuerte. Einige Minuten später schepperte der Automat wieder über den Hof. Diesmal trug er vier mächtige Kisten auf seinen Armen, die Tooma zur Ladeluke des Executors steuerte. Mit einiger Anstrengung wurden die massigen Behälter ins Innere bugsiert und verband mit den Öffnungen der Munitionszufuhr verbunden. Zwei Kisten mit je 40.000 Schuss panzerbrechender Stahlmantelmunition. Eine Kiste mit 50.000 Schuss Schrapnellpatronen für den Einsatz gegen weiche Ziele. Und die rot schimmernde, beständig unter Bereitschaftsstrom stehende Kiste mit Energie für rund 120.000 Schuss ultraheißer Plasmabolzen. Von der Kanzel des Executors aus konnte sie blitzschnell zwischen den Feeds der Munitionsvorräte hin und her schalten. Obgleich die Sun Ray auf eine Feuergeschwindigkeit von 4000 Schuss pro Minute ausgelegt war, konnte sie den Verbrauch deutlich senken, wenn sie auf verschwenderisches Dauerfeuer verzichtete. Ihr Munitionsvorrat war genauso beachtlich wie er illegal war, bei alledem aber war er begrenzt. Tooma spürte fast instinktiv, dass sie jeden Schuss würde brauchen können.

Dann hielt sie einen Moment inne und sah auf ihre behandschuhten Hände. Sie waren ruhig. Doch dann fuhr ein leichtes Zittern durch ihre Arme. Die Drogen jagten in einem weiteren Schub durch ihren Kreislauf, doch diesmal rang sie ihre Wirkung in einem bewussten Kraftakt nieder.

»Rahel ... Rahel, was machst du da eigentlich?«, flüsterte sie und erkannte mit einer Mischung aus Verwunderung und Beruhigung, welche Automatismen in ihrem Verstand abgelaufen waren, nachdem sie die Übertragung im Fernsehen gesehen hatte. Sie hatte das, was da gemeldet worden war, kaum bewusst verarbeitet oder mit Oberflächlichkeiten aufgehalten, und doch hatte ihr Verstand unmittelbar und erneut nahezu unbewusst reagiert. Die Implantate hatten das ihre getan. So lange Zeit nach ihrem letzten Kampfeinsatz musste sie feststellen, dass sie den Einsatz des Drogencocktails nicht mehr gewohnt war. Früher diente er dazu, ihr in einer schwierigen Mission zu helfen, sie zu unterstützen. Doch jetzt war es ihr vorgekommen, als habe sie den Amphetaminen gedient. Sie musste sich wieder daran gewöhnen und lernen, die Kontrolle vollständig zu erhalten. Und das möglichst schnell.

Für einen Moment dachte sie daran, eines der dämpfenden Medikamente zu nehmen, verwarf den Impuls aber sogleich wieder. Sie würde damit das Problem nur herausschieben.

Erst jetzt, hier draußen, mit den wichtigsten Arbeiten erledigt, begann sie jedoch, bewusst zu reflektieren, was sie da eigentlich tat. Sie war durchaus beruhigt, dass gewisse Dinge, die sie verloren geglaubt hatte, noch da waren. Gleichzeitig aber auch verwundert darüber, dass die erst einmal zwar interessante, aber doch nicht wirklich bedrohliche Nachricht über das fremde Raumschiff diese Reflexe in ihr ausgelöst hatten. Aber im Endeffekt hatte sie damit rechnen müssen. Die tiefe Konditionierung, die sie im Rahmen ihrer Ausbildung erhalten hatte, war normalerweise dazu geeignet, Routineabläufe effizienter zu gestalten. Die Aktivitätsroutinen wurden gemeinhin durch entsprechende Schlüsselbefehle von Vorgesetzten ausgelöst. Tooma hatte keine Vorgesetzten mehr, aber der Anblick des schwitzenden Commandants schien ein zumindest vergleichbarer Auslöser gewesen zu sein. Für einen Moment überlegte sie, ihre Vorbereitungen wieder rückgängig zu machen und lieber erstmal abzuwarten, wie sich die Sache entwickeln würde, doch das erschien dann doch unangemessen. Die schimmernde Sun Ray am Bug ihres Executors hatte etwas dermaßen Attraktives für sie, dass sie sich nicht überwinden konnte, die Installation wieder abzumontieren. Sie strich mit einer Hand fast zärtlich über den Lauf und machte sich keine Gedanken, wie abwegig dies für einen unvoreingenommenen Beobachter wirken musste. Tooma hatte wenig für Männer übrig, doch nichts war erotischer als der kräftige, tiefschwarz glänzende Lauf einer mächtigen Waffe.

Rahel gab sich einen Ruck und erledigte die letzten Handgriffe. Ein Knopfdruck, und die Waffenkontrollen flammten auf. Die Software war vorhanden, genauso illegal beschafft wie die Munition. Grünleuchten flimmerten. Der Selbstcheck der Sun Ray lief an und meldete beste Werte. Rahel griff in die Kontrollen und übertrug die zentralen Funktionen auf das Pilotenpult. Normalerweise hatten Executors Schützen, doch im Notfall konnten die wichtigsten Befehlselemente auch vom Piloten ausgeführt werden. Nur sehr gute Piloten beherrschten die Kunst, die Waffenkontrollen und einen Executor parallel zu bedienen. Da aber dieses Fahrzeug nur über eine funktionsfähige Waffe verfügte und Marechal a. D. Tooma zu den Besten gehört hatte, würde das kein Problem darstellen.

Wofür es auch immer gut war.

Tooma hatte gelernt, sich auf ihre Instinkte zu verlassen.

Sie füllte die Notrationen auf, bis alle Halterungen voll waren. Handfeuerwaffen tauchten in den Ständern auf: Standard-Sturmgewehre, wie sie auch von der hiesigen Infanterie benutzt wurden. Genauso wie die Sun Ray konnten sie Plasmabolzen oder normale kinetische Munition abfeuern. Munition und drei Brustpanzer, alles aus zugänglichen Quellen abgezweigt. Tooma mochte außer Dienst sein, aber das hieß noch lange nicht, alte Leidenschaften ablegen zu müssen. Sie dachte nicht mehr darüber nach, dass hier ganz offensichtlich mehr am Werk war als nur eine »alte Leidenschaft«.

Dann setzte sie sich ruhig in den Pilotensessel und stellte ihn auf eine halb liegende Position. Sie schaltete den Kommunikationssatelliten durch und wartete mit halb geschlossenen Augen auf die nächsten Nachrichten.

Ihr Sicherheitsperimeter war perfekt.

Sollten sie nur kommen.

Schlafen wollte sie ohnehin nicht mehr.

»Es kann überhaupt keinen Zweifel daran geben«, wiederholte Beck ein letztes Mal, so als müsse er die Wahrheit in das Bewusstsein seines kommandierenden Offiziers hinein prügeln. »Die Telemetrie ist vollständig.«

Haark nickte automatisch und konnte an Becks Argumenten nichts aussetzen. Die Tatsache, dass er trotzdem keine Miene verzogen hatte, mochte dazu beigetragen haben, dass Beck hatte insistieren wollen. Ein wie auch immer gearteter »Irrtum« war das alles jedenfalls zweifelsohne nicht mehr.

Der Lichtblitz war aus dieser Entfernung optisch so gut wie nicht erkennbar, aber die Daten sprachen eine eindeutige Sprache. Es sah alles danach aus, als wäre die Sonde bei ihrer Annäherung an den Bogey von feindlichem Waffenfeuer erfasst und vernichtet worden. Danach hatte das fremde Schiff offenbar den Kurs gewechselt. Es hielt jetzt auf die vollautomatische Bergbaustation zu, die den Asteroidengürtel mit Abräumrobotern versorgte, die unbemannten Erzfrachter fütterte und nach Arbedian entsandte und damit das Kernstück des bescheidenen Einkommens dieses Systems darstellte. Sie war auch Anlaufstelle für die etwa 500 freien Prospektoren und Subunternehmer, die in kleinen Einmannscouts den Gürtel nach besonders ergiebigen Erzvorkommen durchsuchten oder in von ihnen gesteuerten Abräummaschinen auf eigene Kosten Claims ausbeuteten. Keiner dieser Männer und Frauen würde ohne das Relais der Station lebend Arbedian erreichen können, dafür reichten ihre bescheidenen Maschinen nicht aus. Haark war nicht der einzige, der die fatalen Folgen erkannte, sollte es dem Fremden gelingen, die Station zu erreichen und zu vernichten. Die Tatsache, dass er dem Besucher ohne größeres Nachdenken exakt diese Absicht unterstellte, hatte ihn selbst kurz zögern lassen. Aber die Zerstörung der Sonde war ein kriegerischer Akt gewesen und woher das fremde Schiff auch immer kommen mochte – dagegen hatte er etwas zu unternehmen.

Näher dran war allerdings die *Napoleon*.

»Capitaine, die *Napoleon* ist auf Überlast gegangen«, meldete Bakova. In der Tat, der Datenfeed der Fregatte sprach eine deutliche Sprache. Esterhazy setzte alles auf eine Karte, um den Bogey abzufangen, ehe er die Station erreichen konnte. Er war ohne Zweifel ebenfalls zu der Schlussfolgerung gekommen, dass es hier eine Bedrohung abzuwehren galt.

Haark überschlug die Entfernung. Da sich beide Schiffe ohnehin mit hoher Geschwindigkeit aufeinander zu bewegt hatten, war der Abstand in den vergangenen 12 Stunden erheblich geschrumpft. Nun würde es keine weiteren acht Stunden dauern, bis die Kontrahenten aufeinander trafen. Und dass es sich um Kontrahenten handelte, daran konnte es keinen Zweifel geben.

»Keine Nachrichten, keine Kontaktaufnahme?«, vergewisserte sich Haark.

Er hatte wenig Hoffnung, wollte aber alle Eventualitäten beachten.

»Nein, Capitaine. Alle Rufe sind unbeantwortet geblieben. Auch die *Napoleon* hatte offenbar bisher wenig Glück.«

»Also gut. Die Station ist gewarnt?«

»Wir haben die KI dort sofort verständigt. Sie wird das Evakuierungsprotokoll ausführen und alle eventuell an Bord befindlichen Menschen zum Verlassen auffordern. Darüber hinaus sind alle Erzfrachter abzukoppeln und auf den Heimweg zu senden. Die Abräumautomaten werden auf autonomen Modus geschaltet und werden weiter arbeiten, bis ihre Lager voll sind, dann gehen sie auf Standby«, erwiderte Beck. Er blickte Haark auffordernd an, doch dem wollte nichts ausreichend Geniales einfallen, um dieser Erwartung gerecht zu werden. Mehr konnten sie von hier schlicht nicht ausrichten. Vielleicht gelang es den Prospektoren, sich lange genug im Feld zu verbergen, bis sie jemand abholen konnte. Normalerweise hielt die Lebenserhaltung ihrer kleinen Asteroidenhopser viele Wochen, da bei der gefährlichen Arbeit immer wieder Unfälle auftraten. Haark wünschte sich, mehr tun zu können.

Stattdessen wandte er sich den Daten zu, die die Sonde kurz vor ihrer Vernichtung übertragen hatte. Die Bordelektronik der *Malu* hatte die Rohdaten aufbereitet und so konnte man erstmals einen visuellen Eindruck des fremden Schiffes gewinnen. Als sich die dreidimensionale Darstellung auf dem Frontbildschirm ausbreitete, erstarb jedes noch so leise Gemurmel in der engen Zentrale des Torpedobootes.

Wenn jemand erwartet hatte, etwas besonders bizarres oder fremdartiges zu Gesicht zu bekommen, so wurde er enttäuscht. Das Schiff wirkte wie eine Flunder, flach, gedrungen und mit einem wie ein Fremdkörper wirkenden heckwärtigen Triebwerkskomplex. Ausleger erinnerten an Waffenplattformen, konnten aber auch anderen, unbekannten Zwecken dienen. Das Schiff war von beachtlicher Größe: Vom Bug bis zu den Triebwerksöffnungen fast 180 Meter, damit etwas größer als eine Fregatte. War die Armierung vergleichbar, so würde Esterhazy ein Problem bekommen. Haark unterdrückte den Impuls, den Befehl zum sofortigen Aufbruch zu geben. Die *Malu* würde in jedem Falle zu spät kommen, um noch in den Ausgang einer Auseinandersetzung zwischen der *Napoleon* und dem Fremden eingreifen zu können. Allerdings verdichtete sich in Haarks Bewusstsein die Erkenntnis, dass er ebenfalls die Gelegenheit bekommen würde, dieses Schiff von sehr nahe zu sehen. Es wirkte vom bloßen Anschein her bedrohlich. Haark wollte seine emotionale Anfälligkeit gegenüber diesem Anblick nicht überbewerten, aber ein schneller Blick in die Runde zeigte ihm, dass er damit nicht allein war. Das Gesicht seines Ersten Offiziers zeigte fast so etwas wie grimmige Zufriedenheit. Dieser Schiffstyp war in der Sphäre völlig unbekannt. Haark freundete sich mit der Tatsache an, dass es sich tatsächlich um einen Erstkontakt handelte.

Es war höchst bedauerlich, dass der Fremde offenbar kein Interesse am Austausch kultureller Errungenschaften hatte.

»Beck, was ist der Status des Liners?«

»Auf Kurs unter voller Leistung. Durch die Kursänderung des Bogeys vergrößert sich der Abstand kontinuierlich.«

»Wann wird der Liner hier sein?«

»In etwa zwölf Stunden.«

Haark nickte. Er erhob sich aus seinem Sessel und machte eine Geste in Becks Richtung, der seinen Platz einnahm.

»Fujikawa, stellen Sie eine abgeschirmte Verbindung zum Gouverneur von Arbedian her und legen Sie das Gespräch in meine Kabine.«

»Ja, Chef!« Der Signalmaat wurde langsam nüchtern, was seine Antworten weniger zackig und seine Bewegungen unsicherer machte.

Er musste bald abgelöst werden, um nachzufüllen.

Haark wandte sich auf dem Absatz um, verließ ohne ein weiteres Wort die Brücke und betrat nur wenige Augenblicke später seine nahe gelegene bescheidene Kabine. Nur Beck verfügte ebenfalls über einen einzelnen Raum vergleichbarer Enge, ein Luxus an Bord eines Schiffes von der Größe der *Malu*. Der kleine Raum war mit Möbeln vollgestellt, seinen einzigen privaten Besitztümern außer ein paar Dokumenten in einem Flottensafe auf Terra. Der Schreibtisch aus Borka-Eiche stellte sogar einen nicht unerheblichen Wert dar. An den Wänden hingen Bilder aus besseren Zeiten: Seine Graduierungsfoto, Porträts von Freunden, bevor sie in den Kolonialkriegen gefallen waren. Seinen Jahrgang hatte es damals besonders blutig erwischt: In der Karriereleiter hoch genug, um kleinere Kommandos zu übernehmen, aber nicht so hoch, sich in der Etappe ein sicheres Plätzchen suchen zu können. Von den 88 Absolventen der Akademie, mit denen er zusammen graduiert hatte, waren 57 gefallen, weitere zwanzig so schwer verletzt, dass sie aus dem aktiven Dienst hatten ausscheiden müssen. Zu den anderen Überlebenden hatte Haark keinen Kontakt, seine Freunde aus der Abgangsklasse waren alle tot. Es hatte Momente in seinem Leben gegeben, in denen er ein solches Schicksal ebenfalls vorgezogen hätte. Diese Momente waren vorbei, das machte aber das Bedürfnis nach einem guten Freund nicht kleiner. Haark war sich aber durchaus bewusst, dass sein eigenbrötlerisches Verhalten nicht zuletzt seiner Verbitterung geschuldet war, aus der er sich in den letzten zehn Jahren nicht hatte befreien können.

Der flache Bildschirm auf seinem Schreibtisch begann zu blinken. Das Wappen Arbedians wurde sichtbar.

Haark zupfte seine etwas verblichen wirkende Uniformjacke zurecht und setzte sich. Er zögerte einen Augenblick, ehe er die Verbindung herstellte. Er wusste, was er dem Gouverneur sagen wollte, oder vielmehr: Was er ihm zu sagen *hatte*.

Aber würde der Mann sich das von einem ältlichen Lieutenant auch sagen *lassen*? Haark hatte seine berechtigten Zweifel, andererseits blieb ihm keine andere Wahl.

Er drückte die Taste.

Das Gesicht von Gouverneur Farkas erschien auf dem Schirm. Das dünne, von harten Linien gezeichnete Antlitz wirkte übermüdet, was Haark als positives Zeichen wertete. Immerhin, er überließ die Sorgen nicht durchgehend den anderen.

»Capitaine Haark, es ist schön, Sie wieder zu sehen. Schade, dass es unter diesen Bedingungen erfolgen musste.«

Farkas und Haark waren sich einmal kurz begegnet, als die *Malu* ihren Posten aufgenommen hatte. Die Begegnung war oberflächlich gewesen, ein notwendiges Ritual zwischen Tür und Angel, die Begrüßung eines neuen Stationsoffiziers. Farkas war höflich gewesen, aber unverbindlich, und danach hatte es keine Gelegenheiten mehr zum Gespräch gegeben. Haark hatte allerdings auch nie nach solchen Ausschau gehalten.

Der Kommandant räusperte sich.

»Ja, Exzellenz, in der Tat. Dennoch bin ich dankbar, dass Sie etwas Zeit für mich erübrigen konnten. Die Entwicklungen spitzen sich zu.«

»Ich habe vom Verlust der Sonde gehört. Der Terminaldirektor hält mich auf dem Laufenden.«

»Direktor Lüthannes ist sehr kooperativ, Exzellenz. Der Verlust der Sonde durch Waffenwirkung hat nun die Befehlslage für mich verändert, Gouverneur.«

Farkas verzog das Gesicht.

»Es könnte sich doch um einen Irrtum gehandelt haben«, wandte er ein. »Man sollte keine voreiligen Schlüsse ziehen.«

Haark verkniff sich ein Seufzen. Er hatte mit diesem Einwand gerechnet. Und so abwegig war er nicht einmal. Aber das Risiko, sich zu irren, war jetzt zu groß geworden.

»Exzellenz, die Sonde befand sich auf einem Parallelkurs in äußerster Reichweite der Ortung. Sie hatte weder direkten Kurs auf das Schiff, noch eine höhere Geschwindigkeit, sondern ein angepasstes, distanziertes und passives Flugverhalten. Vorausgegangen sind zahlreiche Kontaktversuche, in Spachen, Symbolen, auf mathematischer Grundlage, das ganze Protokoll. Keine Reaktion.«

»Vielleicht ist das Schiff unbemannt«, bot Farkas an.

»Natürlich, das ist gut möglich«, erwiderte der Kommandant der *Malu*. Immerhin, der Gouverneur machte sich Gedanken. Man musste für die kleinen Geschenke des Schicksals dankbar sein. »Für die strategische Situation und meine Befehlslage ist es aber irrelevant, ob das Schiff bemannt ist oder nicht. Es gibt Hinweise darauf, dass der Fremde feindliche Absichten hat. Er hat Kurs auf die Bergwerkstation genommen. Ich kann nicht erkennen, was dieses Manöver bei einer friedlichen Kontaktaufnahme bedeuten soll. Sollte es sich hierbei jedoch um einen kriegerischen Akt handeln, wäre die Ausschaltung kriegswichtiger Industrie ein möglicher Faktor.«

Farkas hob seine Augenbrauen. Haarks Wortwahl schien ihm nicht sonderlich zu gefallen.

»Lächerlich«, versetzte er. »Wir verarbeiten doch kaum Rohstoffe für den eigenen Bedarf. Das Allermeiste wird exportiert. Was soll das also für eine kriegswichtige Industrie sein? Wir haben nicht einmal eine Fabrik für Handfeuerwaffen, geschweige denn eine Werft für Raumschiffe!«

»Wir wissen das, Exzellenz. Unser Gegner dort draußen nicht notwendigerweise.«

Farkas kniff die Lippen zusammen und schien seine Gedanken zu sammeln. Dann fuhr der Gouverneur fort.

»Das macht keinen Sinn, Capitaine. Wie will jemand mit einem einzelnen Schiff ein ganzes System kontrollieren?«

Das hätte Haark auch gerne gewusst.

»Wer sagt uns, dass es sich nicht schlicht um die Vorhut handelt?«, spekulierte er. »Und, ehrlich gesagt: Die uns vorliegenden Schiffsdaten legen nahe, dass es durchaus in der Lage sein könnte, das System zu übernehmen, wenn es über vergleichbare Waffensysteme zu einem irdischen Schiff ähnlichen Volumens verfügt. Es beherrscht eine Überlichttechnologie, die uns unbekannt ist – es ist nicht durch die Brücke gekommen und wir haben die Ankunft des Fremden nicht angemessen. Ich muss derzeit davon ausgehen, dass dieses Schiff mit der *Napoleon* fertig werden kann. Dann steht zwischen ihm und dem System nur noch die *Malu*, und wir wissen beide, dass das nicht viel ist.«

Farkas war mit dieser Botschaft nicht glücklich, doch die Tatsache, dass er nicht spontan reagierte, sondern sich vielmehr zurück hielt, ließ Hoffnung in Haark keimen.

»Was schlagen Sie vor, Capitaine?«

Auf exakt diese Frage hatte Haark gehofft. Er ließ die Katze aus dem Sack.

»Exzellenz, ich möchte den Evakuierungsalarm für Arbedian ausrufen.«

»Absurd! Arbedian hat eine gute Million Einwohner! Wer sollte die denn wohl evakuieren?«

»Niemand, Exzellenz. Dafür wäre auch gar keine Zeit mehr. Aber in etwa zwölf Stunden trifft der Prosperity-Liner ein. Wenn er innerhalb kürzester Zeit vollständig entladen wird, kann er bis zu 40.000 Personen aufnehmen. Das wird die Lebenserhaltung zwar an den Rand des Zusammenbruchs bringen, aber es geht schließlich nur um eine Zeitspanne, die ausreicht, den Transit nach Ambius durchzuführen. Frauen und Kinder, vor allem Kinder, wohl nur aus der Hauptstadt. Vor allem die jüngsten. Ich muss Ihnen das

Auswahlraster nicht erklären. Der Rest sollte von der Regierung aus den Staatsdepots bewaffnet werden. Sie sollten das Standrecht ausrufen und die Verteidigung des Planeten gegen mögliche Invasoren organisieren.«

Farkas hatte den Ausführungen Haarks mit aufgerissenen Augen gelauscht. Erst schien er mit dem Kopf schütteln zu wollen, dann aber verengte sich sein Blick wieder und er holte tief Luft, ehe er antwortete.

»Haben Sie diesen Vorschlag mit Capitaine Esterhazy abgesprochen?«

»Capitaine Esterhazy ist an die allgemeinen Befehlsprotokolle ebenso gebunden wie ich. Die Kolonialkriege waren eine entsetzliche Erfahrung, aber sie haben uns gelehrt, was in welchen Fällen zu tun ist. Ich habe der *Napoleon* eine Nachricht gesandt, in der ich Capitaine Esterhazy von meinem Ansinnen unterrichtet habe. Seine Antwort wird in den nächsten Stunden eintreffen. Sie verlieren wertvolle Zeit, aber wir können natürlich darauf warten. Ich weiß aber schon ziemlich genau, wie sie ausfallen wird.«

Farkas starrte Haark an. Dann, tonlos, fragte er: »Was werden Sie tun, wenn ich Ihrem Vorschlag nicht folge?«

Der Kommandant zuckte mit den Achseln.

»Ich werde dieses System verteidigen, bis die *Malu* kampfunfähig geschossen ist. Ich würde es vorziehen, wenn dieser Kampf einen Sinn hätte. Ein Sinn wäre, wenn der Liner voller Kinder und Frauen durch den Einsatz meines Bootes bis zur Brücke und ins nächste System entfliehen kann.«

»Dazu wird es doch nicht kommen!«, rief Farkas im Brustton der Überzeugung.

»Hoffentlich nicht. Aber wäre es nicht besser, für alle Eventualitäten vorzusorgen? Sollte der Fremde abdrehen oder die *Napoleon* Erfolg haben, können wir den Liner immer noch zurückpfeifen und entladen. Wenn Esterhazy aber scheitert und der Fremde Arbedian ansteuert, dann ist es für die Evakuierung wohlmöglich bereits zu spät. Es wird ohnehin knapp genug.«

Haark konnte förmlich mit ansehen, wie hinter der hohen Stirn des Gouverneurs die Gedanken rotierten. Er war eine Kreatur des örtlichen Bergbaukonzerns und wahrscheinlich in der Bevölkerung nicht sonderlich beliebt, aber er war derjenige - der Einzige! -, der eine solche Entscheidung treffen konnte.

»Gut«, kam das erlösende Wort. Farkas fixierte Haark. »Ich werde die entsprechenden Befehle geben. Der Capitaine des Liners könnte noch Probleme machen, ich habe keine Jurisdiktion über Großschiffe der Handelsfamilien.«

»Überlassen Sie das mir!«, hakte Haark sofort ein. »Sie tun das Ihre, ich das meine. Wir beten beide, dass sich diese Vorbereitungen als unnötig heraus stellen werden.«

Farkas nickte. Erst sah es noch so aus, als wolle er etwas anfügen, doch dann verstummte er. Nach einem knappen Gruß wurde die Verbindung beendet.

Unten auf Arbedian begann jetzt die Hölle menschlicher Schicksale und Haark war froh, all das nicht persönlich miterleben zu müssen.

Er wusste ziemlich genau, dass der Planet einer ernsthaften Invasion einer auch nur kleinen, professionellen Landetruppe nichts entgegen zu setzen hatte, sollte es so weit kommen. Es gab eine Gendarmerie von vielleicht 1000 Mann, bewaffnet mit Handfeuerwaffen. Es gab eine winzige präsidiale Garde von einer Kompanie der Kolonialinfanterie, was einer regulären Truppe noch am nächsten kam. Haark traute sich zu, mit einem Corps von 200 gut ausgebildeten und gut ausgerüsteten Marinesoldaten ganz Arbedian erobern zu können, wenn er dazu aufgerufen werden sollte.

Er blieb noch kurz in seinem bequemen Sessel sitzen, sowohl mit seinen trüben Gedanken wie auch mit der Müdigkeit kämpfend. Er wusste, dass er auf jeden Fall noch schlafen musste, ehe es richtig losging, aber er verschob das. Erst wollte er von der *Napoleon* hören, so oder so.

Und dann war da noch der Kommandant des Liners, den er überzeugen musste.

Und er musste der Besatzung mitteilen, was ihr aller Wahrscheinlichkeit nach bevorstand.

Er warf einen Blick auf das Abschlussfoto seiner Akademieklasse und salutierte in Gedanken. Er hatte das Gefühl, dass er seinen verstorbenen Kameraden in Kürze nachfolgen würde, und das war keine angenehme Anwandlung, alles andere als das.

Haark seufzte und kehrte auf die Brücke zurück.

Rahel war dann doch eingeschlafen.

Das war nicht besorgniserregend: Sie hatte im Verlauf ihrer militärischen Karriere gelernt, jederzeit, an jedem Ort und natürlich in jeder Position einschlafen zu können, wenn sich die Gelegenheit dazu ergab. Sie konnte sich auf ihre Instinkte verlassen. Jeder Mensch wachte mehrmals während des Schlafens unbewusst ohne es zu bemerken auf und Tooma war darin keine Ausnahme. Bei ihr kam aber hinzu, dass jahrzehntelange Praxis dazu führte, dass ihre unterbewusste Aufmerksamkeit auf bestimmte Schlüsselreize reagierte und sie dann richtig aufweckte. Keiner dieser Schlüsselreize ließ sie nun aus dem Schlaf zucken, sondern vielmehr die voreingestellte Automatik, die den Ton der Nachrichtenübertragung abrupt hoch drehte, als ein bestimmtes Wort fiel, von denen Tooma diverse vorprogrammiert hatte. Diese positive Fähigkeit, auf bestimmte Reize mit sofortiger Wachheit zu reagieren, hatte sich in den letzten Jahren ihres Dienstes als Fluch und Segen gleichzeitig erwiesen. Als Segen, weil sie meist rechtzeitig erwacht war, ehe Colonel Barraso mit seinen »Jungs« aufgetaucht war, um sie Opfer einer Massenvergewaltigung werden zu lassen – er hatte das nur einmal geschafft, als sie betrunken gewesen war. Als Fluch, weil sie danach nie wieder Ruhe gefunden und dem Schlaf gegenüber ein tiefes Misstrauen entwickelt hatte.

Tooma zwinkerte mit ihren verklebten Augen. Mit einer Hand griff sie zu einer Flasche mit gekühltem Fruchtsaft, mit der anderen zog sie den Schirm an seinem flexiblen Teleskoparm zu sich heran.

Auf dem Monitor erschien das Gesicht von Commandant Atkinson. Er wirkte jetzt nicht nur erschöpft und überfordert, sondern sichtbar verzweifelt. Die dünne Schicht gespielter Zuversicht war gesprungen. Nervosität und Ratlosigkeit sprachen aus seinem Habitus.

Nicht nur deswegen fühlte auch Tooma etwas von der Spannung, die im Pressezentrum der Regierung herrschte, als der höchste Militär des Systems das Wort ergriff. Auch das Gesicht des Interimsgouverneurs, der mit fahler Hautfarbe daneben saß und seine Hände ineinander verknotet hatte, sprach Bände.

»Meine sehr verehrten Damen und Herren, ich habe Ihnen die höchst bedauerliche Mitteilung zu machen, dass die Korvetten *Aeneas* und *Semaphore* bei ihrem Versuch, mit dem fremden Eindringling friedlichen Kontakt herzustellen, vernichtet worden sind. Nach unseren Erkenntnissen haben sie dem Gegner einige Beschädigungen zufügen können, die seinen Anflug verlangsamt haben. Die restlichen fünf Raumschiffe des Geschwaders haben nun unter dem Kommando des Schweren Kreuzers *Almirante* den Angriff auf den Fremden begonnen. Ich bin zuversichtlich, dass der Eindringling der geballten Schlagkraft unserer Schiffe nichts wird entgegen setzen können. Der Systemalarm bleibt weiterhin bestehen, bis wir Nachrichten haben, dass die Gefahr gebannt ist.«

Für einen Augenblick herrschte Stille, eine Mischung aus Erstaunen, Entsetzen und Überraschung. Dann aber gewannen die natürlichen Instinkte der versammelten Journalisten schnell wieder die Oberhand.

»Commandant Atkinson!« Stimmengewirr erhob sich.

Tooma blendete aus. Sie zweifelte nicht an Atkinsons Aussage. Von dieser Seite her erwartete sie allerdings auch keine weiteren Informationen von Wert. Die Korvetten waren zerstört und das restliche Geschwader würde das Schiff vernichten. Sie wusste, wie Offiziere redeten, wann sie die Wahrheit sagten und wann sie zu lügen begannen. Atkinson hatte aus Überzeugung und auf der Basis der Schadensmeldungen am fremden Schiff gesprochen.

Aber im Grunde war das gar nicht der Punkt.

Viel wichtiger war, dass Atkinson trotz dieser Zuversicht ein Nervenbündel gewesen war. Er hatte nicht die ganze Wahrheit gesagt und das konnte nur einen Grund haben: Dieses gegnerische Schiff war doch nicht mehr als eine Vorhut! Atkinson würde gleichfalls nicht dumm genug sein anzunehmen, mit der Zerstörung des Bogeys wäre das Problem gelöst. Und wenn er selbst das vielleicht auch glaubte oder glauben wollte, so nahm Tooma doch an, dass es in seinem Stab zumindest einige mit Intelligenz gesegnete Mitarbeiter gab, die es ihm sagen würden. Dass der Commandant zu diesem Zeitpunkt dazu nichts öffentlich bekannt geben würde, war so sicher wie das Amen in der Kirche. Aber es gab andere Informationsquellen, die möglicherweise etwas klarer mit der Wahrheit umgehen würden.

Sie aktivierte den Polizei- und Militärfunk und sah zu, nicht einmal in die Nähe der Sendetaste zu kommen. Und in der Tat, hier sah es ganz anders aus. Runde dreißig Minuten verfolgte sie die Meldungen aufmerksam, ehe sie den Empfänger leiser stellte, jedoch nicht ausschaltete. Er mochte sich als Quelle taktischer Informationen noch sehr nützlich erweisen. Bereits jetzt hatte sie einiges daraus lernen können: Atkinson ließ tatsächlich alle Vorbereitungen zur planetaren Verteidigung gegen eine Invasion anlaufen. Die Offiziellen befanden sich in höchster Aufregung. Nachrichtensonden wurden zu den ER-Brücken entsandt, die trotz der Tatsache, dass die Stationsbesatzung offensichtlich tot war, zumindest unbelebte Objekte in die benachbarten Systeme befördern würde. Die Stationen waren wohl vernichtet worden. Das bedeutete auch, dass von hier kein bemanntes Raumfahrzeug mehr entkommen konnte. Ohne die aktive Stabilisierung und Kalibrierung der Brücken durch die Stationen konnte es Großschiffe sonst wohin verschlagen.

In den Nachbarsystemen herrschte damit Alarm: Sobald die Brücke auf Standby schaltete, würden die Brückenstationen der Gegenstellen das sofort bemerken. Zuerst mochte man Nachrichtensonden hindurch schicken, um nachzufragen. Fingen diese die Notfallmeldungen etwa des Hauptsystems auf, kehrten sie automatisch zurück und würden Bericht erstatten. Dann erst wurde im Regelfalle nach und nach die Maschinerie der Flotte in Gang gesetzt werden.

In jedem Falle war jemand unterwegs. Die Frage war nur, wer zuerst kam und wer die größeren Bataillone hatte. Tooma kannte das Militär, für das sie gut zwanzig Jahre ihres Lebens gedient hatte. Sie ahnte, wer oder was oder wie viel kommen würde.

Daher zog sie es vor, bereit zu sein.

Dann horchte sie auf. Sie beugte sich vor, ihr Gesichtsausdruck voller Konzentration.

Für einen Moment glaubte sie, draußen ein Geräusch gehört zu haben. Sie hatte die Außenmikros gedämpft, aber trotzdem ... Tooma erhöhte die Sensibilität der Aufnahme. Tatsächlich, da waren Schritte, die sich dem Anwesen näherten. Sie lauschte noch einen Moment, dann glitt sie von ihrem Sitz. In ihrem rechten Arm lag, wie aus dem Nichts gezaubert, ein Sturmgewehr mit grün leuchtender Ladeanzeige. Es schien sich in einen untrennbaren Bestandteil ihres Körpers verwandelt zu haben. Tooma hielt einen Moment inne und verband die Ladekammer mit ihrem Anzug. Damit verdreifachte sie das mit winzigen Plasmabolzen gefüllte Magazin. Nur stärkste Panzerung vermochte einer Salve aus dem Gewehr zu widerstehen.

Mit fließenden Bewegungen verließ Tooma das Cockpit und stand kurz darauf im Freien. Es war stockdunkel und recht kalt, wenngleich sie von letzterem in ihrer hervorragend isolierenden Kampfrüstung nichts spürte, vom kühlen Lufthauch, der durch den geöffneten Helm drang, einmal abgesehen. Tooma holte ein kleines Pad aus ihrer Oberschenkeltasche und drückte eine Taste. Der Scheinwerferturm empfing den Befehl und tauchte mit einem Knallen das gesamte Areal in gleißenden Lichtschein. Tooma hörte einen überraschten Aufschrei und wusste sofort, wer da angekommen war.

»Nedashde! Hier herüber, zum Gleiter!«

Tooma dimmte den Schein aus der Batterie des Turms. Eine weibliche Gestalt kam auf die wartende Frau zu. Es war Nedashde Mekonnen, ihre einzige echte Nachbarin.

Nedashde war keine zwanzig Jahre alt, die einzige Überlebende ihrer Familie, die vor drei Jahren durch einen Arbeitsunfall ausgelöscht worden war. Sie war recht klein geraten, jedoch mit ausgeprägten weiblichen Attributen. Ihr fleckiger Arbeitsoverall verbarg ihre vollen, weichen Brüste nur unzureichend und spannte sich über dem weiten Becken. Sie hatte vielleicht zehn Kilo zuviel auf den Rippen, nicht genug, um fett oder schwerfällig zu wirken, aber schon zu viel, um als schlank durchzugehen. Rahel wusste, dass Nedashde vor körperlicher Arbeit nicht zurückschreckte und über eine beachtliche Stärke verfügte, genauso wie über eine große Leidenschaft für Süßigkeiten. Die junge Frau, kurz vor ihrem 17. Geburtstag, hatte die große Farm ihrer Eltern geerbt und zahlreiche Kauf- sowie Heiratsangebote ausgeschlagen. Oft genug war beides in einem übermittelt worden, um langwierige Verhandlungen zu vermeiden. Unterstützt von einer Kompanie preiswerter Arbeitsroboter, die sie sich zusammengekauft hatte, führte sie das große Anwesen eigenständig und erfolgreich. Die hinteren Anbauflächen ihres Betriebes grenzten an Toomas bescheidenen Besitz, und die Erfahrung der Soldatin mit Roboterelektronik hatte die beiden Frauen des Öfteren zusammen geführt. Tooma hatte ein gehöriges Maß an Respekt für die dunkelhäutige Frau entwickelt, die sich durchgebissen und vom Orakeln der anderen nicht hatte beeindrucken lassen. Es war keine Freundschaft daraus geworden - dafür waren Lebenshintergrund und Alter zu unterschiedlich und die Gelegenheiten, sich zu treffen, zu selten -, aber es war ein sehr positives nachbarschaftliches Verhältnis entstanden. Die Tatsache, dass Nedashde zu dieser Stunde hier auftauchte, überraschte Rahel nicht besonders. Abgesehen davon, dass die junge Frau über ein gehöriges Maß an Grips verfügte, hörte sie mit an Sicherheit grenzender Wahrscheinlichkeit ebenfalls den Militärfunk ab.

Tooma musterte die Farmerin, als sie bei ihr ankam. Sie musste ihren Gleiter außerhalb des Sicherheitsperimeters abgestellt haben und war dann mit dem allgemeinen Zugangscode bis hierher vorgedrungen. Es war ein Beweis für Toomas Vertrauen in Nedashde, dass sie ihr diesen Code gegeben hatte.

Die junge Frau trug neben ihrem Arbeitsoverall einen Rucksack und eine Whitley 6.5, ein langläufiges Jagdgewehr, das auf Lydos sehr beliebt war. Auch Tooma konnte der Waffe einiges abgewinnen, da sich mit ihr auf große Entfernung akkurat treffen ließ. Nedashde konnte seit ihrer Kindheit mit dem Gewehr ausgezeichnet umgehen, das hatte sie Tooma in kleinen Zielwettbewerben des Öfteren unter Beweis gestellt. Mit etwas Training hätte Tooma sie in besseren Zeiten für das Scharfschützencorps des Marineinfanteriedienstes vorgeschlagen. Nun war sie froh, dass die Fähigkeiten ihrer Nachbarin dort nicht verschwendet wurden.

»Du hast gepackt?«, fragte Tooma anstatt einer Begrüßung. Nedashde nickte, lächelte, und legte den Rucksack ab, ehe sie auf Toomas Kampfrüstung wies.

»Du auch.«

»Aus den gleichen Gründen?«

»Das nehme ich an. Ich benötige Schutz und habe mir gedacht, dass ich den am besten bei dir finde.« Nedashde wies auf den Rucksack. »Ich habe Konzentratnahrung für drei Wochen, vier Kartons Munition für die Whitley und strapazierfähige Ersatzklamotten. Dazu einiges an Kleinkram aus der Survivalkiste meiner Eltern. Alles, was ich verpacken und tragen kann. Nimmst du mich auf?«

Tooma erwiderte das Lächeln der jungen Frau.

Sie wusste schon, warum ihr Nedashde so sympathisch war. Sie war selbstbewusst und gleichzeitig praktisch und vernünftig veranlagt. Und sie war intelligent: Sie hatte die Verlautbarungen der Regierung offenbar ähnlich interpretiert wie Tooma und beschlossen, bereit zu sein, so weit das hier in der Ebene überhaupt möglich war. Als sie dann den Militärfunk abgehört hatte, war sie zu dem Schluss gekommen, dass sie nirgendwo besser vorbereitet war als in der Gesellschaft einer ehemaligen Marineinfanteristin. Außerdem kannte sie den Lexington und hatte wahrscheinlich vermutet, dass Rahel noch so einiges in ihrem Schuppen verbarg.

»Du bist jederzeit willkommen. Wir schlafen im Lexington.«

Nedashde warf einen Blick auf den massiven Leib des Gleiters. Für einen Moment blieben ihre Augen auf der Sunray hängen, doch sie verzog keine Miene. Ihre Überraschung schien sich tatsächlich in sehr eng bemessenen Grenzen zu bewegen.

»Dir ist klar, dass ich in erster Linie wegen dem hier gekommen bin, weniger wegen dir«, meinte sie leichthin.

»Sicher«, entgegnete Tooma trocken. »Und im Ernst: Du wirst nicht die Letzte sein. Davon bin ich überzeugt.«

Ein Schatten fuhr über Nedashdes schmales Gesicht und sie nickte.

»Ich verstau meinen Krempel. Wir können Wachen vereinbaren.«

Tooma schüttelte den Kopf.

»Ich bin jetzt erstmal wach. Kaffee?«

Nedashdes Augen bekamen einen gierigen Ausdruck.

»Flottenkaffee?«

»Sicher!«

»Klar!«

Tooma schüttelte den Kopf. Sie würde die Begeisterung von Zivilisten für Militärrationen nie verstehen. Vielleicht vermittelten sie ja den Duft von Freiheit und Abenteuer. Andererseits: Egal, was man über die Qualität der Standardrationen sagen wollte, am Kaffee gab es in der Tat wenig auszusetzen, auch, wenn es natürlich nur löslicher war. Tooma hatte weiterhin ihre Quellen. Frischen Kaffee gab es auf Lydos nur für die Reichen, die sich den Import leisten konnten. Flottenkaffee war das Zweitbeste. Danach kam ein einheimisches Gebräu, das zwar unter dem gleichen Namen verkauft wurde, aber jeder Beschreibung spottete.

Für Nedashde war die Nacht jedenfalls gerettet. Tooma hoffte, dass es am Morgen kein böses Erwachen geben würde. Sie warf einen Blick auf die Uhr, es war 3.16 morgens. Dann starrte sie in die sternenklare Nacht.

Ihre Gedanken flogen zu den fünf verbliebenen Schiffen des Systemgeschwaders und dem, was sie aller Wahrscheinlichkeit gerade taten. Mochte Rahel auch den Dienst vor fünf Jahren verlassen haben, bedeutete dies noch lange nicht, dass sie nichts mehr für diejenigen empfand, die ihr Leben in den Streitkräften aufs Spiel setzten.

Da oben starben gerade Soldaten.

Rahel wandte sich ab.

Es würden nicht die Letzten bleiben.

Der Eunuch sah alles.

Er saß in seinem elektronischen Kokon und ließ die Eindrücke auf sich einströmen. Es bedurfte keiner Verstandesgabe, die Informationen zu verarbeiten, das streng abgeschirmte Trägersignal übermittelte alles an die wartende Keimflotte und die einzige Aufgabe des Eunuchen bestand derzeit darin, zu sortieren und den Datenfluss zu sichern. Diese Sicherung umfasste auch, den Datenfluss anzuregen, und dafür gab es verschiedene, im Regelfalle destruktive Techniken.

Technische Spezifikationen der zerstörten robotischen Raumeinheit des Gegners gehörten zu den jüngsten Ergebnissen seiner Arbeit, und obgleich die frühe Unfruchtbarkeit seine emotionale Lebenswelt stark eingegrenzt hatte, verspürte er dabei Stolz. Sein Scoutschiff hatte die Einheit ohne Probleme vernichtet, nachdem die normalen Scans abgeschlossen waren, und dabei wichtige Erkenntnisse gewonnen. Letztendlich waren sie aber nicht ausreichend und seine Mission stand ohnehin erst am Anfang.

Nun steuerte er seinen Kreuzer auf eine weitere offenbar automatische Anlage innerhalb des Zielsystems zu. Seine Aufgabe war es, durch weitgehende Zerstörungen an offensichtlich mit Aufwand betriebenen Installationen einen militärischen Gegenschlag zu provozieren, um im Verlauf des Gefechts Erkenntnisse gewinnen und an die Keimflotte übermitteln zu können. Es handelte sich um eine Erzförderanlage, so viel stand fest. Aufgrund der Energiewerte und Ortungsergebnisse war klar, dass sie von einiger Bedeutung für das System sein musste. Sie zu vernichten, würde hinreichend Anreiz für die Intensivierung des Datenflusses bieten.

Dass er mit an Sicherheit grenzender Wahrscheinlichkeit die daraufhin folgende Auseinandersetzung nicht überleben würde, gehörte zu den Fundamenten seiner Selbsterkenntnis. Er erfüllte seine Aufgabe weiterhin mehr oder weniger leidenschaftslos, und das Bedauern, das er über seinen nahenden Tod empfand, blieb so begrenzt wie alle seine Gefühle. Außerdem gab es immer noch die Chance, das Aufeinandertreffen zu überleben, wenn sich die Kräfte des Gegners als unzureichend erwiesen. Das Scoutschiff war keine kleine Einheit, es war gebaut worden, um über einen möglichst langen Zeitraum eine Schlacht auch mit einem überlegenen Gegner zu überleben. Noch verfügte er nicht über ausreichend Daten, um dies realistisch abschätzen zu können. War das System nur schwach bewaffnet, würde er für eine weitere Mission zur Verfügung stehen. Wurden seine Erfahrungen hoch genug geschätzt, mochte sogar ein Kommando in einem Keimschiff möglich sein. Es gab Scoutpiloten, die das geschafft hatten, so sagte zumindest die kollektive Erinnerung.

Der Eunuch war in jedem Falle zuversichtlich. Er besaß einen starken Selbsterhaltungstrieb, das gehörte zu den Voraussetzungen zur Erfüllung seiner Aufgabe. Also würde er alles in seiner Macht stehende tun, um zu obsiegen. Seine Fernbereichsortung machte zurzeit drei potentielle ernsthafte Gegner aus. Ein relativ großes Schiff hielt mit voller Beschleunigung auf ihn zu und würde ihn kurz nach dem Eintreffen bei der mächtigen Anlage im Asteroidengürtel erreichen. Von dort flohen die Gegner mittlerweile, was nahe legte, dass sie unbewaffnet war. Ein zweites, kleineres Schiff hielt sich in der Nähe des offenbar besiedelten Planeten dieses Systems, es schien abzuwarten. Eine große Station umkreiste diese Welt, sie konnte bewaffnet sein. War sie es, würde der Scout spätestens an ihr scheitern. War sie es nicht, hatte er eine Chance auf Überleben. Die dritte, sehr große Schiffseinheit, die sich stetig von ihm entfernte, entsprach seinen Klassifikationen eines Transporters und hatte die Ausmaße eines mittleren Keimschiffes. Die Tatsache, dass sie offenbar mit Volllast auf den Planeten zuhielt, anstatt den Kampf zu suchen, legte nahe, dass sie des Schutzes bedurfte. Bis auf weiteres blendete der Scout diese Einheit daher aus seinen taktischen Überlegungen aus.

Der Eunuch richtete seine Sinne nach innen. Seit er in frühester Jugend in das elektronische Netz des Kokons gelegt worden war, hatte er diesen nicht mehr verlassen. Sein Körper war weitgehend bewegungsunfähig, seine Bedürfnisse wurden durch implantierte Zuleitungen befriedigt. Das Einzige, was er hin und wieder bewegte, war der Kopf mit dem Kranz aus Augen, der auf einer Stütze gebettet lag, während der Rest seines langgestreckten, schlanken Körper schlicht ruhte. Er war kleiner, ja im Vergleich zu einem ausgewachsenen Gereiften nahezu verkümmert, da er seine Muskulatur nie verwendet hatte. Das Gel, mit dem seine Haut ständig gepflegt wurde, verhinderte ein wundliegen. Traten Schmerzen auf oder gar eine Erkrankung, sorgten die medizinischen Automaten für sofortige Behandlung und gleichbleibendes Wohlbefinden, um seine Konzentrationsfähigkeit zu erhalten. So war es seit seiner Geburt und während seiner Indoktrination gewesen und so würde es bleiben bis zu seinem Tode.

Die Keimlinge, die seine Besatzung darstellten, verrichteten ihre Aufgabe ohne Probleme. 23 dieser anspruchslosen, semi-intelligenten Drohnen gehörten zu seinem Team, alle aufgrund ihrer besonderen Unterwürfigkeit und Zuverlässigkeit ausgewählt. Mochte ein Eunuch in seinem Kokon eine Auseinandersetzung möglicherweise auch überleben, ein Keimling hatte dieses Glück in der Tat nicht. Das lag nicht nur an seiner geringen Belastbarkeit – Schiffskeimlinge gingen nicht durch das gleiche genetische Aufzuchtprogramm wie Bodenkeimlinge -, sondern auch an seiner geringen Lebenserwartung. Diese Schiffskeimlinge wurden speziell für die Scoutmissionen gewachsen und sollte wider Erwarten ein Schiff einmal in Gefangenschaft geraten, würden sie eines natürlichen Todes sterben, ehe der Gegner herausgefunden hatte, wie man mit dem Volk zu kommunizieren hatte. Natürlich schränkte ihre geringe Lebenserwartung auch die Dauer einer Scoutmission ein. Der Eunuch würde sie binnen 48 Stunden abschließen müssen, weil er danach nur noch über ein begrenzt aktionsfähiges Schiff verfügen würde.

Eunuchen töteten sich selbst. Dieser Reflex war ebenfalls genetisch in ihnen verankert. Die Nähe des Feindes ertrugen sie nicht lange, wurde sie gar physisch, gaben sie sich sofort den Tod hin. Mit ihnen verging der Kokon und damit jede potentielle Informationsquelle. Der Eunuch hoffte, dass es nicht so weit kommen würde. Er zog ein Ende im Kampf einer Gefangennahme in jedem Falle vor.

Das Scoutschiff zog ruhig und unbeirrt seine Bahn. Die zweite robotische Sonde, die es nun begleitete, tat dies in gebührendem Abstand. Er konnte sie vernichten, wollte aber dem Gegner nicht allzu früh Informationen über die Reichweite seiner Waffen geben. Dort gab es bestimmt auch Eunuchen, die jede Information über ihn begierig aufsogen, und Taktiker, die diese auswerteten.

Der Eunuch wollte überleben, aber er war genauso bereit, für seine Mission sterben. Er würde alles dafür tun, so viele Informationen wie möglich zu sammeln und zu übermitteln. Und das ging nur, wenn er jeden seiner Gegner vernichtete.

Wenn man es recht bedachte, war das Leben eines Eunuchen im Grunde sehr einfach.

9 *Arbedian*

»Capitaine, wir bekommen jetzt Daten!«

Die enge Brücke der *Malu* war voll gepackt mit Besatzungsmitgliedern, die hier eigentlich nichts zu suchen hatten. Sie waren nach und nach wie zufällig in den Raum getröpfelt. Es war durchaus belustigend, wie sie in den beengten Verhältnissen versuchten, unauffällig zu sein. Haark hatte dagegen keinen Einspruch erhoben, denn er wollte, dass alle so viele Informationen bekamen wie möglich. Das interne Kommunikationssystem funktionierte leider nur im Audiomodus. Die vielen kleinen, beschlagenen Monitore waren schon vor Jahrzehnten ausgefallen und niemand hatte es je für nötig gehalten, wertvolle Ersatzteile für ihre Reparatur abzuzweigen.

Vielleicht würde jemand Haark ja sogar einen Tipp geben können, der ihn aus seiner Ratlosigkeit befreite. Die letzten Stunden waren anstrengend langweilig gewesen. Als Erstes hatte Esterhazy die Pläne Haarks zur Evakuierung ausdrücklich bestätigt, so dass der Gouverneur offenbar überzeugt war. Alle Vorbereitungen wurden getroffen. Auf Arbedian war jetzt wirklich die Hölle los. Für Haark war das eine wohltuende Bestätigung seiner eigenen Urteilsfähigkeit gewesen. Dann hatte er einen langen Funkspruch an den Liner geschickt und ihn über seine neue Rolle aufgeklärt. Bis jetzt gab es keine Antwort, aber die Entfernung schrumpfte und er musste bald ein richtiges Gespräch ohne große Verzögerungen mit dem Prosperity-Raumer führen können. Der gigantische Frachter hatte sich dem Terminal mittlerweile genähert und war bereits in der Bremsphase. Dann war eine Weile nichts passiert. Die zweite Sonde hatte den Eindringling sorgfältig verfolgt und ihre Telemetrie direkt nach Arbedian geschickt. Der große Array des Terminals wiederum hatte die Daten einwandfrei empfangen, und obgleich sie immer noch Stunden hinter den tatsächlichen Ereignissen hinterher hingen, war vor wenigen Minuten die Bestätigung gekommen, dass das gegnerische Schiff in Ortungsreichweite der Bergbaustation eingetreten war. Die Station hatte ihren Evakuierungsalarm abgeschlossen und sechs automatische Erzfrachter gen Arbedian gesandt. Auf einigen hatten sich Prospektoren, die sich in der Nähe befunden hatten, in Notquartieren eingeschifft. Sie mochten eine geringe Chance haben, all dies zu überleben.

Gleichzeitig war die *Napoleon* nahe genug herangekommen, um ihrerseits eine sinnvolle Kommunikation zu versuchen. Parallel dazu aber hatte der Array Lichterscheinungen und Energieausbrüche in der Nähe der Station aufgefangen. Die mit Lichtgeschwindigkeit übertragenen Erkenntnisse kamen deutlich vor den Details der Telemetrie an, so dass jeder annehmen musste, dass alle Versuche der *Napoleon*, in einen friedlichen Kontakt zu treten, vergebens gewesen waren.

Ohne Zweifel hatte das Zerstörungswerk begonnen. Die *Napoleon* hatte den Feind erreicht und es wurde gefeuert.

Die Stimmung war daraufhin gesunken, da jeder begriffen hatte, was das bedeutete. Die *Malu* würde in den Krieg ziehen müssen, und die Wahrscheinlichkeit, dass sie dies überleben würde, war außerordentlich gering. Alle hofften auf einen Sieg der *Napoleon*, aber jeder war Realist genug, um die Alternative ernsthaft in Betracht zu ziehen.

Der Feind war noch viele Stunden vom Torpedoboot entfernt und mochte beschädigt werden, aber aus irgendeinem Grund wollte niemand glauben, dass die *Napoleon* den Kampf siegreich hatte beenden können. Die Lichterscheinungen waren nach einiger Zeit eingeschlafen, um dann mit größerer Intensität wieder aufzuflammen, und spätestens dann war es eindeutig gewesen: Die *Napoleon* war unterlegen, und der Feind vernichtete die Bergbaustation.

Und jetzt kam die Telemetrie von der Fregatte mit allen grausamen Details.

Es wirkte hier, vom Leitstand der *Malu*, wie ein ergreifendes Kammerspiel. Die Daten enthielten Video- und Tonaufzeichnungen von den Geschehnissen auf der Brücke von Esterhazys Schiff. Niemand wagte einen Kommentar, als die Aufzeichnung abgespielt wurde, vor allem, da jeder zumindest ahnte, hier bereits toten Menschen bei ihren letzten Stunden zuzusehen.

Die *Napoleon* hatte sich dem fremden Schiff in einem direkten Abfangkurs genähert und beständig auf allen Frequenzen angefunkt. Es wurde dabei von dem Unbekannten völlig ignoriert, bis es zu einer Kursänderung des Eindringlings kam. Es handelte sich zweifelsohne um einen Angriffskurs und Esterhazy reagierte sofort und ohne weitere Versuche, in friedlichen Kontakt zu treten. Er hatte Gefechtsalarm gegeben, jedoch nicht den ersten Schuss abgefeuert.

Die *Napoleon* war als Fregatte mit einem deutlich größeren Repertoire an Waffen ausgerüstet als Haarks *Malu*. Neben Torpedos verfügte sie über zwei voll drehbare Laserbatterien an beiden Flanken ihres zylinderförmigen Schiffskörpers. Außerdem gab es einen Werfer mit leichten Raumraketen, von denen zwanzig gleichzeitig abgefeuert werden konnten. Die Reichweite war begrenzt, doch jede verfügte über die gleichen Atomsprengköpfe wie die Torpedos, die damit mehrfach bestückt waren und sich vor allem durch längere Brenndauer und ein automatisches Leitsystem auszeichneten. Neben einem ECM verfügte die *Napoleon* über einen Störkörperwerfer, und die mehrfach ablative Panzerung war um gut zwanzig cm dicker als die der *Malu*. Schließlich hatte sie etwas, von dem das kleine Torpedoboot nur träumen konnte: Einen elektromagnetischen Schildgenerator, dessen Schildblase gegnerische Geschosse abwehrte, jedoch gegen Energiewaffen weitgehend wirkungslos war. Es war ein krudes Gerät, und entstammte noch der ersten Generation, doch so lange der Generator nicht beschädigt war und genügend

Energie bekam, war die *Napoleon* ausgezeichnet geschützt. Die Auswertung der Daten hatte ergeben, dass die Sonde mit einer kleinen Raumrakete ausgeschaltet worden war. Der Feind verfügte also über eine entsprechende Bewaffnung.

Dann wickelte sich vor den Augen der schweigsamen Zuschauer das grausame Spektakel ab. Eben noch war auf der Ortung das gegnerische Schiff zu sehen, dann verschwand es hinter einem Schwarm kleinerer Ortungsanzeigen. Es hatte eine Salve Fernwaffen ausgelöst, Raketen oder Torpedos, die mit hoher Geschwindigkeit auf Esterhazys Schiff zurasten.

Die *Napoleon* ihrerseits eröffnete das Wirkungsfeuer, als sie in Reichweite war. Zwei Torpedosalven eilten ihr voraus, als der Raketenwerfer Massen der silbernen, schlanken Körper ausspie. Für die Laser war es noch zu weit, aber die gesammelte Vernichtung, die dem Feind entgegenraste, war beeindruckend. Der Gegner reagierte sofort und war unmittelbar in einen Schwarm Anti-Raketen gehüllt. Dieser schien den angreifenden Geschossen nicht entgegen zu fliegen, sondern verblieb vielmehr auf gleichem Kurs und bei gleicher Geschwindigkeit mit dem Angreifer. Erst, als die ersten Torpedos näher kamen, begannen einige zu beschleunigen und sich heran eilende Geschosse als Ziele auszusuchen. Sie funktionierten wie eine Art vorübergehender Begleitschutz. Ein interessantes Konzept, wie Haark fast unbewusst registrierte. Er musste darauf vorbereitet sein.

Dann trafen die Waffen beider Seiten.

Von den beiden Torpedosalven brachen nur zwei Geschosse durch. Sie verursachten heftige Detonationen am Gegner. Die Videoaufzeichnungen zeigten den Jubel an Bord der *Napoleon*, doch Haark hatte nur Augen für Esterhazy, der unbeeindruckt in seinem Kommandosessel hockte und in die allgemeine Begeisterung nicht einfallen wollte. Er unterbrach den Jubel mit knappen Befehlen, und es kehrte sofort Ruhe ein. Die gegnerischen Salven trafen im gleichen Moment ein. Heftige Erschütterungen durchfuhren die *Napoleon*. Haark ignorierte das Krachen und Blitzen der audiovisuellen Übertragung und konzentrierte sich auf die Anzeigen, die die Wirkungen der gegnerischen Fernwaffen kennzeichneten. Sie durchbrachen Laserabwehr und ECM und prasselten schließlich auf den elektromagnetischen Schirm, der den Schwarm wie ein wütender Bär abschüttelte. Der Schild arbeitete ausgezeichnet. Die Fregatte wurde heftig durchgewalkt. Haark registrierte, dass die Fernwaffen des Gegners zahlreicher, aber nicht so wirkungsvoll wie die der *Napoleon* waren. Eine weitere Lektion, die er sorgsam archivierte.

Der Fremde glitt aus den Explosionswolken hinaus. Laserblitze gewitterten, als die Raumraketen sich auf den Feind stürzten. Detonationen schimmerten auf und vergingen in glühenden Wolken, als die Laser die Raketen methodisch auszuschalten begannen. Thermonukleare Reaktionen, mit deren Energie man Städte über Monate versorgen konnte, spielten sich in Sekunden ab.

Die *Napoleon* schüttelte sich, als zwei weitere Torpedosalven die Abschussrohre verließen und der Raketenwerfer auf Dauerfeuer geschaltet wurde. Wie ein feuerspeiender Racheengel kam die Fregatte auf den Feind hinab. Haark beobachtete, wie Esterhazys Finger leicht zitternd auf den Auslöseschaltern der Laserbatterien ruhte. Gelang es ihm, Wirkungstreffer zu erzielen, während gleichzeitig Torpedos einschlugen, würde er Erfolg haben. Doch die Reichweite war immer noch zu gering und im Endeffekt war zu dieser Art von Koordination nur die Bordelektronik fähig.

In der Zentrale der *Malu* herrschte weiterhin andächtige Stille. Haark erkannte mit Zufriedenheit, dass Beck beständig ein Auge auf den aktuellen Ortungsergebnissen hatte und den Computer Kursvektoren ausrechnen ließ. Sein Erster Offizier wusste genau, was als nächstes kommen würde …

Dann kam das Ende. Die *Napoleon* feuerte mit allem, was sie hatte, und für einen Moment dachte auch Haark, damit wäre der Angreifer erledigt. Doch als sich das fremde Schiff durch die Flammenwand detonierender Raketen und Torpedos schob, direkt in die hungrigen Lichtfinger der Laser hinein, waren zwar Beschädigungen erkennbar, aber offenbar war das Schiff immer noch manövrierfähig. Es schien über keine Schildtechnologie zu verfügen, zumindest keine, die der irdischen vergleichbar war. Dennoch richteten die Waffen der *Napoleon* weniger Schaden an, als man bei einem ungeschützten Schiffskörper erwarten konnte.

Und es schlug zurück. Soweit Haark erkennen konnte, mit durchaus konventionellen Mitteln. Zwei große Mündungsrohre entließen einen Strom hochbeschleunigter Geschosse. Wie eine überdimensionierte Gatling spie der Fremde eine Serie von Projektilen aus, irgendwo zwischen Raketen und raketengetriebener Granate, aber vor allem sehr, sehr viele davon. Das alleine reichte jedoch nicht. Die mächtigen Laserblitze, die sich nach der Fregatte ausstreckten, durchstachen den wirkungslosen Schild und durchschnitten Generatorpole und Abstrahlgitter. Der Schild brach zusammen, und die Gatlinggeschosse begannen, die Fregatte systematisch zu zerschreddern.

Die *Napoleon* verfügte über mehrere Schichten ablativer Panzerung, doch diesem massiven Ansturm hatte sie, vor allem aus dieser Entfernung, wenig entgegenzusetzen. Der unablässige Strom der Geschosse fraß sich durch die Hülle des Kreuzers, und das wachsende Entsetzen in Esterhazys Gesicht spiegelte sich auf den Gesichtern der noch unbeteiligten Zuschauer an Bord der *Malu* wider. Dann brach die Übertragung ab, plötzlich, aber nicht unerwartet. Der Telemetriestrom versiegte parallel.

Die *Napoleon* war nicht mehr.

Die Schirme waren schwarz.

»Lieutenant Beck«, brach Haark mit belegter Stimme die einsetzende Stille. »Ich möchte mit Ihnen, Aspirant Sarazon und Sergent Descartes eine taktische Besprechung durchführen – in einer halben Stunde in meiner Kabine.

Setzen Sie einen Abfangkurs auf den Eindringling und beschleunigen Sie die *Malu* mit halber Kraft. Ich möchte ein Signal bekommen, wenn wir nahe genug am Prosperityliner sind, so dass wir störungsfrei kommunizieren können. Teilen Sie dem Gouverneur mit, dass die *Napoleon* verloren ist und ich das Kommando über die Systemverteidigung übernommen habe. Teilen Sie ihm auch mit, dass wir auf Abfangkurs gehen.«

»Das ist Selbstmord!«, entfuhr es Fujikawa.

Haark warf ihm einen langen Blick zu, dann nickte er.

»Exakt. Aber wir sind das Einzige, was zwischen dem Angreifer und dem Planeten steht. Wir müssen die Evakuierung decken, so lange wir können. Jede Minute ist kostbar. Ich werde meine Befehle nicht diskutieren.«

Er erhob sich. Beck murmelte bereits in ein Mikrophon.

Es war so weit. Haark spürte, wie ihm übel wurde.

Heute war ein verdammt schlechter Tag zum Sterben.

Nedashde hatte sich die Direktübertragungen aus dem militärischen Nachrichtennetz mit der gleichen unerschütterlichen Ruhe angehört wie Rahel, und das auch noch, ohne weiter in Frage zu stellen, ob der Zugriff in das Netz nun legal war oder nicht. Rahel fühlte ihre Vermutung bestätigt, dass hier auf der Ebene jeder mindestens den Polizeifunk abhörte. Die Nachrichten, die sie auf diese Art und Weise bekommen hatten, waren erschreckend genug. Im Grunde waren sie erst einmal positiver Natur gewesen: Die *Almirante* hatte den Rest ihres Geschwaders erfolgreich zum Sieg gegen den Eindringling geführt. Die Telemetriedaten waren vom Computer des Lexington visualisiert worden, auf einer dreidimensionalen taktischen Darstellung. Das gegnerische Schiff hatte sich tapfer verteidigt - oder vielmehr seinen Angriff ohne großes Zögern fortgesetzt - und der Schlagabtausch war heftig gewesen. Letztendlich war die materielle Überlegenheit des Systemgeschwaders wohl ausschlaggebend gewesen. Das Dauerfeuer hatte die durchaus effektiven Verteidigungsmaßnahmen des Angreifers bald gesättigt, und dann waren Salve auf Salve auf den Körper des Schiffes eingeprasselt. Es hatte daraufhin keine fünf Minuten gedauert, bis aus dem angreifenden Fremdschiff ein Haufen glühender Schlacke geworden war. Offenbar hatten die Verteidiger den Befehl erhalten, eine vollständige Zerstörung so weit es ging zu verhindern, um aus dem Wrack Erkenntnisse ziehen zu können, doch da hatte der Bogey nicht mitgespielt.

Als er seine letzte Waffe verloren und jede Manövrierfähigkeit eingebüßt hatte, war der letzte Akt angebrochen: In einer hellen Blume verging das Schiff, lautlos und endgültig. Ob es sich tatsächlich selbst vernichtet hatte oder eine nicht mehr zu stoppende Kettenreaktion beschädigter Aggregate die Ursache gewesen war, würde sich niemals zweifelsfrei sagen lassen. Vielleicht würden die Experten dazu etwas ausführen können, nach Auswertung aller Aufzeichnungen und mit genügend Zeit.

Die hatten sie aber nicht mehr.

Es hatte keine halbe Stunde gedauert, nachdem die Telemetriedaten des Kampfes auf Lydos angekommen waren, da hatte der Long Range Array der Systemüberwachung bereits Alarm geschlagen. Und diesmal ging es nicht nur um ein fremdes, feindliches Schiff, das die Erfassungsgrenzen überschritten hatte.

Diesmal handelte es sich um eine Flotte.

Hunderte von Schiffen.

Die Datenzähler revidierten die Zahl permanent nach oben. Als sie aufhörten zu zählen, waren es mehr als Tausend, exakt 1316, und mehr als die Hälfte deutlich größer als der erste Angreifer.

Ein gutes Dutzend groß wie die Liner der Handelsfamilien, wenn nicht noch größer. Tooma vermutete, dass Atkinson diese Daten schon vorher gehabt, jedoch die Erkenntnisse für sich behalten hatte, um eine frühzeitige Panik zu vermeiden.

Als die Zahl bekannt gegeben worden war, hatte sich eine ungläubige Stille über das Militärnetz gesenkt. Dann war die befürchtete Panik ausgebrochen, Geschrei, Flüche, sinnlose Befehle, hysterische Forderungen. Von militärischer Disziplin war keine Rede mehr. Die kläglichen Aufrufe der Vorgesetzten waren im Chaos untergegangen.

Rahel hatte zu diesem Zeitpunkt abgeschaltet.

Auch sie hatte dann erst einmal nichts mehr gesagt, und so saß sie immer noch still im Lexington, als Nedashde schließlich das Wort ergriff.

»Das ist … schlecht.« In ihrer simplen Feststellung waren doch Frage und Hoffnung impliziert. Letztere wollte ihr Rahel nicht nehmen, denn in ihrem eigenen, begrenzten Verfügungsbereich konnte sie keine Panik gebrauchen.

»Sehr schlecht«, bestätigte sie dann mit rauer Stimme. »Aber man kann so etwas überleben!«

»Sie werden landen!« Schon wieder eine Feststellung, eine Frage und eine Hoffnung.

»Ich gehe davon aus«, meinte Rahel und wies auf ihre Rüstung. »Ich bin von Anfang an davon ausgegangen. Das erste Schiff war ein Scout. Jetzt kommt die Flotte. Was wollen sie hier, wenn nicht die einzig lebensfreundliche Welt des Systems?«

»Dann können wir das nicht überleben.« Keine Frage und keine Hoffnung mehr.

»Doch, das können wir. Invasionen sind ein massives und brutales Mittel der Okkupation, aber dies ist ein *Planet*. Er ist groß. Wir kennen ihn. Die kennen ihn nicht. Und das gilt noch einmal besonders für die Dschungelebene.«

Rahel warf Nedashde einen scharfen Blick zu. »Du willst jetzt schon aufgeben? Dich der Gnade der Invasoren ausliefern?«

»Wir wissen doch gar nicht, ob sie wirklich landen werden«, begehrte die junge Frau auf. »Vielleicht werden sie alles zubomben und dann warten, bis alles vorbei ist und die Reste einsammeln.«

Rahel nickte. »Natürlich. Admiral Sikorsky hat das ja während der letzten Kolonialkriege vorgemacht. Und was hat es ihm gebracht? Eine total zerstörte Infrastruktur und zahllose Gefahren für seine eigenen Landetruppen. Nun, ich will deine Theorie nicht völlig ausschließen, denn wir wissen nicht, wie die da oben ticken. Aber wir sollten erst einmal nicht davon ausgehen. Selbst wenn, die Wahrscheinlichkeit, dass sie einen Bombenteppich über ein paar vereinzelte Gehöfte legen, ist ausgesprochen gering. Die Hauptstadt, gut, vielleicht. Aber hier?«

Nedashde schien bereit zu sein, sich Rahels Urteil anzuschließen.

Sie wirkte nicht wirklich hoffnungsvoll, aber immerhin war sie der Ansicht, dass es keine unmittelbare Gefahr zu gab.

»Neda ...« Rahel hatte sich angewöhnt, den Namen ihrer Freundin abzukürzen, und sie hatte keine Einwände geerntet. »Eine Sache müssen wir noch besprechen ...«

Tooma zögerte. Sie suchte nach Worten. Für sie waren viele Dinge klar, aber für die Farmerin, so praktisch sie auch veranlagt war, möglicherweise nicht.

»Wir können Flüchtlinge versorgen und mitnehmen, aber nicht unbegrenzt. Der Lexington fasst zwanzig Erwachsene, mit etwas gutem Willen auch 24. Dann ist Schluss. Wir werden möglicherweise in den kommenden Wochen sehr schwierige Entscheidungen treffen müssen.«

Nedashde sah Rahel einen Moment schweigend an, dann schüttelte sie den Kopf.

»Nein, das werden wir nicht.«

Rahel wollte aufbegehren, doch die junge Frau machte eine Handbewegung.

»Du wirst Entscheidungen treffen, Rahel«, meinte sie dann leise. »Ich werde gegen diese Entscheidungen keine Einwände erheben. Aber ich werde sie nicht mit dir treffen. Du hast das Kommando. Alles andere wäre absolut widersinnig.«

Rahel Tooma nickte. Sie war es schon längere Zeit nicht mehr gewöhnt, dass sich ihr jemand so eindeutig unterordnete, eine Reaktion, die früher für sie selbstverständlich gewesen war. Sie wollte keine Diskussion, und im Grunde fühlte sie, dass Nedashde Recht hatte. Dies war im Endeffekt eine militärische Operation, und sie war, das musste sie ganz ohne Eigenlob feststellen, aller Wahrscheinlichkeit jedem Offizier der Bodentruppen dieses Planeten haushoch an Erfahrungen und Eignung überlegen. Dass sie keinen Moment daran dachte, diese dem Militär zur Verfügung zu stellen, ließ sie nur einen kurzen Augenblick zögern. Man würde sie sicher nicht mit offenen Armen empfangen. Sie kannte die Vorbehalte der Infanterie gegenüber den Landeeinheiten der Marine, und sie wusste, was die Offiziere, die über ihre Vorgeschichte informiert waren, von ihr denken würden. Eine subalterne Funktion mit einer Handvoll panischer und schlecht ausgerüsteter Infanteristen war das Maximum, das sie erwarten konnte, und ändern würde es nichts.

Da war es besser, wenn sie sich um ihre eigenen Angelegenheiten kümmerte, zu denen jetzt auch Nedashde gehörte. Und bald sicher noch einige andere mehr.

Darauf galt es, sich vorzubereiten.

Tooma aktivierte eine Reliefkarte der Dschungelebene. Das dreidimensionale Abbild entfaltete sich im Cockpit. »Wir werden noch einige Tage haben, ehe so etwas wie eine nennenswerte Invasionsstreitmacht sich um die vereinzelten Siedlungen der Ebene kümmern wird. Wir sollten Vorbereitungen treffen.«

Nedashde wies auf das Innere des Executors.

»Wir sind vorbereitet!«

»Nein, wir können noch mehr tun, denn wir haben Zeit. Wir werden weitere Vorräte aus dem Haus schaffen und in getarnten Lagern in der Ebene verbergen – möglichst direkt im Dschungel, weitab von jeder Zivilisation. Nahrungsmittel, Medikamente, Munition. Ich habe noch einige Vorräte und ich weiß, dass deine Vorratsräume zum Bersten gefüllt sind. Wir werden sie aufteilen und in Isolierkisten packen, die einiges aushalten. Dann werden wir sie an bestimmten Stellen über dem Dschungel abwerfen. Das können wir binnen 24 Stunden schaffen. Dann verbergen wir uns mit dem Executor selbst im Dschungel und warten.«

Nedashde hatte dem Vortrag schweigend gefolgt. Der letzte Satz aber schien sie zu einer Reaktion zu bewegen.

»Warten? Worauf warten? Dass es uns irgendwann doch erwischt?«

Da war keine Bitterkeit in der Frage, auch wenn sie ein wenig so klang. Rahel hatte auf diese Frage gewartet.

»Ich vermute, dass irgendwann Entsatz kommen wird. Den Zentralsystemen wird auffallen, wenn der Kontakt zu Lydos abbricht. Sie werden die Flotte entsenden, um das System zurück zu erobern. Darauf können wir uns einigermaßen verlassen.«

In der Tat verspürte Tooma dabei eine gewisse Zuversicht. Lydos war nicht unwichtig und das Militär würde das System als Knotenpunkt hoch auf die Prioritätenskala setzen – wenn es denn eine Skala gab. Aber Tooma hatte das Gefühl, dass Lydos nicht die einzige Welt war, die von den Fremden angegriffen wurde. Bis auf weiteres würde sie diese Ahnung aber nicht mit Fakten untermauern können.

Jetzt, da die Entscheidung getroffen war, gingen die beiden Frauen sofort ans Werk. Tooma startete den Executor und flog mit der Maschine Nedashdes Farmhaus an. Wie erwartet hatte die junge Frau – wie sicher alle Bewohner der Ebene – einen Vorratsraum, der sich sehen lassen konnte. Rahel suchte die Ladung nach strengen Kriterien aus: Verpackung, Haltbarkeit, Nährwert, Nützlichkeit in einer Überlebenssituation. Ohne weitere Frage wurden die beiden weiteren Jagdgewehre sowie zwei Kisten Munition eingeladen, ebenso wie Messer und Werkzeuge. Ersatzkleidung wurde wasserdicht verpackt – die Ebene war für ihre plötzlichen und ausgesprochen heftigen Regengüsse bekannt. Rahel fand Batterien und größere Energiepacks, die sie an Maschinen des Executors anschließen konnte. Die beiden Frauen arbeiteten schweigsam und konzentriert, und es dauerte keine zwei Stunden, dann war der Gleiter beladen. Wie Tooma erwartet hatte, reichten alleine schon Nedashdes Vorräte, um das Fahrzeug bis an seine Belastbarkeit zu füllen. Ohne weitere Pause verließen sie die Farm, der die junge Frau einen langen und schmerzhaften Blick aus der Kanzel des startenden Gleiters hinterher schickte. Rahel konnte exakt ermessen, was in ihr vorging, denn sie hatte sich damals, als sie den Abschied eingereicht hatte, genauso gefühlt. Worte halfen hier nicht, nur Taten.

Und Taten folgten, unablässig.

Drei Lager legten die Frauen noch in dieser Nacht an, mit Vorräten aller Art, geschützt in nahezu unzerstörbaren Plastkisten, hermetisch verschlossen und unzugänglich für die zahlreichen Raubtiere des Dschungels – oder für die Insekten, die allerdings auf Lydos zu einem guten Teil unter die gleiche Kategorie wie der Tigerfuchs fielen, gegen den Rahel Sicherheitsperimeter errichtet hatte. Sie schüttelte den Kopf. Obgleich diese Phase ihres Lebens nur Stunden hinter ihr lag, hatte sie sie bereits fast vergessen.

Mit deutlich geleertem Executor kehrten die Frauen bei Tagesanbruch zu Rahels Haus zurück. Bevor sie sich etwas Ruhe gönnten, verluden sie den Rest ihrer Vorräte, um mindestens zwei weitere Lager anzulegen. Im Grunde aber erwartete Rahel für die nächsten Stunden die Ankunft weiterer Ebenenbewohner. Obgleich abgelegen, machten Nachrichten hier schnell die Runde, auch und gerade die inoffiziellen.

Dann frühstückten sie gemeinsam, immer noch schweigsam, diesmal aber mehr aus Erschöpfung denn Konzentration. Nedashde legte sich schlafen, während Rahel noch einmal in Ruhe die Downloads aus dem Militärnetz abhörte. Die Hysterie war vorbei und hatte einer tief greifenden Verzweiflung Raum gegeben. Das Militär bereitete sich auf eine Invasion vor und die Hauptstadt wurde von ihren Bewohnern in Scharen verlassen. Rahel wollte nicht wissen, wie viele Menschen allein bei dieser unorganisierten Flucht ums Leben kamen. Offizielle Kommuniques der Regierung, mit denen zu Ruhe und Besonnenheit aufgerufen wurde, verhallten weitgehend. Rahel war nun nicht die einzige auf dieser Welt, die den Polizei- und Militärfunk abhörte. Und auf dem wurde seit Stunden Tacheles geredet.

Die feindliche Flotte hatte konsequent Kurs auf Lydos genommen und würde in 16 Stunden eintreffen. Rahel schaltete den Funk aus und seufzte. Die letzten einigermaßen friedlichen Stunden ihres Lebens brachen an, und obgleich alles in ihr sich dagegen sträubte, musste sie einen Teil dieser Zeit verschlafen, um bereit für das Unausweichliche zu sein. Sie horchte in sich hinein und nahm eine Mischung aus ganz unterschiedlichen Emotionen wahr: Das lange vergessene Fieber, das sie immer vor einem Kampf verspürte, die satte Zufriedenheit, mit der sie ihre sorgfältigen Vorbereitungen quittierte, die professionelle Zuversicht, die sie aufgrund ihrer langjährigen Erfahrung fühlte, und die unerwartete Wärme und Zuneigung, mit der sie das schlafende Gesicht Nedashdes auf dem Copilotensitz betrachtete.

Dann legte sie sich hin.

Ihre innere Uhr würde sie in exakt acht Stunden wecken, kurz vor Sonnenuntergang. Sie vergewisserte sich noch einmal der Funktionsfähigkeit aller automatischen Warnanlagen, dann schloss sie die Augen und fiel widerwillig in einen tiefen Schlaf.

Der Eunuch erwachte aus dem Erkenntnistraum und sortierte die Erfahrungen des Zusammenstoßes, während er bereits seine weiteren Befehle gab. Die Keimlinge waren alle beschäftigt, die Schäden zu reparieren, die das gegnerische Schiff angerichtet hatte. Sie waren nicht unerheblich, aber es blieb Zeit bis zum nächsten Zusammenstoß und das eine oder andere konnte noch wiederhergestellt werden.

Die Sensoren hatten jede Sekunde des Aufeinandertreffens akribisch aufgezeichnet und den Datenstrom zur Saatflotte zu keinem Zeitpunkt abbrechen lassen. Der Eunuch hatte nur wenig Zeit gehabt, sich selbst um die Auswertung zu kümmern. Auch jetzt konnte er nur einen geringen Teil seiner Aufmerksamkeit darauf verschwenden, denn es gab viel zu tun. Bereits jetzt wusste er, dass, was immer auch die Keimlinge tun würden, das Schiff in zentralen Bereichen schwer beschädigt war. Der gegnerische Kommandant hatte sehr beharrlich gekämpft, auch das war registriert worden. Das Schiff war etwas kleiner und etwas schwächer bewaffnet gewesen als das des Scouts. Dennoch, ohne nähere Informationen über die Waffentechnik des Feindes war es schwierig gewesen, sich anzupassen.

In jedem Falle verfügten die Besitzer dieses Systems über eine erklärbare und vorhersehbare Waffentechnologie. Sie war in einigen Bereichen derjenigen der Saatflotte leicht überlegen, in anderen erkennbar unterlegen. Natürlich gab es bei der Bewertung viele Unwägbarkeiten. Dies hier war offenbar nur ein Randsystem, also war nicht durchweg mit modernster Technologie zu rechnen. Das System einzunehmen, würde nicht das Problem sein, es zu halten möglicherweise schon. Das war jedoch aller Wahrscheinlichkeit keine Angelegenheit, mit der sich der Eunuch würde auseinander setzen müssen. Er richtete seine sensorenverstärkten Sinne auf das System und er versuchte, weitere Bedrohungen zu antizipieren. Dies schloss Überraschungen natürlich nicht aus, aber bisher hatte der Scout keine größeren Schiffsbewegungen identifiziert.

Die beiden verbleibenden Einheiten verhielten sich wie erwartet. Die bemerkenswert große hatte den Planeten erreicht und offenbar den Schutz der Orbitalstation gesucht. Die kleine hatte ihre Triebwerke gezündet und Kurs auf den Scout genommen. Es musste über das Schicksal seines größeren Schwesterschiffes informiert sein, suchte aber offensichtlich trotzdem den Kampf.

Das bedeutete folgerichtig, dass keine weiteren Kampfeinheiten zur Verfügung standen und der Gegner alles in die Waagschale warf. Der Eunuch wusste, sobald auch die Führer der Saatflotte zu diesem Schluss gekommen waren, würden sie den sofortigen Beginn der Invasion befehlen.

Es war nicht mehr mit ernsthafter Gegenwehr zu rechnen.

Dass der Eunuch mögliche Kämpfe am Boden nicht in seine Berechnungen einbezog, war verzeihlich. Das Leben auf einem Planeten und die möglichen Gefahren einer Landung entzogen sich seinem Erfahrungshorizont. Er hatte seine gesamte Existenz im Kokon seines Schiffes zugebracht. Und er musste sich um derlei auch nicht kümmern, das war die Aufgabe der Taktiker, zu denen er nicht gehörte. Bereits jetzt standen in den Landungsbooten Tausende von Keimlingen bereit, allein zum Zwecke des Kampfes gepflanzt und gedüngt, und mit der gleichen unerschütterlichen Todesbereitschaft gesegnet wie der Eunuch. Sie würden die Etablierung der Pflanzstationen vorbereiten und, sobald der gröbste Widerstand gebrochen war, den Dünger einsammeln.

Der Eunuch war auch damit befasst, neue Befehle zu erteilen. Er hatte genügend Langstreckenwaffen übrig, um den Angriff auf die große Station im Asteroidengürtel fortzusetzen, den er hatte abbrechen müssen, um das mittlerweile vernichtete Schiff abzuwehren. Er gedachte, dieses Zerstörungswerk mit einer Reihe sorgfältig gezielter Schüsse zu vollenden. Tatsächlich machte sich bei ihm ein gewisses Maß an vorsichtiger Zuversicht breit. Sicher, der Feind hatte dem Scoutschiff nicht unbeträchtlichen Schaden zugeführt. Doch es gab eine gute Chance, dass er diese Mission überleben würde. Das große Schiff schien vor ihm zu fliehen, das kleine war offenbar keine signifikante Gefahr. Sobald er die letzte Kampfeinheit des Systems außer Gefecht gesetzt hatte, würde er die orbitalen Installationen zerstören und den Planeten ansonsten in Ruhe lassen. War die Orbitalstation ernsthaft bewaffnet, wäre das möglicherweise ein Problem, die Art und Weise, wie das einsame kleine Schiff auf ihn zuraste, machte das jedoch unwahrscheinlich. Und dann blieben da noch eine Handvoll quälend langsamer Systemeinheiten, die sich alle von ihm absetzten und erkennbar keine Bedrohung waren. Die Saatflotte würde sie quasi im Vorbeifliegen auslöschen.

Als letztes auf der Liste seiner Ziele stand die kleine Station, die etwas außerhalb des Systems schwebte und möglicherweise etwas mit der interdimensionalen Verzerrung zu tun hatte, die seine Instrumente unweit davon anzeigten. Sollte er diese auch noch vernichten und weiterhin am Leben sein, durfte er zur Saatflotte zurückkehren. War sein Schiff nicht mehr richtig manövrierfähig, konnte es sogar sein, dass man eine Rettungsmission nach ihm entsenden würde, da er seinen Wert unter Beweis gestellt hatte. Danach würde er wahrscheinlich nie wieder mit einer Scoutmission betraut werden und hier im System bleiben, gar eines natürlichen Todes sterben, als geehrter Krieger, dem man Genproben zur Aussaat entnehmen und der damit Unsterblichkeit für sich beanspruchen konnte.

Der Eunuch war in zunehmendem Maße der Ansicht, dass das eine durchaus verheißungsvolle Perspektive war.

Er gestattete sich einige Minuten, um sich diese Variante seiner Zukunft in Ruhe auszumalen.

Oh doch, das war erstrebenswert.

»Das ist eine absurde Frechheit, und Sie wissen das!«

Capitaine Admanto war jung, in der Tat zu jung für das Kommando, das er innehatte. Sein fein geschnittenes Gesicht, dem man Spuren von Make-up ansah, dominierte die holographische Darstellung auf der Brücke der *Malu*. Er wirkte nicht einmal arrogant, obgleich Haark das von einem Offizier eines Prosperity-Liners im Stillen erwartet hatte. Admanto machte auf ihn schlicht den Eindruck eines verwöhnten Kindes, und das war er aller Wahrscheinlichkeit nach auch. Niemand bekam in diesem Alter das Kommando über einen derartigen Riesen, wenn er nicht gute Verbindungen in der Familie hatte, die den Konzern kontrollierte. Oft wurden für die Beförderungen eher sachfremde Kriterien angewendet. Admanto war das Produkt einer langen Tradition von Beziehungsinzest, in dem immer die gleichen Sprösslinge der gleichen Familienzweige, ihre Vettern und Cousinen ersten und zweiten und dritten Grades, in Positionen gehievt wurden. Manchmal erwies sich das als Glücksfall, weil die entsprechende Person tatsächlich über die richtigen Qualitäten verfügte. Oft genug war jedoch das Gegenteil der Fall. Admanto war offenbar kein Glücksfall, zumindest nicht für Haark.

Der Linerkommandant schob die Unterlippe vor und sah aus wie ein Junge, dem man sein Eis weggenommen hatte. Haark bemühte sich um ein konziliantes Lächeln. Ihm lief die Zeit davon, und das Gespräch hatte schlecht begonnen. Admanto war ein kleiner Gott, da, wo er her kam, und er war es gewöhnt, dass man ihn hofierte. Vor allem war er es gewöhnt, dass immer alles problemlos und reibungsfrei verlief und andere vor ihm die Scheiße wegräumten, und davon konnte angesichts der derzeitigen Situation kaum die Rede sein.

Ein Blick auf den Kursschreiber intensivierte Haarks höfliche Haltung. Seit einer Stunde lief die *Malu* auf Volllast, direkt auf den Feind zu. Sie würde ihn in etwa 16 Stunden erreicht haben und dann hoffentlich lange genug aufhalten, um dem Liner die Aufnahme von Flüchtlingen und die Absetzbewegung zur Brücke zu erlauben. Aber dazu bedurfte es neben viel Glück und Geschick auch der vollen Kooperationsbereitschaft Capitaine Admantos, inklusive seines Willens, die Triebwerke seines Liners bis zur Selbstzerstörung zu überlasten, um aus dem System zu entkommen – und dieses Gespräch nicht unnötig in die Länge zu ziehen.

Die Kooperation der Systemregierung hatte Haark. Das Ende der *Napoleon* hatte tiefen Eindruck hinterlassen. Die plötzlich verstummende Telemetrie der Bergbaustation und die langsam versiegenden Hilferufe der Prospektoren aus dem Asteroidengürtel hatten dazu beigetragen. So tragisch das alles war, die Tatsache, dass der Gegner die kleinen Schürfsonden und bemannten

Erzsucher jagte und einzeln ausschaltete, verschaffte der *Malu* und der Evakuierung wertvolle Zeit. Was für eine Strategie der Feind damit verfolgte, vermochte Haark nicht zu ermessen. Er war aber dankbar für jeden winzigen Vorteil, den sie ihm brachte. Immerhin, diese Welle der Zerstörung hatte durchaus ihren Einfluss auf den Kommandanten des Liners hinterlassen. Unter all dieser dick aufgetragenen Überheblichkeit vermutete Haark Angst und Unsicherheit. Und er hatte sehr schnell, sobald eine sinnvolle Kommunikation möglich war, auf Haarks Rufe reagiert.

»Capitaine!«

Haark versuchte sich an einem gewinnenden Lächeln.

»Sie wurden vom Gouverneur doch über die problematische Sachlage informiert. Ein Schiff der Flotte wurde vor kurzem vernichtet und der Gegner hält sich weiterhin im System auf …«

Admanto machte eine abfällige Handbewegung.

»Sie sind ja noch da. Sie werden den Eindringling vernichten.«

Haark holte tief Luft.

»Das werde ich sicher versuchen, Capitaine, und dies unter Einsatz aller Mittel. Aber der Feind hat eine deutlich modernere und größere Einheit der Flotte in einem Kampf zerstört und ist offenbar in der Lage, dieses Zerstörungswerk weiter fortzusetzen. Mein eigenes Schiff ist kleiner und veraltet, ich rechne daher nicht mit einem leichten Sieg.«

Admanto zuckte mit den Schultern.

»Sie werden ja wohl auch dafür bezahlt, gewisse Risiken einzugehen. Sie erwarten von mir doch wohl keine Ratschläge, wie Sie da zu verfahren haben? Ich bin nicht für das Töten ausgebildet.«

Haark musste aufpassen, dass ihm sein Lächeln nicht entglitt. Aus den Augenwinkeln erkannte er, dass Fujikawa eindeutige Handbewegungen machte. Er vergewisserte sich, dass diese nicht von der Kamera erfasst wurden. Nur eine Sekunde später stand Beck hinter dem Mann und schlug ihm auf den Arm. Wer einmal Becks Wut herausforderte, tat gut daran, ihn nicht weiter zu provozieren. Auch Fujikawa folgte dieser weisen Einsicht.

Haark konzentrierte sich wieder auf das Gespräch.

»Capitaine Admanto, ich bin durchaus an Ihren Ratschlägen interessiert, sollten Sie entsprechende Vorschläge haben. Aber noch viel mehr bin ich daran interessiert, für alle Eventualitäten vorzubeugen. Eine Eventualität wird, und dieses Urteil müssen Sie meiner Kompetenz zugestehen, dass die *Malu* diesen Kampf nicht überleben und der Gegner seinen Angriff fortsetzen wird. Das nächste logische Opfer wird dann Ihr Liner oder der Planet selbst sein.«

Admanto schaute Haark mit Kulleraugen an.

»Mein Schiff? Aber nein! Es ist unbewaffnet und auf einer friedlichen Handelsmission!«

Haark übte eiserne Selbstbeherrschung, um nicht aufzustöhnen. Einige Mitglieder der Brückenbesatzung hatten sich weniger unter Kontrolle. Haark reduzierte die Sensitivität des Mikrophons und beugte sich vor.

»Ja. Das ist es. Die Bergbaustation und die freien Prospektoren, die gerade vom Gegner in Stücke geschossen werden, sind ebenfalls unbewaffnet und auf einer friedlichen Mission. Das scheint unseren Besucher nicht sonderlich zu interessieren.«

Admanto nahm den Anflug von Sarkasmus in Haarks Stimme offenbar nicht wahr.

»Dann muss man es ihnen begreiflich machen!«

Haark seufzte innerlich. Er hatte Admanto vollständig über die bisherigen Aktivitäten und Erfahrungen in Kenntnis gesetzt, auch über die gescheiterten Versuche der Kontaktaufnahme. Offenbar hatte der Linerkommandant nicht oder nur halbherzig zugehört. Es war, als würde er in seiner eigenen, kleinen Welt leben und alles, was um ihn herum stattfand, nur als Belästigung empfinden. Nicht, dass dies Haark wirklich überraschte. Es war nur so schwierig, mit jemandem zu kommunizieren, der mental dermaßen in einer anderen Galaxis lebte.

»Capitaine, das wurde versucht, und ohne Erfolg. Sie können es gerne ebenfalls noch einmal probieren, und niemand wäre glücklicher als ich, wenn es Ihnen gelingen würde, den Angriff durch die Einleitung von Verhandlungen abzuwenden.«

Das leicht säuerliche Gesicht Admantos zeigte, dass dieser eine solche Aufgabe für unter seiner Würde hielt. Haark ließ ihn gar nicht erst zu einer Entgegnung kommen.

»Der Gouverneur sieht die Lage ähnlich wie ich. Seit Stunden werden Flüchtlinge in Shuttles gepackt und auf Arbedian Terminal gesammelt. Ihr Liner kann binnen zwei Stunden völlig entladen werden, und binnen zwei weiterer Stunden können Sie bis zu 40.000 Flüchtlinge an Bord nehmen, vornehmlich Kinder und deren Mütter. Sie können dann sofort ablegen und mit Überlast die Brücke anfliegen, um das System zu verlassen. Ich werde tun, was ich kann, aber wenn es nicht ausreicht, werden Sie persönlich dafür verantwortlich sein, 40.000 Menschen das Leben gerettet zu haben.«

Es schien, als habe Haark damit eine Saite in Admanto getroffen. Er machte sich über die Natur dieses Treffers keine großen Illusionen: Wahrscheinlich war es die Aussicht auf Ruhm und Anerkennung, die ihre größte Attraktivität auf ihn ausübte. Haark war das egal. Wenn er den Kommandanten nur zur Kooperation bewegen konnte, egal warum und wie, konnte er sich endlich ganz der Aufgabe widmen, sein eigenes Begräbnis so zielorientiert und effizient wie möglich zu gestalten.

»Nun, das hat natürlich einiges Gewicht, was Sie da sagen ...«, erwiderte Admanto und ließ damit offen, auf was genau sich diese Einschätzung bezog. »Ich sollte vielleicht mit dem Gouverneur Kontakt aufnehmen und mit ihm über diese Sache reden.«

»Eine ausgezeichnete Idee«, beeilte sich Haark zu antworten. Bei ihrem letzten Gespräch hatte der Gouverneur sich bereits am Rand der Panik befunden, wenn er etwas davon auf den Linerkommandanten übertragen konnte, war er bereits sehr zufrieden.

»Ich bin sehr auf Ihre Kooperation angewiesen, Capitaine«, betonte Haark nun. »Sie wissen, dass ich nach der Vernichtung der *Napoleon* höchster militärischer Befehlshaber in diesem System bin. Der Notfall ist ausgerufen und vom Gouverneur bestätigt. Ich könnte Ihnen rein theoretisch einfach die entsprechenden Befehle geben, und wenn Sie diese nicht ausführen, wäre ein Militärgerichtsverfahren die Folge. Ihnen sind die einschlägigen Bestimmungen ja bekannt.«

Admantos leicht kuhäugiger Blick belegte das Gegenteil. Haark ließ sich dadurch nicht beirren. Das war die Peitsche gewesen, jetzt war der Zeitpunkt für das ganz große Lutschbonbon.

»Aber ich will hier nicht den Befehlshaber herauskehren, Capitaine, vor allem nicht jemandem gegenüber, der ein so deutlich größeres und moderneres Schiff befehligt wie Sie. Im Zweifel nehme ich jedoch jede Verantwortung auf mich. Sollte sich der Angriff des Feindes als nicht so gravierend erweisen, wie ich es befürchte, dürfen Sie die Frage der durch die Evakuierung entstandenen Kosten jederzeit mit Hinweis auf einen ausdrücklichen Befehl meinerseits abwälzen. Ich bin hier zu jedem Entgegenkommen bereit, wenn Sie sich nur entschließen können, dem System in dieser Stunde der Not beizustehen.«

Es war wohl die Mischung aus Pathos, der Aussicht auf Ruhm und der Chance, alle Verantwortung auf jemand anderen abwälzen zu können, wenn etwas schief ging, die schließlich den Ausschlag bewirkte. Admanto musste natürlich erst einmal gewichtig nicken, die Stirn in Nachdenklichkeit zerfurchen und auch sonst jeden Eindruck vermeiden, als ließe er sich von einem dahergelaufenen, ältlichen Flottenfuzzi zu etwas überreden, was ihm nicht selbst eingefallen wäre. Haark spielte das Spiel geduldig mit, es war eine Show für die Brückenbesatzung des Liners und Admanto sollte alles haben, was er für sein Glück brauchte, wenn nur das Resultat 40.000 gerettete Leben war.

»Nun denn«, erklärte der Linerkommandant nach Abschluss allen Stirnrunzelns, »ich denke, dass ich mich entschließen werde, den Bitten des regierenden Gouverneurs Folge zu leisten. Ich werde die entsprechenden Vorbereitungen treffen und während meiner gesamten Anwesenheit im System Ihre Aktivitäten genau beobachten.«

Das war Haark nur recht. Je mehr Informationen über seine absehbare Niederlage nach außen drangen, desto besser konnte die Admiralität auf diese

Bedrohung reagieren – wenn sie sie überhaupt ernst nahm. Es war beinahe beruhigend, dass Haark in keiner Situation sein würde, sich darüber auch noch Gedanken machen zu müssen.

Nach einigen abschließenden Floskeln beendeten die beiden Kommandanten ihr Gespräch. Haark sah sich auf der engen Brücke der *Malu* um und nahm anerkennendes Grinsen und Kopfnicken entgegen. Seine Crew mochte aus dem Bodensatz der Flotte bestehen, aber das bedeutete nicht, dass sie das Ergebnis des Gespräches nicht würdigen konnte. Sie hatten exakt begriffen, was ihr Capitaine da gerade erreicht hatte, und damit hatte er sich augenscheinlich ihren Respekt verdient.

Haark gab das Grinsen zurück.

Für einen winzigen Moment machte ihm das alles beinahe Spaß.

DeBurenberg war nicht glücklich über manche der Probleme, die man ihm stellte. Anderen wiederum trauerte er nach, sobald er sie gelöst hatte und verabschiedete sie wie gute alte Freunde, die zu einer langen Reise aufbrachen und möglicherweise nie zurückkehren würden. Wie Erinnerungsfotos behielt der Wissenschaftler daher zentrale Daten auf seinem privaten Speicher für sich, und wenn er sich langweilte - was leider hin und wieder vor kam -, nahm er sie hervor wie ein altes Album und schwelgte in Erinnerungen. Da er permanent an alle Datenfeeds und Newsdienste der Flotte angeschlossen war - auch an die als geheim klassifizierten -, wusste er ziemlich genau, was aus seinen alten Freunden geworden war, wenn er sie in die Ferne entlassen hatte. Da war etwa sein Konzept verzögerungsfreier Kommunikation, das die Wartezeiten bei der Nutzung traditioneller Funkwellen deutlich reduzieren würde. Moderne Quantenmechanik machte es, zumindest theoretisch, möglich, die bisherigen Kommunikationsmittel zu revolutionieren. Nun, vielleicht hatte er sich etwas umständlich ausgedrückt, als er seine Ideen vorgeschlagen und mit entsprechenden Berechnungen und Designs untermauert hatte. Das mochte dazu beigetragen haben, dass aus dieser nunmehr sieben Jahre alten Idee bisher nichts geworden war. Dazu beigetragen hatte möglicherweise auch, dass für die effektive Nutzung dieser Technologie die Long Range Arrays, die in jedem System standen, für sehr viel Geld hätten umgebaut werden müssen. Geld, das derzeit nicht gerade in übermäßigen Mengen zur Verfügung stand. Von den recht komplizierten und ebenso empfindlichen Empfangsstationen an Bord mobiler Einheiten ganz zu schweigen, die eine gewisse Umrüstungsphase notwendig gemacht hätten. Und ja, die Tatsache, dass diese Form der Kommunikation nur in eine Richtung - vom Array zu den Schiffen - möglich war, konnte ebenfalls einen Beitrag geleistet haben. Die beigefügte Skizze eines mobilen Arrays, das als Relaisstation zumindest bei größeren Flottenoperationen mitgeführt werden konnte, schien nicht allzu überzeugend gewesen zu sein. DeBurenberg war diese Art von Enttäuschungen gewohnt und sie regten ihn nicht auf. Da er die dafür Verantwortlichen durchweg als gering bis gar nicht begabte Trottel einschätzte, verhielten sie sich schlicht innerhalb der Parameter, die er von ihnen erwartete - und wie konnte man von jemandem enttäuscht sein, der sich so verhielt, wie man berechnet hatte? Die Tatsache, dass es für jeden Wissenschaftler von großem Reiz war, wenn er seine Ideen in der Praxis umsetzen und testen konnte, und dass ich diese Möglichkeit nicht gegeben war, sorgte bereits für ausreichend Frustration.

Immerhin, er konnte sich auf dem Laufenden halten. Und dieser neue Verbindungsoffizier mit Namen Frazier war durchaus geeignet. Er hatte sich bisher gut angepasst und die Tatsache allein, dass DeBurenberg sich der Existenz des Mannes von selbst erinnerte, sprach für ihn. Natürlich wusste Frazier das nicht, DeBurenberg gehörte nicht zu den Menschen, die Gefühle ausdrückten, vor allem, da diese für ihn weitgehend bedeutungslos waren. Er war kein gefühlsarmer Mensch, im Gegenteil. Seine Emotionen machten ihm schwer zu schaffen. Sie störten ihn permanent. Er versuchte, sie zu ignorieren. Vor langer Zeit hatte er sich gar der Aufgabe verschrieben, ihren Sinn zu ergründen. Bei den anderen Menschen, so kam er nach dem Studium biologischer und psychologischer Texte zu der Erkenntnis, schienen sie diverse Funktionen zu erfüllen. Bei ihm jedoch offenbar nicht. Eines der wenigen Probleme, an denen er letztendlich gescheitert war.

Er dachte nicht gerne daran zurück.

Etwas anderes hatte in den letzten Stunden seine Aufmerksamkeit beansprucht. Über die verschlungenen Pfade der sphäreninternen Kommunikation waren Nachrichtenfetzen geraten, die man bestenfalls als Gerüchte klassifizieren konnte. Offenbar hatte ihnen niemand bisher besondere Aufmerksamkeit geschenkt, was aber kein großes Wunder war. DeBurenberg besaß die begnadete Fähigkeit, Informationen intuitiv in einen Zusammenhang zu bringen, und zwar unabhängig davon, woher sie kamen, wie sie aufbereitet waren, ob sie offen oder versteckt Details vermittelten und zu welchem Zeitpunkt sie eintrafen. Sein fotografisches Gedächtnis verhalf ihm zu etwas, das er bei sich »zeitloses Denken« nannte und diesen intellektuellen Vorgang dann doch nur unzureichend beschrieb. Für den Wissenschaftler war das natürlich unproblematisch, da er nie irgendjemandem zu erklären versucht hatte, wie seine Gedankengänge im Einzelnen abliefen. Auch nicht den Flottenpsychologen, die früher noch hin und wieder versucht hatten, in sein Innerstes vorzudringen, um ihm zu »helfen«.

DeBurenberg war nicht der Auffassung, Hilfe zu benötigen. In der Tat ging er vielmehr davon aus, dass der Rest des Universums dringend seiner Unterstützung bedurfte. Manchmal fühlte er sich in der Rolle des Experten, der auf einer fremden Welt landete und sich in ein Taxi setzte. Auf die Frage des Taxifahrers nach dem Fahrtziel gab er die Antwort: »Bringen Sie mich irgendwo hin. Ich werde überall gebraucht.«

Diese Informationsfetzen waren faszinierend.

Ein traditionell arbeitender Informationsoffizier hätte das wahrscheinlich gar nicht gemerkt. Hier ein Nebensatz im Bericht eines Frachterkommandanten. Da abgebrochene Telemetriedaten einer an sich längst ausrangierten Fernsonde. Hier ein launiger Kommentar eines freien Prospektors. Seltsame Beobachtungsdaten einer astronomischen Forschungsstation. Einige dieser Dinge wurden über seriöse Kanäle kommuniziert, andere über das permanente Hintergrundrauschen eines gewaltigen Kommunikationsstromes, der trotz aller physikalischen Probleme die Irdische Sphäre noch mehr zusammenhielt als alles andere. Und die Nachrichtensonden, die jede Stunde im Sonnensystem eintrafen und ihren Inhalt in DeBurenbeergs Computer ergossen, trugen dieses Rauschen mit sich.

Da draußen passierte etwas. Es gab ein Muster und Hinweise auf Ähnlichkeiten. Es betraf die Randwelten, wenngleich nicht alle. Die Mehrzahl der Meldungen kam aus den kernwärts gerichteten Regionen. DeBurenberg war sich nicht sicher, ob alle Daten, die er dem Phänomen zugeordnet hatte, auch korrekt waren, er hatte erst damit angefangen, sich ein Kriterienraster für die Auswahl zu erarbeiten.

Was ihm aber zunehmend klar wurde, war, dass dort draußen etwas geschah, das außergewöhnlich und potentiell bedrohlich war. Für einen Moment verschwendete der Wissenschaftler einen Gedanken daran, die Militärs über seine Vermutungen in Kenntnis zu setzen. Doch würden sie diese ernst nehmen? DeBurenberg war sich darüber nicht sicher. Seine eigene Reputation, so schwer dieses soziale Konzept für ihn auch zu fassen war, war ihm wichtig, und zwar als Instrument, das es ihm ermöglichte, mit lohnenden Aufgaben betraut zu werden.

Er beschloss, bis auf weiteres offizielles Stillschweigen über diese Angelegenheit zu bewahren. Erst mussten seine Informationen zumindest um einen Grad konkreter werden. Wie sollte er diesen Grad vordefinieren? Es galt, entsprechende Indikatoren festzulegen …

DeBurenberg versank tiefer in seine Grübeleien.

Er bemerkte dabei nicht, dass Capitaine Geraldo Frazier keine zwei Meter neben ihm saß und ihn beobachtete. Selbst, wenn er es gemerkt hätte, wäre es für ihn irrelevant gewesen, so lange der Offizier ihn nicht störte. Und Frazier tat alles, um so unauffällig wie möglich zu bleiben. Kein Wort kam über seine Lippen und seine Bewegungen blieben sparsam.

Umso aufmerksamer und konzentrierter hörte er dem leisen Selbstgespräch DeBurenbergs zu. Obgleich dieses nur unbewusst war, unterlag es denselben Gesetzmäßigkeiten wie alles, was den Wissenschaftler ausmachte: Bei aller spontaner Assoziationsfähigkeit ging es immer um die Herstellung von Bezügen, um Kategorisierungen, Tabellen, Schubladen. Das drückte sich auch im Sprachfluss aus, den der Mann von sich gab, wenn er konzentriert über etwas nachdachte. Er war beständig, fast ohne Punkt und Komma, aber logisch, aufeinander bezogen, alles andere als sinnloses Gebrabbel, klang wie ein sorgsam ausgearbeiteter Vortrag, der ein faszinierendes Problem explorativ zu beschreiben begann.

Das wiederum bedeutete, dass jemand von Intelligenz und schneller Auffassungsgabe dem Redefluss durchaus Informationen entnehmen konnte. Nicht umsonst wurde alles aufgezeichnet, was DeBurenberg von sich gab – allerdings oft erst Wochen später ausgewertet.

So lange wollte Frazier diesmal nicht warten.

Gut, er verstand nicht alles, was der Wissenschaftler vor sich hin murmelte, was nicht zuletzt daran lag, dass DeBurenberg mitunter die Stimme bis zur Unhörbarkeit senkte. Aber er verstand mehr als genug und seine bisherige Zusammenarbeit mit ihm hatte ihn gelehrt, all das ernst zu nehmen, was DeBurenberg auch nur beiläufig von sich gab. Delivier nannte es »unüberlegte Spontanität«. Frazier widersprach ihm im Stillen. Nichts, was DeBurenberg von sich gab, war »unüberlegt«. Spontan vielleicht, aber das auch nur für den Außenstehenden, der möglicherweise überrascht war, wenn das Genie unvermittelt begann, sich selbst einen Vortrag zu halten. Hätte er genauen Einblick in DeBurenbergs Denkprozesse, so vermutete Frazier, wäre möglicherweise auch klar, dass selbst diese »Ausbrüche« nicht spontan, sondern logisch nachvollziehbare Konsequenz bestimmter Denkprozesse waren. Dazu musste man aber DeBurenbergs innere Logik begreifen, und davon war auch der Verbindungsoffizier noch weit entfernt.

Frazier hatte den Beginn des Selbstgespräches gar nicht mitbekommen. Aber er hatte schnell erfasst, womit sich das Genie beschäftigte, sich sofort gesetzt und die Ohren aufgestellt. Und mit jeder weiteren Minute war seine innere Unruhe, ja sein Erschrecken, größer geworden. Mitunter hatte er gehofft, sich zu irren oder etwas bloß falsch zu verstehen. Doch DeBurenbergs Ausführungen waren eben nicht das zusammenhanglose, unverständliche Gelalle eines Idioten, sondern das in sich konsistente, durchdachte und durch Empirie belegte Gedankengebäude eines Menschen, dessen IQ sich in Regionen befand, in die jemand wie Frazier nur aufrichtig staunend aufblicken konnte.

Dann, mit einem Male, verstummte der Wissenschaftler. Frazier blickte auf. Er sah direkt in die ausdruckslosen, blauen Augen DeBurenbergs. Dann kam ein unmerkliches Nicken des Mannes, wie eine stille Anerkennung. Das konnte allerdings auch eine Fehlinterpretation sein, vielleicht stimmte der Mann auch nur einem eigenen, abgeschlossenen Gedankengang zu. Frazier würde ihn nicht danach fragen.

Dann erhob DeBurenberg sich und verließ das Laboratorium in Richtung Cafeteria.

Frazier tat es ihm gleich. Ihn führte der Weg allerdings direkt in das Büro Colonel Deliviers. Er wusste noch nicht, wie er dem Vorgesetzten die mögliche Dringlichkeit der Angelegenheit deutlich machen konnte. Aber er war sich sicher, dass er seiner Aufgabe als Verbindungsoffizier zwischen dem Genie und der Militärhierarchie nur gerecht werden konnte, wenn er eine Meldung machte, was auch immer dann geschehen mochte.

Und sei es nur, um seine Aufregung dadurch zu bekämpfen, dass er irgendetwas tat.

Es war schon interessant, was Furcht bewirken konnte.

Es war exakt das eingetreten, was Tooma erwartet hatte, jedoch mit ungleich größerer Geschwindigkeit und in einem unerwarteten Umfang. Möglicherweise hatte Tooma das Netzwerk, das die sehr vereinzelt lebenden Ebenenfarmer unterhielten, unterschätzt - das wäre nicht weiter verwunderlich gewesen, denn sie hatte nie richtig dazugehört. Es war aber schon bemerkenswert, dass die 17 Farmer mit ihren Familien, die innerhalb der letzten drei Stunden mit ihren Fahrzeugen auf Toomas Anwesen gelandet waren, nicht die einzige Polizeistation der Ebene oder gar das ferne Militärcamp in der Nähe der Hauptstadt aufgesucht hatten, sondern eben sie. Die restlichen Bewohner der Ebene hatten sich wahrscheinlich, ihrem Naturell entsprechend, in ihre Häuser vergraben und hofften auf das Beste, eine Hoffnung, die Rahel nicht teilte.

Es hatte gar keine großen Diskussionen gegeben. Mit fast geschäftsmäßiger Routine waren die alten Maschinen der Farmer auf Rahels Anwesen gelandet, und ebenso schweigsam wie entschlossen hatten die wettergegerbten Hände Vorräte und Waffen ausgeladen. Selbst die Kinder hatten anfangs eine ernste Ruhe an den Tag gelegt, die so völlig untypisch für sie war.

Alle Familien hatten sich recht schnell und kompromisslos Rahels Anordnungen gefügt. Jeder hatte irgendwelche Vorräte mitgebracht, manche praktisch verpackt und transportabel, andere wieder nicht. Das halbe Dutzend Hühner, das aus dem altersschwachen Lastgleiter von Hsien Li herausgackerte, würde in Kürze freigelassen und auch Carl Foresters beste Milchkuh Anna würde sich um sich selbst kümmern müssen. Es gab einige schmerzvolle Blicke, aber alle, die Rahels Worte hörten, senkten den Kopf, nickten, gaben keine Widerworte. Die Hühner sowie Anna wurden in die Freiheit entlassen, was die ersteren mit aufgeregter Begeisterung akzeptierten, letztere mit großäugigem Unverständnis quittierte.

Die Familien passten natürlich nicht mehr alle in Rahels Executor, also hatte sie eine Auswahl getroffen und den relativ modernen und geräumigen Gleiter von Erwald ausgewählt, um den Rest der Gruppe aufzunehmen. Tompkin war einer der ersten, der nach Nedashde aufgetaucht war. Seine schweigsame Frau hatte Apfelkuchen mitgebracht, wie eine stille Bestechung für Rahel, die nicht notwendig gewesen wäre. Doch aus dem Geschenk sprach gleichzeitig die Unfähigkeit, für das eine Gegenleistung bieten zu können, was von Rahel nun erwartet wurde. Es war gleichzeitig anrührend wie hilflos, und Tooma war sensibel genug, es zu bemerken, wenngleich es für sie nicht weiter wichtig war. Einer der Gründe, warum sie das Marinecorps verlassen hatte, hing damit zusammen, dass sie den Dienst damals in der Absicht angetreten hatte, Menschen wie Erwald Tompkin vor Unbill zu beschützen, sich selbst zwischen jede Gefahr und stille kleine Frauen wie seine Gattin zu stellen. Das Corps hatte diesen Mythos rasch entzaubert, doch die Motivation war immer noch da, tief in ihr. Niemand musste sie für das entlohnen, was sie zu tun gedachte.

Es würde in jedem Falle eng werden.

Dass alle Kinder in Rahels Gleiter mitfahren würden, war ohne jeden Widerspruch hingenommen worden. Die Menschen hier waren sehr pragmatisch. Seit jeder von ihnen die installierte Raygun gesehen hatte, wussten sie, wo der Sicherheitsperimeter begann und wo er aufhören würde. Erwald hatte die mächtige Waffe mit einem gehörigen Maß an Ehrfurcht bewundert. Dann hatte er eine doppelläufige Schrotflinte aus seinem Gleiter geholt und sich drei Kartons mit Ersatzpatronen in seinen Gürtel gestopft. Erwald war ein sanfter, freundlicher Mann, aber gerade sein Pragmatismus würde ihn in die Lage versetzen, notwendige Gewalt anzuwenden, wenn es an der Zeit war. Rahel verschwendete nicht eine Sekunde einen Gedanken daran, ob er mit der Waffe umgehen konnte oder nicht. Sie war sich sicher, dass er sie so effektiv wie sonst niemand würde einsetzen können.

Das versammelte Arsenal war durchaus beeindruckend. Meistens Jagdgewehre, manche davon Automatiken, alle gut gepflegt und in sicheren Händen. Ein paar Handfeuerwaffen älteren Kalibers, ein halbes Dutzend Schrotflinten. Hsien Li, der Älteste unter ihnen, brachte ein Mark VII-Sturmgewehr zum Vorschein, er hatte im Zweiten Kolonialkrieg in der Miliz gedient und es bis zum Sergeanten gebracht. Das Mark VII hatte seitdem zwei Nachfolgeserien erlebt, war aber für seine Zuverlässigkeit legendär und der alte Li hatte grinsend einen eingeölten, voll aufgeladenen Patronengurt hervorgeholt. Rahel erkannte in dem Veteranen unvermittelt eine verwandte Seele. In ihrer internen Rangordnung hatte der rüstige Endsechziger damit seinen alten Dienstgrad wieder erlangt. Rahel brauchte Unterführer, dessen war sie sich schmerzhaft bewusst.

Der interessanteste Moment kam allerdings kurz nachdem über den Militärfunk die Nachricht gekommen war, dass die verbliebenen Raumkreuzer des Lydos-Geschwaders bei dem Versuch, sich gegen die heranrückende gegnerische Flotte zu stellen, vernichtet worden waren. Tooma hatte nichts anderes erwartet, zollte den Besatzungen der Schiffe jedoch im Stillen ihren Respekt. Nach den letzten Meldungen würden die ersten Schiffe der Invasionsflotte den Planeten binnen zwölf Stunden erreichen. Der Gouverneur hatte offen Invasionsalarm ausgelöst. Dann war er irgendwo in der Versenkung verschwunden und das Militär beherrschte die offiziellen Nachrichtenkanäle. Seitdem gab es nur noch lahme Durchhalteparolen sowie ernste Musik. Niemand hörte mehr zu.

Tooma sah auf, als erneut das Geräusch eines landenden Gleiters erklang.

Es war Nachmittag und die Flüchtlinge hatten ihre Vorbereitungen fast abgeschlossen. Sie würden sich im Dschungel verbergen und so lange überleben, wie es ging. Jeder von den Erwachsenen hatte schon im Dschungel gejagt. Rahel gedachte, ihnen die Grundlagen des Guerillakampfes beizubringen, sobald sie wusste, wie die Invasoren vorgehen würden. Sie mussten zu mehr bereit sein, als sich zu verstecken, für den Fall, dass sie entdeckt werden sollten.

Das ankommende Fahrzeug war der Polizeigleiter der Ebene. Als er landete, entstiegen ihm die fünf Polizisten der Wachstation. Sie wirkten etwas unsicher, lächelten verlegen und blieben bei ihrem Fahrzeug stehen.

Rahel kannte den leitenden Polizeioffizier, einen dickbäuchigen und in seinem letzten Dienstgrad gealterten Intendanten namens Kavaczek. Er bewegte sich gemessenen Schrittes direkt auf Tooma zu und beobachtete mit seinen kleinen, flinken Schweinsäuglein die Aufbruchstimmung um ihn herum. Dann blieb er vor der Frau stehen und musterte sie einen Moment. Tooma hielt Kavaczek für nicht völlig unfähig. Er war keine Geistesgröße, aber ein erfahrener Mann für lydische Verhältnisse, und er galt als relativ integer. Sie wollte keinen Streit mit ihm.

Der Polizeioffizier wollte offenbar auch keinen.

Er nahm seine verschwitzte Mütze ab und drehte sie in seinen Händen. Es war, als suche der Mann nach Worten. Schließlich räusperte er sich und sprach.

»Marechal …«, trotz ihres schmerzhaft verzogenen Gesichts ließ er sich von dieser Anrede nicht abbringen, » … wir wurden im Rahmen des Invasionsalarms beauftragt, Maßnahmen zum Schutz der Bevölkerung der Dschungelebene zu ergreifen. Mit Verstärkung dürfen wir hier aber nicht rechnen.«

Tooma nickte. Das hatte sie auch nicht erwartet. Die Idioten würden ihre Kräfte um die Hauptstadt massieren, damit man sie dort mit ein paar wohl gezielten Orbitalschlägen leicht ausradieren konnte.

»Wie ich sehe«, und Kavaczek machte eine ausholende Handbewegung, »haben Sie das alles schon ganz gut im Griff. Es sind wohl auch fast alle Familien der Ebene bei Ihnen eingetroffen, die intelligent genug sind, eine Alternative zum Verkriechen zu erwägen, und es scheint, als hätten Sie einen Plan.«

»In der Tat«, bestätigte Tooma.

»Außer dem alten Jenkins sind alle hier.«

Jenkins war noch jemand, mit dem sie gerechnet hatte, ebenfalls ein Veteran der Kolonialkriege, der seine bescheidene Farm zu einer Festung ausgebaut hatte und als ungnädiger, leicht aufbrausender Grantler galt.

»Den werden Sie auch nicht aus seinem Haus rausbekommen«, meinte Kavaczek. »Ich war auf dem Weg hierher kurz bei ihm. Er hat sich verrammelt und seine beiden Jagdgewehre geladen.«

Rahel wusste, dass dem Polizisten bekannt war, dass Jenkins über erheblich mehr Artillerie verfügte als seine beiden Jagdgewehre.

»Es ist seine Entscheidung«, erwiderte sie. »Und wenn er es schafft, ein paar der Invasoren mitzunehmen, dann hat er uns sogar noch einen Gefallen getan. Wir sollten das respektieren.«

»So denke ich auch.«

»Und nun?«

Toomas Frage hatte nichts Lauerndes, keine Untertöne. Sie sah vor sich fünf Männer, die über Waffen verfügten und mit diesen zumindest grundsätzlich umgehen konnte. Für sie hatten die Polizisten einen taktischen Wert, vorausgesetzt, sie würden sich einer klaren Befehlskette unterordnen. Kavaczek machte allerdings auch nicht den Eindruck, als habe er die Absicht, hier das Kommando zu übernehmen.

»Marechal, ich habe keine Erfahrung in so was«, meinte er schließlich mit entwaffnender Offenheit. »Auch während der Kolonialkriege war ich nur Polizist. Sie sind hier die Expertin, und ich bin offenbar nicht der Einzige, der zu diesem Schluss gekommen ist. Wenn Sie akzeptieren, unterstelle ich mich und meine Männer in dieser Situation Ihrem Kommando. Mein Gleiter hat eine kleine Bordkanone. Dolcan dort ist ein recht fixer Pilot. Wir sollten das Fahrzeug mitnehmen. Ansonsten können wir tun, was immer Sie für richtig halten.«

Tooma behielt ihre leichte Überraschung unter Kontrolle. Offenbar hatte sie den Ruf, den sie auf der Ebene genoss, unterschätzt. Und Kavaczek, der direkt neben den Läufen der Frontkanone des Executors stand, hatte die hoch illegale Waffe mit keinem Blick gewürdigt. Zumindest hatte er sich nichts anmerken lassen. Er meinte es ernst.

Tooma nickte.

»So machen wir es, Intendant. Danke für Ihr Vertrauen.«

Für einen Moment stand Kavaczek noch vor Tooma, die Mütze weiterhin in den Händen drehend. Dann, als wolle er den Oberbefehl der Marinesoldatin auch formell anerkennen, setzte er sie auf, tippte linkisch gegen ihren Rand und drehte sich um. Die anderen Flüchtlinge hatten der kurzen Konversation nur wenig Aufmerksamkeit geschenkt. Für sie war klar, in wen sie ihre Hoffnungen investierten, ganz unabhängig davon, was die »offiziellen« Sicherheitskräfte dazu meinten. Als deutlich wurde, dass sich die Polizisten der Gruppe anschließen würden, flog ein zufriedenes Lächeln über so manches Gesicht. Hätte Kavaczek versucht, den starken Mann zu markieren, wäre er davongejagt worden. Die Polizisten waren ohnehin in einer bedauernswerten Lage: Ihre Familien lebten in der Regel in der Hauptstadt, und alle ahnten zumindest, was das bedeutete.

»Sind wir so weit?«

Toomas befehlsgewohnte Stimme hallte über die Fläche.

Zustimmende Rufe antworteten ihr. Es war ein Durcheinander, dem sie nicht viel entnehmen konnte. Rahel ermahnte sich. Dies war keine disziplinierte Kampfgruppe, die wusste, was eine Vorgesetzte von ihr erwartete. Dies waren Freiwillige. Zivilisten. Bei Gott, es waren nicht einmal Bürgermilizen wie jene, die in den Kolonialkriegen gekämpft hatten!

Sie hob beide Arme und ließ Ruhe einkehren. Das dauerte eine Weile.

»Ich möchte einige Dinge klarstellen, ehe wir losfliegen. Ich weiß, dass Ihr alle Euch meinem Kommando freiwillig unterstellt habt. Kaum jemand von Euch verfügt über eine militärische Ausbildung. Ich kann daher nur an Euch appellieren, die Notwendigkeit einer klaren Befehlshierarchie einzusehen. Wenn jemand meint, meinen Anordnungen nicht mehr Folge leisten zu müssen, ist er natürlich frei, auf eigene Faust sein Glück zu versuchen. Wer den Schutz der Gruppe – und den Schutz meines Freundes hier …«, dabei tappte sie bedeutungsvoll mit den Fingern auf die Nase des Executors, » … sucht, wird sich damit anfreunden müssen, dass ich manchmal auch Entscheidungen fälle, die schmerzhaft, unverständlich oder beides sind. Das wird sich aus der konkreten Situation ergeben.«

Sie ließ die Worte auf die Versammlung einwirken. Spielende Kinder hatten die Ansprache ignoriert, ihr unbekümmertes Lärmen machte Rahel fast unvermittelt schwermütig. In den Gesichtern einiger Erwachsener sah sie etwas Verunsicherung, als würden sie ihre Entscheidung noch einmal überdenken. Rahel machte sich keine Illusionen. Wenn die Situation kommen würde, in der sie beispielsweise entscheiden musste, jemanden verletzt zurück zu lassen, um den Rest der Gruppe zu retten, würden sich die Gegenstimmen erheben, und dabei würde es wahrscheinlich nicht bleiben.

Aber niemand sollte ihr vorwerfen, sie hätte es nicht angekündigt. Und keiner konnte sich herausreden, es nicht gehört zu haben. Alle waren da.

»Haben das alle verstanden?«, rief Tooma sicherheitshalber in die Runde. Zögerliches bis eifriges Kopfnicken war die Antwort. Das musste genügen.

»Ich ernenne hiermit zwei Stellvertreter. Sergent Hsien Li wird das Kommando über den zweiten großen Gleiter übernehmen. Seinen Anordnungen ist in meiner Abwesenheit Folge zu leisten. Mein zweiter Stellvertreter wird Intendant Kavaczek. Wer noch in den Polizeigleiter will, soll sich schnell orientieren. Das Fahrzeug hat eine Bordkanone, ich werde es in den Kampf schicken, wenn das notwendig sein sollte.«

Erneut machte Rahel eine Kunstpause. Es regte sich kein Widerstand. Das Grinsen auf dem Gesicht des alten Li war nicht triumphierend, es war grimmig. Er hielt das Sturmgewehr mit einer sicheren Lässigkeit, die Rahel lange nicht mehr bei jemandem gesehen hatte. Sie war zuversichtlich, mit ihm die richtige Wahl getroffen zu haben.

»Dann bemannt die Fahrzeuge. Ich fliege vorne. Der Lastengleiter in der Mitte. Die Polizei sichert nach hinten.«

Allgemeines Gemurmel brach aus. Das Lärmen der Kinder erstarb, als die Eltern sie in den Executor trieben.

Rahel fragte sich, ob sie es jemals wieder hören würde.

15 *Arbedian*

»Wir haben jetzt genauere Daten, Capitaine!«

Becks Meldung riss Haark aus seinem Halbschlaf. Er öffnete die rotgeränderten Augen und starrte auf die dreidimensionale Darstellung, die sein Erster Offizier auf den kleinen Schirm des Kommandopults gespielt hatte. Er zwinkerte, denn seine Wimpern waren noch verklebt. In seinem Mund hatte er einen pelzigen, fauligen Geschmack. Dann ein Blick auf die Uhr. Beck hatte ihn mit größter Höflichkeit aufgescheucht, es waren noch vier Stunden bis zur Begegnung mit dem Angreifer. Zeit genug, das wusste auch der Erste Offizier, für eine Dusche, eine saubere Uniform und eine Mahlzeit. Vielleicht ein Gebet, wenn er jetzt noch seinen Glauben wiederfand. Damit rechnete Haark allerdings nicht.

»Hm«, machte er und stemmte sich aus dem Sitz. Er leckte sich über die Lippen und kaum hatte er seinen Mund geöffnet, roch er den unangenehm abgestandenen Gestank, der zwischen seinen Zähnen hervordrang. Er beachtete es nicht weiter. Die gesamte Besatzung wirkte übernächtigt und hatte zu stinken begonnen. Fujikawa war nüchtern, das war fast noch gefährlicher. Er war gut in seinem Job. Haark würde ihm eine Stunde Pause zum Nachtanken gönnen müssen.

»Beck, Sie übernehmen. Rotieren Sie die Brückenbesatzung raus, jeder bekommt 45 Minuten bis dreißig Minuten vor X frei. Ich bin in 60 Minuten zurück. Sorgen Sie dafür, dass die Männer alle frische Sachen anziehen und etwas zu essen bekommen. Das betrifft auch Sie, Lieutenant!«

»Die Daten …«

» … schaue ich mir nachher an. An unserem Kurs werden sie nichts mehr ändern. Und Sie können genauso etwas Kosmetik vertragen wie ich. Wir wollen unseren außerirdischen Freunden doch nicht wie Gammler entgegen treten.«

Der letzte Satz hatte eine gewisse Ironie. Beck hatte die letzten zehn Stunden Dienst getan, aber er sah immer noch aus, als habe er seine frisch gebügelte Uniform gerade erst übergestreift. Lediglich der sprießende Bart in seinem Gesicht sowie der erschöpfte Ausdruck in seinen Augen sprachen eine andere Sprache. Die Tatsache, dass Haark so gut wie keine qualifizierten Offiziere an Bord dieses Schiffes hatte, denen er in einer Krisensituation das Kommando überlassen konnte, rächte sich jetzt. Er musste jemanden wie Beck aussaugen bis zu den Knochen. Aber im Grunde würde das auch nicht mehr allzu lange eine Rolle spielen.

»Status der anderen Einheiten?«, fragte er.

»Der Liner hat die Evakuierungsarbeiten abgeschlossen. Es sind nach aktueller Liste insgesamt 39.878 Personen an Bord genommen worden, der Rest der Ladekapazität wurde für Trinkwasser und Rationen benötigt. Davon sind 32.355 Kinder und Jugendliche, der Rest erwachsene Verwandte, im Regelfalle Mütter.«

»Keine Männer?«

»Zwei allein erziehende Väter. Der Linerkommandant hat dem Gouverneur Passage angeboten, doch dieser hat abgelehnt.«

Haark hob die Augenbrauen, sagte aber nichts.

»Es wurde noch besser. Da Admanto dem Gouverneur das Angebot ganz zum Schluss gemacht hat, hat Farkas ihm kurz vor Abflug noch einen Shuttle mit drei weiteren kleinen Kindern geschickt - mit der Nachricht: Wenn für mich noch Platz war, dann ist auch noch Platz für diese hier.«

Haark schüttelte den Kopf. So etwas wie Rührung drohte ihm die Kehle zuzuschnüren.

»Ich habe nicht geahnt, dass so was in ihm steckt«, gab er offen zu. »Farkas war für mich immer ein Instrument des Bergbaukonzerns, eine Marionette der Chefetage. Aber ich bin nun eines besseren belehrt. In ihm war offenbar etwas verborgen, was erst jetzt zum Vorschein gekommen ist. Ich wünschte, ich hätte noch Gelegenheit, diese Tatsache höheren Orts zu erwähnen.«

Beck nickte. Er schien Haarks Gefühle zu teilen.

»Ich hoffe, Admanto wird das tun, Capitaine.«

Haark verzog das Gesicht.

»Das glaube ich nicht, zumindest nicht die letzte Episode, die ist zu peinlich für ihn. Und wir wissen ja, welchen Wert dieser Mann auf sein Ansehen legt.«

Beck grinste. »Wir senden weiterhin stündliche Lageberichte an das Funkrelais der Brückenstation. Die Brückenbesatzung entsendet seit Beginn der Krise stündlich Nachrichtensonden durch die Brücke. Wenn Admanto es zu erwähnen vergisst, könnten wir es in einen unserer letzten Bericht einfließen lassen.«

Haark nickte anerkennend. »Dann machen Sie das, Beck. Danke, dass Sie mich auf Offensichtlichkeiten hinweisen. Ich bin offenbar tatsächlich übermüdet.«

Beck neigte den Kopf. »Capitaine.«

Haark verließ die Brücke. In seiner Kabine hielt er sich nur so kurz auf, wie es für eine Dusche, Rasur und das Wechseln der Uniform notwendig war. Er warf einen letzten Blick auf das Foto seiner Abschlussklasse und prägte sich die Gesichter seiner toten Kameraden noch einmal ein. Es konnte ja sein, dass er sie in Kürze wieder traf, und da wollte er niemanden verwechseln.

Dann zog es ihn in die Messe. Er hätte sich etwas in seinen Raum bringen lassen können, aber tatsächlich sträubte sich alles in ihm, alleine mit seinen Grübeleien sein zu müssen.

Als er die Messe betrat, fiel sein Blick als erstes auf Aspirant Sarazon.

Ihn hier zu sehen, war schon etwas Besonderes, da der zurückgezogen lebende Chefingenieur seine Kabine nur sehr selten verließ. Sarazon war der einzige Offizier an Bord des Schiffes, dessen Alter in etwa seinem Dienstgrad entsprach. Er war der einzige Mann an Bord, der sich freiwillig um eine Versetzung auf die *Malu* bemüht hatte. Haark hatte nie nach den Gründen gefragt. Der Aspirant tat seine Arbeit gut, wenn er gebraucht wurde, und er kannte seine Maschinen.

Außer Sarazon saßen noch ein gutes Dutzend weitere Besatzungsmitglieder in der Messe.

Das leise Gemurmel war erstorben, als Haark den Raum betreten hatte. Die Blicke, die sich ihm zuwandten, waren ohne Vorwurf, aber voller Erschöpfung.

Haark setzte sich zum Ingenieur und wurde von dem schlaksigen Mann mit den weißblonden Haaren mit einem Kopfnicken begrüßt.

»Bei Ihnen alles in Ordnung«, fragte der Kommandant, nachdem ihm Caporal Tijden einen Teller mit etwas Dampfendem vor die Nase gestellt hatte.

»Ja, Capitaine, soweit auf diesem Schiff überhaupt etwas in Ordnung ist. Aber wenn ich das richtig sehe, ist es ja nur noch die Frage, ob die alte Kiste noch ein paar Stunden mehr überlebt oder nicht.«

Haark runzelte die Stirn. Die Antwort war ihm etwas zu salopp gekommen.

»Es geht um mehr als bloßes Überleben«, wandte er ein. »Ich möchte dem Gegner so großen Schaden wie möglich beibringen. Der Liner soll die Brücke unbeschadet erreichen und ich will dem Gouverneur Zeit verschaffen, die Zivilverteidigung zu organisieren. Außerdem sind die Notrufe schon vor Stunden durch das Brückentor gegangen. Irgendwann wird eine Entsatzflotte eintreffen.«

Sarazon hob die Augenbrauen. Für einen Moment flog Verwunderung über seine bisher unbewegte Miene.

»Das meinen Sie im Ernst?«

Die Stille in der Messe war fast greifbar. Niemand sprach. Obgleich alle taten, als würden sie essen, wusste Haark doch genau, dass sie mit gespitzten Ohren zuhörten.

Er lachte tonlos.

»Sicher. Und sei es nur, um nachzusehen, ob das nicht irgendein Kolonialaufstand ist. Das nächste Geschwader liegt ja auch nur einen Sprung entfernt. Die werden einige Zeit benötigen, um aufzurödeln und die Brücke zu erreichen, aber wenn wir noch ein paar Stunden rausschinden können, dann kann das durchaus reichen.«

Haark wusste nicht, ob das die richtige Antwort war. Es war immerhin eine ehrliche.

»Reichen für was?« Sarazon hatte mit seiner Gabel etwas Unförmiges aufgespießt, das nicht einwandfrei zu identifizieren war. Haark entdeckte Vergleichbares auf seinem Teller. Es schien essbar zu sein, denn der Aspirant schob es klaglos in seinen Mund.

»Um das gegnerische Schiff endgültig zu vernichten, wenn wir das schon nicht hinkriegen.«

»Wird das die Lösung des Problems sein?«, fragte der Ingenieur sofort mit vollem Mund.

Haark benutzte das Essen, um einer sofortigen Antwort auszuweichen. Er kaute ein wenig auf was auch immer herum und schüttelte er den Kopf. Tijden hatte wieder gezaubert. Eine gute Henkersmahlzeit, immerhin. Dann erwiderte er: »Nein, wahrscheinlich nicht. Ich glaube nicht, dass unser Besucher allein ist. Und wenn er nur zehn oder zwanzig Kollegen mitgebracht hat, wird er auch mit einem normalen Grenzgeschwader fertig. Ich habe die Leute vom Long Range Array gebeten, einen Tiefenscan jenseits der Systemgrenzen durchzuführen. Selbst wenn da draußen eine Flotte ist, werden wir sie nur durch Zufall entdecken, aber vielleicht ist was zu sehen in der Richtung, aus der wir den Bogey das erste Mal gesichtet haben. Wenn weitere gegnerische Schiffe ihre Generatoren hochfahren, sollten wir sie entdecken.«

»Nicht, dass uns dieses Wissen allzu viel nützen wird«, bemerkte Sarazon trocken.

»In der Tat. Aber wir haben eine klare Mission mit einem klaren Ziel und wir müssen uns gar nicht mit anderen Problemen verzetteln. Aspirant, ich brauche alles, was Sie mir bieten können. Jeden Funken Energie. Ich werde keine Zeit haben, Ihnen hinterher zu laufen.«

Der Chefingenieur blieb ungerührt. Sein maskenhafter Gesichtsausdruck strahlte wieder die gleiche unbewegliche Verschlossenheit aus, für die der Mann in der Besatzung bekannt war.

Es war, als würde ihn das alles im Grunde gar nicht interessieren, inklusive der Aussicht auf sein eigenes, baldiges Ende.

»Ich habe alle Maschinen einsatzbereit. Ich muss Ihnen nicht erzählen, was sie noch können und wie belastbar sie sind. Ich verspreche Ihnen, dass wir bis zum Ende alles tun werden, um den Schrotthaufen am Leben zu erhalten. Sie tun Ihren Job, wir unseren.«

Die Antwort wirkte überzeugend, weil Haark wusste, was Sarazon konnte. Der Ingenieur hatte sie jedoch im Tonfall eines normalen Schadensberichtes vorgetragen.

Haark nickte.

Er zögerte einen Moment. Dann: »Sie haben noch nie an einem Gefecht teilgenommen, Sarazon.«

Der Ingenieur kannte kein Zögern.

»Nein. Wenn mich ein durchgehender Konverter zu Tode verstrahlt, soll er das tun. Ich kann jetzt schlecht noch aussteigen.«

»Das ist wahr. Werden Sie die Ruhe bewahren?«

Eine möglicherweise etwas seltsame Frage an einen völlig stoisch wirkenden Mann. Immerhin, sie reizte den Ingenieur zu einer emotionalen Reaktion.

Sarazon lächelte.

»Sollte ich ausflippen, wird Vickers mir eine scheuern und das Kommando übernehmen. Damit fahren Sie im Zweifel dann auch nicht schlechter.«

Haark vermochte nicht zu beurteilen, was von der Haltung des Chefingenieurs Fassade und was real war. Es blieb ihm aber auch nicht viel Zeit, sich darum zu kümmern. Er musste sich auf jedes Mitglied seiner Crew verlassen können, und das war angesichts des Qualifikationsprofils seiner Mannschaft nichts, was ihm leicht fiel.

Aber wie hatte Sarazon es gerade ausgedrückt? Er konnte jetzt schlecht noch aussteigen.

Das Gemurmel in der Messe wurde wieder lauter. Was auch immer die anderen Männer hatten hören wollen, mehr bekamen sie nicht. Haark war nie gut darin gewesen, Reden zu halten. Er hielt sich nicht für einen sonderlich inspirierenden Charakter. Auch diesmal fehlte es ihm an Worten, die er an alle hätte richten können. Stattdessen widmete er sich seiner Mahlzeit. Worum auch immer es sich handelte: Es schmeckte jedenfalls nach Hühnchen.

Die folgenden Minuten verliefen in Schweigsamkeit. Andere Besatzungsmitglieder, die noch etwas zu sich nehmen wollten, streiften ihren Kommandanten nur mit Blicken. Niemand sprach ihn an, obwohl die Fragen in ihre Gesichter geschrieben waren. Haben wir denn nicht doch eine Chance, dieses Gemetzel zu überleben? Können wir nicht doch den Gegner besiegen?

Haark hatte für einen Moment mit dem Gedanken gespielt, nicht die direkte Konfrontation zu suchen, sondern sich stattdessen dem Liner als eine Art Begleitschutz anzuschließen. Doch die Risiken waren zu groß. Wenn der Gegner zu stark war und mit der *Malu* schnell fertig wurde, war der Liner zu nah und schutzlos.

Jetzt konzentrierte sich der Feind auf den Verteidiger und würde erst nach einer weiteren Verfolgungsjagd den Liner erreicht haben. Admanto benötigte jede Minute Beschleunigung, um die Brücke vor dem Feind zu erreichen. Haark musste ihm diese Zeit beschaffen. Er sah auf die Uhr. Der Liner würde mittlerweile abgelegt haben und mit Volllast auf die Brücke zulaufen. Alles war in Bewegung.

Caporal Tijden räumte wortlos den Tisch ab, als sich Haark und Sarazon erhoben.

»Das war ausgezeichnet, Caporal. Was habe ich gerade gegessen?«, wollte Haark wissen.

Der Smutje verzog das Gesicht. »Das wollen Sie nicht wissen, mon Capitaine!«

Damit hatte er absolut Recht. Haark erhob sich und schaute Sarazon an.

»Ich sende Ihnen einen vollständigen Statusreport auf die Brücke, Capitaine!«

Das war alles, was der Chefingenieur zum Abschied sagte. Niemand von ihnen rechnete damit, den anderen jemals wieder zu sehen.

Als Haark wenige Minuten später wieder die Brücke betrat, erhob sich Beck und salutierte. Dann verließ er den Raum, um sich ebenfalls zu stärken. Der Kommandant ließ sich schwerfällig auf den Sessel nieder und fixierte den Dienstplan. Perfekt. Wie immer. Wie alles, was Beck anpackte.

Sogar Fujikawa hatte wieder eine Fahne. Beck hatte alle Notwendigkeiten bedacht.

Noch dreieinhalb Stunden. Das Warten zerrte an jedermanns Nerven.

Haark schloss die Augen.

»Commandant Hogan? Wir haben diese Nachrichten von der Brückenstation empfangen.«

Carlos Hogan, Kommandant der Flottenstation der Knotenwelt Ambius, sah von den Papieren auf, mit denen er sich gerade beschäftigt hatte. Seine Augen hatten einen ungnädigen Ausdruck, als er auf die Störung durch seinen Flaggoffizier, Lieutenant Carlotta deVries, reagierte. Sein massiger Körper schien mit dem Sessel verwachsen, das einzig bewegliche war offenbar sein kurzer Hals. Die junge Frau sah aus, als würde sie dreimal in den mächtigen Leib hineinpassen.

»Ich hoffe, dass es wichtig ist, Lieutenant. Ich hätte diesen Papierkram schon gestern erledigen müssen.«

DeVries ließ sich durch den Ton nicht beeindrucken.

»Ich denke schon.«

Ohne weiteren Kommentar legte sie ihm eine Folie auf den Tisch. Hogan hatte in seinem Büro zwar einen Bildschirm, er zog es aber vor, dass ihm Meldung auf die altmodische Art und Weise gemacht wurde. Und wozu hatte er einen Flaggoffizier, wenn nicht dazu, hin und wieder in seiner Gegenwart gepflegt die Beherrschung zu verlieren?

Er studierte den Text. Der ungnädige Ausdruck in seinem fleischigen Gesicht wurde durch einen ungläubigen ersetzt.

»Das ist wann gekommen?«

»Eingetroffen vor zehn Minuten. Die Sonde kam vor acht Stunden an der Brückenstation an. Die Meldung muss in Arbedian vor etwa achteinhalb Stunden aufgegeben worden sein.«

»Das hier ist echt?«

»Alle Codes wurden verifiziert. Die Nachricht ist authentisch und von Capitaine Esterhazy gezeichnet.«

Hogan versank in Schweigen. Es gab für ihn jetzt exakt zwei Möglichkeiten. Er konnte auf weitere Meldungen aus Arbedian warten, in der Hoffnung, dass sich das Auftauchen dieses seltsamen fremden Schiffes als irgendetwas Harmloses heraus stellte, oder er konnte das Schlimmste annehmen und das Geschwader mobilisieren. Natürlich gab es auch noch eine Reaktion zwischen diesen beiden Extremen, wenn er es recht überlegte.

Diese Erkenntnis machte ihm die Entscheidung leichter.

»Lieutenant, welches Schiff des Geschwaders befindet sich in nächster Nähe der Brücke nach Arbedian?«

Es sprach für deVries' Professionalität, dass sie diese Frage vorhergesehen hatte.

Ihre Antwort kam wie aus der Pistole geschossen.

»Der Schwere Träger *Colonel Chelsea Charms* ist auf Patrouille und kann die Brücke unter Volllast in drei Stunden erreichen.«

Die CCC war das Flaggschiff des auf Ambius stationierten Geschwaders. Hogan verzog das Gesicht. Die Tatsache, dass er es fortschicken musste, ohne selbst das Kommando zu führen, wurmte ihn ersichtlich.

»Befehlen Sie Capitaine Okefori, sofort mit voller Kraft auf die Brücke zuzulaufen und einen Transfer ins Arbedian-System durchzuführen. Er soll dort umgehend mit Esterhazy Kontakt aufnehmen und sich über die Lage informieren.«

»Ja, mon Commandant.«

»Dann geben Sie Bereitschaftsalarm für das Geschwader. Landurlauber sind zurückzurufen. Ich werde das Kommando an Bord der *Flavius Aetius* aufschlagen. Benachrichtigen Sie Capitaine Decroux, er soll meinen Leitstand vorbereiten.«

»Ja, mon Commandant. Weitere Befehle?«

Hogan seufzte. Er hasste rhetorische Fragen, vor allem aus dem Mund seines Flaggoffiziers. DeVries wusste exakt, was jetzt noch zu tun war.

»Stellen Sie eine Verbindung mit Gouverneur Fallada her. Und senden Sie eine Nachrichtensonde Richtung Terra. Je schneller wir die Verantwortung abwälzen können, desto besser.«

DeVries nickte und machte kehrt. Für einige Momente herrschte wieder Stille in Hogans Büro. Er starrte auf die Tischplatte und wünschte sich, an einem ganz anderen Ort zu sein. Seit dem letzten Kolonialkrieg hatte er seine Ruhe gehabt, soweit man das Leben als ranghoher Militär in diesem Sumpf, der sich Irdische Sphäre nannte, als ruhig bezeichnen konnte. Hogans Rolle im Kolonialkrieg war unspektakulär gewesen, und das in positiver wie negativer Hinsicht. Er hatte sich nicht an den unzähligen Grausamkeiten und sinnlosen Gemetzeln beteiligt, für die Admirale wie Sikorsky bekannt geworden und befördert worden sind. Das war gut, denn er gehörte damit zu jenen Männern, die noch ein gewisses Maß an Respekt vor sich selbst und ihrer Uniform bewahrt harrten. Negativ war dies deswegen, weil er dadurch trotz seiner Ausbildung und Intelligenz niemals eine Chance hatte, über seinen derzeitigen Dienstgrad hinaus zu gelangen – nicht zuletzt deswegen, weil die meisten der anderen Offiziere kein Interesse an Respekt, sondern mehr an Pfründen, politischem Einfluss, Sonderzuwendungen und einfachen, jedoch gut dotierten Posten hatten. Hogan gehörte nicht zu dieser Clique, hatte aber permanent mit ihr zu tun, und das war zwar einem sinnlosen und grausamen Krieg in jedem Falle vorzuziehen, aber nicht notwendigerweise »ruhig«. Vor allem trug es nicht zur individuellen Zufriedenheit des Offiziers bei. Seine Frau hatte ihm schon mehrmals damit in den Ohren gelegen, doch zu quittieren und in die Speditionsfirma ihres Bruders einzusteigen. Mit seinen Kontakten in der Flotte mochte das vielleicht sogar Sinn machen, aber seine Begeisterung für diesen Vorschlag hielt sich trotzdem in eng bemessenen Grenzen. Nicht von etwas ablassen wollen, was einem im Grunde ein Leben lang nur Frustrationen bereitet hatte, machte aus Hogan einen latent depressiven Charakter. Dass er immer noch bei geistiger Gesundheit war, hing vor allem damit zusammen, dass es auf Ambius III Kakaobohnen gab. Und dass hier aus diesen Bohnen die beste Schokolade der Sphäre hergestellt wurde.

Dennoch, in exakt diesem Moment wünschte er sich nichts mehr als eine Auseinandersetzung mit der Admiralität über eine Beförderung eines jungen Lieutenants, der aufgrund seiner Verwandtschaftsbeziehungen auf einen Posten jenseits seiner Fähigkeiten gehoben werden sollte. Wenn er dadurch das abwenden konnte, wovor ihn sein Instinkt nun warnte, war er zu jedem Opfer bereit.

Doch das war Wunschdenken. In wenigen Minuten würde Gouverneur Fallada sich melden, übellaunig wie immer, wenn man ihn von einer seiner Partys wegrief, auf denen er sich fast permanent befand. Hogan würde versuchen, ihn von einer Gefahr zu überzeugen, für die der Bürokrat kein Verständnis aufbringen konnte, da ihm jeder Referenzrahmen fehlte. Es würde eine heftige, aber extrem kühle Auseinandersetzung geben. Aber Hogan hatte eine Befehlskette einzuhalten, und in einem Knotensystem wie Ambius war der Gouverneur militärischer Oberbefehlshaber, wenn kein Offizier von Admiralsrang zugegen war. Zwar wurde ein solcher in den nächsten Tagen erwartet, doch so lange konnte Hogan nicht warten. Er würde Anweisungen geben müssen, mit oder ohne das Einverständnis Falladas. Im Zweifel musste er seinen Kopf dafür hinhalten.

Der Monitor der Kommunikationseinheit erhellte sich. Das Gesicht von de Vries erschien.

»Commandant, der Gouverneur ist nicht erreichbar. Sein Büro teilte mir mit, dass er derzeit in einer wichtigen Angelegenheit außer Haus sei.«

Hogan kannte diese »wichtigen Angelegenheiten«.

Fallada verbrachte Tage im Vergnügungsviertel von Ambius City und vertrieb sich die Zeit mit teuren Drogen und billigen Frauen, natürlich bezahlt von seinem Spesenkonto.

Die normalen Amtsgeschäfte führte dann sein Stellvertreter, der aber die chemischen Elemente nicht wert war, aus denen er bestand und vor allem niemals eine eigene Entscheidung treffen würde.

»Sie haben die Dringlichkeit meines Ansinnens deutlich gemacht?«, fragte Hogan unnötigerweise.

»Ja, Commandant. Mehrfach und nachdrücklich. Und noch etwas: Eine weitere Nachrichtensonde ist in der ER-Station angekommen. Die Transmission kam eben hier an.«

»Geben Sie mir die Kurzfassung.«

DeVries schaute an der Kamera vorbei auf einen ihrer Schirme.

»Eine Sonde wurde bei Annäherung auf den Bogey zerstört. Esterhazy geht davon aus, dass er jetzt eine militärische Gegenoperation durchführt.«

DeVries verwendete die Gegenwartsform, obgleich beide wussten, dass all das viele Stunden her war. So entstand immerhin die Illusion, als habe man noch irgendetwas unter Kontrolle.

»Kein Irrtum?«

»Wollen Sie doch die Langfassung?«, versetzte die Frau. Hogan grinste. DeVries mochte das Opfer seiner periodischen Wutausbrüche sein, aber sie konnte genauso gut austeilen wie einstecken.

»Der Gouverneur ist außer Haus, ja?«

»Exakt.«

»Wir haben einen Verteidigungsfall und der Mann ist nicht erreichbar.«

»Nun ...«

Hogan seufzte. »Geben Sie mir Bersson.«

Das Gesicht von de Vries verschwand und wurde einen Augenblick später durch das von Marechal Bersson ersetzt. Er war der ranghöchste Unteroffizier der Truppe von Marinesoldaten, die die Leibgarde des Gouverneurs darstellte. Der eigentliche Kommandierende war ein junger Lieutenant, der über drei Ecken mit Fallada verwandt war und aller Wahrscheinlichkeit seine Vorlieben zur Freizeitgestaltung teilte.

»Commandant?«

Bersson war alt, stand zwei Jahre vor seinem Ruhestand. Er hatte, wie alle fähigen Unteroffizier, einen untrüglichen Instinkt dafür entwickelt, wenn seine Vorgesetzten wirklich etwas auf dem Herzen hatten. Hogan hatte ihm in den letzten zehn Jahren, die er auf Ambius stationiert war, gut ein Dutzend Mal ein Offizierspatent angeboten, doch der Marechal hatte abgelehnt. Hogan konnte es ihm nicht einmal übelnehmen. Jetzt war Bersson der Einzige, auf den er sich unten verlassen konnte. Er und eine kleine Truppe von Marinesoldaten, die der Marechal in den Jahren erfolgreich von der wachsenden Dekadenz und um sich greifenden Unfähigkeit in der Truppe hatte bewahren können.

»Carl, ich habe ein Problem.«

Bersson nickte. Er schien nichts anderes erwartet zu haben.

»Wo ist der Gouverneur?«

»Er ist im ‚Kleine Dame' im Hafenviertel. Drei meiner Jungs stehen vor seiner Tür, der Lieutenant ist mit ihm drin.«

Berssons Gesicht war nicht anzusehen, was er damit genau meinte, und er musste auch nichts dazu sagen.

Hogan wusste Bescheid.

Und es war ein Hinweis auf die Zuverlässigkeit von Berssons Männern, dass sie *vor* der Tür standen und sich nicht dazu gesellt hatten.

»Bersson, wir haben eine kleine Krise, die sehr schnell eine große Krise werden kann. Ich benötige dringend die Bestätigung einiger Befehle durch den Gouverneur.«

»Soll ich ihn anpiepen?«

»Blödsinn. Sein eigenes Büro lässt mich nicht an ihn heran. Ich habe keine Zeit, um Fallada mit großer Überzeugungsarbeit zwischen den Beinen seiner aktuellen Gespielin hervorzuziehen und mit ihm zu diskutieren. Ich brauche seine Unterschrift schnell und ohne endlose Diskussionen.«

In Hogan arbeitete es und Wut staute sich auf. Die dadurch generierte Energie benötigte er jetzt auch, um die Angst zu überdecken, die er vor der nächsten Meldung aus Arbedian hatte. Er ahnte, dass sie nichts Besseres enthalten würde.

Bersson zeigte den Anflug eines Lächelns.

»Ihre Befehle, Commandant?«

War da Vorfreude in seinem Unterton? Hogan wollte es nicht glauben.

»Sie nehmen sich ein Dutzend Ihrer Männer, auf die Sie sich unbedingt verlassen können. Sergent Clopitzki und das Team von Caporal Makato würden mir da einfallen.«

»Die fallen mir auch ein.«

Es war Vorfreude.

»Sie fliegen ins Hafenviertel und holen den Gouverneur aus seiner Lusthöhle. Sie diskutieren nicht lange mit ihm und schleppen ihn in sein Büro. Keine Handgreiflichkeiten, aber resolut. Berufen Sie sich auf einen Notstand, Fallada kennt die entsprechenden Gesetze sowieso nicht. Ich nehme alles auf meine Kappe, aber ich will ihn in seinem Büro haben, und das binnen der nächsten sechzig Minuten. Nein, noch besser: Ich setze auf die *Flavius Aetius* über. Er soll dorthin gebracht werden. Und Sie kommen gleich mit. Es ist was am Kochen, und es wird möglicherweise richtig heiß.«

Bersson nickte, diesmal mit deutlich erkennbarem Lächeln.

»Und der Lieutenant?«

»Ist hiermit seines Postens enthoben. Sie übernehmen die Leibgarde kommissarisch. Wollen Sie eine Feldbeförderung zum Offizier?«

Bersson sah aus, als habe er in eine saure Frucht gebissen. Dann bekam sein Gesichtsausdruck etwas Besorgtes. Hogan hätte sich sehr in dem Mann geirrt, wenn die folgende Frage nicht gekommen wäre.

»Feldbeförderung? Heißt das, wir sind im Krieg?«

Hogan ließ einen Augenblick vergehen, ehe er antwortete.

»Das nehme ich an, Marechal. Und jetzt beschaffen Sie mir den Gouverneur!«

Bersson schaltete einfach aus. Er wusste, was zu tun war.

Hogan hoffte, dass das auch für ihn selbst galt.

17 Lydos

»Da ist noch einer!«

Tooma sah nur kurz auf, als Li mit ausgestrecktem Arm auf die helle Lichtkugel wies, die mit irreführender Langsamkeit über das Firmament kroch. Sie vergewisserte sich noch einmal, dass der automatische Sensor sicher im Erdreich verankert war und erhob sich dann. Die Kugel war die dritte innerhalb der letzten halben Stunde gewesen, und wie ihre beiden Vorgänger hatte sie den exakt gleichen Kurs genommen, nämlich auf die Hauptstadt. Wie Tooma erwartet hatte, war der Feind für die gute Gelegenheit dankbar gewesen, den zentralen Widerstand durch ein paar wohl gezielte Orbitalschläge ohne eigenes Risiko ausschalten zu können. Die offenbar sehr langsamen ballistischen Flugkörper des Gegners schienen die Unfähigkeit der Menschen, sich gegen diese Angriffe wehren zu können, zu verhöhnen. Als die erste Kugel eingeschlagen war, hatte ein helles Wetterleuchten die sternenklare Nacht erhellt, deutlich erkennbar auch im Camp der Flüchtlinge tief im Dschungel. Nach dem Einschlag des zweiten Geschosses war der militärische Funkverkehr aus der Hauptstadt fast vollständig erstorben. Der dritte Schuss diente dazu, auf Nummer Sicher zu gehen. Rahel kniff die Augen zusammen und konnte die zahlreichen, winzigen, blinkenden Lichter erkennen, die sich hoch oben am Sternenhimmel abzeichneten. Die Flotte des Feindes war auch mit dem unbewaffneten Auge auszumachen. Es würde nicht mehr lange dauern, dann begann die Landeoperation, vorzugsweise in dem Gebiet, das mal die Hauptstadt gewesen war. Obgleich Rahel nichts über die Herkunft und die Natur der Invasoren wusste, vermutete sie, dass man erst einmal einen sicheren Brückenkopf errichten würde, um von dort aus die Eroberung des restlichen Planeten in Angriff nehmen zu können. Man würde Lydos vom Orbit aus gescannt und herausgefunden haben, dass es nur noch wenige weitere Siedlungen von nennenswerter Größe gab und die Dschungelebene war wahrscheinlich gar nichts Besonderes auf den Schirmen aufgetaucht. Mit etwas Glück würden die Invasoren hier erst in Tagen, möglicherweise in Wochen auftauchen.

Rahel verließ sich nicht auf ihr Glück.

Sie hatte daher sofort nach der Landung der Gleiter gegen Mitternacht begonnen, alle notwendigen Maßnahmen zur Sicherung des Camps in Angriff zu nehmen. Ihre zielstrebige Ruhelosigkeit hatte ansteckend gewirkt: Zahlreiche der Erwachsenen hatten sofort ihre Hilfe angeboten.

Mittlerweile waren die meisten erschöpft eingeschlafen. Tooma hatte Wachen eingeteilt, und sie sah die schattenhaften Gestalten, soweit die tiefe Nacht auf der kleinen Lichtung überhaupt etwas erkennen ließ. Sergent Hsien Li hatte mit ihr zusammen die erste Schicht der westlichen Wache übernommen, und es schien fast so, als würde der Veteran mit der gleichen Selbstverständlichkeit in alte Routinen zurückfallen, mit der er sein Sturmgewehr bediente. Rahel hatte mehr Kämpfe mit moderneren Waffen mitgemacht als der Milizionär in seiner ganzen Karriere, doch hatte Li von regulären Schlachten bis zu Guerillakämpfen während der Kolonialkriege hier auf Lydos alles durchgefochten, was dieser grausame Konflikt bereitgehalten hatte, und das als Unteroffizier. Er kannte Lydos besser als der Marechal. Tooma hatte nicht die Absicht, gegenüber Li mehr als nötig den Kommandanten herauszukehren.

Die Lichtung, auf der sie ihr Lager aufgeschlagen hatten, war von Tooma sorgfältig ausgesucht worden. Sie lag mitten im Dschungel, Hunderte von Kilometern von der nächsten Ansiedlung entfernt, und eingerahmt von dichtem Waldbestand. Es gab einen kleinen Fluss in der Nähe, der das notwendige Frischwasser liefern würde, und das dichte Unterholz machte es möglich, die drei Schweber effektiv zu tarnen. Wildtiere sowie allerlei essbare Früchte würden den Speiseplan sinnvoll erweitern, das Gebiet war effektiv zu verteidigen und es gab zahlreiche Fluchtwege in sehr unwegsames Gelände. Tooma hatte fünf Erwachsene identifiziert, die von sich glaubhaft behauptet hatten, schon des Öfteren im Dschungel gejagt zu haben. Sie wussten, wie man sich hier fortbewegte und auch ohne größere Hilfsmittel überlebte. Sie hatte die Flüchtlinge grob in fünf Gruppen geteilt und die fünf zu ihren Anführern ernannt und Fluchtrouten sowie Plätze in den Gleitern zugewiesen. Diese Vorkehrungen waren auf ein gewisses Unverständnis gestoßen. War man nicht gerade erst erfolgreich geflohen? War dies kein sicherer Ort? Unruhe hatte sich breit gemacht, doch Tooma hatte ihrer Ankündigung folgend keine weiteren Diskussionen zugelassen. Li schließlich hatte sich erbarmt und den Unzufriedenen eine Lektion bezüglich der Notwendigkeit gegeben, immer einen »Plan B« zur Verfügung zu haben. Noch besser waren ein »Plan C« und ein »Plan D«, falls noch mehr schief ging, was beinahe zwangsläufig geschah. Lis Alter und das Vertrauen, das der Veteran bei den Kolonisten genoss, hatten geholfen, die Fragen schließlich verstummen zu lassen. Der alte Sergent hatte sich als unverzichtbarer Bestandteil von Toomas kleiner Kommandostruktur etabliert, und sie hoffte nur, dass er den körperlichen Strapazen würde standhalten können. Bis jetzt machte er einen ausgesprochen rüstigen und agilen Eindruck. Trotz aller Sorgen schien er sich in seiner Rolle fast wohl zu fühlen.

»Es werden noch mehr kommen«, erwiderte Tooma verspätet und sah, wie der Lichtball aus ihrem Sichtfeld verschwand. Nun umhüllte sie wieder Dunkelheit. Ein Rascheln ertönte, als würde sich in ihrer Nähe etwas Großes durch das Unterholz bewegen. Li war gelassen und achtete nicht weiter darauf, also blieb auch Tooma sitzen. Ihr fehlte vor allem die intime Erfahrung mit der hiesigen Fauna und Flora, die die Alteingesessenen ihr voraushatten.

»Erzählen Sie mal«, sagte Li.

»Was?«

»Warum haben Sie den Dienst im Raummarinedienst quittiert? Sie machen mir nicht den Eindruck, als würden Sie das Militär nicht vermissen. Ich kenne solche Leute. In den Ruhestand gehen sie erst, wenn sie tot umfallen. Und doch sind Sie hier. Ich bin dafür sehr dankbar, bitte nicht falsch verstehen. Aber was zum Teufel tun Sie hier?«

Tooma zögerte. Sie wusste, dass über ihre Motivation, sich auf Lydos niederzulassen, auf der Ebene einige Gerüchte umgingen, aber sie war nie darauf eingegangen. Sie war sich auch jetzt nicht sicher, ob es eine gute Idee war, zu Hsien Li darüber zu sprechen. Andererseits benötigte sie ein Vertrauensverhältnis zu dem Mann, um ihrer aller Überleben zu sichern. Es war gut, wenn man sich über die Motivation seines Vorgesetzten im Klaren war, und zwar jenseits der Befehlslage. Es war gut, wenn man wusste, wie ein Offizier - und de facto hatte Tooma eine solche Stellung jetzt inne - »tickte«. Das wollte Li wissen, und der alte Mann hatte offenbar keine Zeit oder keine Lust, es auf die langwierige, schwierige Tour herauszufinden.

Tooma konnte ihm das nicht verübeln.

Sie seufzte. Also gut.

Sie lehnte sich an den Baumstumpf, vor dem sie hockte und warf erneut einen prüfenden Blick in die Runde. Alles ruhig. Tatsächlich erwartete sie für die heutige Nacht auch keine Probleme.

»Im Grunde hat es mit einigen Offizieren und ihren ... Angewohnheiten zu tun. Wie Sie vielleicht wissen, befinden sich die Streitkräfte in einem katastrophalen Zustand. Wer Karriere in die höheren Ränge machen will, benötigt Kontakte zu den regierenden Familien, und vor allem Geld, denn viele Beförderungen werden erst dann ausgesprochen, wenn größere Summen den Besitzer gewechselt haben. Das begann sogar für die höheren Dienstgrade in der Gruppe der Unteroffiziere zu gelten. Ich war deswegen eine Ausnahme, weil ich mich in den Kolonialkriegen ausgezeichnet habe und zwei Feldbeförderungen nachträglich bestätigt worden sind.«

Sie hielt einen Moment inne und wartete auf die entscheidende Nachfrage Lis. Die Milizen hatten während der Kolonialkriege *gegen* die Sphäre gekämpft. Tooma und er waren auf verschiedenen Seiten gewesen. Doch Li schwieg. Trotzdem sah sich Tooma bemüßigt, die unausgesprochene Frage zu beantworten.

»Ich habe nur gegen reguläre Einheiten gekämpft und keine der Grausamkeiten gegen die Zivilbevölkerung verübt. Mein militärischer Lebenslauf ist einwandfrei. Ich hatte natürlich auch Glück: Meine Einheiten waren nicht an den Brennenden Frauen von Tolar III beteiligt, da sie zu dem Zeitpunkt woanders im Einsatz waren. Ich hatte nichts mit dem Giftgasangriff auf Siberius zu tun, denn zu dem Zeitpunkt befand ich mich im Lazarett. Als Sikorsky die

Bombardierung von Danuba Metropol befahl, war ich unten in der Stadt und leitete ein Stoßtruppkommando. Hätte damals nicht dieser … ich habe seinen Namen vergessen … Aide-de-camp den Befehl unterdrückt, wäre ich jetzt tot. Ich entschuldige damit nicht das, was passiert ist. Es ist ein Teil der Gründe, warum ich später den Dienst quittiert habe. Doch ich warne Sie: Letztlich war es eine rein egoistische Entscheidung. Erwarten Sie nicht zu viel Altruismus von mir.«

Immer noch kein Kommentar von Li.

Entweder hatte er gar keine Vorurteile oder Annahmen bezüglich Toomas Vergangenheit oder er ließ sie sich nicht anmerken, da er meinte, er sei auf ihre Dienste ebenso angewiesen wie alle anderen Flüchtlinge auch.

»Nun gut«, seufzte Tooma. »Eines Tages versuchte einer meiner Vorgesetzten, sich mir sexuell zu nähern. Ganz abgesehen davon, dass dies gegen die Vorschriften verstößt, war er ein Kotzbrocken und dermaßen unattraktiv, dass er Frauen nur dann bekam, wenn er sie bezahlte.« Tooma überlegte kurz, ob sie Li den dritten Grund für ihre Ablehnung ebenfalls nennen sollte, entschied sich dann aber dagegen. Ihre sexuelle Orientierung ging den Mann nichts an. »Ich weigerte mich also und machte Meldung. Das wiederholte sich trotzdem, und zwar immer offener und vor allem mit größerer … Ungeduld. Wie sich heraus stellte, war ich das Ziel einer Gruppe von Offizieren, die es sich zum Sport machten, weibliche Mannschaftsdienstgrade und Unteroffiziere zu belästigen – und diese Belästigungen bei Widerstand eskalieren zu lassen. Schließlich bin ich vergewaltigt worden. Drei der Angreifer habe ich schwer verletzt, mit bleibenden Schäden, einer wird niemals mehr jemanden vergewaltigen. Aber es waren zu viele. Statt den Offizier zu bestrafen, drohte mir das Oberkommando mit einem Strafverfahren wegen angeblicher Insubordination und unehrenhafter Entlassung aus dem Dienst. Mein Vorgesetzter setzte seine Avancen fort, als sei nichts passiert. Er fühlte sich offensichtlich ausgesprochen sicher. Schließlich versuchte er es erneut mit Nachdruck. Zu seinen Begehrlichkeiten hatte sich ein veritabler Hass gesellt. Er wollte mich ‚brechen', sagte er mir.«

»Er hat Sie erneut vergewaltigen wollen.« Li warf Tooma einen einschätzenden Blick zu. »Das war vermutlich eine schlechte Idee.«

Rahel lachte trocken. »Sehr schlecht. Ich war nie ein Muskelprotz, und so wird meine körperliche Kraft gerne unterschätzt. Außerdem war ich dem aufgeblasenen Popanz in allen Nahkampftechniken haushoch überlegen. Und diesmal war er allein. Er lag binnen eines Augenblickes auf dem Boden, aber anders, als er es sich vorgestellt hatte. Seine Kniescheiben mussten vollständig operativ ersetzt werden.«

»Dann wurden Sie unehrenhaft entlassen?«

Rahel schüttelte den Kopf. Keinesfalls. Es gab nämlich zunehmend mehr Zeugen, die alle die Bereitschaft äußerten, zu meinen Gunsten auszusagen.

Viele hatten von diesen Vorgängen so richtig die Schnauze voll. Das Oberkommando wollte einen Skandal vermeiden und bot an, ich solle die ganze Sache vergessen und ich würde in eine andere Einheit versetzt. Schwamm drüber.«

Li seufzte. »Ich vermute, auch das war eine schlechte Idee.«

»Sehr schlecht. Es widersprach allem, an das ich glaubte. Meine Einheit war sauber durch den letzten Kolonialkrieg gekommen und ich hatte darauf geachtet, dass alle meine Leute gewissen Prinzipien folgten. Tat jemand das nicht, entfernte ich ihn aus meiner Einheit, und das so schnell wie nur möglich. Und jetzt sollte ich selbst diese Prinzipien verraten? Es wurde mir klar, dass ich mit einem Verfahren gegen den Vergewaltiger an die Wand rennen würde. Die Mächte, die ihre schützende Hand über ihn hielten, waren zu stark. Also zog ich die einzig richtige Konsequenz: Ich reichte meinen Abschied ein. Mein Gesuch wurde vom Oberkommando mit großer Freude angenommen. Ich bekam den vollen Dienstbonus ausbezahlt und eine schöne Urkunde. Dann suchte ich mir einen Platz, wo ich all das hinter mich mir lassen konnte.«

»So landeten Sie auf Lydos.«

»Exakt. Sind Sie mit der Geschichte zufrieden?«

Li machte eine vage Handbewegung, die Tooma nur undeutlich sehen konnte.

»Sie bestätigt den Eindruck, den ich von Ihnen habe. Ich finde den Hergang beruhigend, denn er zeigt, dass Sie eine ehrliche Haut sind. Ich habe genügend abgehalfterte, aus dem Dienst geworfene Ex-Soldaten kennen gelernt – von beiden Seiten! Viele von ihnen waren vorher Gangster, waren Gangster in Uniform und sind es nachher auch weiter geblieben. Ich bin froh, dass Sie offenbar nicht in diese Kategorie fallen. Auch bei meinen eigenen Leuten, ich mache mir da absolut keine Illusionen.«

»Ein großer Vertrauensvorschuss«, sagte Rahel. »Es könnte doch auch sein, dass ich Ihnen eine rührselige Story aufgetischt habe.«

Li grinste. Er tat so, als müsse er sich Tränen aus dem Augenwinkel wischen, dann schniefte er betont. Es wirkte durchweg nicht überzeugend.

»Natürlich, das kann sein. Aber erlauben Sie einem alten Mann in einer verzweifelten Situation, als Flüchtling allein in einer feindlichen Wildnis, umzingelt von blutrünstigen Invasoren, sich die Version auszusuchen, die ihm mehr gefällt, um seinem armen Herz etwas Ruhe zu gönnen.«

Li erhob sich und reckte seinen alten Körper. Prüfend spähte er in die Dunkelheit. Er schulterte das Sturmgewehr und holte tief Luft.

»Ich mache jetzt meine Runde.«

Dann verschwand er in der Dunkelheit.

Rahel schüttelte erneut den Kopf. Sie sah ihm nach.

Hsien Li hatte nicht ein bisschen verzweifelt ausgesehen.

»Capitaine, wir haben den Gegner jetzt in der Zielerfassung!«

Becks trockene Meldung riss Haark aus einem dämmrigen Halbschlaf, in den er wieder gegen seinen Willen gefallen war. Er setzte sich in seinem Sessel gerade hin, rieb über die wunden Augen und bemühte sich, nicht allzu würdelos auszusehen. Der kosmetische Effekt von Dusche und Rasur war längst nicht mehr erkennbar, und es stank auf der Brücke wie im Umkleideraum eines Fußballteams. Haark rückte trotzdem seine Uniform zurecht und strich sich die Haare glatt. Dann gab er diese Bemühungen sofort wieder auf. Hier legte ohnehin niemand wert darauf.

Haark wandte sich an Beck.

»Wann sind wir in Reichweite des Gegners?«

»Nach unseren Informationen in zwanzig Minuten.«

»Wann ist der Gegner in unserer Reichweite?«

»In etwa fünfzehn Minuten für Torpedos der Kategorie A.«

Der Kommandant stieß ein verächtliches Grunzen aus.

Von den Langstreckenwaffen hatte die *Malu* nur ein halbes Dutzend an Bord. Es würde wenig nutzen, diese paar Geschosse weit vor den anderen auf den Weg zu schicken. Angesichts der Daten, die sie von der *Napoleon* erhalten hatten, würden die veralteten Waffen beim gegnerischen Schiff absolut nichts ausrichten.

»Haben Sie sich etwas zur Taktik des Gegners überlegt, Beck?«

Ihre taktische Sitzung mit Sergent Descartes – der als einziger Unteroffizier Kampferfahrung im Weltraum hatte und deswegen hinzugezogen worden war – hatte nicht viel Erleuchtendes gebracht. Zwei Stunden lang hatten sie allerlei Szenarien gewälzt und die Daten Esterhazys wieder und wieder betrachtet. Dass ihre Optionen begrenzt waren und dass die *Malu* ein alter Schrotthaufen war, hatte zur Lösung des Problems nicht wirklich beigetragen. Schließlich war die Besprechung zu einem unbefriedigenden Ende gekommen und Haark hatte Beck den Auftrag gegeben, in Ruhe über alles nachzudenken und später einen Vorschlag zu machen.

Der Lieutenant nickte.

Alles andere hätte Haark auch sehr verwundert. Irgendeine Idee musste der Erste Offizier ausgebrütet haben.

»Es ist meine Theorie, Capitaine, dass der Feind uns austesten möchte. Zuerst hat er die Sonde vernichtet, die zweite aber unbehelligt gelassen. Obgleich er über entsprechende Waffensysteme verfügt, hat er Esterhazy recht nahe an sich heran gelassen: Er hat die *Napoleon* erst angegriffen, als sie bereits tief in seiner Reichweite war. Er wollte, dass sie alle ihre Waffensysteme auf ihn abfeuert. Wahrscheinlich hätte der Gegner die eigenen Schäden minimieren können, wenn er das Feuer viel früher eröffnet oder auch nur erwidert hätte.«

Haark hob eine Augenbraue.

»Ein Selbstmordkommando?«

»Nicht direkt. Ich habe den Eindruck, dass der Gegner seine Vernichtung bewusst mit einkalkuliert. Er verteidigt sich wirkungsvoll und ist darauf aus, uns zu zerstören, aber er lässt sich dabei definitiv zu viel Zeit. Er wollte, dass die *Napoleon* in eine optimale Angriffsposition kommt. Erst dann hat er selbst geeignete Maßnahmen ergriffen. Ich möchte so weit gehen zu vermuten, dass dieses Schiff nichts anderes tut, als die Gegenwehr für eine größere Flotte anzutesten, die die gesammelten Daten für eigene taktische Entscheidungen nutzt und dabei das Ende des einzelnen Schiffes bewusst in Kauf nimmt. Das Schiff ist ein Evaluator.«

Haark runzelte die Stirn.

»Die Besatzung dieses Schiffes muss ziemlich verrückt sein. Ein überlegener Gegner könnte diese Taktik ausnutzen und den Angreifer vernichten.«

»Aber die, die ihm nachfolgen, wären dann über die Möglichkeiten des Feindes informiert und könnten sich darauf einstellen. Außerdem würde ich mit dem Begriff ‚verrückt' vorsichtig sein. Was wir gerade machen, ist mindestens ebenso wahnsinnig.«

»Mindestens. Eine größere Flotte wartet also auf uns, hm? Wie kommen Sie zu diesem Schluss? Etwas gewagt, nicht wahr?«

Beck lächelte freudlos.

»Keinesfalls, mon Capitaine. Vor fünfzehn Minuten kam diese Meldung von Lüthannes. Ich habe Sie deswegen nicht … gestört.«

Geweckt, hatte er sagen wollen. Haark bemühte sich, nicht allzu schuldbewusst dreinzublicken. Er nahm die Meldung entgegen und las sie. Dann blickte er wieder Beck in die Augen.

»Das ist aber wichtig.«

Haarks Ton war leicht vorwurfsvoll.

»Für uns nicht mehr.«

Diese simple Feststellung, die zudem ganz und gar der Wahrheit entsprach, ließ jeden Anflug von Zorn in Haark sofort wieder verrauchen. Die Meldung besagte, dass der LRA eine Flotte von mindestens achthundert, wenn nicht mehr Einheiten am Rande des Sonnensystems ausgemacht hatte. Immobil.

Wartend.

Und das bedeutete, dass Arbedian aller Wahrscheinlichkeit nach verloren war. Was auch immer die *Malu* erreichte oder Gouverneur Farkas auf dem Planeten selbst bewerkstelligte, es würde nichts nützen. Die einzige Chance hatten jene, die auf dem vollgepackten Liner die ER-Brücke ansteuerten und hoffentlich das System rechtzeitig verlassen würden.

Wenn er es ermöglichen konnte.

»Hört sich an, als hätte Ihre Theorie etwas für sich, Beck.«
»Ja, Capitaine.«
»Das bedeutet für uns … was?«
Beck reckte sich.
»Ich bin der Auffassung, dass der alleinige Existenzgrund für unseren Gegner in der Tat die … offensive Aufklärung ist. Unsere *Malu* ist ein anderer Schiffstyp als die *Napoleon*, daher kann der Gegner zurzeit noch nicht davon ausgehen, dass die Technologie in jeder Hinsicht vergleichbar ist und auf dieser Basis extrapolieren. Das heißt, er kann es natürlich, aber ich meine, dass er es belegen muss und soll. Ich vermute daher, dass er uns an sich ranlassen und uns den ersten Schuss lassen möchte, exakt genauso, wie er es bei der *Napoleon* getan hat. Er ist immer noch primär daran interessiert, taktische Daten zu gewinnen. Das können wir ausnutzen.«
»Ah!«
Haark beugte sich vor. In seinen Augen funkelte es. Die *Napoleon* war einigermaßen gleichmäßig mit Fern- und Nahwaffen ausgestattet gewesen. Sie hatte in traditioneller Taktik erst die Fernwaffen ausgelöst, um dann kurz nach diesen mit Nahwaffen in den Kampf einzugreifen. Das hatte durchaus gewirkt – der Gegner war schließlich nicht unerheblich beschädigt worden. Die *Malu* konnte dieses taktische Manöver nicht anwenden. Die normale taktische Aufgabe ihrer Schiffsklasse bestand darin, von Fern die eigenen Waffen abzufeuern, die Magazine zu entleeren – am besten in Geschwaderformation – und dann schnellstens das Weite zu suchen, um ja nicht in einen Nahkampf geraten zu müssen, den man aller Wahrscheinlichkeit nach nicht überleben würde.

Dummerweise bestand diese Option diesmal nicht. Zum einen fehlte das Geschwader, zum anderen musste Haark sicher gehen, dass der Gegner zumindest so stark beschädigt wurde, dass er nicht noch die Verfolgung des Liners erfolgreich aufnehmen zu können. Die Flotte würde ihn nicht mehr erreichen können, aber war das Torpedoboot besiegt, und der gegnerische Scout noch mobil, konnte er mit geeigneten Beschleunigungswerten noch 40.000 Flüchtlinge sozusagen nebenher aus dem Universum blasen. Die großen Frachtliner waren unbewaffnet und ungepanzert. Eine wohlplazierte Rakete reichte.

Da die *Napoleon* bereits deutlich mehr und moderne Fernwaffen auf den Gegner abgefeuert hatte als die *Malu* in ihren Magazinen mit sich führte, war es recht wahrscheinlich, dass das alles nicht reichen würde. Haark hatte bereits mit Schrecken an einen aussichtslosen Nahkampf gedacht, der …
… der möglicherweise nicht nötig war.
»Beck«, flüsterte er fast. »Teilen Sie mir bitte mit, welche taktische Option Ihnen angesichts dieser Schlussfolgerung in den Sinn gekommen ist?«
Der Erste Offizier räusperte sich kurz.

Er hatte Haarks mit einem Male sehr wachen und angespannten Gesichtsausdruck keinesfalls falsch interpretiert. Erwartungsgemäß war der Capitaine zur gleichen Schlussfolgerung gekommen wie er. Doch alle anderen auf der Brücke hatten ebenfalls die Ohren gespitzt.

»Mon Capitaine, ich schlage vor, so nahe wie möglich an den Gegner heranzukommen. Wir feuern nicht, nicht einen Schuss. Wir vermeiden einen direkten Kollisionskurs, sondern deuten an, starke Nahwaffen in den Kampf führen zu wollen. Wenn der Gegner so tickt, wie ich ... wie wir nunmehr annehmen, dann wird er stillhalten, um herauszufinden, welche Stärke diese Nahwaffen haben.«

»Ja.«

Beck räusperte sich erneut. »Dann werden wir den Gegner rammen und in seiner Nähe sämtliche Torpedo- und Raketensprengköpfe sowie des Fusionsreaktor der *Malu* gezielt und zeitgenau zur Detonation bringen. Es ist das Stärkste, was wir bieten können, mon Capitaine.«

Haark blickte Beck an und dieser erwiderte seinen Blick ungerührt. Dann nickte der Kommandant langsam.

»Rufen Sie Aspirant Sarazon auf die Brücke. Sammelruf an die gesamte Mannschaft. Das gesamte Personal, das für die Vorbereitungen dieser Maßnahme nicht notwendig ist, begibt sich umgehend in die Rettungskapseln. Wir müssen das exakt timen, Lieutenant. Ich möchte, dass die Kapseln zwanzig Sekunden vor der Detonation abgetrennt werden und sich von der *Malu* entfernen. Selbst dann werden es nicht alle schaffen. Die letzte Strecke fliegt das Boot auf Automatik. Programmieren Sie die Kapseln auf die Brückenstation. Sollte jemand in Ambius ein Gehirn zwischen den Ohren haben, wird er ein Schiff schicken, und sei es nur, um uns in den Hintern zu treten. Wer kommandiert Ambius?«

Beck überlegte kurz. »Hogan. Carlos Hogan.«

»Ja, richtig. Hirn ist also vorhanden. Mit etwas Glück wird es reichen, ins System zu springen, uns aufzusammeln, einen hastigen Blick auf achthundert wütende Aliens zu erhaschen und dann sofort wieder den Abgang zu machen, ehe die Brückenstation vernichtet oder erobert wird. Um genau zu sein, ich würde die Station sofort evakuieren und Zeitzünder anbringen. Wen wird Hogan schicken?«

»Er wird selbst kommen, wenn er kann. Ansonsten welches Schiff auch gerade in der Nähe ist. Esterhazys erste Meldungen müssten ihn mittlerweile erreicht haben. Möglicherweise ist schon jemand unterwegs.«

»Gut.«

Haark schloss die Augen.

»Beck, das ist Wahnsinn.«

»Ja, mon Capitaine.«

»Aber genau so machen wir es.«

Es war nur in sehr begrenztem Maße Aufgabe des Eunuchen, die gewonnenen Daten auch auszuwerten, und vor allem war seine Kompetenz, auf der Basis der Auswertungen eigene Entscheidungen zu treffen, noch begrenzter. Als er zu dem Schluss kam, dass das gegnerische Schiff, das sich ihm mit beachtlicher Geschwindigkeit näherte, dem ersten Kreuzer des Feindes in jeder Hinsicht unterlegen war, nützte ihm dies gar nichts. Sein Auftrag hatte sich dadurch nicht verändert, im Gegenteil: Erfahrungen aus der Vergangenheit hatten gezeigt, dass solche Annahmen mitunter zu katastrophalen Fehleinschätzungen führten. Wer wusste, über welche Kapazitäten das kleine Schiff, das sich dem Scout in eindeutiger Absicht näherte, wirklich besaß? Es mochte dem äußeren Anschein nach unterlegen sein, doch würde man dies erst dann herausfinden, wenn man es im Kampf getestet hatte. Was war, wenn es sich als mächtig erwies, aber durch einen gut platzierten Treffer des Scouts vorschnell außer Gefecht gesetzt wurde? Was, wenn weitere Schiffe dieser Klasse irgendwo im System verborgen waren und dann überlegene Waffensysteme gegen eine selbstsicher ins System einfliegende Saatflotte einsetzten? Sicher, der Verlust von weiteren Kampfeinheiten war verschmerzbar, doch es gab Berichte aus ferner Vergangenheit, wo Saatschiffe selbst einer überraschenden Gegenwehr zum Opfer gefallen waren. Dem Eunuchen wurde allein bei dem Gedanken an einen solchen Vorfall schlecht. Saatschiffe waren unersetzlich. Ihr Verlust war die größte aller möglichen Katastrophen. Die psychische Konditionierung des Eunuchen sorgte dafür, dass er alles daran setzen musste, damit eine solche Katastrophe sich in diesem System niemals ereignete. Es war selten genug geschehen, doch das hieß nicht, dass die Möglichkeit für eine solche Tragödie nicht immer wieder bestand. Aus diesen Erfahrungen gespeist hatte man schließlich die Klasse der Scouts geschaffen und ihren Auftrag so eng und eindeutig gefasst, wie es nur möglich war.

Und so wartete der Eunuch geduldig darauf, dass der Feind den ersten Schritt tat. Das gegnerische Schiff machte keine Anstalten, die durch den ersten Schlagabtausch bekannten Fernwaffen in Einsatz zu bringen. Kursvektor und Geschwindigkeit ließen den Eunuchen vermuten, dass es Nahwaffen nutzen wollte und der Kampf eine lange Abfolge von gegenseitigen Passierflügen sein würde, bis einer der Gegner so schwer beschädigt war, dass er nicht mehr manövrieren konnte oder sonstwie aufgeben musste. Da der erste Gegner eine andere Taktik verfolgt und zum Schluss stark abgebremst den Scout in einen lang andauernden Schlagabtausch verwickelt hatte, war dies eine neue Herangehensweise, die möglicherweise verborgene Stärken des Feindes enthüllen würde. Ein Grund mehr, die Standardvorgehensweise beizubehalten, auch, wenn die Gefahr bestand, dass der Scout dieses Aufeinandertreffen nicht überleben würde.

Für einen Moment verschwendete der Eunuch einen Gedanken an seine Artgenossen. Damit meinte er nicht jene, die in der Saatflotte darauf warteten, dass er entweder starb oder siegreich war, sondern die anderen Eunuchen. Vom Saatsystem waren mehrere Flotten aufgebrochen, nachdem die Erntezeit zu einem erfolgreichen Abschluss geführt worden war. Einige kamen in etwa zur gleichen Zeit an ihren Zielen an wie die des Eunuchen, und sie alle würden Scouts aussenden, um herauszufinden, ob und wie die Systeme bewohnt waren. Waren einige seiner Kameraden lebend aus ihren Missionen hervorgegangen? Oder war er gar der letzte Überlebende seines Systems, dem es nunmehr bestimmt war, seinen Artgenossen in den Tod zu folgen? Für diesen Moment fühlte der Eunuch eine gewisse Sehnsucht nach Austausch, ja so etwas wie Gemeinschaft und Kameraderie mit anderen Eunuchen in sich. Aber es gab in diesem System nur drei seiner Art: Ihn selbst sowie zwei bewusstlose Setzlinge, die nur zu voller Reife gelangen würden, wenn er vor seiner Zeit scheiterte und die gewonnenen Informationen nicht ausreichend sein würden. Niemand, mit dem er sich vor der Mission hätte austauschen können, vor allem niemand, der aktuelle Erfahrungen besaß, nicht jene destillierten, unpersönlichen Aufzeichnungen der vorhergehenden Saatflotten, die sich auf dieses System und seine bis vor kurzem nur in sehr begrenztem Maße bekannten Einwohner anwenden ließen. Seine Lehrer hatten ihn so gut vorbereitet, wie sie konnten, doch auch sie hatten nur auf das langsame kollektive Gedächtnis zurückgreifen können, nicht auf die Hitze und Schnelligkeit aktueller Informationen und Erfahrungen.

Der Eunuch verscheuchte die Gedanken wieder.

Sie waren nicht nur müßig, sie halfen ihm auch in seiner derzeitigen Situation nicht weiter. Er betrachtete wieder aufmerksam das heraneilende Feindschiff, sah, dass es in einer Entfernung von knapp zwei Kilometern an seinem Scoutkreuzer entlang gleiten würde. Angesichts der relativen Geschwindigkeit zueinander und basierend auf den bekannten Daten über die Nahwaffen der Feinde würde dies eine effektive Kampfphase von nicht mehr als zwanzig bis dreißig Sekunden bedeuten. Dann würden beide Schiffe sich erneut in Reichweite manövrieren müssen. Der Eunuch beschloss, nur den ersten Schusswechsel zur Datensammlung abzuwarten und anschließend dem davoneilenden Feind Fernwaffen nachzuschicken, die ihn aller Wahrscheinlichkeit nach ausschalten würden. Danach galt es, sich um das verbliebene, große Schiff zu kümmern, das sich der dimensionalen Verzerrung näherte. Gelang es dem Eunuchen, den kleinen Gegner effektiv zu vernichten, sollte die Zeit noch reichen, um das große, nur langsam beschleunigende Schiff ebenfalls anzugreifen.

Das war wahrscheinlich der letzte Gegner.

Die Station erschien ihm nach weitergehenden Überlegungen zu klein, um ernsthaft etwas gegen die Flotte ausrichten zu können.

Danach würde der Eunuch leben dürfen.

Admiral Oliver Sikorsky war ein alter Mann, doch er strahlte immer noch exakt die gleiche Unbeugsamkeit und Beharrlichkeit aus, die ihn während seiner gesamten Karriere gekennzeichnet hatte. Unbeugsam hatte er die Interessen der großen Handelsfamilien vertreten und beharrlich den alleinigen Herrschaftsanspruch Terras in der Irdischen Sphäre durchgesetzt. Er war jederzeit bereit gewesen, über Leichen zu gehen, und er machte keine Unterschiede darin, ob es sich um die des Feindes oder die seiner Untergebenen handelte. Seine Verbindungen, seine ausgesuchte Ruchlosigkeit und seine hohe Intelligenz waren dafür verantwortlich, dass er als Admiralsstabschef die Geschicke der Sphärenflotte leitete, und das unangefochten seit dem Ende des letzten Kolonialkrieges. Sikorsky war eine lebende Legende. Selbst seine Bewunderer fürchteten ihn, und es schien, als sei diese Furcht das Elixier, das ihm die Kraft gab, weiterhin an der Spitze der Streitkräfte zu stehen.

Lieutenant-Colonel Tamara Lik betrachtete diese lebende Legende von ihrem Sitzplatz in der zweiten Reihe. Um den großen Admiralitätstisch war eine doppelte Stuhlreihe gruppiert. Auf der ersten, direkt an dem gigantischen Möbelstück aus dunkelbraunem, glatt poliertem Holz, saßen die Admirale und Generale, siebzehn an der Zahl, die mächtigsten Menschen in der Sphäre direkt nach dem Direktorium. Manche meinten, noch vor dem höchsten politischen Gremium. Tamara Lik hatte lange genug als Stabschefin von Admiral Suchowka gedient, um gelernt zu haben, dass es komplizierter war: eine seltsame und immer wieder neu auszutarierende Balance zwischen zwei Machtzentren, die aufeinander angewiesen waren und doch in einem Konkurrenzverhältnis standen. Dazu kamen dann noch die zahlenmäßig unterrepräsentierten Generale, die sich traditionell untergebuttert fühlten und sich periodisch darüber beschwerten, dass es Admiralsstab hieß und keine Rücksicht auf die Bodentruppen genommen wurde. Sikorsky nahm keine Rücksichten. Die Kritik wurde im Regelfalle auch nur sehr leise und vorsichtig geäußert.

In der zweiten Reihe saßen Offiziere wie sie: Stabschefs und Aide-de-camps der Admirale, schweigende Beobachter, Informationszuträger, flüsternde Berater, die manchmal eine eigene Meinung haben durften und manchmal nicht. Admiral Suchowka hatte Tamara immer erlaubt, eine eigene Ansicht zu vertreten, aber nur im privaten Gespräch unter vier Augen. Er wusste, dass es gefährlich war, ja mitunter tödlich, Sikorskys Unwillen auf sich zu ziehen, und sowohl seine eigenen wie auch Liks Ansichten waren durchaus dazu geeignet, genau diesen Effekt hervorzurufen.

An der Kopfseite des Raums hing das große Wappen der Sphärenflotte. Der Sessel darunter, mit der extra hohen Lehne und den breiten, ausladenden

Armstützen, war Sikorskys Thron. Alle nannten ihn so, auch offen. Dass der Admiral gegen diese Bezeichnung offenbar nichts einzuwenden hatte, sagte so einiges über seine Geisteshaltung aus.

Sikorsky war ein hagerer, fast dürrer Mann von nunmehr 69 Jahren. Seine hervorspringende Hakennase dominierte das schmale Gesicht. Seine Augen wirkten wie dunkle Kohlenstücke, die brannten, wenn der Admiral sich erregte. Sikorsky wirkte, als würde er jeden Muskel seines Körpers bis zur absoluten Perfektion beherrschen, und seine Bewegungen waren stets exakt und abgezirkelt. Exakt war auch seine Ausdrucksweise. Der Admiral konnte auf seiner gut modulierten Stimme spielen wie auf einem Instrument. Die einzige nachlässig erscheinende Geste war das gelegentliche Zurechtzupfen seiner an sich perfekt sitzenden, makellos sauberen Uniform, doch auch das konnte ein bewusster Manierismus sein. Der Admiral war ein guter Schauspieler, und das musste er auch sein, denn er war ebenso Militär wie Politiker.

»Meine Damen und Herren, wir kommen nun zum nächsten Punkt auf unserer Tagesordnung. Admiral Suchowka bitte.«

Liks Vorgesetzter erhob sich schwerfällig. Er machte immer diesen Eindruck: Langsam, behäbig, etwas unbeholfen, benötigte für alles etwas Anlauf. Seine äußere Erscheinung mit dem massigen Körper, dem runden Kopf und den überraschend groß wirkenden Kulleraugen mochte dazu einen Beitrag leisten, es konnte keinen größeren Kontrast in der äußeren Erscheinung und im Auftreten geben als zwischen Sikorsky und Suchowka. Lik wusste, dass dieser Eindruck täuschte. Hinter der wulstigen Stirn befand sich ein hellwacher, schneller Verstand und mindestens die Hälfte des Habitus, der für den gegenteiligen Eindruck sorgte, war ein von Suchowka sorgsam gepflegtes Schauspiel. Darin unterschied er sich in nichts von seinem Vorgesetzten. Suchowka war nicht umsonst zum Chef des militärischen Nachrichtendienstes aufgestiegen, obgleich er nicht einmal über halb so gute Verbindungen in die politische Klasse verfügte wie Sikorsky. Lik wusste, dass Suchowka sehr reich war, geerbtes, »altes« Geld. Sie hatte nie mit ihm darüber gesprochen, vermutete aber, dass er dieses nicht nur benutzte, um seine berühmte Sammlung klassischer Originalnoten alter Komponisten zu pflegen. Es gab allerdings auch Dinge, die wollte sie gar nicht wissen.

»Verehrte Kameradinnen und Kameraden«, begann Suchowka in bekannter Umständlichkeit. »Mir liegen einige Berichte vor, die mir von dem wissenschaftlichen Verbindungsoffizier der Abteilung B der Forschungsstation Thetis zugänglich gemacht wurden. Ich hatte keine Gelegenheit, diese genau nachzuprüfen, das hängt aber auch mit der Quelle zusammen.«

Ein allgemeines Gelächter fuhr durch die Runde.

Abteilung B war der Teil von Thetis, der sich ganz und gar um den Autisten DeBurenberg drehte, einen Wissenschaftler, der von mindestens der Hälfte der Anwesenden aus unterschiedlichen Gründen nicht für voll genommen wurde. Lik wusste, dass das ein fataler Fehler war, und sie war es gewesen, die den Bericht Fraziers aus dem Berg an Meldungen gefischt und auf Suchowkas Schreibtisch gelegt hatte. Suchowka hatte zwar fragend die Stirn gerunzelt, ihn dann aber genauso ernst genommen wie Lik. So ernst, dass er es wagte, daraus in diesem Gremium vorzutragen.

»Die Aussage lässt sich so auf den Punkt bringen: Etwas braut sich zusammen. Es gibt zahlreiche Hinweise darauf, dass möglicherweise eine Bedrohung der Sicherheit im Aufbau begriffen ist. Die Berichte analysieren viele Dinge, die manche meiner Leute nicht ernst genommen hätten, die aber von dem Experten der Abteilung offenbar für wichtig gehalten werden.«

Abschätziges Schnauben ertönte.

Gemurmel erklang.

Sikorsky sezierte die Runde mit seinem Blick, schwieg aber. Suchowka ließ sich nicht weiter beeindrucken. Ehe Sikorsky nichts Abfälliges äußerte, wagte niemand sonst einen bösen Kommentar, und so erstarb das Gemurmel schließlich.

»Ernsthafte Sorgen macht mir das auch noch nicht, aber es ist meine Aufgabe, dieses Gremium auf mögliche Gefahren hinzuweisen, und das so früh wie möglich.«

Er sah in die Runde.

»Wovon reden wir denn hier eigentlich?«, fragte jemand herausfordernd. »Ein Kolonialaufstand?«

»Nein, das denke ich nicht.«

»Was dann?«

Suchowka zögerte. Das war nichts Neues, aber diesmal, das wusste Lik, war das Zögern echt. Suchowka hatte den richtigen Instinkt, deswegen hatte er Fraziers Bericht nicht in den Papierkorb geworfen. Doch die Art und Weise, wie der Verbindungsoffizier die Erkenntnisse DeBurenbergs zusammen fasste und die Tatsache, dass er seine Schlüsse aus dem unbewussten Gebrabbel des Genies gezogen hatte, machte es schwierig, sie hier mit dem notwendigen Selbstbewusstsein vorzutragen. Dennoch wiesen DeBurenbergs Hinweise letztendlich alle in die gleiche Richtung, und das hatte bereits Frazier mit großer Klarheit erkannt.

»Es scheint«, sagte Suchowka nun, »als würden wir einer außerirdischen Intervention gegenüber stehen.«

Für einen Moment herrschte Stille.

Dann erhob sich erneut ein Gelächter, und das selbst aus den Mündern jener, die DeBurenberg ein gewisses Maß an Glaubwürdigkeit zuzubilligen bereit waren.

Die Mundwinkel Sikorskys zuckten ebenfalls. Als der Ausbruch abgeebbt war, hob der Oberbefehlshaber die Hand und sprach.

»Admiral, ich schlage vor, dass wir diesen Punkt auf die nächste Sitzung vertagen und Ihr Dienst sich in der Zwischenzeit um etwas handfestere Informationen bemüht.«

Der joviale Unterton ließ keinen Zweifel daran, was Sikorsky von dieser Meldung hielt.

Suchowka senkte scheinbar devot den Kopf. Er stand schon länger auf Sikorskys Abschussliste und musste Wohlverhalten zeigen. Lik wusste, dass der Chef des Nachrichtendienstes vom Potential der Bedrohung überzeugt war, aber jetzt war nicht der Zeitpunkt, die Sache voranzutreiben. Suchowka hatte es erwähnt, so dass ihm niemand später einen Vorwurf machen konnte und mit etwas Glück konnte er anschließend die Schuld für eventuelle Versäumnisse auf Sikorsky laden. Jetzt aber sah er sich der Schadenfreude und dem kollektiven Kopfschütteln des Stabes ausgesetzt und er bemühte sich offenbar, seine Verachtung für seine Kameraden nicht allzu deutlich zutage treten zu lassen. Suchowka setzte sich und Sikorsky rief einen nächsten Tagesordnungspunkt auf, den Geheimdienstchef mit einem spöttischen Seitenblick streifend. Die Sitzung nahm ihren normalen Verlauf und die diskutierten Themen versanken für Lik in einen undefinierbaren Brei, keines erforderte ihre spezielle Aufmerksamkeit. Suchowka sagte für den Rest des Treffens kein Wort mehr.

Lik ahnte nicht, wie sehr sie den Admiralsstabschef unterschätzt hatte. Die Sitzung neigte sich rasch ihrem Ende zu und als die Offiziere sich erhoben hatten und langsam zum draußen im Foyer aufgebauten Buffet schlenderten – dem eigentlichen Höhepunkt einer Stabskonferenz -, kam Sikorsky direkt auf sie zu. Sein Mund lächelte. Seine Augen, wie immer, nicht.

»Lieutenant-Colonel Lik«, grüßte er sie. Liks Wirbelsäule versteifte sich sofort, obgleich man bei Stabsbesprechungen auf militärische Förmlichkeiten im Regelfalle verzichtete.

»Wie kann ich Ihnen dienlich sein?«

»Dieser Bericht, von dem Admiral Suchowka da gesprochen hat ... besteht wohl die Möglichkeit, davon eine Kopie zu erhalten?«

Für den unwahrscheinlichen Fall, dass diese Situation eintreten würde, hatte sie eine entsprechende Datendisk dabei, die sie nun Sikorsky übergab.

Sie war überrascht und überrumpelt. Der alte Mann schien Suchowkas Vortrag ernster genommen zu haben als sie dachte – oder er wollte etwas finden, mit dem er ihm am Zeug flicken konnte. In jedem Falle enthielt die Disk keinerlei Spekulationen, sondern wenig mehr als den Bericht Fraziers, garniert mit einigen der Daten, auf die DeBurenberg seine Analysen möglicherweise stützte – Suchowkas Experten hatten nicht viel Zeit für eigene Recherchen gehabt.

»Sie sind etwas außer Fassung«, stellte Sikorsky seine Menschenkenntnis unter Beweis und wog die Disk in seiner Hand. »Aber Sie sollten wissen, dass ich gelernt habe, DeBurenberg grundsätzlich erst einmal ernst zu nehmen. Sehr ernst. Einige Kameraden hier scheinen anderer Ansicht zu sein, aber sie irren sich. Suchowka und ich waren uns da immer einig. Wenn DeBurenberg auch nur rülpst, ist es das wert, genau untersucht zu werden.«

Lik nickte und schwieg. Was hätte sie auch sagen sollen?

»Dieser Verbindungsoffizier – taugt der was? Wir haben da ja öfter Probleme!«

Lik nickte. Frazier würde bald von Sikorsky hören. Das wünschte sie niemandem.

»Wie ich gehört habe, kommt er mit DeBurenberg bestens zurecht«, erwiderte sie wahrheitsgemäß.

»Gut. Machen Sie einen Termin. Ich will ihn sprechen.«

Die Überraschungen nahmen kein Ende. Lik brachte nur ein weiteres Nicken zustande und holte mit automatischen Bewegungen ihren Terminplaner hervor.

»Das Beste wird sein, ich fliege selbst nach Thetis«, schloss Sikorsky und nickte sich selbst zu, ehe er dem Buffet zustrebte, nicht ohne Lik noch einmal zugelächelt zu haben.

Lik starrte ihm nach. Seit dem letzten Kolonialkrieg hatte Sikorsky Terra nicht mehr verlassen.

Er musste das in der Tat sehr ernst nehmen.

Oder er bereitete den Todesstoß für Suchowka vor.

Liks Augen suchten nach ihrem Vorgesetzten, der an einer Ecke des großen Buffettisches stand und eine große Schale Schokoladenmousse auslöffelte. Er wirkte sehr unschuldig und unaufmerksam, doch seine Augen waren auf Tamara gerichtet und als sich ihre Blicke kreuzten, deutete er eine leichte Kopfbewegung an. Ihm war keinesfalls entgangen, dass Sikorsky sie aufgesucht hatte und erwartete einen Bericht.

Sobald er mit der Mousse fertig war. Soviel Zeit musste sein, das galt auch und gerade für jemanden wie Suchowka.

Der Perimeteralarm ertönte früh am nächsten Morgen.

Das sanfte Piepen, nur für die Wachhabenden zu hören, um einen anrückenden Feind nicht darauf aufmerksam zu machen, dass er entdeckt worden war, lag in Toomas Ohren wie ein helles Schrillen. Sie war mental auf dieses Geräusch programmiert, hatte es in verschiedenen Formen ihr Leben lang immer wieder vernommen und es sagte im Grunde nur eines aus: Hoch! Raus! Waffe! Achtung!

Tooma katapultierte ihren Körper aus der Liege im Bauch des Executors. Als sie die Rampe herunter gelaufen war, hielt sie ihr Sturmgewehr im Anschlag, trug den Helm ihres Kampfanzuges und hatte die Zielerfassung aktiviert. Die Morgendämmerung wurde ersetzt durch elektronische Symbole, derzeit nur grüne, also Freunde. Neben ihr tauchten drei weitere Gestalten auf: Sergent Li, dann einer der Polizeioffiziere - ein junger Mann namens Kolliotzis - sowie jemand von der Frühwache, ein Farmer, dessen Name Tooma nicht kannte, der sein doppelläufiges Schrotgewehr aber auch im Laufen sicher in den Händen hielt. Sie hatten alle kleine Ohrstecker getragen und waren durch den Alarm entweder geweckt oder aus der Wachroutine aufgeschreckt worden.

»Vom Westbereich, Stromkreis 3!«, meldete Li durch sein Kehlkopfmikro direkt in Toomas Ohren. Sie nickte und machte eine Handbewegung.

»Kolliotzis, Sie wecken die Leute. Alles bemannt die Gleiter. Ich will keine Panik und so wenig Lärm wie möglich.«

Der Polizist wurde blass und nickte hektisch. Tooma wusste, dass ihr Befehl nur einen frommen Wunsch ausdrückte. Einige Leute, brutal aus dem Schlaf gerissen, würden in Panik ausbrechen und es würde garantiert Lärm geben. Daran konnte sie nichts ändern. Der Polizist löste sich aus der Gruppe und rannte auf die Unterkünfte zu. Sekunden später entstand exakt der Lärm, den Rahel gerne vermieden hätte.

»Li – Sie dort …«

»Jonas«, erwiderte der Farmer hilfreich und sah sie aufmerksam an. Er wirkte aufgeregt, aber nicht ängstlich, zumindest noch nicht. Er war ein muskulöser Mann in den Dreißigern, gut einen Kopf größer als die hoch gewachsene Soldatin, mit hellblauen Augen und dichten, blonden Haaren. Er trug einen praktischen Arbeitsoverall, der jetzt eher die Funktion eines Kampfanzuges erfüllte. Quer über seine Brust hatte er einen selbst gemachten Patronengurt mit Munition für seine beeindruckend großkalibrige Schrotflinte gespannt.

»Sie folgen mir in einer Kette mit je fünf Metern Abstand. Feuern nur auf mein Kommando oder zur unmittelbaren Selbstverteidigung.«

Zufrieden bemerkte Tooma, dass Jonas sofort in Deckung ging. Er war offenbar die Jagd im Dschungel gewöhnt und hatte sich gewisse Verhaltensweisen angeeignet, die sich jetzt als sehr hilfreich erweisen mochten.

Vor allem, da der Perimeteralarm nur zwei Dinge bedeuten konnte: Eines der wirklich gefährlichen Großtiere war aufgetaucht - oder etwas oder jemand ganz anderes.

Tooma gedachte, sich darüber so schnell wie nur möglich Klarheit zu verschaffen.

Sie ließ sich auf den Boden nieder und hielt das Sturmgewehr vor sich. Im Gegensatz zu Lis etwas antiquarischer Ausstattung hatte sie eine modernere Ausführung, eine Produktion des Waffenkonzerns FN-HK. Das universell einsetzbare Gewehr konnte sowohl Plasmabolzen verschießen als auch herkömmliche kinetische Munition, von beiden Sorten hatte Tooma große Vorräte angehäuft. Sie schob den Feuerregler auf Dauerfeuer und hatte ein Plasmamagazin eingeführt. Wer auch immer sich heranwagte, Tooma war gewillt, es mit einem Overkill zu versuchen, ehe sie mit zu schwachem Kaliber antrat.

Einen Moment lauschte sie. Ein knackendes, schleifendes Geräusch war deutlich zu hören. Es näherte sich. Sie hatte derlei bisher nur von Schlangen gehört, und handelte es sich hierbei um eine solche, dann musste es ein mächtig großes Exemplar sein.

Sie robbte vorsichtig vorwärts, bemüht, möglichst mit dem Unterholz zu verschmelzen. Ihre Sinne fokussierten auf die Richtung, aus der das Geräusch kam. Es war lange her, dass sie sich so an ein Ziel angenähert hatte, aber die Fähigkeiten waren sofort wieder da, einprogrammiert in ihr Bewusstsein durch jahrzehntelange Konditionierung. Es war eine natürlich, ja selbstverständliche Verhaltensweise. Ihre Implantate begannen in ihrem Kreislauf zu singen. Mit Adrenalin verwandte Substanzen schärften ihre Aufmerksamkeit, Aufputschmittel stärkten ihre Muskeln und ihre Reaktionen, Botenstoffe beschleunigten ihre Denkvorgänge und Psychopharmaka dämpften ihre Aufregung und Angst. Bald war ein Drogencocktail in ihr aktiv, der nur ein Ziel hatte: Dafür zu sorgen, dass sie den Feind erkannte, tötete und jede Gefahr beseitigte, ehe es sie selbst erwischte. Der Prozess lief unbewusst, doch das süße Gefühl der Macht, das ihren Körper durchströmte, war ein sicherer Hinweis darauf, dass die Implantate auch bei voller Leistung noch ganz hervorragend funktionierten.

Dann sah sie es. Es brach aus dem Unterholz.

Es war groß.

Und es war definitiv keine Schlange.

Ein Lebewesen von sicher zwei Metern Länge. Man konnte es für einen Augenblick als Reptil missdeuten, aber es handelte sich eher um eine Art gigantischen Tentakel, der halb aufrecht, halb auf dem Boden liegend vor ihr stand, entfernt an eine sehr schnelle, sehr agile Schnecke erinnernd. An seiner Spitze hatte er so etwas wie einen Augenkranz und der erhobene Oberkörper war mit stachelartigen Auswüchsen bedeckt. Der Unterteil des Körpers war glatt, und das Wesen schien sich wahlweise eben wie eine Schnecke durch wellenförmige Bewegungen seines Körpers, dann aber auch durch sich herausbildende, kleine Pseudopodien fortzubewegen. Tooma registrierte die Details fast unterbewusst. Was tatsächlich erschreckend war und ihre Aufmerksamkeit voll beanspruchte, war die Tatsache, dass dieser wandelnde Tentakel einen Harnisch trug, an dem undefinierbare Ausrüstungsgegenstände hingen. Technik. Und als der Tentakel plötzlich seitlich zwei kleinere Greifarme aus seinem Oberkörper ausfuhr, um eines der Gerätschaften zu ergreifen und damit zu hantieren, wurde Tooma auch klar, dass sie es hier nicht mit einem Tier zu tun hatte.

Was immer es war, es handelte zielgerichtet und intelligent.

Dies war einer der Invasoren.

Und es war kein Mensch. Es war ohne Zweifel ein außerirdisches Wesen. Tooma legte diese Information schnell ab. Sie konnte sich später darüber wundern. Jetzt war keine Zeit für Grübeleien.

Li hatte sich lautlos genähert. Er kam neben ihr zum Liegen, die Waffe schussbereit. Er bewegte seine Lippen und ein fast unhörbares Wispern gelang durch die Ohrstecker an Toomas Ohren.

»Der macht keinen Höflichkeitsbesuch, Marechal!«

Tooma nickte unmerklich. Sie deutete auf einen nahen Baumstumpf, der ideale Deckung bot. Sie musste nur die Faust ballen, und schon verschwand Li in diese Richtung. Für sein Alter bewegte er sich mit erstaunlicher Geschwindigkeit, doch nicht schnell genug.

Der Augenkranz des Tentakels zuckte herum. Der Oberkörper schwang. Dann erklang ein zischender Laut.

Einer der Hautstachel katapultierte sich aus dem Leib des Wesens in Richtung Lis. Der Veteran hatte den Tentakel keinen Moment aus den Augen gelassen. Er erkannte, dass auf ihn gefeuert wurde und reagierte reflexhaft. Der Stachel fuhr neben ihm in den weichen Dschungelboden. Dann hatte Li die Deckung erreicht.

Der Tentakel richtete weitere Stachel auf den Baumstumpf, bereit, erneut seine Körperwaffen abzufeuern.

Rahel schob den Munitionswahlschalter um. Sie hatte auf panzerbrechende Stahlmantelpatronen gewechselt. Sie musste wissen, wozu diese Wesen imstande waren. Sie benötigte Informationen.

Tooma drückte ab.

Eine lange Garbe hochbeschleunigter Projektile schoss auf den Tentakel zu. Die Einschläge waren deutlich zu sehen, kleine Hautfetzen flogen zur Seite, und das Wesen stieß so etwas wie einen Schrei aus. Es schwankte. Ein Stakkato zischender Stachelschüsse ertönte und Geschosse regneten in Richtung Toomas, doch die befand sich längst nicht mehr am gleichen Platz. Der Schauer von Stachel schlug mit dumpfen Geräuschen in den Boden. Dann das Mündungsfeuer eines zweiten Sturmgewehrs. Li hatte angelegt. Weitere Schüsse. Dann der dumpfe Knall einer Schrotflinte, zweimal, schnell aufeinander folgend. Jonas.

Der Tentakel schwankte heftiger.

Wie Baumrinde splitterte seine Haut von ihm ab, und eine wässrige, leicht grünliche Flüssigkeit spritzte aus den Körperöffnungen. Ein Mensch wäre ohne schweren Körperpanzer an den zahllosen Einschlägen bereits gestorben, doch obwohl das klagende Heulen, das der Alien ausstieß, Schmerz und Leid signalisierte, blieb er stehen und erwiderte das Feuer.

Tooma hielt für einen Moment den Atem an.

Stachelschüsse durchsiebten das Unterholz. Tooma erkannte, dass dort, wo eines der Geschosse den Körper verlassen hatte, wenige Augenblicke eines schussbereit nachwuchs. Sie hatte eine gut funktionierende biologische Kampfmaschine vor sich. Nicht unverwundbar, aber extrem leidensfähig, und mit einem natürlichen Mechanismus ausgestattet, der einem Infanteriegewehr mindestens ebenbürtig war. Überlegen, wenn man sich vor Augen hielt, dass der Tentakel in alle Richtungen gleichzeitig feuern und durch den optischen Kranz auch Feinde hinter oder neben sich ausmachen konnte.

Und er war nur einer.

Einen Moment musste Tooma an eine ganze Kompanie von Kampftentakeln denken.

Ein sehr unangenehmer Gedanke.

Ein weitere Ladung Schrot prasselte auf den Leib des Aliens. Er schüttelte die Kugeln ab wie Wasser. Die Flinte war definitiv nicht geeignet, um den Tentakel zu beeindrucken. Jonas blieb hartnäckig. Eine zweite Schrotladung. Dann eine dritte Garbe aus Lis Gewehr, bis ein leeres Klicken fast schmerzhaft laut über die Lichtung schallte. Der Sergent hantierte an seinem Munitionsvorrat.

Feuerpause.

Dann bewegte sich der Tentakelkrieger vorwärts. Tooma ließ das Magazin aus dem Schacht gleiten und steckte mit automatischer Präzision ein neues hinein. Diesmal hatte sie Taumelprojektile gewählt, leicht uneben geformte Geschosse, deren Mündungsgeschwindigkeit geringer war, die jedoch nach Verlassen des Laufes eine unvorhersehbare Eigenbewegung entwickelten und vor allem auf relativ weichen Zielen ein Gemetzel veranstalten. Sie hatten nur auf kurze Entfernungen Sinn, da sie oft die geplante Flugbahn verließen.

Sie waren durch viele Verträge und Konventionen verboten. Tooma ahnte jedoch, dass die Tentakel keinen dieser Verträge unterzeichnet hatten.

Der Alien war keine zwanzig Meter entfernt. Das war nahe genug. Tooma drückte ab und hielt mit Dauerfeuer auf den Feind, bis das Magazin leer war. Das Geschrei des Getroffenen wurde noch eine Oktave schriller, das Schwanken wurde stärker, die Fetzen, die aus seinem Körper gerissen wurden, größer. Der Alien war mit Schleimfetzen und Körperflüssigkeit bedeckt, er schoss zurück, aber unregelmäßiger, wirkte erschöpft.

Dann hatte auch Li das Gebot der Stunde erkannt und versenkte eine lange Garbe Taumelpatronen in den Leib des Aliens. Der gelegentliche Treffer aus Jonas' Flinte erschien in diesem Stakkato fast wie der lästige Stich eines Insekts. Immerhin: an den offenen Wunden, die Tooma und Li geschlagen hatten, taten auch die Schrotkugeln sichtbaren Schaden. Zumindest würden sie den Schmerz noch einmal merklich erhöhen, obgleich Tooma mittlerweile den Eindruck bekam, dass Schmerz keine Empfindung war, die dieser Alien in nennenswertem Ausmaße zu fühlen imstande war.

Noch einmal taumelte der Tentakel vorwärts, doch Tooma erkannte an seinen erschlaffenden Bewegungen, dass sie ihn entscheidend erwischt hatten. Dann, unvermittelt, und ohne weiteren Klagelaut, sank der Alien mit einem dumpfen Geräusch zu Boden. Ein Zittern durchfuhr den Leib des Angreifers, dann senkte sich eine unnatürliche Stille über den Dschungel.

»Ich …«, setzte Tooma an, als erneut Schüsse ertönten.

»Das Lager!«, rief Li und erhob sich.

»Los!«, befahl Tooma und sprang ebenfalls auf ihre Beine. Sie hasteten auf das Lager zu, aus dem sich der Lärm der Schüsse noch einmal verstärkte. Jagdgewehre, Schrotflinten, die halbautomatischen Waffen der Polizisten. Rahel konnte die Tonfolgen exakt unterscheiden. Die Implantate schickten noch mehr Pharmaka in ihre Blutbahn. Es war noch nicht vorbei.

In Toomas Kampfhelm knackte es und Nedashdes Stimme erklang.

»Rahel!«

»Was ist los?«

»Angreifer. Sie sehen aus wie Schlangen oder so, gehen aber aufrecht. Kamen plötzlich von überall her - wir haben die Luken der Gleiter geschlossen, der Polizeigleiter ist jedoch getroffen und kann nicht …«

Rahel hörte das dumpfe Wummern der Bordkanone des Polizeifahrzeugs. Zumindest hatte jemand die Absicht, das Beste aus der Situation zu machen. Es war keine Sun Ray, aber ein besseres Kaliber als ein Jagdgewehr. Tooma wünschte sich, sie hätte bereits Gelegenheit gehabt, jemanden in den Gebrauch der Bordwaffe des Executors einzuweisen.

Sie wischte den Gedanken fort. Entscheidungen, Entscheidungen.

»Ned, drücke den Knopf!«

»Rahel, dann ...«

»Jetzt. Sofort.«

Rahel unterbrach die Verbindung und stürmte auf die Lichtung.

In diesem Moment erhob sich der Executor vom Boden. Rahel hatte eine automatische Startsequenz in den Computer einprogrammiert und Nedashde eingeschärft, wie diese zu aktivieren war. In der Luft war der Kampfgleiter weniger angreifbar. Er würde sich automatisch aus der Reichweite gegnerischer Waffen entfernen.

Am Polizeigleiter klaffte ein großes Loch. Der dritte Gleiter lag auf der Seite, seine Landekufen in Trümmern. Die Bordkanone blaffte erneut und verschoss lange Garben Standardmunition in eine Phalanx von vier Tentakelkriegern, die geschlossen auf den Lagerplatz zumarschierten. Einer der Tentakelkrieger hatte bereits genug und schwankte bedrohlich, fiel hinter die anderen zurück, wirkte schwer angeschlagen. Rahel blendete ihn für einen Moment aus.

»Li!«

»Hier.«

»Der da ist Ihrer. Deckung!«

Beide warfen sich zu Boden und Sekunden später splitterte die erste Salve von Taumelgeschossen durch die Reihe der Tentakel. Ein zweiter der Aliens war durch die großkalibrige Bordkanone des Polizeigleiters ebenfalls bereits am Ende seiner Kräfte angelangt, eine Garbe Taumelprojektile rasierte den oberen Teil seines Körpers glatt ab und er sackte zu Boden. Die drei anderen, zwei unbeeindruckt, der dritte immer noch schwankend, wandten sich der neuen Bedrohung zu und wurden durch von einem Wall von Projektilen empfangen.

Tooma warf einen Blick auf ihr Gewehr. Die Hitzeanzeige schoss bedrohlich nach oben. Li schien dieses Problem nicht zu haben. Leise verfluchte Rahel die High Tech ihrer Waffe. Mündungsgeschwindigkeit und Munitionsauswahl waren größer als bei Lis altem Sturmgewehr, aber seine Mark IV war schlicht zuverlässiger. Mit methodischen Bewegungen, ohne sichtbare Gefühlsregung, schob der alte Sergent eine weitere Kartusche in den Schacht und zog durch.

»Munition?«, fragte Rahel.

»Zwei Magazine, dann noch zwei Standard.«

»Granaten!«

Ihre Hände flogen an die Gürtel und Augenblicke später schwirrten zwei Handgranaten in hohem Bogen auf die Tentakel zu. Li presste seinen ungeschützten Kopf in den Boden, während Tooma die Abblendautomatik des Helms aktivierte. Als die ultraheißen Plasmagranaten detonierten, zuckte ein heller Blitz über die Lichtung.

Dann klärte sich das Bild. Von den Tentakeln war nur ein undefinierbarer Brei übrig geblieben. Der Executor schwebte unbehelligt über der Szenerie. Der Polizeigleiter war, bis auf das bereits vorhandene große Loch, weitgehend unbeschädigt. Die Granaten wirkten nur in einem sehr eng begrenzten

Umfeld und vor allem gegen weiche Ziele. Aber Tentakel konnten offenbar mit der großen Hitze genauso wenig anfangen wie Menschen.

Vorsichtig blickten Li und Rahel sich um. Alles blieb ruhig.

»Ned, die zweite Sequenz!«

Ohne dass Nedashde sich noch einmal meldete, sank der Executor vorsichtig wieder auf seinen alten Landeplatz. Die vorprogrammierte Landesequenz war aktiviert worden.

Ein heftig atmender Jonas tauchte neben Rahel auf. Er schien zu hinken.

»Sorry, Marechal ...«

Tooma sah einen der Tentakelstachel aus seinem Oberschenkel ragen. Sie hakte sich bei dem Farmer unter und sie humpelten auf den gelandeten Kampfgleiter zu.

»Alle bleiben in den Fahrzeugen. Die Technikgruppe geht raus, Li und zwei Mann geben Feuerschutz. Schaut euch die Schäden an den Gleitern an!«

Die Luken öffneten sich. Männer sprangen heraus.

Rahel hatte eine Gruppe von Flüchtlingen, die nach eigenem Bekunden technische Fähigkeiten hatten, zum Instandsetzungsteam ernannt. Li bestätigte den Befehl, rief die Polizisten und bezog Wachposition. Jemand nahm ihr Jonas ab, der keine starken Schmerzen zu haben schien. Unter den Flüchtlingen befand sich eine ausgebildete Krankenschwester und der Executor war mit Nothilfeausrüstung ausgestattet. Rahel überließ der Frau den Patienten, in der Hoffnung, dass sich seine Verletzung nicht als allzu ernsthaft erweisen würde.

Dann schloss sie sich den Wachposten an. Nach einigen Minuten entspannte sich jeder zusehends. Es gab keine Anzeichen für einen erneuten Angriff. Der Dschungel wirkte ruhig und friedlich im Licht der aufgehenden Sonne. Offenbar waren sie eher zufällig einer kleinen Patrouille in die Pseudopodien geraten. Dadurch wurde aber auch klar, dass die Invasoren offenbar genug Manpower hatten, um so kurz nach Beginn der Eroberung eine so große Welt wie Lydos bereits breitflächig zu besetzen. Das waren definitiv schlechte Nachrichten.

Li gesellte sich zu Tooma. Sein Gesicht trug einen nachdenklichen Ausdruck.

»Unsere Spekulation, dass die Invasoren uns hier eher zuletzt aufsuchen würden, war offenbar falsch.«

Rahel nickte.

»Ganz offensichtlich. Ich bin darüber genauso überrascht wie Sie. Aber es sind offensichtlich Aliens. Wir können schwer ermessen, nach welcher taktischen Doktrin sie vorgehen.«

»Falls es überhaupt um eine taktische Doktrin geht«, gab Li zu bedenken. »Was ist, wenn die Invasoren schlicht dermaßen viel Personal haben, dass sie es sich leisten können, den Planeten gleich in einer ersten Welle flächendeckend anzugreifen? Das hat natürlich seinen Vorteil: Verteidiger haben Probleme, Verstärkungen in der Gegend herumzuschicken, da alle überall beschäftigt sind.«

Rahel grinste freudlos.

»Im Falle von Lydos natürlich Blödsinn. Die einzig nennenswerte Gegenwehr war in der Hauptstadt massiert und ist durch die Orbitalschläge mit größter Wahrscheinlichkeit ausgelöscht worden.«

»Was unsere Invasoren nicht wissen konnten«, gab Li zu bedenken.

»Auch richtig. Wie dem auch sei, wie müssen über unsere eigene Lage diskutieren. Wenn man eine Patrouille in so einen Winkel des Planeten entsendet, dann wird man gerade für ein großes Gebiet wie die Dschungelebene weitere Kräfte eingesetzt haben. Spätestens, wenn sich unsere toten Freunde nicht mehr bei ihrem Kommando melden, wird man Suchtrupps aussenden, soweit können wir auf Gemeinsamkeiten mit den Verhaltensweisen irdischer Truppen bauen. Das heißt, wir müssen hier weg und uns ein Versteck suchen, das besser ist, und von dem aus wir gleichzeitig die Depots erreichen können, um gegebenenfalls unsere Vorräte aufzustocken.«

Li nickte. »Ich hätte da auch schon eine Idee. Sich im Dschungel zu verstecken, war die bessere Alternative, aber seit wir gesehen haben, dass der Feind von der Wildnis hier offenbar nicht sehr beeinträchtigt wird, erscheint die Idee, die ich hier habe, nicht übel.«

Rahel kniff die Augen zusammen.

»Und die wäre?«

»Ein Relikt aus dem Kolonialkrieg. Nicht weit von hier, am Talrand in den westlichen Bergen, gibt es eine verlassene Milizstation. Ich glaube nicht, dass die Sphärenarmee sie jemals gefunden hat, sie wurde nach der Kapitulation leise geräumt und versiegelt. Ich weiß das ziemlich genau, denn ich war bis zuletzt dort stationiert. Die Anlage ist in den Berg getrieben worden und bietet Platz für bis zu 200 Kämpfer, also mehr als genug für unseren Haufen Flüchtlinge. Ich glaube nicht, dass noch allzu viele verwertbare Vorräte vorhanden sind, aber mit etwas Glück funktionieren noch einige der hydraulischen Anlagen. Das ganze System hat eine ausgefeilte Hydraulik, die großen Außentore werden mit Wasserdruck aus einem Gebirgsfluss betrieben und das erfordert nur minimalen elektrischen Aufwand. So haben uns die Irdischen nie orten können. Mit etwas Glück können wir auch den Tentakeln unerkannt entkommen. Das einzige Problem wird die Vorratshaltung sein.«

Rahel ließ sich den Vorschlag Lis einen Moment durch den Kopf gehen. Er klang in der Tat nicht übel, außerdem hatte sie begonnen, dem Urteil des Veteranen zu vertrauen. Da sie sich schnell entscheiden mussten und es nicht allzu viele Alternativen gab, die ihr spontan einfallen mochten, war sie geneigt, dem Vorschlag Lis zu folgen.

»Wie weit ist das von hier?«

Der alte Mann runzelte die Stirn und dachte einen Augenblick nach.

»Rund 200 Kilometer. Wenn wir alle Gleiter wieder flott bekommen, dann eine Stunde Flug. Wollen wir hoffen, dass die Luftüberwachung der Tentakel noch nicht so gut ist.«

»Vielleicht ist sie gut und der Grund dafür, warum unser Lager gefunden worden ist!«

»Wir haben unser Lager vor Beginn der Invasion erreicht«, wandte Li ein.

»Und wir kennen die technischen Möglichkeiten unserer Feinde nicht«, sagte Rahel. »Wie dem auch sei: Wir sollten so schnell wie möglich aufbrechen. Selbst wenn die Luftüberwachung noch nicht gut genug ist, mit jeder verstreichenden Stunde wird sie sich verbessern. Wir haben es eilig.«

Wie auf ein Stichwort tauchte Erwald Tompkin neben ihnen auf.

»Marechal?«

»Wie sieht es aus?«

Tompkin wischte sich Schweiß von der Stirn. Es wurde jetzt langsam heiß.

»Die drei Gleiter sind flugfähig, wenngleich wir den Lastschweber noch aufrichten müssen. Das Loch im Polizeifahrzeug haben wir notdürftig geflickt, wir haben aber noch einige Packungen Plastikmasse, die wir in Ruhe modellieren können, sobald wir in Sicherheit sind. Bis dahin sollten unsere Flicken halten, wenn wir nicht zu schnell fliegen.«

Rahel warf Li einen bedeutungsvollen Blick zu. Der zuckte mit den Schultern und murmelte: »Also eher anderthalb Stunden …«

»Danke, Erwald. Beendet eure Reparaturen und dann sollen alle Gleiter startklar gemacht werden. Wir brechen so schnell wie möglich auf. Li, ich will mir vorher noch unseren ersten toten Tentakelsoldaten ansehen. Wir sollten versuchen, etwas mehr über unseren Gegner …«

»Marechal!«

Diesmal kam die Unterbrechung aus dem Lexington. Es war die Stimme von Alwa Henderson, der Krankenschwester und Ehefrau Norman Hendersons, der eine der Farmen auf der Ebene bewirtschaftet hatte. Der Ton hatte etwas Dringliches gehabt und Rahel dachte sofort an Jonas. Ohne zu zögern eilte sie auf den Kampfgleiter zu.

Jonas lag still auf einer Trage. Rahel musste nur einen Blick auf seinen Oberschenkel werfen, um herauszufinden, was los war. Der Stachel steckte immer noch tief im Fleisch. Er hatte seitlich Fortsätze gebildet, die sich wie kleine, weiße Würmer in den Muskel gebohrt hatten. Die Stelle war verschorft und wirkte hart, als ob der Stachel einen Schutzpanzer um sich gebildet hatte. Flechtenartige Geschwülste hatten sich auf der Haut gebildet.

»Es ist eine sehr schnelle Entwicklung gewesen«, murmelte Alwa leise. »Wir haben die Wunde noch gescannt, als uns bereits auffiel, dass der Stachel offenbar eine enge Verbindung mit Jonas Oberschenkelknochen eingegangen war. Seine Fühler dringen bis in das Knochenmark vor. Die Haut um die

Wunde herum hat sich … ich nenne es zementiert. Der Stachel steckt so fest, wir können ihn nicht einmal einen Millimeter bewegen.«

Tooma hatte so etwas noch nie gesehen.

»Was tun diese Fortsätze?«

»Schauen Sie es sich unter dem Scanner an!«

Alwa hielt Rahel das mobile Gerät hin und rief eine gespeicherte Aufnahme auf. Es war eine starke Vergrößerung eines der wurmartigen Fortsätze. Rahel war keine Medizinerin, aber sie hatte schon viele Wunden und Infektionen in ihrem Leben gesehen, außerdem hatte sie den Sanitätskurs sowie alle Auffrischungslehrgänge immer mit Auszeichnung bestanden. In einem anderen Leben wäre möglicherweise eine gute Ärztin aus ihr geworden.

»Samen«, sagte sie. Alwa nickte.

»Jeder dieser Fortsätze legt eine Art Samen in Jonas Fleischgewebe ab. Ich weiß nicht, was daraus wachsen wird, aber die Analogie, die ich benutze, lautet: Jonas Bein wird zu einem Blumenbeet. Die Fortsätze werden immer länger und breiten sich in alle Richtungen aus. Sie schlagen sozusagen Wurzeln und ernähren sich aus dem Gewebe seines Fleisches.«

Tooma spürte, wie der Ekel in ihr aufstieg. Die Implantate reagierten sofort und unterdrückten die Anwandlung.

»Was fühlt er?«, wollte sie von Alwa wissen.

»Nichts mehr. Er hat sich zu sehr aufgeregt, da habe ich ihn betäubt.«

»Was können wir tun?«

»Ich habe es mit Antibiotika versucht, mit verschiedenen Breitbandmitteln. Sie haben das Wachstum der Sporen oder Samen verlangsamt, aber nicht zum Stillstand gebracht, und einmal infiziertes Gewebe blieb infiziert.«

Für einen Moment herrschte Ruhe. Die Konsequenz war relativ eindeutig, das sah Tooma in Alwas Augen.

»Wie weit ist es bis zur Hüfte vorgedrungen?«

»Noch nicht sehr weit. Bis jetzt ist das Bein befallen.«

»Dann bleibt nur noch eine Lösung.«

Alwa nickte gefasst. »Mir fällt auch nichts anderes ein. Um eine Amputation werden wir wohl nicht herumkommen.«

Rahel warf ihr einen prüfenden Blick zu.

»Können Sie das?«

Alwa seufzte. Unsere Ausrüstung ist nicht so schlecht, vor allem Dank Ihrer Mittel. Ich brauche Hilfe und eine etwas sterilere Umgebung wäre nicht schlecht. Ich habe genug Anästhetika und blutbildende Mittel, und Jonas ist von guter Konstitution. In vergangenen Zeiten wurden Amputationen unter weitaus schlechteren Bedingungen erfolgreich durchgeführt.«

Der Tonfall, in dem die Frau dies vortrug, wirkte vertrauenerweckend.

Tooma kam zu dem Schluss, dass die Krankenschwester in der Tat wusste, wovon sie redete.

»Wie lange, bis es zu spät dafür ist?«, fragte Li, der lautlos dazu getreten war. Alwa zuckte mit den Schultern.

»Ich sage zwei bis drei Stunden. Warum? Ich würde es lieber gleich jetzt machen!«

Die relativ geschäftsmäßige Kaltblütigkeit in Alwas Stimme überraschte Rahel nicht. Jeder, der auf der Ebene lebte, war Pragmatiker. Man regte sich hier selten über Dinge auf, die man nicht ändern konnte.

»In der Station, Marechal ...«

»Ja?«

»Es gibt dort einen Operationsraum. Er ist leicht zu säubern und ich bin mir sicher, dass zumindest das Operationsbesteck und einiges an vakuumverpackter Ausrüstung noch da sind. Dort könnten wir die Operation unter viel besseren Rahmenbedingungen durchführen.«

Alwa nickte und schien über diese Aussicht erfreut.

»Ein Operationssaal, selbst einer nur mit den wichtigsten Möbeln, würde mir sehr entgegen kommen«, bekräftigte sie.

Rahel nickte.

»Dann ist es beschlossen. Sobald die Gleiter alle startklar sind, machen wir uns so schnell wie möglich auf den Weg. Jonas ist alleinstehend?«

»Ja, er hat niemanden«, bestätigte Alwa.

Rahel lächelte dünn.

»Das stimmt nicht mehr. Er hat uns, uns alle. Das müssen wir uns immer wieder vor Augen halten, wenn wir überleben wollen.«

Alwas Lächeln war breiter und fast fröhlich.

»Damit haben Sie in der Tat Recht, Marechal. Ich werde tun, was ich kann, das verspreche ich.«

Rahel neigte ihren Kopf und erwiderte schlicht: »Ich auch.«

Dann wandte sie sich an Li.

»Lassen Sie uns einen Blick auf den toten Tentakelkrieger werfen. Vielleicht sagt er uns etwas.«

Haark spürte ein leises Zittern.

Er dachte für einen Moment, es seien die nicht durchweg regelmäßig arbeitenden Triebwerke der *Malu*, doch dann merkte er, dass es sein eigener Körper war, der auf Anspannung, Angst und Übermüdung zu reagieren begann. Der Kommandant schloss für einen Moment die Augen und versuchte, die unkontrollierten Bewegungen durch schiere Konzentration zu begrenzen, doch die dunkle Wolke der Erschöpfung, die ihn umfing, war von überwältigender Kraft. Haark riss die Augen wieder auf, da er befürchtete, spontan einzunicken, wenn er sie weiter geschlossen hielt. Er blickte auf den Bildschirm und fuhr sich mit der Zunge über seine trockenen Lippen. In Kürze würde Adrenalin ihm helfen, wach zu bleiben. Und dann war es irgendwann egal, ob er wach blieb oder nicht. Der Sanitätsmaat hatte ihm einige Mittel aus seiner Giftküche angeboten, aber Drogen pflegten Haarks Urteilskraft zu schwächen und ein falsches Gefühl von Sicherheit und Überlegenheit zu erzeugen. Koffein war alles, was er sich gönnte, doch auch das schien nicht mehr zu helfen, da er davon viel zu viel eingenommen hatte. Eingezwängt in einen Druckanzug, hatte er bereits zweimal den Urinbehälter austauschen müssen und nichts war unangenehmer, als bei gefülltem Behälter in einen geschlossenen Druckanzug pinkeln zu müssen.

Als ob das jetzt noch etwas ausmachte.

Haark raffte sich auf. Es war Zeit.

»Beck, wir räumen das Schiff. Alles Personal in die Notkapseln. Auch der Maschinenraum benötigt jetzt kein Personal mehr. Sichern Sie alle Abteilungen und schließen Sie alle Schotten.«

Beck flüsterte Befehle in sein Kehlkopfmikrophon.

»Aspirant Sarazon meint, er würde gerne bis zum letzten Moment bleiben«, meldete Beck. Die interne Kommunikation lief über seine Ohrstöpsel, um Haark nicht mit unwichtigen Details zu belasten.

Haark nickte. Er hatte seinen Befehl gegeben und wenn der Chefingenieur nicht wollte, dann wollte er eben nicht.

Der Kommandant sah sich in der Zentrale um, dann kam er zu einem weiteren Entschluss.

»Die Brücke wird geräumt!«, befahl er unüberhörbar. »Ich übernehme die Steuerung. Schalten Sie die Anlagen auf Automatik. Alle Torpedos sind scharf zu machen. Programmieren Sie Zündung bei Aufschlag, ohne Verzögerung.«

Leises Gemurmel klang auf. Blicke wurden gewechselt, einige suchten gar die Augen Haarks, doch der starrte gewollt stur geradeaus, beantwortete keine der unausgesprochenen Fragen. Mit ihm allein auf der Brücke war die

Malu kaum manövrierfähig. Das Fehlen der Kommandoimplantate machte sich in dieser Situation besonders schmerzhaft bemerkbar. Er konnte jetzt noch kleinere Kursänderungen veranlassen, das war es aber auch schon. Der Überblick über das Schiff würde ihm verloren gehen.

Doch die Entfernung zum Feindschiff war ohnehin rasant zusammengeschrumpft und im Grunde waren kaum noch Anpassungen notwendig. Wenn der Gegner überraschend abdrehte, war ohnehin nichts mehr zu tun, denn dann würde das Torpedoboot im Kampf untergehen. Haark würde alle Torpedos und Raketen abfeuern lassen – die Sequenz war bereits vorprogrammiert - und sein Heil in der Flucht suchen. Er wusste, dass die Vernichtung des gegnerischen Schiffes alleine durch ein Rammmanöver möglich war. Er hatte nur diese eine Chance.

»Capitaine ...«

»Sparen Sie sich das einfach, Beck!«, unterbrach Haark seinen Ersten Offizier. »Wir haben mehr als genug Notfallkapseln, denn wir liegen ohnehin rund zehn Mannschaftsmitglieder unter Sollstärke. Zwei Kapseln bleiben also leer. Eine für Sarazon, wenn er sich entscheiden sollte, rechtzeitig die Flucht zu ergreifen und eine für eine für mich, das sollte eine in unmittelbarer Nähe der Brücke sein. Sobald ich der Ansicht bin, dass die Kollision unvermeidlich ist, werde ich mein Glück ebenfalls in der Flucht suchen. Sie gehen jetzt!«

Beck sah ihn zweifelnd an, und das aus gutem Grund. Die Kapsel würde sich möglicherweise rechtzeitig abtrennen und war programmiert, durch einen starken Schub in kürzester Zeit großen Abstand zwischen sich und das Schiff zu bringen. So kurz vor dem Aufeinanderprallen der Kontrahenten war es aber sehr wahrscheinlich, dass Ausläufer der Explosion die Kapsel ergreifen, beschädigen oder sogar zerstören würden. Da außerdem die letzte Kapsel nur kurz nach den anderen abgetrennt werden konnte – auch die restliche Mannschaft musste so lange wie möglich warten, um dem Feind keinen Hinweis auf die eigentlichen Absichten zu geben – bestand diese Gefahr auch für die Mannschaft. Doch Haark ging sicher das größte Risiko ein, inklusive der Gefahr, es gar nicht mehr bis zur Kapsel zu schaffen.

Beck wusste, dass jede weitere Diskussion unnötig war. Haark hatte ihm bereits vorher bedeutet, was genau seine Absicht war und Beck wusste, dass der Kommandant Recht hatte. Es musste niemand unnötig gefährdet werden, und nach Ansicht Haarks war die Gefährdung Becks unnötig.

Es dauerte keine dreißig Sekunden, da kamen die ersten Klarmeldungen aus den Rettungskapseln. Die *Malu* leerte sich mit erstaunlicher Geschwindigkeit. Niemand an Bord hatte Haarks Entscheidung bezüglich des Kollisionskurses in Frage gestellt – der Kommandant selbst hatte dies mit leichter Verwunderung zur Kenntnis genommen, er war nicht davon ausgegangen, so viel Loyalität bei seiner Crew erzeugt zu haben -, aber das hieß nicht, dass alle Männer und Frauen von Patriotismus und Suizidgedanken erfüllt waren. Wenn es eine Chance gab, diese Wahnsinnsaktion zu überleben, würde man sie nutzen. Nibelungentreue war etwas anderes als Loyalität, vor allem war es etwas, was Haark von seinen Untergebenen gar nicht erst verlangte. Es genügte, wenn er selbst dumm genug war, einem System zu dienen, das ihn ausgespuckt hatte wie eine faule Frucht.

»Beck, Sie verlassen mich jetzt auch!«, sagte Haark, als sich die Brücke ebenfalls geleert hatte.

»Capitaine, ich ...«

»Muss ich den ‚Capitaine' wirklich herauskehren, um Sie hier wegzubekommen?«

Beck zögerte einen Moment, las dann die verzweifelte Entschlossenheit im Gesichtsausdruck seines Kommandanten und fügte sich. Ohne ein weiteres Wort, aber nicht ohne seine Hand kurz schwer auf Haarks Schulter zu legen, verließ er die Brücke. Der Kommandant war allein.

Er setzte sich in den abgewetzten Sessel des Piloten. Hier hatte er schon lange nicht mehr Platz genommen. Er runzelte die Stirn, als er die vielen Kaugummireste erkannte, die unter der Konsole festgeklebt waren.

Alle Hilfsschirme waren aktiviert.

Die Telemetrie des Liners tröpfelte mit starker Zeitverzögerung rein, ließ sich aber gut extrapolieren. Das Schiff mit den Flüchtlingen beschleunigte bis an die Grenzen der Belastbarkeit, wenn die Angaben stimmten. Admanto mochte ein dummer Schleimer sein, aber er schien den Ernst der Lage erkannt zu haben und hatte wahrscheinlich selbst mehr als nur die Hosen voll. Er trieb seinen mächtigen Liner mit allem auf den Sprungpunkt zu, was er hatte, nicht zuletzt, um seine eigene Haut zu retten. Haark musste sich darum keine Sorgen machen. Sein Job war es jetzt, den Feind so zu beschädigen, dass dieser nicht mehr in der Lage sein konnte, Admanto noch einzuholen.

Nur noch drei Minuten. Jeden Moment erwartete Haark, dass der Gegner das Feuer eröffnen würde. Doch die Waffen schwiegen. Haarks Blick fuhr über den Kursschreiber. In spätestens 120 Sekunden würde er die entscheidende Kurskorrektur durchführen, die die *Malu* direkt auf den Rumpf des Feindes zurasen lassen würde. Jetzt sah es noch wie ein Vorbeiflug aus. Die übrigen 60 Sekunden würden für den Gegner zu knapp sein, die Masseträgheit genügend weit zu überwinden, um ein ausreichendes Ausweichmanöver zu fliegen. Er würde nur noch seine Waffen abfeuern können, in der Hoffnung, die *Malu* in Stücke zu schießen, ehe sie auftraf. Doch diese Chance war nur klein. Und das war exakt das, worauf Haark seine ganzen Hoffnungen setzte.

Er fühlte eine bemerkenswerte Ruhe in sich aufsteigen. Fast schien es so, als habe er das Gefühl, exakt am richtigen Ort und zur richtigen Zeit zu sein. All der Frust seiner misslungenen Karriere fiel in diesem Moment von ihm ab.

Dies war, das erkannte er mit plötzlicher Klarheit, genau der Grund, warum er sich zum Dienst in der Flotte beworben hatte. Es war auch der Grund, warum er diesen nicht quittiert hatte. Er dachte an die 40.000 Frauen und Kinder im davoneilenden Liner und dann huschte ein feines Lächeln über seine Lippen. Egal, was Leute wie Sikorsky von ihm halten mochten, er war sich sicher, dass diese Menschen seinen Namen in Erinnerung behalten würden, und zwar so, wie er sich immer gerne selbst gesehen hatte: Als jemand, der sich zwischen eine Gefahr und ihre potentiellen Opfer stellt, weil er exakt dafür ausgebildet und bezahlt wurde.

Sein Griff um den Steuerknüppel entspannte sich. Er sah den Countdown runterzählen, und er nahm die kleiner werdenden Zahlen mit großer Klarheit wahr. Jonathan Haark war kein Selbstmörder, doch in diesem Moment nahm er die Aussicht, möglicherweise bald zu sterben, mit erstaunlicher Gelassenheit zur Kenntnis.

Auf dem Schirm wuchs das flunderförmige Schiff des Feindes.

Jonathan Haark öffnete einen Funkkanal.

»Hier spricht Capitaine Jonathan Haark, militärischer Oberbefehlshaber der Sphärenflotte im Arbedian-System. Ich fordere Sie zum umgehenden Rückzug oder zur sofortigen Kapitulation auf. Sollten Sie auf diesen Funkruf nicht sofort antworten, werde ich Maßnahmen ergreifen, die dazu geeignet sind, ihren dicken Arsch in tausend Stücke zu zerblasen.«

Der Feind würde nicht antworten.

Haark hatte auch nichts anderes erwartet.

Er presste einen Knopf. Ein heftiges Rucken ging durch die *Malu*, als mit einem Schlag alle Rettungskapseln vom Rumpf des Torpedobootes fortgeschleudert wurden. Bis auf zwei, darunter die eine, die auf den Kommandanten wartete.

»Du bist tot, mein Freund«, flüsterte Haark und gab die letzte Kurskorrektur frei. Eine Sekunde später blühten Lichter beim Feindschiff auf.

Es eröffnete das Feuer.

»Schnell, aber nicht schnell genug«, wisperte Haark, warf noch einen Blick über die Kontrollen, dann erhob er sich und rannte los.

Vor seinem geistigen Auge lief der Countdown weiter, als er durch die Gänge hechtete.

Eine heftige Erschütterung ließ die *Malu* erzittern, als die ersten Wirkungstreffer in die Hülle einschlugen. Das klagende Jaulen der Sirene durchhallte das dem Tode geweihte Schiff, als wolle es sich bei seinem davonlaufenden Kapitän über die brutale Behandlung beklagen. Mit einem Schlag fiel die Beleuchtung aus und das schwache Rotlicht der Notlampen erglimmte. Haark registrierte das nur halb.

Er hatte die Einstiegsluke der Kapsel erreicht, als ein zweiter, diesmal noch heftigerer Schlag die *Malu* durchfuhr.

Mit einer methodischen Bewegung wollte Haark seinen Druckhelm zuklappen, aber er griff ins Leere.

Vor seinem geistigen Auge tauchte das Bild des abgelegten Helms in der Halterung am Kommandosessel auf.

Er war offenbar dermaßen müde und unkonzentriert gewesen, dass er ihn dort vergessen hatte.

Dumm gelaufen, dachte Haark bei sich. Es ließ ihn kalt.

Ein entsetzliches Knirschen ertönte, und dann das laute Zischen austretender Luft. Ein starker Luftsog zerrte an Haark, als er die Luke aufklappte. Vor seinen Augen begannen Kreise zu tanzen. Seine durch Übermüdung induzierte Nachlässigkeit rächte sich jetzt. Er schnappte nach Sauerstoff, und der Luftsog wurde stärker. Seine Hände krallten sich um die geöffnete Luke, und er versuchte, sich mit letzter Kraft in die Öffnung der Kapsel zu ziehen.

Dann ein erneutes Krachen, doch diesmal seltsam entfernt. Haark blickte sich um und sah, wie ein Frontstück der *Malu* langsam abbrach, er konnte durch die Risse im Rumpf in den Sternenhimmel blicken, direkt auf das nun sehr, sehr nahe Feindschiff.

Da waren Einschläge. Die gute, alte *Malu* hatte dem Gegner noch rechtzeitig alles entgegengeschleudert, was sie in ihrem Bauch hatte, antike Fernwaffen in hoher Anzahl, und sie gingen ihrer Mutter voraus, bahnten ihr den Weg in die endgültige Vernichtung.

Haark war plötzlich sehr, sehr kalt und seine Kräfte erlahmten.

Er spürte noch, wie ihn eine Faust ergriff und mit Kraft in das Innere der Rettungskapsel zog. Die Luke schloss sich hinter ihm, dann gab es einen weiteren Ruck und die Kapsel taumelte von der sterbenden *Malu* davon. Haark hustete, als frischer Sauerstoff in seine malträtierten Lungen strömte und sah mit blutunterlaufenen Augen in das Gesicht von Sous-Lieutenant Beck, der ihn grinsend anstarrte.

»Sie Idiot!«, krächzte Haark, ehe er das Bewusstsein verlor.

Beck ließ ihn auf eine der Liegen gleiten, schnallte ihn fest und nahm selbst auf dem Pilotensitz Platz. Der Andruck der beschleunigenden Kapsel machte jede Bewegung zur Qual, doch dann hatte er sicheren Halt. Beck hoffte, dass die Aufzeichnungsgeräte alle Einzelheiten aufnehmen würden, denn er konnte kaum die Augen offen halten und der kleine Orientierungsschirm der Kapsel zeigte, was sich in Flugrichtung abspielte. Becks Brustkorb entrang sich ein Seufzen.

Es konnte auch ein Stoßgebet gewesen sein.

Li hatte nicht zuviel versprochen. Die in den Berg getriebene Fluchtfestung des ehemaligen kolonialen Widerstands war eine durchaus beeindruckende Anlage. Der Gleiterkonvoi hatte den Ort relativ problemlos gefunden, und es waren auch keine weiteren Tentakelpatrouillen aufgetaucht. Als sich die breiten Hangartore hinter den drei gelandeten Einheiten geschlossen hatten, war ein Lächeln über viele Gesichter geflohen. Der Höhleninstinkt der Menschen war ausgebrochen, und das unwillkürliche Gefühl von Sicherheit und Schutz hatte viele entspannt. Tooma war nicht entspannt, das war sie nie. Nachdem Alwa den Verletzten in den Operationsraum gebracht hatte – der zwar nicht besonders gut ausgestattet war, aber einer Freilandoperation in jedem Falle vorzuziehen, vor allem, da er leicht zu desinfizieren war -, wurden sogleich Wachen eingeteilt. Das kleine Kommandozentrum war für Rahels Bedürfnisse zu groß, außerdem funktionierte die Energieversorgung nicht mehr, so dass die Außenkameras tot waren. Li fand zwei ausgebrannte Energiezellen. Das kleine Kraftwerk, das ursprünglich hier installiert worden war, hatte man bei der Evakuierung offenbar ausgebaut. Tooma beauftragte einige technisch versierte Flüchtlinge, über eine einfache Verbindung wichtiger Anlagen mit der Energieversorgung des Executors nachzudenken. Die vier Hochleistungs-Fusionsbatterien im Innern des Kampfgleiters hatten Energie für Jahre gespeichert. Nicht ausgebaut worden waren zwei alte Akkumulatoren, von denen einer noch zu funktionieren schien. Der Executor konnte ihn in Kürze vollständig aufladen, und das würde für die Bedürfnisse der Flüchtlinge ausreichend sein.

Dann hatten sie die Unterkünfte eingerichtet. Hier gab es keinen Mangel an Platz. Familien konnten sich eigene Räumlichkeiten einrichten, und auch Tooma nahm ein Zimmer unter Beschlag, das offenbar einstmals dem hiesigen Kommandanten gehörte, denn es lag strategisch günstig in der Nähe von Zentrale und Hangar und war mit einem internen Beobachtungssystem ausgestattet, das allerdings aufgrund des Energiemangels auch tot war. Offenbar hatte man den eigenen Leuten auch bei der kolonialen Miliz nicht immer getraut, oder der Chef dieser Fluchtfestung war nur besonders paranoid gewesen. Rahel gedachte nicht, die Anlage in Betrieb zu nehmen.

Auf dem Schreibtisch stand ein verblasstes Foto. Es steckte in einem fleckigen Plastikrahmen und war offenbar bei der Evakuierung vergessen worden. Es zeigte eine mittelalte Frau mit zwei Kindern, die in die Kamera lächelten. Im Hintergrund war der Vorgarten eines typischen, kleinen Stadthauses zu sehen, eine familiäre Idylle. Der Kommandant der Miliz in dieser Festung hatte seine Familie sicher jahrelang nicht gesehen, da die Kämpfer ihre Familien meist an einem anderen Ort versteckt hielten oder sich offiziell von ihnen getrennt hatten, um sie zu schützen. Geiselnahmen und Sippenhaft waren beliebte Mittel des Sphärenmilitärs gewesen, um den Kolonialaufstand in die Knie zu zwingen. Rahel fragte sich, ob der Mann seine Familie jemals wieder gesehen hatte und was er wohl jetzt empfand, wenige Jahre später, als Opfer einer unerklärlichen Invasion Außerirdischer.

Rahel nahm den Bilderrahmen und stellte ihn auf ein Regal. Sie erkannte in dem zurückgelassenen Bild durchaus etwas Symbolisches für ihre eigene Situation und brachte es nicht übers Herz, es einfach fortzuwerfen. Es würde nun einen zweiten Krieg miterleben.

Krieg. Bei diesem Gedanken schüttelte Tooma unwillkürlich den Kopf. Das war albern. Sie hatte keine Armee, nicht einmal eine Kompanie, und sie dachte an Krieg. Sie waren auf der Flucht und versuchten, ihr bloßes Überleben zu sichern. Sicher, es würde notwendig sein, auf Erkundungsmission zu gehen. Informationen waren für ihr Überleben mindestens ebenso wichtig wie Nahrung und Energie. Doch von einem Krieg konnte keine Rede sein. Den hatten sie, zumindest hier auf Lydos, bereits verloren.

»Marechal?«

Rahel sah auf. Li stand im Türrahmen.

»Ja?«

»Alwa ruft nach Ihnen. Da ist was schiefgelaufen.«

Alarmiert folgte Rahel dem Veteranen. Die Krankenstation war schnell erreicht. Der Anblick mochte weniger gestählte Beobachter verschrecken. Auf dem Operationstisch sah es aus wie auf einer Schlachtbank. Die Tatsache, dass Alwa und eine Helferin gelassen neben dem Körper Jonas' standen und sich die Hände abwischten, sagte Rahel mehr als tausend Worte. Neben dem Rumpf des Mannes lag sein amputiertes Bein, und überall gab es Blutlachen. Rahel runzelte die Stirn, als sie die Flüssigkeit näher betrachtete. Der ansonsten rote Lebenssaft enthielt eine schleimige, grüne Masse. Sie war überall auszumachen.

»Alwa?«

Die Krankenschwester hatte sich die Hände gereinigt. Sie wirkte unbeeindruckt, nur das sachte Zittern ihrer Schultern verriet den Aufruhr, der in ihr herrschte.

»Wir kamen zu spät. Die Infektion scheint sich exponentiell auszubreiten. Als wir mit der Operation begannen, erkannte ich rasch, dass das gesamte Blut verseucht war. Doch wir haben kein Blutplasma für eine Transfusion. Es hätte auch nichts genützt: Die Sporen hatten sich überall hin ausgebreitet. Wir haben die Amputation dann doch versucht, doch all unsere Medikamente haben nach und nach versagt. Jonas ist am Schock verstorben. Es war ein gnädiger Tod, denn er ist nicht wieder zu Bewusstsein gekommen.«

Zum Schluss hatte die Stimme der Frau auch zu zittern begonnen.

Rahel blickte in Alwas Augen.

»Sie haben im Krieg gedient«, stellte sie fest.

»Im Sanitätscorps der Miliz, zuletzt bei der Schlacht um Terka. Ich habe viel gesehen. Ihre Leute waren nicht zimperlich.«

Kein Vorwurf, eine Feststellung.

Rahel nickte. Noch ein Veteran, den es in die Dschungelebene verschlagen hatte.

»So was aber ist mir noch nie untergekommen«, fügte Alwa hinzu und wies auf den Körper. »So was ist ... widerlich. Und wir haben noch ein Problem.«

»Das wäre?«

»Jonas' Körper ist tot, alle Hirnmuster erloschen, aber die Samen leben weiter. Die ausgeschlagenen Wurzen wachsen immer noch. Die Ausbreitung geht voran. Die Umwandlung wird fortgesetzt. Ich weiß ja nicht, was aus dem Leichnam wird, wenn die Metamorphose beendet wird, aber ich muss ausdrücklich raten, den Körper einzuäschern. Ich befürchte, dass, wenn wir ihn begraben ... nun, ich weiß nicht. Es ist nur ein Gefühl, aber die fortgesetzte biochemische Aktivitäten der Sporen wirkt sehr zielstrebig für mich.«

Vor Rahels geistigem Auge entstand das Bild eines Grabes, aus dem ein Tentakelkrieger wuchs, der sein Wachstum aus dem Leichnam speiste.

»Sie selbst sind nicht infiziert?«

»Es gibt keine Infektion über die Luft, soweit ich das habe feststellen können. Ich habe mein eigenes Blut bereits getestet, es gibt keinerlei Infektion. Man muss durch so einen Stachel getroffen werden. Schlimmeres kann aber noch kommen, wenn die Metamorphose ein gewisses Stadium erreicht hat. Ich plädiere dafür, den Leichnam sofort zu vernichten.«

»Ich veranlasse es.«

Es dauerte nicht lange, dann war Jonas' Leichnam verpackt und abtransportiert worden. Li hatte Tooma versichert, dass er sich persönlich um die Einäscherung kümmern würde. Trotz Alwas Zusicherungen hatte Rahel daraufhin bei allen, die mit Jonas in Berührung gekommen waren, Bluttests angeordnet. Glücklicherweise hatten sich die Angaben der Chefärztin – und das war sie nun de facto, wenngleich nicht von der Ausbildung her – als korrekt herausgestellt. Niemand zeigte auch nur den kleinsten Hinweis auf Sporen in seinem Blut.

»Das Ganze hat natürlich auch taktische Konsequenzen«, meinte Rahel zu Li, nachdem dieser von seiner Mission zurückgekehrt war. »Wir können mit unseren Mitteln Verletzten offenbar nicht helfen. Das heißt, wir müssen sie sofort töten, sobald wir erkennen können, dass Sporen sie getroffen haben. Damit verkürzen wir ihr Leiden und kontrollieren gleichzeitig eine mögliche Infektion. Wenn dann noch das stimmt, was Alwa vermutet, sind die Verletzten auch nach ihrem Tode eine mögliche Gefahr. Wir müssen daher sehr gründlich vorgehen.«

»Das wird nicht immer möglich sein«, gab Li zu bedenken.

»Das mag sein. Aber eines ist klar: Es nützt uns nichts, Verletzte zu bergen, wenn die Verletzungen aus einem direkten Tentakelangriff herrühren. Dies ist eine Art biologischer Kriegsführung, und wir haben nichts, mit dem wir dagegen aktiv werden können. Es bleibt uns keine Wahl als … nun, ein Gnadenschuss. Das klingt brutal und es ist brutal, aber so ist unser Feind.«

Rahel sah forschend in Lis Augen. Es würde schwer genug sein, diese Doktrin bei den anderen kampffähigen und kampfwilligen Flüchtlingen zu verbreiten, es war jedoch fast unmöglich, wenn Li die Sache nicht genauso sah wie sie. Der Veteran überlegte jedoch nicht lang.

»Ich stimme zu. Wir werden tun müssen, was notwendig ist. Es wird nötig sein, alle auf diese mögliche Perspektive vorzubereiten.«

»Das werden wir morgen tun«, entschied Rahel. »Ich möchte ohnehin eine Art Versammlung einberufen und einige Dinge besprechen. Wir müssen Rationierungen beschließen und für diese Festung eine Hausordnung festlegen, nicht zuletzt wegen der Kinder. Wir benötigen Notfall- und Evakuierungsprotokolle und müssen diese Dinge üben. Außerdem muss ein Schichtplan für den Wachdienst vereinbart werden. Wir werden hier nicht allzu schnell zur Ruhe kommen. In Kürze werden einige von uns die Station auch wieder verlassen müssen, um an die Depots zu kommen, um die Gegend zu erkundschaften und alternative Nahrungsquellen zu erschließen. Ein Wasserproblem haben wir hier offenbar nicht.«

Li nickte.

»Nein, die Festung hat Zugang zu einem unterirdischen Gebirgsfluss. Nahrung hingegen wird sich nicht unendlich strecken lassen und vor allem die Kinder können wir nicht auf zu geringe Rationen setzen.«

»All dies besprechen wir morgen.«

Der alte Sergent grüßte und zog sich zurück. Für einen Moment stand Rahel verloren auf dem Gang, auf dem sie ihn nach Verlassen der Krankenstation getroffen hatte. Sie fühlte eine gewisse Müdigkeit in sich und sowohl ihre innere Uhr wie auch die an ihrem Handgelenk zeigten, dass sich der Tag bereits dem Ende zuneigte. Die erste Wache war schon eingeteilt, und niemand hatte gemurrt, als sich Rahel eine freie Nacht gegönnt hatte. Sie hatte gekämpft und fühlte, dass der Stress des Tages sowie der Nacht vorher sich bemerkbar machten. Es war lange her, seit sie im Einsatz gewesen war und obgleich manche der automatischen Abläufe in ihr noch problemlos funktionierten, machte sich die mangelnde Übung bemerkbar. Außerdem kamen die Nachwirkungen zum Tragen, die sich einstellten, wenn die Wirkung der Drogen nachließ. Es war kein »Kater«, aber eine gewisse Ermattung, mit der der Körper darauf reagierte, dass er wieder ohne die Mittel auskommen musste. Rahel beschloss, sich selbst einem rigorosen Trainingsprogramm zu unterwerfen. Es war Krieg, und sie musste bereit sein.

Aber auch das wollte sie erst am morgigen Tag angehen.

Jetzt bedurfte sie der Ruhe, und so kehrte sie in die Räumlichkeiten des Festungskommandanten zurück. Auf dem Weg dorthin war sie in Gedanken versunken. Sie merkte nicht sofort, als sie die Tür öffnete, dass etwas nicht stimmte. Mit leicht erstauntem Gesichtsausdruck erkannte sie dann, dass der Raum sich während ihrer Abwesenheit verändert hatte – und das unverkennbar zu seinem Vorteil.

An der Wand hingen zwei Bilder, leicht verblasste Farbposter von Landschaftsaufnahmen. Das Bett mit seiner kahlen Schaummatratze war bezogen worden. Auf dem Esstisch stand eine Vase mit einer Plastikblume, die jedoch bemerkenswert echt aussah. Ihre Tasche mit Kleidung und Uniformteilen war ausgeräumt und in den hohen Wandschrank einsortiert worden. Ausrüstungsgegenstände lagen auf dem Waffentisch, sorgsam aufgereiht, aber offenbar von jemandem sortiert, der sich nicht über die Bedeutung aller Gegenstände im Klaren war.

Ein süßlicher, sehr angenehmer Duft durchzog die Luft, und Tooma erinnerte sich daran, an wem sie dieses Parfum schon einmal wahrgenommen hatte, ehe ihr Blick auf Nedashde fiel, die sie einladend anlächelte.

Ein weiterer Duft schwebte an ihre Nase. Abendessen, und das auch noch warm. Rahel stellte mit schnellem Blick fest, dass es nur eine erhitzte Standardration war, aber serviert auf echten Tellern.

»Wo hast du denn die ganzen Sachen her?«, brachte sie schließlich heraus und schloss die Tür hinter sich.

»Die Lagerräume enthalten so einiges an Dingen, die bei der Evakuierung als Ballast angesehen worden sind«, erwiderte Nedashde und wies auf einen der Stühle am Esstisch. »Ich hätte noch mehr mitbringen können, aber ich bin mir nicht ganz sicher, was deinen Geschmack angeht und wollte es nicht übertreiben.«

Rahel nickte. »Das war sehr zuvorkommend. Du hast etwas Farbe in diesen Raum gebracht, und das ist mehr, als ich jemals getan hätte. Und wahrscheinlich wäre ich auch mit ein paar Kraftriegeln im Magen ins Bett gegangen.«

Nedashde lächelte erfreut und wies auf einen Stuhl.

»Das war mir klar. Du musst etwas essen. Es war eine anstrengende Zeit und wir alle brauchen dich.«

Nedashdes Äußerung klang sehr ernsthaft und aufrichtig. Rahel war nie jemand gewesen, die sich vor Verantwortung gedrückt hätte, im Gegenteil, sie hatte sie mit jeder neuen Beförderung mehr gesucht und erstrebt. Doch das war ihrer Position in der Hierarchie der Streitkräfte geschuldet und war niemals Gegenstand von Diskussionen gewesen. Hier aber hatte sie kein Kommando über eine militärische Einheit.

Mit den veränderten Rahmenbedingungen musste auch Rahel erst fertig werden. Die Art von uneingeschränkter Loyalität, die ihr von der jungen

Farmerin entgegenschlug, war sie nicht gewohnt, und es war ein angenehmes Gefühl.

Nedashde war offenbar der Ansicht, behilflich sein zu können, und Rahel kam zu dem Schluss, dass sie Recht hatte.

Sie setzten sich.

»Ich habe von Jonas' Schicksal gehört. Es nimmt alle sehr mit.«

Rahel nickte und begann, mechanisch zu essen. Es machte keinen Sinn, den Rationen mehr als nur oberflächliche Aufmerksamkeit zu schenken, dafür schmeckten sie zu schlecht.

»Wir stehen vor großen Problemen«, meinte sie schließlich kauend. »Die Tentakelkrieger sind sehr widerstandsfähig und gefährlich bewaffnet. Es war schwierig genug, die kleine Gruppe zu besiegen, und dabei hat diese noch einen von uns mitgenommen. Wir müssen extrem vorsichtig sein und uns gut verbergen. Ich darf mir gar nicht ausmalen, was geschehen könnte, wenn sich ein Trupp dieser Kreaturen Zutritt zur Festung verschaffen würde.«

»Ein Gemetzel.«

Nedashdes Antwort war bar jeder Emotion gewesen.

»Ja. Ein furchtbares Gemetzel, und wir würden den Kampf aller Wahrscheinlichkeit nach verlieren.«

»Wir benötigen mehr Informationen«, erwiderte Nedashde.

Rahel nickte und machte eine Pause, um zu schlucken. Nedashde schenkte ihr verflüssigtes Saftkonzentrat ein. Es hatte einen sehr angenehmen, frischen Geschmack, den Rahel auf das Quellwasser zurückführte, aus dem die Versorgung der Station gespeist wurde.

Das Gespräch versandete.

Als sie fertig waren, erhob sich Nedashde und wollte abräumen, doch Rahel hielt sie am Arm fest und stand ebenfalls auf.

»Das ist nicht nötig. Ich mach das schon.«

Anstatt sich aus ihrem Griff zu lösen, kam Nedashde einen Schritt näher. Rahel nahm den Duft des Parfums plötzlich sehr intensiv wahr. Etwas ratlos blickte sie in die braunen Augen der kleineren Frau.

»Was …«

»Leise«, wisperte Nedashde und trat einen Schritt zurück. Mit einer Hand öffnete sie den Reißverschluss ihrer einteiligen Arbeitsmontur. Wie aus einem Gefängnis befreit, rollten ihre großen Brüste ins Freie. Rahel sah, dass sie keine Unterwäsche trug. Ihr Mund war plötzlich sehr trocken, als sie die großen Brustwarzen sah, die sich ihr entgegen streckten. Sie brachte keinen Ton hervor.

»Ich habe gemerkt, wie du mich immer wieder angesehen hast«, flüsterte Nedashde. »Du hast nichts gesagt, aber ich habe schnell gewusst, was dieser Blick bedeutet.«

Mit einem schleifenden Geräusch fiel die Montur zu Boden.

Unwillkürlich lag Rahels Blick auf das offenbar rasierte Delta zwischen Nedashdes Beinen, aus dem es feucht schimmerte. Ohne zu überlegen, machte sie einen Schritt nach vorne, glitt mit einer Hand zwischen Nedashdes Beine, spürte die angenehme Glätte. Das Becken drängte sich ihr entgegen, und als Rahels Zeigefinger in die Vagina glitt, gab es ein schmatzendes Geräusch und Nedashdes heftiger Atem stieß in ihr Gesicht.

Sie begrub ihren vollen Mund mit einem Kuss, erst zögerlich, dann heftiger, als sich ihre Lippen öffneten und die Zungen ihren Weg fanden. Rahels Massage wurde intensiver, bald war ihre Hand von Feuchtigkeit bedeckt, und als Nedashdes suchende Hände die Verschlüsse ihrer Uniform fanden, glitten die erhitzten, nackten Körper schnell auf das Bett.

Ehe Rahel es sich versah, waren Nedashdes Lippen zwischen ihren kleinen Brüsten, dann glitten sie suchend den Bauch hinunter bis sie sich zwischen ihren gespreizten Beinen eingruben. Die raue, lange Zunge fuhr an ihrem Kitzler vorbei in die Tiefe ihrer Vagina, und die Schauer der Erregung, die von dort den ganzen Körper erfassten, schienen endlos zu sein. Rahel hielt nicht länger an sich, stieß ein lautes Stöhnen aus und presste ihre Hände auf Nedashdes Haare. Die junge Frau schien dadurch nur noch angespornt zu werden, arbeitete wie verrückt zwischen Rahels Beinen, schien ihre Zunge tiefer und tiefer in sie vordringen lassen zu wollen, scheuerte mit ihren geöffneten Lippen hin und her und löste damit einen blendenden Wirbel an Emotionen aus.

Dann hielt sie inne, selbst schwer atmend, setzte sich auf. Rahel zog sich an ihrem Körper hoch, und mit ineinander verschränkten Beinen, ohne weiter zu zögern, begannen sie, ihre feuchten Scheiden aneinander zu pressen. Es war, als würden glühende Kohle aufeinander geraten, und als Nedashde mit rhythmischen kreisförmigen Beckenbewegungen anfing und ihre Kitzler mit glucksenden Geräuschen umeinander zu kreisen begannen, versanken beide Frauen in Stöhnen und geflüsterten Anfeuerungen. Das nasse Gefühl verteilte sich auf ihre Unterkörper, als sie sich in immer schneller werdender Bewegung aneinander rieben und sich gegenseitig in eine kraftzehrende, aber von blinder Gier getriebene Ekstase trieben. Als Nedashde einen spitzen Schrei ausstieß und Rahel ihre Muskelkontraktionen auf ihren Bauch spürte, war der Zeitpunkt gekommen. Eine orgiastische Welle durchfuhr beide Frauen, erfasste die schwitzenden Körper, die mit verzweifelter Wildheit aufeinander zu liegen begannen, die schweren Brüste Nedashdes gegen die kleineres Rahels gepresst, mit glitschigen Brustwarzen, die fordernd, ja fast schmerzhaft aneinander rieben, und Wellen, einer Brandung von Orgasmen, die beide Frauen aneinander kettete.

Jetzt kehrte eine kurze Pause ein, in der sich beide schwer atmend umklammert hielten, um diesen kostbaren Moment so lange festzuhalten, wie es nur ging.

Nedashde blickte Rahel aus verschleierten Augen an und wischte sich den Schweiß von der Stirn.

»Ich ... ich ...«, stammelte Rahel auf der Suche nach Worten, mit denen sie ihre Überwältigung beschreiben konnte. Doch ihre Freundin legte einen Finger auf ihre Lippen.

»Sag nichts«, flüsterte sie. »Du trägst eine große Verantwortung. Ich denke, dass du jemanden brauchst, der dich entspannt und belohnt.«

Diese Worte lösten in Rahel ganz unterschiedliche Gefühle aus, widerstreitende, und manche von ihnen wie alte, längst vergessene Bekannte, die plötzlich zurückkehrten. Erleichterung, Zärtlichkeit, Angst, Scham, das Gefühl, diese Dienste nicht wert zu sein und das Bedürfnis, sie mit offenen Armen zu empfangen.

Rahel öffnete den Mund, doch ehe sie ein Wort heraus brachte, verschloss Nedashde ihn mit dem ihren. Dann löste sie sich, lächelte Rahel breit an und sagte: »Du bist der Chef, Rahel, der Kommandant. Du wirst uns beschützen und unser aller Überleben sichern.«

Die seltsame Selbstsicherheit und Überzeugung, mit der Nedashde dies sagte, berührte Rahel fast noch mehr als das, was ihre kreisenden Finger am Hof ihrer Brustwarzen anzurichten begannen.

»Dafür musst du belohnt werden«, fügte Nedashde nun heiser hinzu und leckte sich mit ihrer langen, rosa Zunge über die vollen Lippen.

»Nedashde!«, stöhnte Rahel, doch der Gesichtsausdruck der Freundin änderte sie. Rahel hätte es niemals für möglich gehalten, jemals so ein dreckiges Lächeln auf das ebenmäßige Gesicht der Farmerin zu zeichnen.

Erneut spielte Nedashdes Zunge über ihre Lippen, und erneut senkte sie ihr Gesicht zwischen Rahels Beine.

»Entspanne dich«, riet sie. »Ich werde es dir jetzt besorgen, wie es vor mir noch keine getan hat!«

Dann umschloss sie schmatzend Rahels Kitzler mit ihren kräftigen Lippen und sog.

Schmerz und Lust. Die Lust überwog.

Rahel schrie auf.

»Ich verstehe das jetzt nicht«, murmelte Admiral Sikorsky und versuchte, mit seinem Blick zu DeBurenberg durchzudringen. Der Wissenschaftler saß ihm im Konferenzraum der Station gegenüber und erwiderte den Blick des Oberbefehlshabers mit einer Ignoranz, die Frazier dazu zwang, seine Freude unter Kontrolle halten zu müssen. Ebenfalls anwesend waren Delivier als Stationskommandant sowie der Chef des Militärgeheimdienstes Admiral Suchowka und dessen aid-de-camp, ein Lieutenant-Colonel namens Tamara Lik, mit der Frazier bereits einige sehr interessante Gespräche in Vorbereitung dieser Sitzung geführt hatte. Er stellte sich vor, dass all dies ohne die Anwesenheit der hohen Tiere weitaus konstruktiver und fruchtbarer abgelaufen wäre. Delivier hatte immerhin die Weisheit besessen, sich weitgehend aus der bisherigen Diskussion herauszuhalten. Selbst die mehrfachen vergeblichen Versuche Sikorskys, mit DeBurenberg ein Gespräch zu führen, hatten den Stationschef nicht aus der Reserve gelockt. Wer war er auch, dem Oberkommandierenden sagen zu müssen, was jeder in der Flotte wusste: Dass es einiger Kunstfertigkeit bedurfte, ein Gespräch mit dem Genie zu führen, und dass Ungeduld sowie herrisches Benehmen, ja all die Umgangsformen, die Sikorsky während seiner blutigen Karriere gepflegt hatte, bei diesem Mann abperlten wie Wasser von einem gut imprägnierten Mantel. Man konnte DeBurenberg nicht mit Befehlen, Drohungen oder Schmeicheleien beikommen. Man musste ihn, wie Frazier gelernt hatte, dort abholen, wo er stand: Bei einem interessanten Problem.

Sikorsky hatte den Bogen definitiv nicht raus.

Und es schien ihm völlig egal zu sein.

Frazier und Lik wechselten immer wieder vielsagende Blicke. Angesichts der dominierenden Lamettapräsenz in diesem Raum vermochten sie jedoch kaum, steuernd in die Diskussion einzugreifen. Suchowka war für einen Ratschlag empfänglich, das hatte zumindest Lik angedeutet, aber Sikorsky war sein eigenes Universum. Und er erwartete, dass man in seiner Gegenwart nach seinen Regeln spielte. DeBurenberg war allerdings jemand, für den diese Regeln noch nie Geltung gehabt hatten und es fiel dem Oberkommandierenden sichtlich schwer, mit dieser Tatsache umzugehen, vor allem, da der Wissenschaftler rein formal sein Dienstuntergebener war.

»Dr. DeBurenberg«, sagte Sikorsky nun mit angestrengter Ruhe in seiner Stimme.

Er überdeckte sein Unwohlsein mit dem Anschein von Verständnis für den »armen, kranken« Wissenschaftler, der doch im Grunde alles andere als ein Patient war, sondern seit Jahren eine zentrale Stütze des militärisch-industriellen Komplexes der Irdischen Sphäre. DeBurenberg sah auf. Er reagierte immer auf seinen Namen, wenngleich er oft für alles, was danach kam, jedes Interesse verlor, vor allem, wenn jemand wie Sikorsky sprach.

»Wollen Sie uns allen Ernstes sagen, dass Sie auf der Basis zum Teil völlig obskurer Datenquellen zu dem Schluss gekommen sind, dass die Sphäre durch eine außerirdische Invasion bedroht wird?«

Frazier seufzte. Nicht nur, dass DeBurenberg den ironisch-verächtlichen Tonfall Sikorskys nicht einordnen konnte – er würde ihn schlicht ignorieren -, der Admiral hatte einen weiteren Fehler begangen, nämlich eine rhetorische Suggestivfrage gestellt. DeBurenberg sagte alles, was er von sich gab, in »allem Ernst« und er neigte nicht dazu, sich zu wiederholen. Wie der Verbindungsoffizier erwartet hatte, reagierte das Genie gar nicht auf Sikorskys Frage. In DeBurenbergs Wahrnehmung hatte er diese längst in seinem einleitenden, sehr präzisen Vortrag beantwortet. Frazier konnte nicht einmal umhin, dem Wissenschaftler Recht zu geben. Sikorskys Frage war in der Tat völlig überflüssig und sollte nur die Schwierigkeiten überdecken, die der Admiral damit hatte, DeBurenbergs Analysen zu verarbeiten. Das stand durchaus im Widerspruch zu dem überraschenden Engagement, das den Oberkommandierenden hierher geführt hatte. Frazier kam mehr und mehr zur Überzeugung, dass hier noch einiges andere unter der Oberfläche ablief, irgendwas, das er nicht greifen konnte und ihn in gewisser Hinsicht auf die gleiche Stufe wie das Genie stellte: Die Leute sprachen, aber er wusste nicht, ob sie wirklich über das kommunizierten, was die Worte bedeuteten.

»Capitaine Frazier.« Erstmals meldete sich nun Suchowka zu Wort. Im Gegensatz zu Sikorsky versuchte er nicht, mit Tonfall und Gestik Spielchen zu treiben. Er blickte den Verbindungsoffizier aus seinen wässrigen Augen an. »Sie sind derjenige, der am engsten mit DeBurenberg zusammen arbeitet. Was ist Ihre Interpretation?«

Frazier verkniff ein Seufzen. Warum verlangte jeder immer »Interpretationen« dessen, was DeBurenberg von sich gab? Der Wissenschafter hatte eine klare, nachvollziehbare Ausdrucksweise und konnte jede Nuance eines Phänomens mit einem Wortschatz umschreiben, um den ihn der Offizier aufrichtig zu beneiden begonnen hatte.

Es gab da nichts zu interpretieren. Aber auch Suchowka schien DeBurenberg insgeheim für »verrückt« zu halten, und so musste Frazier als der »normale« Referenzrahmen fungieren, der die Äußerungen des Genies bestätigte, damit sie glaubhaft wurden. *Ein Affentheater*, dachte Frazier, *und eigentlich sollten es alle besser wissen.*

»Mon Admiral, ich selbst habe die Meldung über DeBurenbergs Verdacht geschrieben, resultierend aus dem, was der Mann in seinem Brainstorming unbewusst preisgegeben hat.« Frazier warf einen Seitenblick auf DeBurenberg, der diese Information als unumstößliches Faktum aufnahm. Der Wissenschaftler nahm nicht übel. Er wusste eigentlich gar nicht, wie man so was tat. Außerdem führte es zu nichts. »Dr. DeBurenberg hat seine Analysen nun präzisiert und vorgetragen. Ich kann nur bestätigen, dass ich seine Worte für absolut glaubwürdig halte.«

Die Tatsache, dass Frazier die Erkenntnisse DeBurenbergs »für etwas hielt«, ließ ein Flackern in den Augen des Wissenschaftlers erscheinen. Erneut ein Konzept, mit dem er wenig anfangen konnte. Für das Genie waren Dinge oder sie waren nicht. Er hielt nichts »für etwas«. Das Maximum an Zweifel, das er sich erlaubte, war die Einschätzung, dass aus wissenschaftlicher Redlichkeit eine Theorie größerer empirischer Beweisführung bedurfte, ehe sie präsentierbar war. Das hieß aber nicht, dass er selbst am Wahrheitsgehalt seiner Theorie auch nur einen Moment zweifelte.

Suchowka war nicht glücklich über Fraziers Antwort, das war ihm deutlich anzusehen. Er hatte gehofft, den Schwarzen Peter einer letztgültigen Interpretation weiter schieben zu können, und das war nicht gelungen. Sikorsky teilte diesen Unwillen, aber möglicherweise aus anderen Gründen: Frazier begann zu ahnen, dass er Suchowkas Versuch deswegen missbilligte, weil er gerne den Geheimdienstchef selbst an dieser Situation leiden sehen wollte.

»Meine Damen und Herren, es ist ja keineswegs so, dass ich kein Vertrauen in die Fähigkeiten Dr. DeBurenbergs hätte.« Sikorsky schien einen Einwurf des Wissenschaftlers zu erwarten, wurde aber enttäuscht. DeBurenberg war das Konzept des »Vertrauens« fremd. Er wartete ab, bis man ihm etwas vortrug, worauf er zielgerichtet antworten konnte. Das ganze Geplänkel war für ihn nicht mehr als Hintergrundrauschen – oder vielmehr das Gezirpe irgendwelcher Insekten im Hintergrund.

»Dennoch denke ich, dass die Thesen dieses Mannes diesmal ein besonders hohes Maß an Absurdität haben. Eine Invasion fremder, nichtterranischer Lebensformen. Wir besiedeln das Weltall seit Hunderten von Jahren und die intelligenteste außerirdische Lebensform, die uns bisher begegnet ist, sind die arkturianischen Primaten, und die sind mit Glück auf dem Niveau irdischer Gorillas anzusiedeln. Und jetzt gleich eine Invasion! Und nicht nur in einem unserer Systeme, sondern in zahlreichen! Wohlmöglich noch in allen auf einmal, mehr oder weniger!«

»Ich gehe zwar von einer gewissen Synchronizität der Ereignisse aus, bezweifle aber, dass es sich um eine wirklich exakt parallele Aktivität handeln«, sagte DeBurenberg. Frazier verkniff sich ein Grinsen. Das Genie strengte sich an, Wortartefakte zu verwenden, die Sikorsky verstand. In Wirklichkeit hatte er gesagt: »Ich habe das nicht gesagt, und weiß, dass es so und so ist.« Frazier war fast ein wenig überrascht über die bewusste Anpassungsfähigkeit des Wissenschaftlers, die er sonst eher nicht an den Tag legte, jedenfalls nicht im Umgang mit ihm. DeBurenberg wusste sicher, dass Sikorsky derjenige war, der sein Labor mit einem Fingerschnippen auflösen konnte. Das Labor war das Leben des Mannes.

Sikorsky ahnte wahrscheinlich nicht einmal, zu was für einer kommunikativen Anstrengung sich das Genie gerade aufraffte.

In der Tat, Sikorsky wischte den Einwand des Wissenschaftlers mit einer Handbewegung zur Seite.

»Das ist doch irrelevant. Die ganze Idee ist absurd. Das ist unglaubwürdiges Geschwätz, und ich finde es beschämend, dass erfahrene und hochrangige Offiziere dieser Schimäre nachgelaufen sind. Ich hatte erst gedacht, es gäbe vielleicht handfeste Hinweise, und daher habe ich um diese Unterredung gebeten. Stattdessen wird mir hier von jemandem, der sich für einen herausragenden Wissenschaftler hält, Kaffeesatzleserei vorgelegt. Ist das vielleicht eine Verschwörung, um mich von wichtigeren Arbeiten abzuhalten?«

Niemand antwortete ihm. Es herrschte betretenes, ja ängstliches Schweigen. Frazier sah einen feinen Schweißfilm auf Suchowkas Stirn und die hübsche Offizierin, Lik, rutschte unruhig auf ihrem Sessel hin und her. Offenbar war Sikorsky für seine Umwelt eine ernsthafte Gefahr, wenn er in dieser Stimmung war. Frazier hatte den Oberbefehlshaber bisher nie persönlich miterlebt, aber er konnte die Reaktion der anderen deuten. Selbst Delivier hatte seine ölige Selbstsicherheit abgelegt und versuchte, sich so weit wie möglich aus der Sache herauszuhalten. Frazier lagen allerlei Kommentare auf der Zunge, aber es schien ratsamer zu sein, nur zu sprechen, wenn er gefragt wurde.

DeBurenberg erkannte weder die Spannung, die im Raum lag, noch vermochte er den Tonfall Sikorskys richtig zu deuten.

»Herr Admiral«, begann er, »es ist möglicherweise schwierig für Menschen mit geringeren intellektuellen Gaben, meine Schlussfolgerungen nachzuvollziehen und es kann auch sein, dass ich mich nicht ganz klar ausgedrückt habe. Tatsache ist, und das betone ich ausdrücklich, dass die Vielzahl der Indizien, die auf eine außerirdische Invasion hindeuten, erdrückend ist. Ich möchte die zuständigen Stellen warnen. Möglicherweise sind einige der Systeme bereits das Opfer von Angriffen geworden, und wir wissen dies nicht, da die Kommunikation noch nicht bei uns angekommen ist. Es kann jedoch nur nützlich sein, den Befehl zur Generalmobilmachung sofort …«

»Genug!«

Sikorsky Stimme durchschnitt DeBurenbergs Monolog.

»Das ist genug!«, wiederholte er in die sich ausbreitende Stille hinein. »Ich kann mir davon nichts mehr anhören. Generalmobilmachung! Mein Gott, Mann, wissen Sie überhaupt, wovon Sie sprechen?«

»Sicher, Herr Admiral. Generalmobilmachung bedeutet, dass …«

»Ich weiß, was das Wort bedeutet! Und es bleibt abwegig! Die Ökonomie der Sphäre befindet sich in einer tief greifenden Krise. Die öffentlichen Kassen sind leer! Ich kann mit meinem Etat kaum die laufenden Ausgaben bestreiten, es fehlt überall an Ersatzteilen und Ausrüstung. Jetzt kommen Sie und sprechen von einer Aktion, die Unsummen verschlingen wird, und das alles, weil Sie ein paar Mal schlecht gefrühstückt haben!«

DeBurenberg wirkte regelrecht indigniert.

»Ich frühstücke im Regelfalle ausgezeichnet«, versetzte er. »Und ich erkenne nicht, was meine Nahrungsaufnahme mit meinen Analysen zu tun haben soll.«

Frazier bemühte sich um Selbstbeherrschung, ein Kampf, den Sikorsky erkennbar zu verlieren begann.

»Doktor, ich respektiere Ihre durchaus bemerkenswerten Leistungen in der Vergangenheit«, erwiderte der Oberbefehlshaber mit einem gefährlichen Zittern in der Stimme. »Doch diesmal sind Sie zu weit gegangen und ich rate Ihnen eindringlich, die Admiralität künftig nicht mehr mit solchen Dingen zu belästigen. Suchowka!«

Der Chef des Militärgeheimdienstes zuckte sichtlich zusammen, als unverhofft sein Name fiel. Doch er hatte sich sofort wieder in der Gewalt.

»Admiral?«

»Ich werde den Rückweg zur Erde antreten. Sie werden noch einige Tage bleiben und hier mal nach dem Rechten sehen. Mir scheint, als hätten wir den Eierköpfen zu lange zu viele Freiheiten gelassen - und ein zu großes Budget. Möglicherweise ist es an der Zeit, die Damen und Herren hier mit der Realität zu konfrontieren, anstatt sie weiter vor ihr zu beschützen.«

Suchowka neigte demütig den Kopf. Sikorsky verlor keine Zeit, erhob sich ruckartig, verschenkte keine Höflichkeiten und verließ in Sekunden den Konferenzraum. Delivier warf einen leicht hektischen Blick in die Runde, beschloss, dass es sinnvoll wäre, den Oberkommandierenden auf dem Weg durch seine Station zu begleiten und stürmte hinterher.

Als sich die Tür hinter Sikorsky und Delivier geschlossen hatte, ging mit Suchowka eine erstaunliche Veränderung vor. Seine Gestalt straffte sich, sein Kinn schob sich energisch nach vorne und er strahlte plötzlich ein Selbstbewusstsein aus, das Frazier vorher an ihm nicht gesehen hatte. Tamara Lik wiederum wirkte nun sehr entspannt.

Suchowka fasste DeBurenberg in seinen Blick.

»Welche weiteren Daten benötigen Sie?«

Diese Sprache verstand der Wissenschaftler.

Frazier wurde schlagartig klar, dass der Geheimdienstchef dem Genie jedes Wort glaubte. Er wechselte einen Blick mit Tamara und sie schenkte ihm ein aufmunterndes Lächeln.

»Admiral, sobald wir Nachricht vom Beginn der Invasion haben, brauchen wir ein gutes Erkundungsteam vor Ort. Ich muss selbst daran teilnehmen. Ich benötige alle Berichte und audiovisuellen Daten, Telemetrie, jede Form von Transmission, die uns erreichen sollte. Ich …«

Suchowka hob eine Hand und DeBurenberg verstummte.

»Das mit dem Erkundungsteam diskutieren wir, wenn es soweit ist«, meinte der Admiral. »Alles andere ist kein Problem. Sie meinen, die Invasion hat schon begonnen?«

»Das kann ich nicht mit Bestimmtheit sagen. Aber ich will einen Ratschlag erteilen.«

»Bitte.«

»Befehlen Sie, dass alle optischen und nichtoptischen Beobachtungsinstrumente von Reichweite auf den Rand des Sonnensystems gerichtet werden. Wir müssen den gesamten Bereich jenseits der Grenzen der Planetenbahnen genau absuchen.«

»Das dauert ewig. Die Fläche ist gigantisch.«

»Suchen Sie nach Energiesignaturen, die anomal erscheinen. Suchen Sie mit höchsten Empfindlichkeiten. Konzentrieren Sie alle Ressourcen. Die Chancen sind nicht sehr hoch, aber sie sind da. Sobald wir etwas gefunden haben ...«

Erneut unterbrach Suchowka. Im Gegensatz zu Sikorskys Einlassungen wirkte dies aber nicht unhöflich, nur wissbegierig.

»Sie meinen, Terra selbst ist bedroht?«

DeBurenbergs Gesicht trübte sich.

»Das ist nicht unwahrscheinlich. Für eine genaue Probabilität benötige ich mehr Daten. Ich habe Ihnen gerade vorgeschlagen, wie ich möglicherweise an diese kommen kann.«

Suchowka kniff die Augen zusammen.

»Tamara?«

»Das wird schwierig. Wenn Sikorsky davon erfährt ...«

»Wie erfährt er nicht davon?«

Liks Lippen arbeiteten einige Augenblicke stumm, ehe sie antwortete.

»Wir tarnen es als wissenschaftliches Experiment. Wir haben entsprechende Fonds, wir müssen den Wissenschaftlern nicht mal sagen, wonach wir suchen, und wir können es als staatliches Programm finanzieren. Alle Einrichtungen sind klamm, niemand wird Fragen stellen, wenn wir mit einem Budget vor ihren Nasen wedeln.«

Suchowka nickte. »Gut. Sie koordinieren das. Alle Daten fließen nach Thetis. Frazier wird hier ihr Verbindungsmann.«

»Delivier?« Das war Fraziers Stimme gewesen. Er konnte nicht umhin, nach dem Stationskommandanten zu fragen.

Suchowka winkte ab. »Den überlassen Sie mir. Er ist kein unbeschriebenes Blatt.«

Frazier wartete, doch der Geheimdienstchef hatte offenbar keine Absicht, dieser vagen Andeutung noch etwas hinzuzufügen. Er fühlte sich etwas unwohl angesichts der Tatsache, den Oberkommandierenden mehr oder weniger umgehen zu müssen, doch da er von DeBurenbergs Hinweisen ebenso überzeugt war wie Suchowka, würde sich das Problem ohnehin bald von selbst lösen: Spätestens, wenn die ersten Alarmmeldungen eintrafen, würde sich Sikorsky nicht mehr herausreden können.

»Was können wir noch tun?« Suchowka hatte sich wieder an den Wissenschaftler gewandt.

»Wir müssen die Generalmobilmachung befehlen«, wiederholte DeBurenberg.

»Das geht nicht.«

»Dann gibt es nicht viel anderes zu tun. Doch, eines noch: Geld. Ich benötige mehr Geld. Wir werden verbesserte Technologie brauchen.«

Suchowka warf DeBurenberg einen langen Blick zu. In ihm schien der alte Reflex zu erwachen, der führende Militärs immer befiel, wenn »Eierköpfe« nach mehr Geld verlangten. Wenn dem so war, dann kämpfte der Geheimdienstchef diesen Reflex überraschend schnell und völlig lautlos nieder. Er nickte sogar.

»Ich habe keine unbegrenzten Mittel«, sagte er schließlich. »Aber ich habe den einen oder anderen Notfallfonds.«

»Dies ist ein Notfall«, stellte DeBurenberg fest. Die Tatsache, dass er offensichtliches wiederholte, war für Frazier ein Indiz dafür, dass er Suchowka als neue Geldquelle akzeptierte und bereit war, seine Bemühungen um soziale Interaktion auf ihn zu übertragen. Suchowka schien es nicht zu merken, aber sicher konnte sich Frazier da nicht sein. Der Geheimdienstchef schien über größere Fähigkeiten zu verfügen, als es von außen den Anschein hatte, für seine Position möglicherweise eine sehr wichtige Kompetenz.

»Sie bekommen Geld. Ich kann Ihnen noch keine Summe nennen«, erwiderte Suchowka. Dann wandte er sich an Lik.

»Ich beauftrage Sie offiziell damit, auf Thetis nach dem Rechten zu sehen und mit dem eisernen Besen zu wirbeln. Stattdessen tun Sie, was nötig ist, um unsere Informationsbasis zu erweitern. Wenn Sie Vollmachten benötigen, dann teilen Sie mir dies mit. Ich muss nach Terra zurück, um im Dunstkreis von Sikorsky zu bleiben, damit er keinen Verdacht schöpft. Er riecht an jeder Ecke eine Verschwörung.«

Und hatte damit nicht einmal Unrecht, dachte Frazier bei sich, hütete sich aber, es laut auszusprechen.

Suchowka blickte noch einmal um sich, dann raffte auch er sich auf und verließ nach einem kurzen Gruß den Raum. Frazier erstaunte es nicht, dass DeBurenberg daraufhin ebenfalls ging, ohne jede Höflichkeit, die seinem Wesen fremd war, ohne dass er damit unhöflich wirkte. Seine Rolle hier war gespielt, es gab nun anderes zu tun.

Lik und Frazier sahen sich an.

»Dieser Raum ist sicher?«, fragte Tamara.

Frazier nickte. »Thetis ist sehr sicher.«

»Sie haben Suchowka unterschätzt«, stellte die Geheimdienstoffizierin fest.

»Das trifft zu.«

»Machen Sie diesen Fehler nicht noch einmal.«

Frazier runzelte die Stirn. »Wie meinen Sie das?«

»Überschätzen Sie ihn nicht. Suchowka hat mehr in sich, als man ihm ansieht. Er ist einer der wenigen im Admiralsstab, der sich so etwas wie eine eigene Meinung bewahrt hat. Er hat Ambitionen, auch daran sollte niemand zweifeln. Aber Sikorsky kann ihn zerquetschen wie eine reife Frucht, wenn ihm danach ist, und mein Chef weiß das sehr genau. Sikorsky ist nur hierher gekommen, um etwas zu finden, mit dem er Suchowka ans Zeug flicken kann. Er hat nicht eine Minute an den Wahrheitsgehalt von DeBurenbergs Prognosen geglaubt.«

»Suchowka will Sikorskys Posten«, kommentierte Frazier.

Tamara Lik nickte.

»Exakt. Aber dazu bedarf es eines langen Atems. Sikorsky hat zu gute Verbindungen in die großen Handelsfamilien, und trotz der Wirtschaftskrise sind es immer noch diese, die das Direktorium bestimmen. Suchowka hat eigene Vorteile: Er ist steinreich und kennt andere, steinreiche Leute, die bereit sind, ihn zum richtigen Zeitpunkt zu unterstützen – aber außerhalb der großen Familien stehen.«

»Der richtige Zeitpunkt ist jetzt?«

»Vielleicht. Wenn Sikorsky sich irrt, dann möglicherweise. Aber vielleicht auch nicht. Der Alte ist undurchschaubar. Auch Suchowka weiß nicht alles über ihn.«

Frazier schüttelte den Kopf. »Das ist doch alles absurd. Suchowka benutzt all dies nur, um seine Machtspiele zu spielen?«

»Jetzt unterschätzen Sie ihn wieder. Er sieht ein größeres Potential für eine tatsächliche Bedrohung als Sikorsky. Suchowka ist nicht dumm und sehr an Fakten interessiert. Er war einer der besten Analysten des Geheimdienstes, bevor er in der Militärpolitik Karriere gemacht hat. Als ich ihm Ihren ersten Bericht vortrug, hat er zu keinem Zeitpunkt gesagt, das wären Hirngespinste. Er kennt DeBurenberg und weiß, was er kann. Aber natürlich sieht er auch noch andere Dinge, die für Sie und für DeBurenberg zweitrangig sind.«

»Sikorsky kennt DeBurenberg doch auch! Warum dann dieser tief sitzende, ätzende Zweifel?«

Lik zuckte mit den Schultern. »Der Oberkommandierende ist alt geworden. Er hat sich lange an seine Position geklammert und alles dafür getan, sie zu behalten. Er ist durch Seen von Blut gewatet, um dieses Ziel zu erreichen. Da haben sich möglicherweise seine Prioritäten verschoben.«

Frazier grunzte abfällig. »Wenn es zu einer ernsthaften militärischen Auseinandersetzung kommt ...«

» ... haben wir ein Problem, in diesem Punkt hatte Sikorsky absolut Recht. Wir allen wissen von der Wirtschaftskrise, doch ich sage ihnen als jemand, der höchste Geheimhaltungsfreigabe hat: Es ist noch viel schlimmer, als wir alle denken. Zurzeit überlebt die Sphäre noch durch das Drucken von Geld. Aber die Blase wird bald platzen. Eigentlich wird manchen eine Umstellung auf Kriegswirtschaft sogar gut zupass kommen. Der Staat ist nicht mehr die Gans, die goldene Eier legt, aber all die Unternehmen, die wie Parasiten am öffentlichen Budget hängen, wollen das nicht wahrhaben. Ich langweile Sie damit?«

»Nein.« Frazier hielt inne, suchte nach Worten. »Aber ich finde es schlimm, dass wir jetzt über diese Dinge reden, wo doch meiner Ansicht nach das eigentliche Problem ein ganz anderes ist. Eines, das eigentlich alle anderen Themen überdecken sollte.«

Tamara Lik lachte. Es klang freudlos, ja zynisch. »Wenn wir gemeinsam an diesem Problem arbeiten wollen«, sagte sie dann, »ist es notwendig, dass Sie an Ihrer Sicht der Dinge arbeiten. Alles ist miteinander verbunden und Sie können nicht einen Teil der Realität ausblenden, weil Sie meinen, der sei nicht so wichtig. Sollte das wahr sein, was Ihr Genie da ausgetüftelt hat, kann es Krieg geben. Und der wird von Männern wie Sikorsky kommandiert und von Männern wie Suchowka als Mittel zum Zweck gesehen. Sie werden im Admiralsstab keine Heiligen finden. Im Direktorium auch nicht.«

»Und Sie selbst?«

Tamara blickte Frazier einen Augenblick leicht verwirrt an.

»Was meinen Sie?«

»Gehören Sie zu denen, die es wichtiger finden, die Menschheit vor einer potentiell großen Bedrohung zu bewahren oder zu jenen, die mit Suchowka Karriere machen wollen?«

Lik presste die Lippen aufeinander. Sie überlegte einen Moment, dann schaute sie in Fraziers Augen. Ihr fiel auf, dass sie so tiefbraun waren, dass sie fast schwarz wirkten, und sehr intensiv wirken konnten.

»Capitaine, ich will einfach nur überleben. Diese Invasion, falls sie kommt, genauso wie jede Verschwörung. Das ist schwierig genug. Können wir uns auf diese gemeinsame Ausgangsbasis einigen?«

Frazier lächelte, und sein Lächeln enthielt bedeutend mehr Wärme als die gesamte Diskussion bisher gebracht hatte. Auch Liks Gesicht wurde weicher.

»Ich denke, darauf können wir uns in der Tat einigen. Wir sollten sofort mit der Arbeit beginnen.«

Lik erhob sich. »Dann lassen Sie uns zu DeBurenberg gehen. Ich habe noch Fragen.«

Frazier folgte ihrem Beispiel.»Aber erwarten Sie nicht, dass Sie immer Antworten bekommen, die Sie verstehen«, erwiderte er.

Lik hob die Brauen. »Aber Sie verstehen ihn?«

Frazier verdrehte die Augen.

Versagen, Versagen, Versagen.

Die bitteren Hormone, die schmerzhaften Botenstoffe, die seine Adern durchströmten, erfüllten den Tentakelscout mit der Erkenntnis der Niederlage, dem Leid des Scheiterns. Der lange, wurmförmige Körper wand sich in seiner Bettung, die flexiblen Schläuche mit den zugeführten Nährflüssigkeiten platzten schleßlich ab und hinterließen schorfige Wunden. Sein Schiff feuerte aus allen Rohren, und der heraneilende Gegner durchstieß eine Wand aus Feuer, doch es war zu spät. Die Entscheidung, zu warten, war der Fehler gewesen, der dem Tentakelscout nun seine Existenz kostete.

Dennoch würden wertvolle Erkenntnisse über die starken Sender an die wartende Saatflotte abgehen, ehe der Scout verging. Erkenntnis darüber, dass die Bewohner dieses Systems in ihrer Opferbereitschaft und Verzweiflung nicht zu unterschätzen waren. Dass sie auch aus scheinbar aussichtsloser Situation heraus bis zum letzten Mittel kämpfen konnten und ihre eigene Existenz letztendlich nicht so hoch einschätzten, dass sie sie nicht für die Verteidigung opfern würden.

Der Scout fühlte seinen leisen Verdacht bestätigt, dass sich das kleine Schiff opferte, um das große, fliehende zu schützen. Trotz seiner beeindruckenden Größe hatte dieses keinerlei Anstalten gemacht, in den Kampf einzugreifen, und stattdessen immer weiter beschleunigt. Es war eine Fluchtbewegung, daran konnte nun kein Zweifel bestehen, und wohin auch immer es sich bewegte, auch die Saatflotte würde es nicht mehr einholen können. Damit verschwand es allerdings erst einmal auch aus der taktischen Berechnung der Lage in diesem System.

Der Feind war da.

Die Sensoren projizierten die grausame Wahrheit direkt in die Sinneszentren des Tentakelscouts.

Der brüchige, von den Angriffen aufgerissene Körper des Feindes drang mit hoher Beschleunigung in den Rumpf des Tentakelschiffes ein. Der Schmerz war fast körperlich fühlbar, als die Schutzfelder aufrissen, die Panzerung zerknitterte wie ein welkes Blatt. Das brennende Wrack schoss mit so großer Macht in den viel größeren Körper des Scouts, dass er die herbeieilenden Reparaturtrupps gleich mit verschlang, und dann, mit heißer, wilder Kraft, detonierten die parallel eindringenden Fernwaffen des Feindes, von denen der Scout nicht mehr alle hatte abwehren können. Sie rissen große Löcher, brennende Höllen in den Leib des Tentakelschiffes. Der Scout verlor die Kontrolle, wurde taub, blind, stumm. Er sah nur noch durch seinen Sehkranz, wie hilflose Setzlinge auf seinem zuckenden Körper herumrutschten, verzweifelt versuchten, die abgerissenen Nährleitungen wieder in seinen

Leib einzuführen, nicht ahnend, dass diese letzte Pflichterfüllung ein völlig sinnloses Unterfangen war.

Dann kam diese Hitze, die der Scout erwartet hatte, das Aufplatzen der Schotts zu seinem Refugium, der helle Schein des Atombrandes, die beißende Kälte des Vakuums, und dann der Tod, inmitten verglühender Setzlinge, in der Erkenntnis, dass er sein Schicksal erfüllt hatte. Sein letzter Gedanke galt der Saatflotte und sein letztes Gefühl war die Hoffnung, dass er ihrer sicheren Landung den Weg bereitet hatte.

Dann war da nichts mehr.

26 *Arbedian*

»Capitaine?«

Haark zwinkerte. Er konnte die Stimme keinem der kreisenden Lichtpunkte zuordnen.

»Capitaine?«

Aus dem Lichtergewirr schälte sich das bekannte Gesicht von Sous-Lieutenant Beck. Was Haark als erstes auffiel, war der beißende Mundgeruch, der von seinem Ersten Offizier ausging. Er hustete. Dann sah er die kleine Phiole, die Beck unter seine Nase hielt und merkte, dass es nicht Becks Ausdünstungen waren, die da so stanken.

Die Phiole verschwand. Haarks Blick klärte sich langsam.

»Capitaine?«

»Nennen Sie mich nicht mehr so«, krächzte Haark und versuchte, sich aufzurichten.

Seine Lungen brannten.

Er blickte auf seine Hand und sah eine filigrane Landkarte geplatzter Blutgefäße. Er sah aus, als würde er aus lauter blauen Flecken besehen.

»Das war knapp, Capitaine«, bemerkte Beck nun und griff seinem Kommandanten unter die Schulter.

»Ja, und Sie hätte es beinahe mit mir erwischt, Sie Idiot!«, knurrte Haark und orientierte sich. Sie befanden sich an Bord der Rettungskapsel. Das hatte er erwartet. Es war unnatürlich ruhig. Was fehlte, war das laute Dröhnen der Nottriebwerke, die die Einheit von der *Malu* fortgeschleudert hatten. »Und nennen Sie mich nicht mehr Capitaine. Ich habe kein Schiff mehr.«

Beck presste die Lippen aufeinander und suchte nach einer passenden Antwort. Schließlich sagte er: »Ja. Aber sie ist in Würde gestorben.«

Etwas in Becks Unterton ließ Haark aufhorchen. War da eine winzige Spur der Zufriedenheit, ein leiser Hauch des Triumphs?

»Sie haben es aufgezeichnet?«

»Jede Sekunde.«

»Wie lange ist es her?«

»Jetzt eine Stunde.

»Was ist mit den anderen Kapseln?«

»Ich habe Kontakt zu allen aufgenommen, die sich in Reichweite befinden. Eine ist vermisst. Ich weiß nicht, woran es liegt. Eine zweite wurde zerstört.«

Beck zögerte.

»Aspirant Sarazon hat es nicht geschafft. Ein Trümmerteil wurde direkt in seine startende Kapsel geschleudert und hat sie aufgerissen. Er hatte keine Chance.«

Haark schwieg für einen Moment.

Er suchte nach Schuldgefühlen bei sich, fand aber keine. Es war die Entscheidung des Chefingenieurs gewesen, und auch ein Insistieren von Haark hätte nichts geändert.

»Der Rest ist vollständig«, fuhr Beck fort. »Es gibt einige kleinere Fehlfunktionen, aber generell funktionieren die lebenserhaltenden Systeme. Bis auf die Steuerdüsen sind die Notantriebe alle ausgebrannt. Es ist ein Wunder, dass es so viele von uns geschafft haben. Aber das gegnerische Abwehrfeuer war zum Schluss ganz auf die *Malu* gerichtet gewesen, das hat geholfen.«

Haark nickte. Die Triebwerke hatten ihre Pflicht und Schuldigkeit getan, als sie die Kapseln von der *Malu* hatten wegrasen lassen. Dann, nach Brennschluss, hatten sie sich selbst abgeschaltet. Die feste chemische Antriebsmasse, mit der die narrensicher konstruierten Triebwerke angetrieben wurden, hatte sich in einem durchschnittlich fünfminütigen, furiosen Beschleunigungsorgasmus völlig erschöpft. Jetzt sollte eigentlich jemand kommen und sie aufsammeln.

Hoffentlich kamen nicht die falschen.

»Unser eigener Status?«

Beck verzog das Gesicht.

»Es hätte schlimmer kommen können. Wir haben einige veritable Schäden an der Außenhülle, aber es hat nur ein paar sekundäre Systeme erwischt. Wir haben aber fast alle Steuerdüsen verloren und sind nahezu völlig manövrierunfähig.«

»Das heißt?«

»Der Explosionsdruck hat uns in einen Kurs geschoben, der uns von den anderen Kapseln fortführt. Sie können uns nicht einholen und wir können unseren Kurs nicht korrigieren. In etwa zwanzig Minuten werden wir auch die Funkreichweite verlassen haben, denn unsere Empfänger sind bis auf einen inoperabel. Ich werde dann den Notrufsender aktivieren, aber das ist es dann auch schon. Es bleibt ja sowieso die Frage, ob uns jemand holen kommt.«

»Oh, wie gesagt, ich gehe durchaus davon aus, dass man jemanden nach uns schickt. Die Frage ist nur, ob unser Feind nicht schneller sein wird.«

Beck grinste.

»Ja. Das heißt: Nein. Aber sehen Sie selbst.«

Der Mann griff zum schwenkbaren Monitor und drehte ihn in Haarks Richtung. Dann spielte er die Aufzeichnung ab. Haark folgte den Geschehnissen mit hoher Konzentration. Er sagte nichts, nickte nur hin und wieder, und zum Schluss lächelte er auch.

Nach einigen Minuten schaltete Beck wieder ab. Stille herrschte für einige Augenblicke, ehe Haark das Wort ergriff.

»Ein Volltreffer«, wisperte er. »Und die gute alte Dame hat durchgehalten bis zum Schluss.«

»Ein Großteil des Druckkörpers ist weitgehend intakt in den Feind eingeschlagen«, bestätigte Beck. »Das gegnerische Schiff wurde aufgerissen, dann kam es zu einer Explosionskette. Was auch immer vom Feind übrig ist, es wird dem Liner nicht mehr gefährlich werden können.«

Da war Triumph in Becks Augen. Und dazu gab es auch allen Grund. 40.000 Flüchtlinge waren sicher auf dem Weg zur Brücke und würden von niemandem mehr aufgehalten werden können. Haark warf einen Blick auf die Zeitanzeige und machte eine überschlägige Rechnung im Kopf. Nur noch ein Schiff, das direkt aus der Brücke kam, würde den Liner vor seinem Transfer erreichen.

»Capitaine Admanto hat die Kapseln angefunkt, ob er verzögern und sie aufnehmen soll.«

»Hat er?«, fragte Haark mit großen Augen nach.

»Ja. Alle Kapselkommandanten haben abgelehnt. Ich musste nicht einmal einen Befehl geben.«

Eine plötzliche Welle des Stolzes ergriff Haark. Das war ein neues Gefühl für ihn, er hatte es lange nicht empfunden, und er hatte auch lange keinen Grund dafür gehabt.

In Situationen wie dieser zeigte sich, wann jemand über sich hinauswuchs und bewies, was oder wer er wirklich war. Die Mannschaft der *Malu* hatte das getan, und was diese Männer auch sonst auf dem Kerbholz haben mochten, hatte mit einem Male keine Bedeutung mehr. Zumindest Haark war es nun endgültig herzlich egal.

»Ich sollte zu den Leuten sprechen«, murmelte er. »Aber mir fallen gar keine rechten Worte ein.« Er erkannte auch sofort den Grund dafür. Das heroische Opfer der *Malu* war keinesfalls vergeblich gewesen. Doch war es nicht genug, um die weitaus größere Anzahl weitgehend hilfloser Zivilisten auf Arbedian selbst vor dem Schicksal zu bewahren, dem die Flüchtlinge auf dem Liner gerade entkommen waren.

»Sie sollten sich auch besser ausruhen. Es war wirklich knapp, vor allem für Sie, und die Scans haben leichte innere Blutungen registriert. Ich habe Ihnen die richtigen Medikamente gegeben und hoffe, dass das ausreichen wird, aber Sie müssen ruhig liegen und so wenig sprechen wie möglich.«

Die Worte Becks erinnerten Haark an den stechenden Schmerz in seinen Lungen. Er wusste, dass sein Erster Offizier Recht hatte. Dennoch weigerte sich alles in ihm, nach diesen Stunden des Raubbaus und den wiederkehrenden Adrenalinschüben, nach dem Triumph, der doch ein schaler war, sich einfach zur Ruhe zu legen. Haark wusste auch, woran das lag. Er wollte etwas tun. Er wollte gegen die 1000 Alienschiffe zu Felde ziehen, die am Rande des Systems darauf warteten, Arbedian anzugreifen und das Werk des einzelnen Scouts zu einem Ende zu bringen. Er wünschte, er hätte noch ein Schiff, mit dem er zumindest eine weitere Verzweiflungstat begehen konnte, ein Instrument seines Dranges, sich zwischen die Nemesis und ihre Opfer zu stellen. Doch von alledem blieb ihm nur die Verzweiflung, die sich nun wieder wie ein Schatten über die kurze Befriedigung des Sieges legte.

Er ließ sich von Beck auf die Liege hinabdrücken und bemühte sich, flach zu atmen. Ohne es weiter zu kommentieren, akzeptierte er eine Injektion, die ihm der Offizier verabreichte, wohl wissend, worum es sich dabei handeln musste.

Beck kannte ihn zu gut.

Haark dachte noch daran, dass jemand wie Beck nun wahrlich schon vor langer Zeit ein eigenes Kommando verdient hätte, oder zumindest den Posten eines XO auf einem größeren und moderneren Schiff, und er erinnerte sich daran, dass er ihn nie gefragt hatte, welche Schandtat ihn eigentlich auf die *Malu* verschlagen hatte.

Dann begann das Schlafmittel zu wirken und Haark empfing die über ihn hereinbrechende Dunkelheit wie einen alten Freund.

»Ist es dafür nicht zu früh?«

»Wann wäre denn Ihrer Ansicht nach der richtige Zeitpunkt?«

Kavaczek schaute sich um. Er fühlte sich sichtlich unwohl. Das lag auch an der Situation: Er stand alleine vor Rahel, die in dem großen Versammlungsraum zusammen mit Li und Nedashde Platz genommen hatte. Die beiden hatten sich als ihr »informeller Stab« etabliert, mit dem sie Entscheidungen vorbesprach. Möglicherweise war Kavaczeks Vorbehalt auch der Tatsache geschuldet, dass er nicht zu diesem erlauchten Gremium gehörte. Die Versammelten schauten schweigend zu und schienen einen Disput zu erwarten, den Rahel eigentlich gar nicht wollte. Es war für sie schwer zu akzeptieren, dass trotz aller Autorität ein eher partizipativer Führungsstil notwendig war als in einer militärischen Einheit. Rahel fühlte sich damit mindestens genauso unwohl wie der Polizeintendant, doch ihre Rolle war eine andere: Sie wollte und musste Entscheidungen treffen, Kavaczek konnte Opposition spielen. Dennoch nahm sie zu seinen Gunsten an, dass es auch ihm um die Sache ging.

»Wir sollten uns erst einrichten«, erwiderte er auf ihre letzte Frage.

»Was wollen Sie noch einrichten? Wir müssen so bald wie möglich wieder aus der Festung raus. Das einzige Nahrungsmittel, das wir zur Genüge haben, ist Wasser, und das ist gut. Doch wir müssen an die Depots. Wir müssen jagen. Möglicherweise müssen wir die hydroponische Farm wieder reaktivieren, dazu benötigen wir zahlreiches Biomaterial. Unsere Medikamente sind begrenzt, wir müssen uns um Heilpflanzen kümmern. Wir können hier nicht sitzen und darauf warten, bis es eng wird, ehe wir den Kopf wieder vorstrecken.«

»Wir hatten gerade eine militärische Auseinandersetzung. Man wird nach uns suchen«, gab der Mann zu bedenken. Ein paar der Zuhörer nickten beifällig. Rahel spürte, dass sie vorsichtig sein musste. Lange zu argumentieren fiel ihr schwer und war ungewohnt.

»Das ist möglich«, räumte sie schließlich betont ruhig ein. »Und es ist ein Grund mehr, eine Erkundungsmission auszusenden. Wenn nach uns gesucht wird, dürfen wir nicht warten, bis wir gefunden werden. Wir müssen ein Frühwarnsystem etablieren, und das geht nur, wenn wir uns mit dem Terrain vertraut machen. Es ist zu spät, wenn uns die Tentakel gefunden haben. Wir brauchen Fluchtrouten …«

»Wir haben Gleiter!«, widersprach Kavaczek. Rahel zeigte nicht, dass sie über die ewigen Unterbrechungen ungehalten war.

»Noch, ja. Aber nur wenige Ersatzteile und kaum Chancen, Beschädigungen zu reparieren. Zwei Gleiter haben bereits einiges abbekommen, nur der

Executor ist bisher ohne Schäden geblieben. Wir müssen auch für den Fall planen, dass wir zu Fuß zu entkommen haben. Wir brauchen alternative Lagerorte, wohin wir dann fliehen können. All dies muss erkundet werden. Damit können wir nicht warten. Ich wiederhole mich daher: Wir werden mit einem Team rausgehen, und zwar zu Fuß, um die Gegend zu erkunden. Ein zweites Team wird mit dem Executor ausfliegen, um alternative Fluchtorte zu identifizieren und gegnerische Bewegungen auszuspähen. Team 1 wird von Li zusammengestellt, Team 2 von mir. Ich brauche nur einen Begleiter, der mit einem bewaffneten Gleiter umgehen kann, daher bitte ich Dolcan um seine Mitarbeit.«

Dolcan, der Pilot des Polizeigleiters, nickte knapp. Er war verhältnismäßig jung, aber kein Frischling mehr, und er hatte vor seiner Polizeikarriere zwei Jahre Dienst in der Kolonialarmee abgeleistet. Er wirkte schlank, war aber recht muskulös und schien auf die Leistungsfähigkeit seines Körpers zu achten. Seine dunkelbraunen Augen zeigten die Art von Wachsamkeit, die Rahel bei vielen guten Piloten bemerkt hatte, und daher hatte sie recht spontan Vertrauen zu dem Mann gefasst.

Dann wanderte Rahels Blick wieder zu Kavaczek und sah ihn fragend an. Er neigte den Kopf und setzte sich wieder. Der Disput war beendet, und Rahel hatte gewonnen.

»Nedashde, bitte gib uns einen Überblick über die Vorratslage!«

Die junge Frau erhob sich und schaute Rahel kurz an, ehe sie die Versammlung ins Auge fasste. Seit ihrer ersten Liebesnacht waren drei Tage vergangen. Sie hatte sich seitdem einmal wiederholt, weitaus ruhiger, sinnlicher, aber mit nicht weniger Leidenschaft. Seit dieser Zeit fühlte Rahel eine neue Quelle der Kraft in ihrem Leben, und Nedashde gab mit einer Intensität, wie Tooma es noch in keiner Beziehung erlebt hatte. Es machte auch schwierige Situation erträglich, und das galt vor allem für die 14-15stündigen Arbeitstage, die Rahel absolvierte, um die Herausforderungen ihrer kleinen Fluchtgemeinschaft zu bewältigen.

Nedashde hatte außerdem ihr organisatorisches Talent in den Dienst der Flüchtlinge gestellt und Stunden damit verbracht, Vorräte zu inventarisieren, durchschnittlichen Verbrauch abzuschätzen und den Verwaltungsrechner der Festung wieder zu reaktivieren, um eine zuverlässige Haushaltsführung zu gewährleisten. Sie hatte die Zahlen zusammengefasst und obgleich Rahel in ihrer Auseinandersetzung mit Kavaczek bereits einige wichtige Aussagen als Argumente hatte anführen müssen, war es wichtig, den Ernst der Lage darzustellen.

Darum hatte Rahel sie gebeten.

Nedashde holte tief Luft.

»Wie Marechal Tooma eben bereits angedeutet hat, sind unsere Vorräte begrenzt. Ich habe zentrale Ressourcen, die uns zur Verfügung stehen, aufgelistet und kann abschätzen, was wir davon verbrauchen werden. Unser größtes Problem sind die Nahrungsmittel, und das auch, wenn wir das Rationierungssystem fortsetzen. Wir haben Kinder und Jugendliche unter uns, bei denen eine Rationierung schnell an ihre Grenzen stößt. Außerdem muss eine Mangelernährung vermieden werden, weil wir sonst unsere Fähigkeit, effektiv zu handeln und auf Bedrohungen zu reagieren, einbüßen. Nach meinen derzeitigen Schätzungen reichen unsere Nahrungsvorräte noch etwa zwei Wochen. Bei extremer Rationierung vielleicht drei. Ein zweites Problemfeld sind Medikamente. Wir stehen besser da als erwartet, da die meisten Familien auf der Ebene umfassende Hausapotheken hatten und diese auch mitgebracht haben, darüber hinaus enthalten die Depots, die der Marechal angelegt hat, auch noch etwas, die müssen wir aber erreichen. Wenn keine außergewöhnlichen Dinge geschehen, reichen die Medikamente ein halbes Jahr, vielleicht auch etwas länger. Eng wird es, sollte es wieder zu Kampfhandlungen und zu Verletzungen kommen. Und das vor allem angesichts der Tatsache, dass wir offenbar nicht in der Lage sind, Kampfwunden, die durch direkten Tentakelangriff geschlagen wurden, effektiv zu behandeln. Euch ist ja bereits deutlich gemacht worden, dass es in solchen Fällen nur noch um Sterbehilfe gehen kann.«

Für einen Moment herrschte betretenes Schweigen in der Runde. Alle waren über die Gefahr, die durch eine Infektion bei Kämpfen entstehen konnte, schonungslos informiert worden. Die Anzahl der Freiwilligen für Außeneinsätze war dadurch rapide gesunken. Ein Grund mehr, warum Rahel Dolcan freundlich um seine Mitarbeit gebeten hatte. In gewisser Hinsicht musste Rahel die Abenteuerlust unter den Waffenfähigen der Gruppe wieder neu wecken. Aber sie konnte nicht alles alleine machen, auch nicht nur mit Lis Unterstützung. Dolcan schien zu denen zu gehören, die bereit waren, ein persönliches Risiko einzugehen, aber das war nicht von Jedem zu erwarten. Und Befehle, das lernte Rahel langsam, konnte sie nur in begrenztem Maße durchsetzen.

Nedashde fuhr fort.

»Wir haben auch bei anderen Verbrauchsmaterialien nur begrenzte Vorräte, das gilt vor allem für Kleidung, Alltagsgegenstände, allerlei Reparaturmaterial, Werkzeuge und derlei. Da gibt es keine unmittelbare oder absehbare Not, aber wir müssen verstärkt Fragen des Verschleißes sowie der Pflege stärker in den Vordergrund rücken. Für manche unserer Werkzeuge wird es auf absehbare Zeit keinen Ersatz geben, wir müssen daher mit dem, was wir haben, sorgsam umgehen.«

Rahel sah nur zufriedene Gesichter in der Versammlung. Die Farmer der Großen Ebene waren es gewöhnt, mit dem, was sie hatten, sorgfältig umzugehen, denn auch zu Friedenszeiten war der Weg in die Hauptstadt weit und waren die Preise für Ersatz hoch. Mit alledem kamen sie gut zurecht, und es war weitaus weniger verwirrend als Fragen von militärischer Taktik, Frühwarnsystemen, Fluchtwegen und ähnlichem. Rahel genoss hier den größten Vertrauensvorschuss und wollte diesen auch nutzen, wenngleich sie sich nicht sicher war, ob sie in dem Maße Sicherheit gewährleisten konnte, wie dies von ihr erwartet wurde.

Nedashde nickte Tooma zu und diese ergriff wieder das Wort.

»Danke für diesen knappen Überblick. Gibt es dazu Fragen?«

Niemand rührte sich.

»Sie sehen also, dass wir vorsorgen müssen. Alle Bestandslisten, die von Nedashde erstellt worden sind, werden im Anschluss an diese Sitzung hier im Raum ausgehängt, außerdem steht sie für Nachfragen zu bestimmten Produkten zur Verfügung. Ich möchte hier größtmögliche Transparenz herstellen, um klar zu machen, wie die Situation eben ist. Li wird sein Team im Verlauf des Abends zusammenstellen und mögliche Kandidaten persönlich ansprechen.«

»Ich melde mich freiwillig!«

Das war Kavaczek gewesen. Rahel nickte ihm zu. Der Intendant wollte offenbar tatsächlich nicht als Nörgler dastehen, sondern zeigen, dass es ihm um die Sache ging. Das war Tooma nur recht. Auch Li schien die Meldung des Polizisten akzeptabel zu finden.

»Während meiner Abwesenheit wird die Leitung der Festung durch ein Gremium übernommen, das aus Nedashde, Alwa sowie Sergent Diliberto bestehen wird.« Der dritte Polizist, ein dicker, behäbig wirkender Mann, war nicht gerade der ideale Mann für eine Außenmission, strahlte dafür aber ein gewisses Maß an natürlicher Autorität aus und hatte sich als recht guter Organisator erwiesen. Er war der am besten geeignete Kandidat für den klassischen Kastellan, der die Burg verwaltete, während der Baron in die Ferne ritt.

Oder die Baroness.

»Dann ist soweit alles klar, ich schließe die Sitzung. Ich bin jederzeit für jeden zu sprechen, das wissen Sie. Lassen Sie uns zusammenarbeiten, damit wir gemeinsam überleben.«

Rahels letzte Worte waren bereits im allgemeinen Aufbruchsgemurmel untergegangen. Nedashde gesellte sich zu ihr und lächelte.

»An deinen feurigen Reden musst du noch arbeiten.«

»Ich hatte damit früher nie ein Problem.«

»Eine Kompanie Marinesoldaten benötigt zumeist keine ausgefeilte Rhetorik der Ansprache, oft reicht da nur Lautstärke«, feixte Nedashde.

»Du unterschätzt das Militär.«

»Naja, sonst hättest du es ja kaum bis zum Marechal gebracht …«

Rahel knuffte die Farmerin in die Seite.

»Werd nicht frech!«

»Und du werde nicht übermütig.«

Ein sorgenvoller Schatten legte sich über Nedashdes Gesicht.

»Pass auf dich auf, Rahel«, flüsterte sie. »Es ist nicht nur so, dass wir alle hier auf dich bauen und dich brauchen. Vor allem ich brauche dich.«

Ohne auf eine Antwort zu warten, wandte sie sich ab, um die Listen aufzuhängen.

Rahel hätte darauf auch nichts zu sagen gewusst.

Gouverneur Fallada war außer sich, und er ließ keinen Zweifel daran, dass er Commandant Hogan am liebsten sofort standrechtlich erschießen lassen würde. Leider war es ihm nicht möglich, diesen Wunsch in die Realität umzusetzen, denn Marechal Bersson und seine Männer standen stoisch neben ihm, während er lautstark seine Tiraden kommunizierte. Opfer dieser Kommunikation war Hogan, der sich zwar sichtlich um Ruhe bemühte, jedoch nicht in der Lage war, seinen langsam und stetig stärker werdenden Zorn unter Kontrolle zu halten.

Dieser Zorn hatte sich noch dadurch verstärkt, dass Bersson ihm berichtet hatte, in welcher Situation er den Gouverneur vorgefunden hatte: Er und der abgesetzte Chef der Leibwache, der erst jüngst beförderte Lieutenant, waren nackt auf einem gigantischen Bett damit befasst gewesen, von dieser Aussicht offenbar wenig erbaute minderjährige Prostituierte zu missbrauchen. Der hereinstürmende Marechal war von den jungen Mädchen wie ein Befreier begrüßt worden und Bersson hatte seinen zuverlässigsten Vertrauten, Sergent Clopitzki, damit beauftragt, die offenbar gegen ihren Willen in den Dienst eines lokalen Zuhälters gepressten Mädchen von ihrem Schicksal zu befreien. Die Tatsache, dass der Zuhälter mit einigen Gorillas auf Zuruf Falladas die Marinesoldaten hatte angreifen wollen, war dabei durchaus hilfreich gewesen. Mit einem Plasmabolzen im Bauch war es auch für einen hartgesottenen Vertreter der Unterwelt schwierig, seine Geschäfte zu betreiben, vor allem dann, wenn der Hitzeschock seine sämtlichen Innereien zerkocht hatte.

Fallada war dann erst einmal sehr fügsam gewesen. Auch für einen Gouverneur mochte es sich als problematisch erweisen, wenn bekannt wurde, dass er erzwungenen Sex mit Minderjährigen hatte.

Die demütige Grundhaltung hatte sich geändert, sobald er in Hogans Büro geführt worden war.

Und das ging jetzt schon fast fünfzehn Minuten so. Hogan hatte erst beschlossen, dem Gouverneur genügend Gelegenheit zu geben, um richtig Dampf abzulassen. Doch so langsam war die Geduld des Commandant an ihre Grenzen gelangt und er hatte das untrügliche Gefühl, dass Zeit ein zunehmend kostbares Gut zu werden drohte.

Hogan ballte die Fäuste. Das Büro an Bord des Schweren Kreuzers *Flavius Aetius* war klein, viel kleiner als das auf dem Träger *CCC*, der aber derzeit mit Volllast auf die Brücke zulief, um nach Arbedian zu springen.

Die letzte Nachricht, die Hogan von Capitaine Okefori bekommen hatte, bestätigte einen Sprung in drei Stunden. In der Zwischenzeit waren weitere Sonden aus Arbedian eingetroffen, und in jeder waren die Nachrichten schlechter und die Bitten um Hilfe dringlicher gewesen. Ambius stand unter vollem Alarm, und die Besatzung der *Aetius* hatte an der Gegenwart des zunehmend gereizten und übernächtigten Systemkommandanten keine Freude.

»Gouverneur!«

Hogans schneidende Stimme unterbrach Falladas Monolog. Der Gouverneur, der diesen Ton nicht gewohnt war, lief noch röter an und öffnete den Mund. Doch Hogan hatte nicht die Absicht, ihn erneut zu Wort kommen zu lassen.

»Gouverneur; ich muss Sie bitten, den militärischen Ausnahmezustand auszurufen!«

Fallada klappte den Mund wieder zu. Der Ausdruck, mit dem er Hogan anstarrte, hatte fast etwas Komisches. Doch Hogan war nun gar nicht zum Lachen zumute.

»Sie sind verrückt geworden, Hogan«, brachte Fallada schließlich hervor. »Was ist das hier? Ein Putsch?«

Hogan fühlte, wie die Magensäure seine Kehle hochstieg. Er griff zu dem Glas Wasser auf seinem Tisch und nahm einen Schluck. Das half ihm auch, seine spontane Reaktion, nämlich Fallada zu ohrfeigen, unter Kontrolle zu bekommen.

»Nein, ein militärischer Notfall. Und so leid es mir auch tut, Sie auf diese Art und Weise von Ihren wichtigen Dienstgeschäften wegreißen zu müssen, es war notwendig, da ich Sie anders nicht habe erreichen können.«

Hogan hatte den Satz mit den Dienstgeschäften ohne jede Ironie ausgesprochen. Er ignorierte die bewundernden Blicke Berssons. Der Marechal kannte Hogan seit Ewigkeiten, und er wusste, dass es leicht in diesem Mann zu kochen begann. Dafür hielt sich der Commandant offenbar recht beachtlich.

Doch Falladas Kiefer mahlten in Erinnerung an die Situation, in der er überrascht worden war.

»Sie sind verrückt«, war seine erneute, wenig brillante Erwiderung.

»Nein. Wenn Sie mir einige Augenblicke zugestehen, Ihnen die Situation zu erläutern ...«

»Ich werde ...«

»Sie werden mir zuhören!«, schrie Hogan, nun kirschrot im Gesicht.

Fallada sackte etwas in sich zusammen und nickte. Es fiel ihm sichtlich schwer, die richtigen Worte zu finden und so hatte er sich entschlossen, zumindest erst einmal zuzuhören. Er brachte es sogar fertig, sich in den bereitgestellten Sessel niederzulassen. Bersson entspannte sich sichtlich.

Hogan schilderte dem Gouverneur in knappen Worten die Situation auf Basis der Informationen, die in den ersten Nachrichtensonden aus dem Arbedian-System enthalten waren. Fallada hörte mit einem Gesichtsausdruck zu, der eindeutig enthüllte, was er von den Ausführungen des Offiziers glaubte: Nichts.

Dementsprechend fiel auch seine erste Reaktion aus.

»Das ist ein schlechter Trick!«, blaffte er schließlich. »Haben Sie sich diese Horrorgeschichte ausgedacht, um vor der Öffentlichkeit eine Ausrede zu haben, mit der Sie diesen Putschvorgang rechtfertigen wollen? Damit kommen Sie nicht durch! Ich werde an das Sphärendirektorat berichten! Sie sollten sich schon einmal damit befassen, was Sie nach Ihrer unehrenhaften Entlassung aus dem Dienst mit ihrer miserablen Existenz anfangen wollen!«

Hogans Antwort blieb bereits im Ansatz stecken, was wahrscheinlich eine gnädige Fügung des Schicksals war. deVries kam mit einer Nachricht ins Büro geplatzt. Sie ignorierte Fallada, tauschte einen stummen Blick mit Bersson aus und überreichte Hogan eine Folie.

»Dies kam eben als Funknachricht von der Brückenstation. Eine weitere Nachrichtenkapsel ist aus Arbedian eingetroffen. Ich habe das Wesentliche zusammengefasst.« Sie zögerte kurz. »Es sieht nicht gut aus.«

Hogan ergriff die Folie und nickte deVries dankend zu.

»Was soll das?«, stieß Fallada hervor. »Ist das ein neuer Trick in Ihrer erbärmlichen Scharade?«

DeVries blickte Hogan verwirrt an, doch der hatte das Gerede des Gouverneurs ignoriert und war in die Meldung vertieft gewesen.

»Die *Napoleon* vernichtet«, murmelte er schließlich und ließ das Blatt sinken. »Esterhazy war ein guter Mann, einer von wenigen. Der Gegner muss einiges vorweisen können, wenn er sich gegen ihn hat durchsetzen können. Jedenfalls hat man dort Systemalarm und die Scheiße ist in den Ventilator geflogen.«

»Lächerlich!«, schnaufte Fallada. Hogan warf ihm die Folie hin. Fallada kannte den Code des Gouverneurs von Arbedian. Als der Mann die Nachricht gelesen hatte, war jede Überheblichkeit aus seiner Haltung gewichen. Er wirkte jetzt genauso jämmerlich, wie er nach Hogans Einschätzung war, eine Marionette des Direktorats ohne jedes Rückgrat. Hogan wusste, dass er ihn soweit hatte. Fallada war trotz seines pompösen Auftretens ein Feigling, und das gedachte der Kommandant jetzt auszunutzen.

»Sie haben das ernst gemeint!«, brachte der Gouverneur mit jammerndem Unterton hervor.

»Es ist ernst.«

Fallada murmelte etwas Unverständliches vor sich hin, dann raffte er sich auf.

»Sie wollen, dass ich den Ausnahmezustand autorisiere«, vergewisserte er sich schwach.

»Ja.«

Fallada nickte und machte eine resignierte Handbewegung.

»Ich werde das Dokument sogleich ausfertigen. Wenn Esterhazy tot ist, wer hat dann jetzt das militärische Kommando im System?«

Hogan warf einen fragenden Blick auf deVries. Wie immer, war die Offizierin um keine Antwort verlegen.

»Lieutenant Jonathan Haark, Kommandant der *Admiral Malu*.«

Hogan runzelte die Stirn.

»Sie meinen, *der* Jonathan Haark?«

DeVries nickte. »Exakt der.«

Hogan seufzte. »Dann wollen wir hoffen, dass nach alledem, was die Flotte ihm angetan hat, noch etwas vom alten Kaliber in ihm übrig geblieben ist. Die *Malu* … das ist …«

» … ein altes Torpedoboot der Pyrrhus-Klasse. Macht nicht mehr allzu viel her.«

Hogan nickte. »Wie aktuell sind diese Nachrichten?«

»Sie sind jetzt bereits runde 24 Stunden alt«, antwortete deVries nach kurzer Schätzung. »Was immer die *Malu* hat ausrichten können, wird sie bereits getan haben. Ich denke nicht, dass wir noch einen großen Einfluss darauf haben können.«

»Commandant!« Falladas Stimme hatte wieder an Festigkeit gewonnen. »Haben Sie denn Entsatz geschickt?«

Als eine der ersten vernünftigen Äußerungen des Gouverneurs seit seinem Eintreffen kam Hogan nicht umhin, korrekt darauf zu antworten.

»Die *CCC* ist auf dem Weg und wird in wenigen Stunden in Transfer gehen«, erwiderte Hogan. »Aber das wird sowieso nichts mehr nützen. Arbedian ist gefallen, so oder so.«

»Wie können Sie so etwas sagen?«

»Sie haben die Meldung nicht aufmerksam genug gelesen, Exzellenz.« Man merkte Hogan an, dass ihm die ehrenvolle Anrede nicht leicht über die Lippen kam. Aber zumindest derzeit schien Fallada zur Kooperation bereit und es bestand kein Grund, den Streit neu zu beleben. »Der Long Range Array des Systems hat eine ganze Flotte der Fremden ausgemacht. Über 1000 Einheiten. Selbst, wenn ich unser gesamtes Geschwader entsenden würde, so hätte das exakt keine Auswirkungen. Wir sollten uns lieber auf eine Verteidigung des Ambius-Systems einrichten und so schnell wie möglich Terra benachrichtigen.«

»Ja … ja …« Fallada wirkte nun in sich zusammengefallen, blass und fahrig. Er war mit dieser Situation sichtlich überfordert. Hogan ließ das kalt. Es bedeutete immerhin, dass der Gouverneur ihm keinen wesentlichen Widerstand mehr entgegensetzen würde, und das war alles, was er derzeit von ihm erwartete.

Stumm legte er dem Gouverneur den vorbereiteten Erlass für den Ausnahmezustand vor, den dieser sogleich mit mechanischen Bewegungen unterzeichnete.

Dann erhob sich Fallada.

»Ich ... werde mich nun zurückziehen ... Sie ... haben das alles ja ganz gut unter Kontrolle...«

»Ich werde Sie auf dem Laufenden halten, Exzellenz.«

»Ja. Gut. Tun Sie das.«

Mit einem fahrigen Gruß verließ Fallada das Büro. Hogan nickte Bersson zu. Der gab zwei seiner Männer einen Wink, den Gouverneur zu begleiten.

Hogan war froh, wenn er den Mann von Bord hatte.

Dann waren sie alleine.

»Commandant ...«

»Was gibt es noch, deVries?«

»Dies hier wollte ich Ihnen unter vier Augen geben.«

Die Frau holte eine zweite Meldung hervor. Die Tatsache, dass sie Bersson nicht weiter beachtete, sprach für die Wertschätzung, die der Marechal genoss. Er wurde automatisch in die »vier Augen« mit einbezogen.

Hogan überflog das Blatt und sein Gesicht verdüsterte sich zusehends. Ächzend setzte er sich in seinen Sessel und schloss erschöpft die Augen.

»Commandant?«, fragte Bersson. Hogan reichte ihm die Folie. Augenblicke später setzte sich auch der Marechal.

»Das kann doch nicht wahr sein!«

»Offenbar doch. Die Systemkommandanten von Lyra und Vorgax melden jeweils ein fremdes, unidentifizierbares Schiff, das innerhalb ihrer Systeme operiert. Beide Systeme sind nicht weit von Arbedian entfernt. DeVries, die Karte!«

Mit einem Handgriff ließ die Flaggoffizierin die dreidimensionale Projektion der Irdischen Sphäre über dem Schreibtisch entstehen. Hogan beugte sich vor. Alle 37 Systeme der Sphäre bildeten einen grob ballförmigen Körper aus Sternen, der einige Aus- und Einbuchtungen hatte – überall dort, wo während der Großen Expansion uninteressante Systeme ignoriert wurden. Hogan erleuchtete Ambius, Arbedian, Lyra und Vorgax. Terra lag am äußersten, randwärts gerichteten Rand der Sphäre, als Ausgangspunkt einer jahrhundertelangen, kernwärts gerichteten Expansion.

»Das heißt, der Gegner greift auf breiter Front die kernwärts gerichteten Systeme an!«, kommentierte deVries.

Hogan nickte und fuhr sich mit der Hand über das Kinn. Er hatte sich lange nicht rasiert und das schabende Geräusch erinnerte ihn daran.

»Das sieht so aus. Mal schauen ... wenn unser Eindruck korrekt ist, müssten zusätzlich noch Lydos und Ankhar betroffen sein. Diese Systeme sind mit uns durch die Brücke nach Delion verbunden. Sollte es dort einen Angriff gegeben haben, wird man auf Delion davon eher erfahren als wir. Ich stelle mir gerade Admiral Chang vor, wie er Meldungen einsammelt und kurz vor dem Herzinfarkt steht.«

»Das stellt uns vor eine ganz andere Frage«, ergänzte Bersson.

»Chang hat zwei zusätzliche Geschwader, die er entsenden könnte. Wer kommt zuerst in den Genuss - wir oder Lydos oder Ankhar?«

Hogan überlegte nur kurz.

»Die Meldungen - falls es dort ebenfalls zu Angriffen gekommen ist - werden Delion zuerst von den beiden letztgenannten Systemen erreicht haben. Chang wird, wenn überhaupt, seine Schiffe in diese Richtung entsandt haben. Wir werden auf uns selbst gestellt sein.«

»Das ist eine deprimierende Aussicht«, murmelte deVries.

»In der Tat. Unabhängig davon übermitteln wir ab jetzt stündliche Berichte an die Brückenstation nach Delion, die ebenfalls stündlich Nachrichtenkapseln entsenden soll.«

»Das ist bereits arrangiert, Commandant«, berichtete deVries. Hogan nickte ihr anerkennend zu.

»Kontaktieren Sie die Leute am Long Range Array. Fordern Sie alle Schiffe auf, die Bordteleskope auf den Rand des Systems zu richten. Der Feind benutzt offenbar nicht die Tore für den überlichtschnellen Transfer. Es kann daher sein, dass er Ambius längst erreicht hat, wir ihn aber noch gar nicht wahrgenommen haben. Ich wünsche ein vollständiges Suchmuster.«

»Das wird ewig dauern. Die Fläche ist gigantisch«, gab Bersson zu bedenken. Er ahnte nicht, in wie vielen Situationen in anderen Systemen dieser Einwand bereits geäußert worden war.

Hogan zuckte mit den Achseln. »Was soll ich tun?«

Darauf wusste Bersson auch keine Antwort. Er zuckte nur mit den Schultern.

»Zu diesem Zeitpunkt wird sich das Schicksal von Arbedian bereits besiegelt haben«, fuhr Hogan fort. »Okefori wird nicht mehr tun können, als die Brückenstationsbesatzung zu evakuieren, falls sie noch am Leben ist, und vielleicht ein paar weitere Informationen zu sammeln. Danach müssen wir uns vorbereiten, die Brückenstationen zu sprengen, um zu verhindern, dass der Feind über diesen Weg Kräfte nach Ambius verlagern kann.«

»Der Feind scheint nicht auf Brücken angewiesen zu sein«, gab deVries zu bedenken.

»Ja, das stimmt, aber vielleicht macht es ihn langsamer. Unsere eigenen überlichtschnellen Einheiten halten sich schließlich auch an die Naturgesetze.«

Jeder wusste, worauf Hogan anspielte. Sämtliche überlichtschnelle Raumfahrt in der Sphäre wurde über die Einstein-Rosen-Brücken abgewickelt. Doch neue Brückenstationen, die zur Etablierung und Stabilisierung notwendig waren, konnten nicht im relativistischen Flug an ihre Zielorte gebracht werden - das hätte die Große Expansion, die zur Gründung der Sphäre geführt hatte, unmöglich gemacht. Diese Aufgabe - wie auch die Exploration neuer, viel versprechender Welten - wurde durch drei mittlerweile fast 200 Jahre alte Spezialschiffe durchgeführt, energieverschlingende Raumgiganten, größer als die Liner der großen Schifffahrtslinien. Diese Explorereinheiten hatten nicht nur ein immenses Vermögen gekostet, sie waren die einzigen Raumfahrzeuge, die ohne Brücken überlichtschnelle Raumfahrt bewältigten. Dafür wurde ein hoher Preis bezahlt: Sie bestanden fast nur aus Energieerzeugern und Triebwerken und hatten trotz ihrer Größe nur eine Besatzung aus vier bis sechs Mann. Sie konnten in einem System eine automatisierte Brückenstation absetzen und damit eine Brücke zünden, aber ansonsten waren es kaum manövrierbare Schiffsmonster, deren Betriebskosten pro Tag den Jahresetat eines entwickelten Sonnensystems verschlang. Seit gut 45 Jahren lagen diese drei Monstren eingemottet im irdischen Sonnensystem. Ihr Betrieb war bei weitem zu unwirtschaftlich, und angesichts der allumfassenden ökonomischen Krise hatte lange niemand mehr daran gedacht, ein neues System zu erschließen, wenngleich es da vor kurzem gegenteilige Gerüchte gegeben hatte.

Wie dem auch sei: Es gab eine hohe Wahrscheinlichkeit dafür, dass der Gegner den Weg durch die Brücken als willkommene Abkürzung einer ansonsten immer noch langen und kostspieligen Reise ansehen würde. Andererseits ... wenn es ihm tatsächlich gelungen war, mehr als tausend Schiffe auf andere Art und Weise über den Abgrund zwischen den Sternen zu bewegen, mochte dieses Argument möglicherweise auch nur sehr begrenzt gültig sein.

Hogan war entschlossen, trotzdem alles in seiner Macht stehende zu tun, um den Vormarsch des Gegners aufzuhalten.

Eines Gegners, über den er herzlich wenig wusste.

»Wann werden wir wohl eine Reaktion aus dem Zentralsystem bekommen?«, sinnierte Bersson.

»Wenn Chang sofort Meldung gemacht hat - und alle Systeme zwischendurch ebenfalls -, dann wird Terra in etwa fünf Tagen die ersten Alarmmeldungen erhalten. Und bis eine Antwort uns erreicht, werden weitere fünf Tage verstreichen - und die wird nicht mehr als eine Empfangsbestätigung enthalten«, erwiderte deVries.

Hogan nickte.

»Bis auf weiteres sind wir hier draußen auf uns allein gestellt. Sikorsky wird einen Teufel tun und die Heimatflotte auf gut Glück durch die Gegend schicken. Er wird Informationen sammeln, eine Strategie entwickeln, er muss die politische Ebene mit einbeziehen ... das wird seine Zeit brauchen.«

Für einen Moment herrschte Schweigen im Büro. Jeder wusste, was das bedeutete. Auch für Ambius würde im Falle eines nahenden Angriffes wahrscheinlich jede Hilfe zu spät kommen.

»DeVries!«

»Commandant?«

»Ich brauche eine Liste aller Transportschiffe im System.«

»Ja, mon Commandant!«

Hogan blickte Bersson an.

»Wir müssen einen Evakuierungsplan entwerfen. Wir müssen die Schiffe bis zum Rand voll stopfen und nach Delion entsenden. Ich hoffe, der Weg dorthin ist noch frei. Wenn wir die Brücke nach Tholos verwenden, stecken die Flüchtlinge in einer Sackgasse.«

Er hielt einen Moment inne.

»Uns rennt jetzt schon die Zeit davon ...«

Der Lexington Executor hob leise summend ab. Rahel blickte genau auf die vorsichtigen Steuerbewegungen, die Dolcan über den Steuerknüppel an die Elektronik des massiven Kampfgleiters übertrug. Der Polizeipilot war definitiv ein erfahrener Mann und hatte nach eigener Auskunft bereits Mannschaftstransporter und ähnliche große Einheiten geflogen. Der Executor war von der Größe her daher für ihn nichts Außergewöhnliches, doch hatte der vergleichsweise junge Mann zugeben müssen, dass ihn die Vielfalt der Kontrollen erst einmal überfordert hatte. Rahel hatte ihn schließlich eingewiesen, und sobald der Mann die eigentlichen Flugkontrollen zweifelsfrei identifiziert hatte, war er gelassener an die Sache herangegangen. In der Tat sollte ihn der Rest der Anzeigen und Schalter nicht interessieren: Sie dienten der Waffensteuerung oder dem Abwurfmechanismus für Landetruppen oder Einrichtungen, die Rahel trotz aller Beschaffungskriminalität der letzten Jahre nicht hatte bekommen können.

Dolcan hatte einen knappen Blick auf die summenden Behälter mit den Plasmabolzen geworfen, als er sich zum Cockpit vorgearbeitet hatte. Er wusste so gut wie jeder andere, dass diese nur illegal beschafft worden sein konnten. Jetzt schien er aber durchaus dankbar dafür zu sein, dass Rahel gegen alle geltenden Waffengesetze verstoßen hatte. Und Rahel fühlte erstmals Zuversicht, einen geeigneten Piloten für den Executor gefunden zu haben, so dass sie sich ganz den Waffenkontrollen sowie den Beobachtungsaufgaben würde widmen können.

»Halten Sie ihn!«, befahl sie. Dolcan reagierte sofort und ließ den Gleiter auf der Stelle schweben. Rahel winkte aus dem Cockpitfenster. Unter ihr, direkt vor dem getarnten und nun wieder geschlossenen Hauptportal der Festung, stand Li mit zwei weiteren Männern, alle schwer bepackt und ebenso schwer bewaffnet. Der Veteran grüßte nach oben, dann führte er seine Männer zum nahen Waldrand.

»Sie kennen den Suchmodus?«, vergewisserte sich Rahel noch einmal. Dolcan machte einen zuversichtlichen Eindruck und nickte bekräftigend. Er sprach wenig, was Rahel nur recht war. Nichts war ihr lästiger als Quasselstrippen.

»Dann legen wir los!«

Der Pilot aktivierte die Schubtriebwerke. Wie eine Feder glitt das tonnenschwere Gefährt durch die Luft und nahm langsam Fahrt auf. Rahel hatte es nicht eilig, außerdem wollte sie der automatischen Kartographieaufzeichnung genug Gelegenheit geben, so viel von der Oberfläche wie möglich zu scannen, um eine geeignete, detailgetreue topographische Karte entwickeln zu können. Die zur Verfügung stehenden offiziellen Karten waren lausig, vor allem, was diese verlassene Ecke anging. Niemand hatte es je für nötig befunden, die Gegend zu kartographieren, dafür war Lydos schlicht zu dünn besiedelt.

Das war ein Teil ihrer Mission. Ihr Suchmuster würde sie langsam in Richtung Südwesten führen, immer dicht über den Baumwipfeln, bis sie in zwei Stunden eines der angelegten Depots würden erreicht haben, dessen Inhalt Rahel in den leeren Transportraum hinter sich zu verladen gedachte. Nedashde war mit ihren Schätzungen bereits recht großzügig gewesen, und es wäre Verschwendung von Zeit und Ressourcen gewesen, diese Erkundungsmission nicht auch gleich für eine Auffrischung der Vorräte zu nutzen.

Lis Truppe hatte sich in Richtung Nordosten auf den Weg gemacht. Dort drang dichter Gebirgswald in ein weites Tal vor, das als unbewohnt galt. Tooma vermutete dort einen geeigneten Platz für ein leicht erreichbares Notlager, sollte es zu einem Angriff der Aliens kommen. Lis Aufgabe war es, einen geeigneten Fußweg zu finden und eine Lagerstelle zu markieren. Das konnte man immer noch am Besten, trotz aller technischen Gadgets, indem man sich selbst per pedes auf den Weg machte und die guten alten Tugenden militärischer Spähtrupps in die Praxis umsetzte, Tugenden, von denen Li einige in der Praxis des Kolonialkrieges zu schätzen gelernt hatte. Rahel hatte da volles Vertrauen in ihn.

Außerdem blieb ihr auch gar nichts anderes übrig. Dolcan musste im Umgang mit dem Executor geschult werden. Wenn es sie erwischte, würde der Gleiter sonst ein obsoletes Stück Hardware sein, mit dem niemand etwas anfangen konnte. Das wäre mehr als nur Verschwendung von Ressourcen, es wäre haltloser Leichtsinn und völlige Dummheit. Dolcan bot die besten Voraussetzungen, um als ihr Ersatz zu fungieren, und je weiter sie flogen, desto besser stellte er sich an. Er hatte das richtige Gefühl für so eine mächtige Maschine. Er unterschätzte wahrscheinlich ihre Beschleunigungswerte und ihre Wendigkeit, weil er sie unbewusst mit einem der Mannschaftstransporter der Polizei gleichsetzte, aber das würde sich ändern. Der Executor war eine auf den Kampf hin gezüchtete Maschine, und das war weitaus mehr, als ein langweiliger Transporter von sich behaupten konnte, ob er nun die Insignien der Polizei trug oder nicht.

»Wir legen mal einen Zahn zu«, schlug Rahel vor. Dolcan nahm das sofort als Anweisung, außerdem schien er Gefallen am Executor gefunden zu haben. Er schob den Triebwerkshebel sanft nach vorne, das bisher kaum hörbare Wummern vom Heck wurde um eine Nuance lauter und die Geschwindigkeit erhöhte sich merklich.

»Wir machen einige enger werdende Kurven bei gleich bleibendem Tempo!«, wies Rahel nun an. Der Pilot reagierte prompt. Er schien bestrebt, so schnell wie möglich so viel wie möglich zu lernen. Eine Einstellung, mit der Tooma gut zurecht kam.

In der folgenden Stunde forderte Tooma den Piloten zu langsam immer komplexeren Manövern heraus. Dabei behielt sie die Ortungsanzeigen aufmerksam im Auge, aber es war weder in der Luft noch auf dem Boden irgendeine Bewegung erkennbar, die man als militärische Aktivität deuten konnte. Tatsächlich war der Himmel wie leergefegt. Dolcan machte seine Sache sehr gut und Rahel fasste mehr und mehr Zutrauen zu seinen fliegerischen Fähigkeiten. Der Pilot wirkte zu keinem Zeitpunkt übermütig und hielt sich exakt an ihre Anweisungen, was für Tooma ein Hinweis auf sein Verantwortungsbewusstsein war. Dolcan war ohne Zweifel ein Glücksfall.

Sie waren rund eine Stunde unterwegs, ohne auch nur die leisesten Anzeichen einer gegnerischen Bewegung gesehen zu haben. Schließlich hatten sie trotz aller Übungsmanöver auch das Gebiet erreicht, in dem sich eines der von Tooma angelegten Depots befand. Dolcan landete den Executor und Rahel bedeutete ihm, startbereit im Cockpit zu bleiben. Sie selbst hatte bereits die volle Kampfrüstung angelegt und sprang mit vorgehaltenem Sturmgewehr aus der hinteren Luke des Kampfgleiters. Für einen Moment tat sie nichts weiter, als geduckt neben dem Fahrzeug zu hocken und ihre Umgebung mit allen Sinnen zu beobachten. Es war nichts Ungewöhnliches zu bemerken.

Mit wenigen Sätzen war sie an den beiden großen Kunststoffkisten angekommen, die unter einem Tarnnetz verborgen waren. Hätte sie nicht genau gewusst, dass sie hier standen, wäre ihr angesichts der ausgezeichneten Tarnung kaum etwas aufgefallen. Im Zwielicht des Dschungels waren die abgedeckten Kisten so gut wie nicht auszumachen.

Sie zog das Netz beiseite und fand die Container unbeschädigt. Einen öffnete sie. Abgepackte Nahrungskonzentrate, Munition für Sturmgewehre, Campingausrüstung, eingeschweißte Overalls, mehrere Erste-Hilfe-Kästen. Alles war unbeschädigt und in gutem Zustand, etwas anderes hatte sie auch nicht erwartet.

»Dolcan!« Es knackte in ihrem Helm.

»Marechal?«

»Komm raus und hilf!«

Der Polizist folgte ihrem Kommando unmittelbar. Zufrieden beobachtete Rahel, dass der Mann nicht vergaß, seine Polizeirüstung anzulegen und ebenfalls ein Marine-Sturmgewehr mit sich zu führen. Es unterschied sich nur unwesentlich von den Gewehren, die bei der Polizei im Einsatz waren und Dolcan hatte sich mit der Militärwaffe schnell vertraut gemacht.

Sie schleppten die Container in den Kampfgleiter. Niemand störte sie dabei. Einige kleinere Dschungeltiere beäugten das für sie suspekte Betreiben aus sicherer Entfernung, ohne auch nur im entferntesten daran zu denken, sich einzumischen. Die einzigen Raubtiere, die sich möglicherweise dazu hätten überwinden können, die beiden Menschen zu attackieren, waren offenbar nicht in der Gegend, oder schlicht satt. Sobald die Container gesichert waren, kletterten Tooma und Dolcan wieder in ihre Sitze, aktivierten die Triebwerke und verließen das schützende Blätterdach des Dschungels, um den Rückflug zu beginnen.

Zumindest taten sie dies für ein paar Minuten.

Dann war der Himmel plötzlich doch nicht mehr so leer.

»Dort!«

Dolcans Aufruf war von mühsam unterdrückter Aufregung gewesen. Rahel hatte es gleichzeitig gesehen und nickte nur. Der Radar zeigte einen Flugkörper. Ohne einen weiteren Befehl abzuwarten, drückte der Pilot den Executor nahe an die Baumwipfel. Rahel aktivierte die Waffenkontrolle. Die Sun Ray war mit Plasmabolzen geladen, dem besten, was der Executor zu bieten hatte. Tooma kniff die Augen zusammen.

»Sie haben uns vielleicht nicht bemerkt«, mutmaßte Dolcan. Das fremde Flugobjekt glitt relativ gemächlich auf achthundert Meter Höhe dahin, rund vier Kilometer Luftlinie vom Executor entfernt. Tatsächlich hatte der andere Gleiter weder Geschwindigkeit noch Kurs geändert. Auf dem Bildschirm zeichnete sich ein relativ klares Bild ab. Es war ein Luftfahrzeug, etwa doppelt so groß wie der Kampfgleiter, runde zwanzig Meter lang. Er hatte Flunderform und machte auf Rahel den Eindruck eines großen Transporters, für Waren oder für Personal. Er trug keine Markierungen oder Insignien, nur eine grünlich-fleckige Bemalung, die sicherlich Tarnzwecken diente. Es flog keine 120 km/h und wirkte …

»Automatisiert«, murmelte Dolcan und sprach damit Rahels Gedanken aus. »Das ist ein Roboter. Wenn er uns bemerkt hat, dann hat er uns gemeldet, aber so lange wir ihm nicht in die Quere kommen, wird er uns nichts tun.«

»Mich würde interessieren, wohin er unterwegs ist«, erwiderte Tooma. »Das sieht wie ein eher regulärer Transport aus, keine Landungstruppe und ganz sicher auch nichts furchtbar Dringendes.«

»Möglicherweise ist eine Außenbasis das Ziel«, meinte der Polizist. »Irgendwoher müssen ja auch die Tentakelpatrouillen gekommen seien, denen wir begegnet sind.«

Rahel warf einen Blick auf die Anzeigen. Sie waren gut 110 Kilometer von der Fluchtfestung entfernt. Wenn es in diesem Abstand eine reguläre, etablierte Flugversorgungslinie gab, musste sie interessieren, wo sie endete.

»Wir bleiben dicht über den Baumwipfeln. Wir vergrößern den Abstand. Aber wir bleiben an seinen Fersen.«

Dolcan stellte die Entscheidung nicht in Frage. Dem Glitzern in seinen Augen war zu entnehmen, dass ihn das Jagdfieber gepackt hatte. Tooma gestattete sich ein amüsiertes Lächeln. Die Begeisterung würde ihn verlassen, sobald die Jagd Ernst wurde und sie Entscheidungen zu treffen hatten. Dann würde er sich wieder ganz auf sie verlassen.

Für einen Moment wünschte sich Rahel, sie hätte Li mitgenommen. Der Veteran hatte kein Problem damit, ihre Entscheidungen aus durchaus kompetenter Sicht auch einmal in Frage zu stellen. Das war die wichtigste Funktion eines Stellvertreters: das Tun des Kommandierenden zu spiegeln, abzuwägen, den Advocatus Diaboli zu spielen und damit dafür zu sorgen, dass Entscheidungen zumindest einem Reflektionsprozess unterzogen wurden, wenn es dafür genug Zeit gab.

Dolcan war definitiv nicht derjenige, der in der Lage war, eine solche Funktion auszufüllen.

Tooma seufzte.

Immerhin wusste er, wie man Befehle befolgte. Sie beschloss, auch für die kleinen Dinge dankbar zu sein.

»Er wird langsamer!«

Dolcans Meldung riss Tooma aus ihren Gedanken. In der Tat, das gegnerische Fahrzeug drosselte den Schub und schien einen Landeanflug einzuleiten.

»Ich bekomme jetzt Energiewerte«, sagte Rahel nach einem kursorischen Blick über die Instrumente. Es kam ihr vor, als habe der Feind eine Art Lager oder Außenposten errichtet und die Energieproduktion abgeschirmt, sonst hätte sie viel eher eine Anzeige haben müssen. Mehr und mehr Blips erschienen auf ihrem Schirm.

»Das ist ein großer Außenposten«, stellte Dolcan fest und ließ den Executor ebenfalls langsamer werden.

Einige Minuten später war die Anzeige des feindlichen Transporters mit denen des Stützpunktes verschmolzen, er war offenbar gelandet. Der Executor schwebte bewegungslos über den Wipfeln des Dschungels, rund fünf Kilometer davon entfernt.

»Wir landen«, entschied Rahel. »Wir müssen uns das genauer ansehen. Mit dem Executor ist es zu gefährlich, ich muss das zu Fuß machen.«

»Soll ich …«

» … warten und den Gleiter startbereit halten. Wir können ihn nicht alleine zurücklassen. Sollte es uns beide erwischen, wäre er verloren. Ich werde allein gehen.«

»Das ist gefährlich!« Der Pilot setzte die Diskussion fort, während er den Gleiter sacht durch das Blätterdach brechen ließ. Zwischen den turmhohen Bäumen war gerade mal Platz für den mächtigen Executor.

»Es wäre gefährlicher, wenn ich jemanden mitnehmen würde, der keine Ahnung vom Dschungelkampf hat und nicht weiß, wie man sich effektiv anschleicht. Das war jetzt kein Vorwurf, aber außer Li weiß ich niemanden, den ich auf so eine Mission mitnehmen würde.«

Dolcan setzte den Executor nahezu erschütterungsfrei auf.

»Ich habe es nicht als Vorwurf verstanden. Meine Befehle?«

Rahel löste die Sicherheitsgurte, erhob sich und begann, ihre Ausrüstung zusammenzusetzen.

»Sie werden zwölf Stunden auf mich warten. Bin ich bis dahin nicht zurück, starten Sie und kehren zur Basis zurück. Sollte ich dazu in der Lage sein, werde ich kurze Funksignale zur Kommunikation verwenden, nur winzige, geraffte Meldungen.«

»Und wenn Sie etwas finden, das sich lohnen würde, anzugreifen?«, wollte der Polizist wissen.

Rahel schob ein Magazin in ihren Gürtel.

»Dann werde ich mich melden und Sie kommen. Aber nicht von selbst, nur auf ausdrücklichen Befehl. Ist das klar? Keine Husarenstücke oder Rettungsaktionen! Ich bin nicht halb so wertvoll wie der Executor.«

Dolcans Gesicht war anzusehen, dass er diese Einschätzung nicht ganz teilte, aber er enthielt sich jeden weiteren Kommentars. Er nickte nur und blickte entschlossen drein. Tooma seufzte innerlich.

Mit schnellen, methodischen Bewegungen vervollständigte sie ihre Ausrüstung. Schließlich hatte sie die Kampfrüstung komplett angelegt. Statt des großen Sturmgewehrs hatte sie sich für eine schlankere und kleinere Feuerwaffe entschlossen: Die Maschinenpistole verfügte über eine geringere Reichweite, konnte aber sowohl Festmantelgeschosse wie auch Plasmabolzen abfeuern und würde für ein eventuelles Feuergefecht im Dschungel oder in einem Stützpunkt völlig ausreichen. Tooma befestigte die Waffe quer vor ihrem Oberkörper, so dass sie den Rücken für den flachen Rucksack und die Arme für das Anschleichen frei hatte.

»Viel Glück, Marechal!«, wünschte ihr Dolcan und seine Stimme klang heiser, obgleich er versucht hatte, ihr mit Nachdruck Zuversicht einzuflößen. Tooma lächelte dünn und nickte dem Mann zu, ehe sie sich abwandte und über die geöffnete Rampe im Dickicht des Dschungels verschwand.

Sie bewegte sich langsam und mit großer Vorsicht, benutzte als Orientierungsmittel nur einen simplen mechanischen Kompass und hielt vor allem nach Warnanlagen Ausschau, die ihre Annäherung melden würden. Es dauerte keine Minute, dann war der Executor im dichten Wald nicht mehr zu erkennen. Rahel hoffte, dass er unerkannt bleiben würde. Sie glitt mehr als dass sie ging, nutzte jede Form von Deckung. Die Rüstung hatte sie auf Chamäleonmodus geschaltet. Die geringe Energieabgabe war sie bereit in Kauf zu nehmen, dafür passte sich die photosensitive Oberfläche der großen Flächen ihres Anzuges der Umgebung in Farbton und Helligkeit an. Es war keine perfekte Tarnung, aber wer das Terrain richtig ausnutzte, blieb dem flüchtigen Betrachter auch aus kurzer Entfernung verborgen. Diesen Vorteil hatte sie nicht mehr, wenn die Oberfläche der Rüstung durch Kampfeinwirkung beschädigt werden sollte, und vor allem würde Tooma sie dann auch nicht mehr reparieren können. Aber noch war die Ausrüstung makellos.

Rahel schlich weiter in Richtung des Stützpunktes. Fünf Kilometer, dafür benötigte sie bei ihrer derzeitigen Geschwindigkeit und vorausgesetzt, dass ihr niemand in die Quere kam, etwa zwei Stunden. Sie hatte nicht die Absicht, Sicherheit für Schnelligkeit zu opfern, vor allem, da sie alleine war und als Unterstützung in der Not »nur« einen großen Kampfgleiter anfordern konnte, der sich dadurch ebenfalls in Gefahr bringen würde.

Andererseits war sie sich durchaus darüber im Klaren, dass so etwas immer mal wieder notwendig sein würde, wenn sie auf Lydos überleben wollte.

Die Fauna und Flora ließ sie unbehelligt. Das war durchaus ein Glücksfall, denn der lydische Dschungel war mitunter recht aggressiv. Aber es konnte sein, dass die relative Nähe des Stützpunktes und die Tentakelpatrouillen, die dieser sicherlich regelmäßig in die nähere Umgebung aussandte, vor allem die größeren Raubtiere vertrieben hatten. Das war Rahel nur recht, bedeutete aber auch, dass sie ein besonderes Augenmerk auf das Nahen eben solcher Patrouillen legen musste.

Damit hatte sie, wie sie schnell feststellen durfte, absolut Recht.

Glücklicherweise hielten die Tentakel nichts von Tarnen und Täuschen.

Als sie zehn Minuten später auf die erste Patrouille traf, kündigte sich diese durch etwas an, was ihr Ausbilder schlicht als »ohrenbetäubendes Getöse« bezeichnet hätte. Tatsächlich wäre das Geräusch der sich nähernden Aliens für das ungeübte Ohr aus dem Pegel der Umgebungslaute kaum heraus zu hören gewesen, doch Toomas Gehör war alles andere als ungeübt und die Tatsache, dass vor allem Vögel mit ihren Lauten aufhörten, je näher die offenbar gut bemannte Patrouille sich den Weg durch das Unterholz bahnte, trug dazu bei. Sobald Rahel sich sicher war, dass Tentakel unterwegs waren, suchte sie sich eine geeignete Deckung, verhielt sich völlig still und versuchte, Richtung und Geschwindigkeit abzuschätzen.

Es waren viele. Ein Dutzend bestimmt. Und sie drangen seitlich von ihr in den Dschungel vor. Mit etwas Glück würde die Patrouille etwa zwanzig Meter von ihr entfernt vorbeimarschieren. Wenn sie sich ruhig verhielt und abwartete, konnte sie die Tentakelkrieger vielleicht sogar beobachten und daraus Erkenntnisse gewinnen.

Es dauerte keine Minute, dann war der Feind heran. Rahel hatte sich verschätzt, aber nicht sehr. Die Patrouille ging an ihr vorbei, allerdings näher und schneller als vermutet. Die mächtigen Körper der Tentakelkrieger bahnten sich mit rücksichtsloser Selbstsicherheit ihren Weg durch das Gehölz. Es war klar, dass sie nichts und niemanden fürchteten und offenbar auf ihre eigene, Furcht einflößende Präsenz setzten. Tooma vermochte es ihnen gar nicht einmal verübeln, denn die imposanten Gestalten wirkten in der Tat ausgesprochen bedrohlich. Doch diese Nonchalance, mit der die Krieger jede Grundregel der Fortbewegung im Dschungel missachteten, zeigte noch etwas viel Gefährlicheres: Die Tentakel waren es nicht gewohnt, zu verlieren.

Wären sie jemals in ernsthafte Gefahr geraten, hätten sich andere Verhaltensweisen gezeigt, Verhaltensweisen, wie sie Rahel Tooma an den Tag legte und die gerade ihr Leben retteten. Die brachiale Gewalt, die die Tentakel an den Tag legten, war eine Botschaft: Uns kann keiner etwas anhaben! Gleichzeitig war es eine Gefahr, denn hätte Tooma nur ein Dutzend gut ausgebildeter Marinesoldaten dabei gehabt, die Patrouille wäre in kurzer Zeit ausgelöscht gewesen. Trotz dieser Erkenntnis wollte sich bei Tooma jedoch keine Zufriedenheit über ihre Erkenntnis einstellen: Eine weitere Möglichkeit für die relative Sorglosigkeit des Vorgehens ihrer Gegner konnte sein, dass sie schlicht nicht mehr mit Widerstand rechneten und in ihrer Kalkulation alle militärische Gegenmacht auf dieser Welt ausgelöscht hatten. Traf dies zu, waren Tooma und ihre Flüchtlinge in der Tat völlig auf sich allein gestellt. Und noch eine weitere Erklärungsvariante schoss durch ihren Kopf, als die Patrouille geräuschvoll an ihr vorbeizog und sich langsam wieder entfernte: Tentakelkrieger waren möglicherweise eine Ressource, die zu verschwenden sich die Oberbefehlshaber der Aliens leicht leisten konnten. Ob eine Gruppe von Soldaten in einem Hinterhalt ausgelöscht wurde oder nicht, war dann weitgehend irrelevant, da genügend Truppen bereit standen, um jeden Widerstand durch bloße Übermacht zu erdrücken. Auch das war keine besonders attraktive Überlegung und machte Toomas Situation eher noch schwieriger. Was nützte einem die beste Fluchtfestung, wenn der Feind mehr als genug Truppen aufbieten konnte, um jede Verteidigungsstellung zu überrennen? Oder gar schwere Waffen einzusetzen bereit war, um den Feind schlicht auszulöschen?

Tooma beendete ihre Überlegungen, als der letzte Tentakelkrieger an ihr vorbei im Dickicht verschwunden war. Es galt, sich auf das Nahe liegende zu konzentrieren. Taktische und strategische Überlegungen grundsätzlicher Natur konnte sie diskutieren, wenn es Zeit dafür war.

Sie wartete noch einen Moment, dann setzte sie sich wieder in Bewegung. Die Tentakel hatten eine breite Schneise in das Unterholz geschlagen, die sie tunlichst schnell überquerte, um dann wieder mit dem Dschungel zu verschmelzen.

Weiter arbeitete sie sich vor, immer auf ihre Umgebung achtend. Es war still geworden im Dschungel, die Tentakelpatrouille schien zumindest auf die Fauna einen gehörigen Eindruck gemacht zu haben. Nur zögerlich begann der eine oder andere Vogel wieder mit seinem Lied. Rahel erwartete nicht, dass die Kakophonie des Dschungels in der Nähe des Stützpunktes sehr beeindruckend sein würde. Es war, als würden die Tiere den Eindringling instinktiv ablehnen und sich so weit wie möglich von ihm entfernen wollen.

Rahel konnte es ihnen nicht verdenken, ihr blieb diese Option allerdings leider nicht.

Es vergingen in der Tat etwa zwei Stunden, bis sie sich in unendlicher Langsamkeit dem Perimeter des Stützpunktes genähert hatte. Eine natürliche Lichtung auf felsigem Boden war durch den Feind erweitert worden.

Rahel sah noch die verbrannten Baumstümpfe, die davon zeugten.

Der Stützpunkt selbst bot einen sowohl fremdartigen wie auch vertrauten Anblick.

Vertraut deswegen, weil er in seiner Anordnung dem entsprach, was Tooma von einer schnell errichteten Ansiedlung in fremdem Territorium erwartete: Ein zentrales Gebäude in der Mitte, das aussah wie ein gigantisches, aufblasbares Zelt von sicher dreißig Meter Durchmesser. Die Oberfläche wirkte milchig-trübe, und warf man einen Blick, erwartete man jeden Augenblick, hindurch sehen zu können, aber konnte dann doch nichts erkennen. Darum gruppierten sich kleinere Bauwerke unterschiedlicher Form und, da begann die Fremdartigkeit, für Rahel nicht definierbarer Funktion. Um den Stützpunkt zog sich ein Sicherheitsperimeter, der aus einem offenbar elektrisch geladenen Zaun, einer Batterie von Lichtschranken und in Dreiergruppen patrouillierender Tentakelkrieger bestand. Fremdartig war auch, dass innerhalb des Lagers so gut wie kein Fußverkehr zu erkennen war. Hin und wieder summte ein Bodenfahrzeug umher und verschwand in Richtung des kleinen Landefeldes, auf dem der Transporter vor einigen Stunden gelandet und der dort immer noch als einziges Fahrzeug zu erkennen war.

Aber ansonsten wirkte der Stützpunkt seltsam verlassen. Tooma war sich sicher, dass er alles andere als leer war, aber eine menschliche Ansiedlung gleicher Art würde vor Soldaten nur so wimmeln, und die Geräusche ihrer Existenz würden unüberhörbar sein. Das kam in punkto Fremdartigkeit noch hinzu: Die fast unnatürliche Stille, die über dem Stützpunkt lag. Der Dschungel war leise genug, doch die Tatsache, dass kein bemerkenswerter Laut aus den Gebäuden oder ihrer Umgebung an ihr Ohr gelangte, irritierte Tooma mehr als alles andere.

Sie legte sich in eine bequeme Position auf den Bauch und justierte die optischen Instrumente ihres Helmes. Das Visier war mit einer stufenlos verstellbaren, digitalen Optik verbunden, die die Eigenschaften eines Feldstechers, einer Kamera, eines Nachtsichtgerätes, eines Infrarotspürers sowie eines HUDs, eines Head-Up-Displays, miteinander verband und als Multifunktionsgerät wesentlich dazu beitrug, dass sich Rahel auf ihre Augen als einziges optisches Werkzeug nicht verlassen musste. Die Justierungen konnte sie auf zwei Wegen vornehmen: Mit ihrer rechten Hand auf der flachen Drucktastatur an ihrem linken Unterarm, oder mit der Zunge an dafür speziell entwickelten Tasten innerhalb ihres Helmes. Letzteres versuchte sie zu vermeiden, wenn es sich irgendwie einrichten ließ, denn trotz aller Versuche, die Plastiktasten geschmacksneutral zu halten, fanden immer wieder Staub und andere Partikel ihren Weg in den Helm. Rahel fühlte sich dann immer so, als würde sie eine Konsole ablecken, und richtig wohlschmeckend war das nicht. Die kleinen Bewegungen, die notwendig waren, um die Tastatur aufzuklappen und die notwendigen Justierungen manuell einzugeben, würden ihre Tarnung sicher nicht gefährden.

Sie stellte den Zoom ein und ließ sich Zeit damit, den gesamten Stützpunkt sorgfältig zu observieren. Dann schweifte ihr Blick über die verschiedenen Gebäude, verharrte bei Einzelheiten, die ihr erst jetzt deutlich wurden, und fuhr dann meist in der Erkenntnis fort, dass die größere Detailtreue nur ihre Verwirrung vergrößerte, anstatt zur Aufklärung beizutragen. Einige militärische Erkenntnisse machte sie schon fast nebenbei: Vom Sicherheitsperimeter und den Patrouillen abgesehen gab es keine weiteren Abwehreinrichtungen. Die Tentakel schienen sich ausgesprochen sicher zu fühlen und wollten sich offenbar nur gegen unliebsamen Besuch lästiger Raubtiere verteidigen, aber kaum gegen eine organisierte militärische Macht. Anscheinend glaubte man die menschliche Gegenwehr auf Lydos in der Tat niedergekämpft, und Rahel wunderte das nicht. Das Militär war jedenfalls ganz sicher recht effektiv ausgelöscht worden. Was sie vor allem interessierte, war die Tatsache, dass die Flugabwehrtürme, die jede menschliche Militärsiedlung aufgewiesen hätte, hier völlig fehlten. Ein Luftangriff schien das zu sein, womit die Tentakel zuallerletzt rechneten. Zumindest war dies der Eindruck nach Toomas eingehender Analyse der Anlagen. Sie konnte nicht ausschließen, dass es noch verborgene Waffen gab, aber dennoch hatte sie ein gutes Gefühl bei der Sache. Wenn notwendig, dann konnte der Executor hier heillose Verwüstungen anrichten. Allerdings sah Tooma für einen solchen Einsatz im Grunde keine Veranlassung, bis …

… bis sie die ersten Menschen entdeckte.

Es waren heruntergekommene Gestalten, denen Verzweiflung und Erschöpfung auch aus großer Entfernung anzusehen war. Wie an einer Schnur aufgereiht stolperten sie aus einem der flachen Gebäude am Rande des Lagers, lediglich begleitet von einem Tentakelkrieger. Die Invasoren schienen sich ihrer Sache ausgesprochen sicher zu sein. Rahel fixierte die Gefangenen durch ihren Helm und aktivierte die Vergrößerung. Die Leute sahen erschöpft aus, ja, aber das hatte wohl keine körperlichen Ursachen. Alle wirkten wohlgenährt, und sie trugen eine einheitliche Kleidung, die aus grob geschnittenen Plastikfasern hergestellt schien. Spuren von Gewalttätigkeit oder etwas anderem konnte Tooma nicht erkennen. Keine Wunden, nicht einmal Abschürfungen. Soweit schienen die Tentakelkrieger ihre Gefangenen ordentlich behandelt zu haben.

Aber ihr wurde rasch klar, dass der erste Eindruck täuschte. Als sie sich die Gesichter der Männer und Frauen ansah, wurde deutlich, dass das, was sie für Erschöpfung gehalten hatte, in Wirklichkeit etwas ganz anderes war. Die Menschen wirkten eher betäubt, wie unter Drogen. Ihre Blicke waren glasig, ihre Bewegungen schleppend, sie sahen selten auf, sprachen nicht, und in ihren Gesichtern lag weniger Mutlosigkeit als … im Grunde gar nichts.

Leere.

Die Invasoren hatten die Gefangenen, wohl um sie gefügig zu machen, unter Drogen gesetzt. Kein Wunder, dass ihrer Ansicht nach ein Tentakelkrieger völlig ausreichend war, um die Kolonne zu bewachen. Von diesen Menschen würde niemand auszubrechen oder sich gar aufzulehnen versuchen, denn sie waren in diesem Zustand nicht mehr als biologische Roboter, die den Befehlen ihrer neuen Herren widerstandslos Folge leisteten. Tooma bemühte sich um Selbstbeherrschung, als sie die Kolonne langsam zu dem großen, zeltähnlichen Hauptgebäude traben und darin verschwinden sah. Ihre Neugierde wuchs parallel zu ihrem Entsetzen. Sie wollte unbedingt erfahren, was sich darin abspielte. Von ihrem jetzigen Standpunkt aus konnte sie nichts erkennen. Aber vielleicht stellte sich das Bild von einer anderen Warte aus aufschlussreicher dar. Es wurde Zeit, den Standort zu wechseln.

Tooma beschloss, das Lager im Uhrzeigersinn zu umkreisen. Sie kam nur langsam voran, da sie jederzeit mit ausschwärmenden Patrouillen rechnen musste. Wie sich rasch zeigte, waren die Sicherheitsmaßnahmen der Tentakelkrieger eher oberflächlich. Sie wurde Zeugin, wie zwei weitere Trupps aufbrachen, um sich in der Gegend umzusehen. Das war auch kaum zu übersehen, denn sie machten ein großes Aufheben darum, krachten durch das Unterholz und verständigten sich mit einer hellen, zwitschernden Sprache, die unangenehm in ihren Ohren nachhallte.

Nach einer weiteren Stunde hatte sie den Stützpunkt soweit umrundet, dass sie aus einem vorher nicht einsehbaren Winkel auf das zeltähnliche Bauwerk sehen konnte. Zu ihrer Zufriedenheit war die andere Seite fast vollständig transparent. Es war interessanterweise die Seite des Gebäudes, die derzeit der langsam untergehenden Sonne zugewandt war. Als sich Tooma in Position gebracht und wieder ihren Helm für eine genauere Beobachtung justiert hatte, erkannte sie auch sofort, warum das so war.

Das hallenähnliche Zelt war nichts anderes als eine Art Treibhaus. Rahel erkannte Reihen von Pflanzen, Schößlingen gleich, die sorgsam nebeneinander platziert in Behältern standen und sie entfernt an kleine Tentakelkrieger erinnerten. In der Tat war diese Entdeckung im Grunde nur eine Bestätigung ihrer bisherigen These, dass die Tentakelkrieger pflanzlichen Ursprungs waren. Viele Theoretiker, die sich mit der Möglichkeit außerirdischen Lebens befasst hatten, waren zu dem Schluss gekommen, dass unter gewissen Bedingungen eine Evolution pflanzlichen Lebens zu Intelligenz und Bewusstsein nicht ausgeschlossen war. Rahel hatte diesen Betrachtungen nie sonderlich viel Aufmerksamkeit geschenkt, wurde aber jetzt spontan an sie erinnert.

»Ein Fest für Vegetarier«, dachte sie sarkastisch.

Sie blinzelte.

Das *konnte* nicht sein.

Sie justierte erneut den Helm, vergrößerte die Schärfenregelung und die Vergrößerung. Plötzlich schnürte ihr etwas den Hals zu, ihr Puls beschleunigte sich und eine abrupte Übelkeit kroch aus ihren Eingeweiden den Hals empor. Die Implantate kickten ein. Sie fühlte, wie die Drogen in ihren Kreislauf fluteten.

Rahel würgte, kämpfte um ihre Selbstbeherrschung. Sie schluckte Galle und hustete unterdrückt, versuchte alles, um den Brechreiz zu unterdrücken. Weitere Drogen wurden ausgeschüttet, dimmten das Unwohlsein, brachten kühle Klarheit, kalte Wut ...

Die Behälter ...

Die Behälter, in denen die Tentakelschößlinge saßen ...

Es waren menschliche Schädel.

Rahel blinzelte, um die Tränen aus den Augenlidern zu bekommen. Sie sah, wie die Kolonne der Gefangenen, bereits um einige ihrer Mitglieder reduziert, in einer Reihe stand und sich einer nach dem anderen in vorbereitete Löcher in der Erde hinab ließen. Mit immer größer werdender Übelkeit betrachtete Rahel, wie ein Tentakel – der etwas kleiner und schmächtiger war als seine kriegerischen Artgenossen – mit einer offenbar aus Monofibern bestehende Schneidevorrichtung den oberen Teil des Schädels entfernte, so dass die Gehirnschale zum Vorschein kam. Die meisten Menschen waren, so musste Rahel zu ihrem verzweifelten Entsetzen feststellen, zu diesem Zeitpunkt noch am Leben, wenngleich die Drogen, unter denen sie standen, sie vor einer panischen Reaktion offenbar bewahrten.

Dann, mit einem scharfen Ruck, durchstieß der schmächtige Tentakel mit den Wurzeln eines Schößlings die Gehirnschale und drückte ihn in die graue Gehirnmasse. Diese platzte auf, Blut spritzte zur Seite, Gehirnmasse wie das Fruchtfleisch einer Orange. Die Pflanze richtete sich sofort darin auf und schien auf exakt den Humus gestoßen zu sein, den sie benötigte, um zu gedeihen.

Und dann der nächste Gefangene.

Und der nächste.

Bis sie irgendwann alle nicht mehr waren als lebendiger Dünger für neue Tentakelkrieger.

Rahel öffnete flugs die Helmscheibe. Alle Vorsicht war vergessen. Die Drogen hatten den Kampf verloren. Sie erbrach sich mit heftigem Würgen in das Unterholz, wieder und wieder. Als sie nur noch Magensäure hervorpressen konnte, drehte sie sich auf den Rücken, hielt ihren Bauch und versuchte, das Zittern, das ihren ganzen Körper erfasst hatte, zu unterdrücken. Wieder pressten die Implantate Pharmaka in ihren Kreislauf. Das Zittern nahm schnell ab. So blieb sie einige Augenblicke liegen, ihr Bewusstsein gefangen in einem Nebel aus Abscheu, Mitleid und brennendem Hass. Vor ihrem geistigen Auge tauchte das Bild einer gefangenen Nedashde auf, ihrer Schädeldecke beraubt, mit leerem Blick vor sich hin starrend, dann zuckte sie etwas zusammen, als ihr der Schmächtige eine Wurzel durch die Gehirnschale drückte und ...

Erneut erfüllte krampfhaftes Würgen Rahels Körper.

So etwas durfte niemals geschehen. Eher würde sie sich und alle anderen töten, als dass sie sie diesem Schicksal überlassen würde.

Es dauerte einige weitere Momente, bis die professionelle Ader in Rahel wieder die Kontrolle über den Körper errungen hatte. In ihre Drüsen implantierte winzige Hormondepots entließen Botenstoffe, die erneut die Krämpfe linderten und ihren Blick klärten. Gewollt oder nicht, begann sich ihr Verstand wieder zu schärfen. Der brennende Hass, den sie fühlte, blieb bestehen.

Sie drehte sich auf den Bauch, dann schloss sie den Helm wieder.

Sie aktivierte die Funkverbindung. Es war eine streng abgeschirmte militärische Verbindung, aber Geheimhaltung war Marechal Tooma in diesem Augenblick ohnehin nicht allzu wichtig.

»Dolcan!«, wisperte sie in das Kehlkopfmikro.

»Marechal?«, kam die Antwort fast unmittelbar. Der Mann war auf seinem Posten.

»Starten Sie den Executor. Peilen Sie meine Position an. Machen Sie die Waffen scharf. Gabeln Sie mich auf. Es gibt einiges zu tun.«

»Was ...«

»Keine Fragen. Führen Sie meine Befehle aus!«

Etwas in Toomas Stimme ließ Dolcan unvermittelt verstummen. Er brachte nicht einmal mehr eine Bestätigung hervor und unterbrach die Verbindung.

»Du wirst es früh genug sehen«, murmelte Rahel Tooma und zwang sich, mit brennenden Augen auf das menschliche Treibhaus zu starren. Sie legte die Maschinenpistole an. Ein ausklappbares Schulterstück und eine elektronische Verbindung zu ihrem Helm ließ sie die sonst eher auf Streuwirkung ausgerichtete Waffe in ein Gewehr für Scharfschützen verwandeln. Die Reichweite war mehr als ausreichend.

Sie wartete einen Augenblick, bis sie das Singen des heran nahenden Executors vernahm und die ersten Tentakelkrieger aufgeregt aus den Gebäuden rannten. Dann nahm sie den ersten der Krieger in dem Gewächshaus ins Visier und drückte ab.

»Lieutenant Haark?«

Es war die Tatsache, dass man ihn nicht mit »Capitaine« ansprach, die Haark schließlich aus seiner Umnebelung riss. Sein Zustand, irgendwo zwischen Schlaf und Bewusstlosigkeit, hatte eine für ihn unbestimmbare Zeitspanne gedauert, seit Beck ihn in der Kapsel sediert hatte. Ruhelosigkeit hatte den ehemaligen Kommandeur der *Malu* erfasst, als die Kapseln durch das Weltall getrieben waren. Er war da sicher nicht der Einzige. Ungewissheit musste alle Geretteten mit dunklen Gedanken erfüllt haben. Haarks Verletzungen waren einzeln betrachtet nicht lebensbedrohlich, doch ihre Vielzahl forderte ihren Tribut. Schließlich hatte Beck es geschafft, seinen Vorgesetzten dazu zu überreden, sich endgültig niederzulegen und die Koordination der Kapseln ihm zu überlassen. Viel war ohnehin nicht zu tun, denn bald war die Funkverbindung abgebrochen. Als Haark dann immer noch nicht ruhen konnte, hatte ihm sein Erster Offizier erneut ein starkes Schlafmittel verabreicht.

Vor Haarks Augen schälte sich ein Bild heraus.

Diffuse Lichterscheinungen wurden zu Neonleuchten, schwarze Flecken zu einem einzigen, und der entwickelte sich zu einem Gesicht von ebenholzfarbener, tiefschwarzer Farbe. Er erinnerte sich, den Namen zu diesem Gesicht einmal gekannt zu haben, doch entglitt ihm seine Erinnerung, sobald er sie zu fassen trachtete.

»Hören Sie mich?«

Eine sonore, sehr tiefe Stimme. Vertrauenerweckend. Entfernt bekannt.

»Ja«, brachte Haark krächzend hervor und spürte plötzlich, wie trocken sein Gaumen war. Jemand führte einen Becher mit Flüssigkeit an seine Lippen und er begann automatisch zu trinken. Es war Wasser mit einem seltsamen Aroma, wahrscheinlich durchsetzt mit einem Stärkungsmittel. Sofort fühlte er sich besser. Sein Gegenüber hatte höflich gewartet, bis er getrunken hatte, ehe er sich wieder an Haark wandte. Dieser lag in einem Krankenbett und seine Umgebung gehörte zweifellos zu einem Schiffslazarett. Er war offenbar gerettet worden.

»Ich bin Capitaine Jaime Okefori vom Schweren Träger *Colonel Chelsea Charms*. Ich begrüße Sie an Bord meines Schiffes«, sagte der Mann nun und schenkte Haark dabei ein freundliches und durchaus offenes Lächeln. Jetzt erinnerte sich auch Haark wieder an den Namen und nickte schwach. Er rang sich eine Antwort ab.

»Danke. Meine Mannschaft?«

»Wir haben alle Rettungskapseln aus dem All gefischt. Ihre Männer sind erschöpft, aber wohlauf. Ihre Kapsel war bereits etwas abseits, aber Ihr XO hatte bis zum Schluss Positionsangaben gesendet und so haben unsere Scanner sie beide aufspüren können. Dauerte nur unwesentlich länger.«

Erleichtert entspannte sich Haark in seinen Kissen. Dann ruckte er sofort wieder hoch.

»Der Feind!«

Okefori hob abwehrend die Hände und sein Lächeln erstarb.

»Wir sind bereits wieder auf dem Rückflug nach Ambius. Die gegnerische Flotte hat Kurs auf Arbedian genommen. Ich kann mit der CCC nichts gegen diese Übermacht ausrichten.«

Bedauern und eine Spur Verbitterung schwangen in der Stimme Okeforis und Haark ahnte, wie sich der Mann fühlte.

»Das Sektorkommando kennt unsere Situation?«

»Deswegen bin ich ja hier. Kurz nachdem wir in das System gesprungen sind, begegneten wir einem Liner der Prosperity-Linie und bekamen einen direkten Datendownload von dessen Kommandanten. Der Liner ist übrigens mit all seinen Flüchtlingen bereits vor vielen Stunden sicher und wohlbehalten im Ambius-System eingetroffen. Wir werden in wenigen Minuten den Sprung durch die Brücke machen. Danach wird sich die Brückenstation selbst zerstören. Wir können nicht riskieren, dass der Feind diesen bequemen Weg nutzt, um uns zu folgen.«

Haark wusste, was dies auch noch bedeutete. Innerhalb weniger Tage würde die Einstein-Rosen-Brücke nach Arbedian instabil werden und schließlich zusammenbrechen. Ehe man keine neue Brücke errichtete, würde das System von der Irdischen Sphäre abgeschnitten bleiben. Die Bewohner des Planeten waren ganz und gar auf sich allein gestellt.

Immerhin, die Flüchtlinge hatten es geschafft.

»Wir haben von Ihrem Ersten eine genaue Schilderung der Vorgänge bekommen und auch die Dauersendung Ihrer Telemetrie bis zur letzten Sekunde aufgezeichnet.« Okefori hielt inne. »Ohne den Einsatz der *Malu* hätte es der Liner wahrscheinlich nicht geschafft. Ich weiß in etwa, wer Sie sind, Haark, und warum man Sie nie befördert und dazu noch auf einen Kahn wie das alte Torpedoboot gesetzt hat. Aber Sie waren zur richtigen Zeit am richtigen Ort und haben getan, was ich achtzig Prozent des Offizierskorps der Sphärenflotte niemals zutrauen würde. Ich weiß nicht, was die Admiralität dazu sagen wird, aber ich erlaube mir, meine Anerkennung und Hochachtung auszusprechen.«

Ein unerwartetes, lange vermisstes Gefühl der Wärme durchflutete Haarks geschundenen Körper und er rang sich ein Lächeln ab. Er konnte sich gut vorstellen, wie Admiral Sikorsky fluchen würde, sobald er den Bericht über seine Taten vorgelegt bekam.

Seine Reaktion würde bei weitem weniger aufrichtig und sympathisierend ausfallen wie die Okeforis.

»Ich spreche hier sicher auch für Commandant Hogan, so, wie ich ihn einschätze. Weiter reichen meine Vorhersagen aber nicht.«

Okefori lächelte wieder, diesmal entschuldigend. Sie brauchten nicht weiter ins Detail gehen. Beide Männer wussten, in was für einen Schlangenhaufen sich die Flotte in den letzten Jahrzehnten verwandelt hatte.

»Wie geht es mir?«, fragte Haark schließlich.

»Soweit ganz gut, hat mir der Chefarzt gesagt. Er hat geflickt, was zu flicken war und Sie erstmal mit schmerzstillenden Mitteln vollgepumpt, denn gerade die Vakuumverbrennungen, die Sie erlitten haben, werden noch eine Weile höllisch weh tun. Aber so wie ich das sehe, hat es Sie von allen Besatzungsmitgliedern Ihres Schiffes am schwersten erwischt. Übrigens wollten alle bereits zu Besuch kommen, und nur unser gestrenger Chefarzt hat die Invasion bisher unter Kontrolle halten können.«

Das Gefühl der Wärme in Haark verstärkte sich. Er genoss es, ohne es allzu deutlich zu zeigen.

»Ich würde gerne Commandant Hogan persönlich berichten, wenn wir im Ambius-System eingetroffen sind«, bat er.

Okefori nickte. »Das ist selbstverständlich. Hogan hat Systemalarm ausgelöst. Was ich zuletzt hörte, war, dass die Aliens nicht nur in Arbedian zugeschlagen haben.«

Haark richtete sich gerade auf. Die schmerzstillenden Mittel dämpften die körperliche Reaktion, taten aber nichts gegen die fast unmittelbare Schwäche, die ihn erfasste. Er kniff die Augen zusammen.

»Eine breitflächige Invasion? Ein abgestimmter Angriff auf mehrere Randsysteme?«

Okefori drückte ihn sanft in die Kissen zurück.

»Danach sieht es zurzeit wenigstens aus. Der Commandant wird Sie auf den aktuellen Stand bringen können und ich sehe, welche Downloads nach dem Sprung auf uns warten. Ich erwarte Sie dann auf der Brücke, bis es soweit ist.«

Okefori nickte Haark noch einmal zu und erhob sich. Hinter dem zugezogenen Vorhang, der das Bett des Verletzten umgab, wartete bereits eine weitere Gestalt. Der Kommandant der CCC wandte sich ab und machte Beck Platz, der sich neben das Bett setzte.

»Capitaine …«

»Das bin ich nun wirklich nicht mehr.«

Beck verzog die Lippen zu einem freudlosen Lächeln.

»Leider, ja.«

»Jonathan würde mich freuen. Ist einfacher als irgendeinen doch eher peinlichen Dienstgrad zu nennen.«

Beck blieb für einen Augenblick stumm. Haark hatte ihm im Verlauf ihres gemeinsamen Dienstes mehrmals einen vertraulicheren Umgang im Privaten angeboten, doch der XO hatte durchgehend auf Förmlichkeiten bestanden. Er hatte immer gesagt, dass Hierarchie sonst nicht richtig funktionieren würde. Eine etwas seltsame Einstellung auf einem Schiff wie der *Malu*, auf der jeder einfache Crewman sich in Gegenwart eines Vorgesetzten ostentativ im Schritt gekratzt hatte.

»Nun ...«, brach Beck die Stille und räusperte sich. »Jonathan. Ich ... meine Freunde nannten mich immer nur Jo. Nicht, dass man uns verwechselt.«

Haark grinste.

»Man wird dich niemals mit mir verwechseln.«

Beck gab das Grinsen zurück und nickte.

»Dafür, dass wir so unterschiedlich sind, haben wir die Jahre gut zusammen gearbeitet. Das wird aber wohl jetzt ein Ende haben.«

Haarks Gesichtsausdruck verdüsterte sich. Was das Ende der *Malu* für seine – und Becks – Karriere bedeuten würde, darüber hatte er sich im Grunde noch keine richtigen Gedanken gemacht. Doch realistisch betrachtet konnte jetzt alles passieren: Ihre Rehabilitierung genauso wie eine weitere, hasserfüllte Reaktion des Oberkommandierenden.

»Sollte ich ein neues Kommando bekommen, werde ich dich gerne anfordern«, sagte Haark heiser.

»Das ist sehr freundlich von dir, aber dafür muss es erst einmal ein neues Kommando geben. Sikorsky wird große Probleme damit haben, einen Helden an seiner Brust zu nähren. Das Beste, was dir passieren kann, ist eine Abschiedsbeförderung zum Capitaine, ein Orden und der Ruhestand.«

Haark schüttelte den Kopf.

»Zu jedem anderen Zeitpunkt vielleicht, aber nicht in dieser Situation. Sikorsky hasst mich, aber er ist kein Trottel. Er weiß, dass er für einen Krieg jeden Mann benötigt, und das schließt uns beide ein.«

»Sikorsky muss wohl erst einmal davon überzeugt werden, dass es einen Krieg gibt.«

Wieder herrschte für einen Moment Stille. Haark wusste nicht, was er noch sagen wollte, doch dann fiel ihm die Frage ein, zu der er bisher keine Antwort erhalten hatte.

»Jo, warum musstest du auf der *Malu* versauern?«

Die Frage war unvermittelt und für Beck unerwartet gekommen, das zeigte sich an seinem Mienenspiel. Nicht, dass Haark dies nicht bereits vorher gefragt hätte. Aus den Personalakten war nichts zu entnehmen gewesen. Aber Beck hatte sich nie dazu durchringen können, den Schleier über seiner Vergangenheit zu lüften. Auch jetzt schien er mit sich zu ringen, ehe er schließlich antwortete.

»Ich bin ein Mörder.«

Stille folgte dieser Enthüllung. Haark fühlte, dass sie ihn weitgehend kalt ließ, was er seiner allgemeinen Abstumpfung zuschrieb. Oder auch der Tatsache, dass der Beck, den er kannte, alles andere als ein typischer Mörder für ihn war und das nur die halbe Wahrheit sein konnte.

Beck seufzte. »Als ich die Akademie verlassen hatte, wurde ich aufgrund meiner guten Abschlussnoten für eine erste Dienstzeit im Flottenhauptquartier eingesetzt. Ich war für den taktischen Aufbaukurs vorgesehen und sollte ich mich bewähren, dann auch für den Stabsdienst. Es sah alles ausgesprochen rosig aus und ich war mit Eifer bei der Sache. Den Kolonialkrieg habe ich damals gar nicht richtig mitbekommen, denn ich war fast ausschließlich mit theoretischen Langzeitstudien befasst. Einer der Kameraden, mit denen ich besonders eng zusammengearbeitet habe, war Lieutenant José Carillo. Der Name Carillo sagt dir etwas?«

»Selbstverständlich.«

Von den rund zwanzig Familienclans, die das interstellare Handelsgeschäft kontrollierten, gehörten die Carillos zu den größten fünf. Es gab immer einen Carillo im Direktorium der Sphäre und es gab immer einen Carillo im Admiralsstab. Die Familie sorgte auch dafür, dass natürliche Auslese daran nichts änderte und schickte ausgewählte Sprösslinge ihres Clans in die Flotte, um dort Karriere zu machen. Carillos machten immer Karriere, auch dann, wenn sie eigentlich für eine solche nicht qualifiziert waren.

»José Carillo war zwar ein typischer Spross seiner Familie, aber auch ein recht talentierter Offizier mit einem Auge für taktische Zusammenhänge. Ich bin mir sicher, er hätte seinen Weg auch ohne die Protektion durch seine Verwandten gemacht, aber es ist erst gar nicht dazu gekommen. Ich hatte zu ihm ein locker-freundschaftliches Verhältnis, wie es eben so sein kann zwischen einem normalen Jungoffizier und einem Vertreter einer der großen Familien. Wahrscheinlich hätte mir eine solche Freundschaft später sogar genützt, aber soweit ist es gar nicht gekommen. Carillo hatte eine wesentliche Schwäche … nein, eigentlich derer zwei: Die Karten und den Alkohol. Er war spielsüchtig und verbrachte seine freie Zeit überwiegend in Casinos und Bars, spielte überall mit, wo man ihn reinließ – und man ließ ihn überall rein, denn Geld hatte er mehr als genug und da er ein bemerkenswert schlechter Spieler war, wurde er auch viel davon los. Das machte ihn in einschlägigen Kreisen sehr attraktiv. Er verlor aber nicht gerne. Wenn er verlor, begann er zu trinken. Er vertrug aber nicht viel. Während ich, wenn ich betrunken bin, schlicht furchtbar lethargisch und müde werde, wurde José wütend, aufbrausend und unkontrollierbar.«

Beck hielt inne und schaute gedankenverloren gegen die Wand. Die Erinnerungen schienen noch sehr frisch zu sein und je mehr er zum Kern der Geschichte kam, desto mehr schien es ihn mitzunehmen.

Er räusperte sich mehrmals, sah wieder Haark an, der sich bemühte, seine Neugierde nicht allzu offensichtlich zu zeigen, und fuhr fort. »Eines Morgens erschien José volltrunken zum Dienst. Er hatte die Nacht durchgespielt und ein Vermögen verloren. Seine Wut war groß und er war völlig unberechenbar. Als ein Fähnrich daher kam und ihm seine Berechnungen zeigte, warf José nur einen Blick drauf, befand sie für schlecht und bekam einen Tobsuchtsanfall. Der Fähnrich fühlte sich ungerecht behandelt und begann, seine Ergebnisse zu verteidigen. Ich habe sie mir anschließend angeschaut und er hatte Recht, an seiner Arbeit war absolut nichts auszusetzen gewesen. Wäre José nüchtern gewesen, hätte er das ebenso erkannt, aber er war offenbar auf der Suche nach einem Ventil für seine aufgestaute Wut. Und da kam ihm der Fähnrich gerade recht.«

Beck musste sich wieder räuspern, da sich seine Stimme belegt hatte. Er schien aber jetzt entschlossen, die Geschichte bis zu ihrem Ende zu erzählen.

»Die Gegenrede des Fähnrichs führte dazu, dass José völlig außer Kontrolle geriet. Ich weiß nicht, warum er eine Waffe bei sich führte, aber hatte plötzlich einen Bolter in der Hand und fuchtelte damit herum. Er würde jeden Moment abdrücken, das war mir klar. Ich griff ein und verwickelte mich mit ihm in ein Handgemenge. Carillo wehrte sich verbissen, während der Fähnrich die Militärpolizei rief. Die kamen aber zu spät …«

»Lass mich raten: Ein Schuss löste sich und Carillo wurde tödlich getroffen.«

Beck nickte.

»Aber das ist kein Mord. Es war eine Folge einer Notwehrhandlung.«

»Für die Familie Carillo war es Mord. Ich kam vor ein Militärgericht und man sprach mich frei, wie es eigentlich auch rechtens war. Die Carillos waren entsetzt und hatten nach meinem Kopf gerufen, aber die Rechtslage war einwandfrei und kein Militärrichter, auch kein korrupter, konnte gegen die überwältigenden Aussagen aller Zeugen sowie den offiziellen Bericht der Militärpolizei, die meine Version bestätigte, etwas ausrichten. Die Carillos beendeten ihr Geschrei, als der Militärrichter andeutete, dass bei einer Revision mein Anwalt die Hobbys Josés näher und im Detail beleuchten müsse, um mich weiter zu entlasten – das wollten sie natürlich nicht. Wer weiß, welche Leichen er sonst noch im Keller hatte.«

Haark nickte.

Die Story kam ihm entfernt bekannt vor.

Der Einfluss der Familien ins Militär überstieg jedes Maß und hatte bereits vor Jahren korrumptive Ausmaße angenommen. Dass manche Regeln und Verfahren weiterhin galten, war entweder dem glücklichen Zufall oder den wenigen aufrechten Funktionsträgern im System zu verdanken.

»Damit ist die Geschichte noch nicht vorbei, oder?«

»So ist es. Da man mir offiziell nichts ans Zeug flicken konnte, beschlossen die Carillos, mich inoffiziell fertig zu machen. Admiral Santos Carillo war zu jener Zeit Mitglied im Admiralsstab und er hatte wohl noch ein paar alte Gefallen, die man ihm schuldig war. Jedenfalls wurde ich noch zum Lieutenant befördert, doch als etwas Gras über die Sache gewachsen war, begann Carillo systematisch, meine Karriere zu torpedieren.«

»Und so bist du mit den anderen Versagern auf der *Malu* gelandet.«

Beck nickte und verzog sein Gesicht.

»Ich möchte aber ausdrücklich sagen, dass ich nach anfänglichem Schock über das Schiff mehr und mehr zu der Erkenntnis kam, dass es zur Beurteilung des individuellen Versagens eines jeden Besatzungsmitgliedes der *Malu* zumindest immer zwei Ansichten gab. Und ich bin nicht der Auffassung, dass das Schiff voller Abschaum steckte, wie es die Admiralität gerne gehabt hätte. Immerhin hat die *Malu* 40.000 Seelen gerettet. Das schaffen Versager nicht.«

Er hielt inne.

»Das ist die Tat von Helden, Jonathan. Und ich bin verdammt stolz, dazu zu gehören. Egal, was sich Sikorsky ausdenkt, das kann er uns nicht nehmen.«

Das Gefühl von Wärme und Freundschaft, das Haarks Bauch durchströmte, ließ ihn lächeln und etwas nach Worten suchen. Ehe ihm eine passende Entgegnung eingefallen war, hatte sich Beck bereits erhoben, eine Hand auf die Schulter seines ehemaligen Kommandanten gelegt und sagte: »Ruhe dich aus. Wir machen gleich den Transfer und dann ist es aus mit der Ruhe. Hogan wird bereits auf uns warten und der Kampf hat gerade erst begonnen.«

Damit wandte er sich ab und ließ Haark mit seinen Gedanken allein.

Es knirschte und krachte, als Dolcan den Executor durch die Baumkronen drückte. Ein helles Flackern entzündete sich am Bug des Kampfgleiters, als der Pilot die auf Autofeuer geschaltete Gatling auf die beiden Tentakelgruppen abfeuerte, die sich mit heftig wedelnden Gliedmaßen auf den Standort Toomas zu bewegten. Der Polizist hatte nicht lange gefragt und die Schrapnellmunition geladen. Der Effekt auf die hereinstürmenden Tentakelkrieger war beachtlich. Trotz ihrer guten natürlichen Körperpanzerung schredderte die hin und her schwenkende Gatling die Leiber der Aliens mit stoischer Gelassenheit. Tooma war aufgesprungen und auf den Executor zugelaufen. Dolcan hatte die hintere Luke geöffnet und die Rampe halb ausgefahren, Tooma sprang hoch, zog sich auf die Rampe, rollte in den Gleiter und schrie: »Drin! Zu!«

Die Rampe fuhr hoch. Tooma erhob sich, sprang nach vorne und flog in den Sitz des Waffenoffiziers. Mit ruhigen, effizienten Bewegungen justierte sie die Kontrollen. Das relativ ungenaue Autofeuer verwandelte sich unter ihrer Führung in das zielgerichtete Gemetzel einer Expertin.

»Nordwest, sieben Grad, langsame Fahrt«, stieß Tooma hervor. Es sprach für Dolcan, dass er nicht diskutierte, sondern gehorchte. Der Executor glitt nach vorne. Seine scharfkantigen Stummelflügel durchschnitten die mächtigen Baumstämme wie Butter. Geäst und Stämme krachten nieder, als der Kampfgleiter eine Schneise schlug, direkt auf die heranstürmenden Tentakelkrieger zu. Ein Schütteln durchfuhr das Fahrzeug, als die ersten Salven der Aliens auf die mehrfach gepanzerte Außenhülle einprasselten. Sie setzten keine schweren Waffen ein, hatten möglicherweise keine in diesem Lager.

Tooma schloss die Panzerblenden über den Frontfenstern und orientierte sich nur noch elektronisch. Ein Schalter kippte um. Aus dem hinteren Teil ertönte ein scharfes Klacken, als die automatische Munitionszuführung den Schachtkanal umstellte. Das verhaltene Summen der Plasmaboltkisten wurde lauter, als sie auf Betriebstemperatur hochgefahren wurden und ihre hochkonzentrierte, sonnenheiße Ladung in handlichen Stücken an die Mündung der Gatling führten. Die Sun Ray machte ihrem Namen nun alle Ehre, als gleißend helle Plasmabolzen in mehrfacher Schallgeschwindigkeit aus ihrer Mündung schossen und eine brennende Bahn der Vernichtung durch die Leiber der Tentakelkrieger schlugen. Die Aliens, ihre Körperwaffen in unmenschlicher Beharrlichkeit feuernd, hatten sich in großen Pulks versammelt, und wurden nun in diesen ein Opfer des konzentrierten Plasmas, das die Körper der Aliens zerschmolz, durchstieß, verbrannte. Wenn eine Garbe durch eine Gruppe fuhr, starben nicht nur jene, die direkt getroffen worden waren. Die entwickelte Sekundärhitze sorgte dafür, dass die Luft um die Aliens zu kochen begann und auch jene, die nicht getroffen wurden, begannen in der brennend heißen Atmosphäre förmlich zu sieden.

Es dauerte keine Minute, da war die Reihe der Angreifer beträchtlich gelichtet, mit zahlreichen zuckenden Tentakeln, die sich schwer verletzt am Boden wanden und keine Gefahr mehr für den Lexington darstellten.

»Vorwärts!«, befahl Tooma, immer noch ganz auf die Zielerfassung konzentriert. »Das große Gebäude.«

Der Executor glitt nach vorne auf die Lichtung, presste mit seinem Prallfeld auf dem Boden liegende Tentakelkrieger in das weiche Erdreich. Einige der Aliens feuerten in ihrer Agonie ihre Waffen auf den Gleiter ab, doch auch die Bodenpanzerung des Lexington war erheblich und konnte von den Individualwaffen nicht durchdrungen werden. Es gab nicht mehr als ein leichtes Schütteln.

Ein zweiter Schaltergriff. Erneut das scharfe Klacken aus dem hinteren Teil, das Summen der Bolzenkisten wurde leiser. Die panzerbrechenden Stahlmantelmunitionsketten wurden von der automatischen Zuführung arretiert und dann flackerten grüne Bereitschaftslichter über Toomas Panel.

»Gegner von West!«, meldete Dolcan, das erste Mal, dass er seit seiner Ankunft hier etwas sagte. Rahel nickte. Aus den seitlich gruppierten Gebäuden drangen weitere Tentakelkrieger, aber auch andere der Aliens, filigraner gebaut, an den »Gärtner« erinnernd, den Rahel durch das Okular beobachtet hatte. Sie presste die Zähne aufeinander. Den Tentakeln ging das Personal aus.

»Dreibein«, meldete Dolcan. Dann sah es Rahel auch. Zwei Tentakelkrieger wuchteten ein Dreibein in Stellung und begannen, ein bösartig aussehendes, silbern glänzendes Rohr darauf in Stellung zu bringen. Was die Körperwaffen nicht konnten, mochte diesem offenbar deutlich größeren Kaliber gelingen.

Die Sun Ray schwenkte in ihrer Lafette und bellte eine Salve Panzermunition hervor. Die Garbe durchschlug die Körper der Tentakelkrieger etwa in der Mitte und hinterließ nicht mehr als eine farbigfeuchte Masse Gulasch. Das Dreibein mit dem gerade darauf befestigten Rohr flog in Metallteilen durch die Gegend, die Splitter wurden durch Gebäudewände und in hohem Diskant kreischende Tentakel gestoppt.

»Overkill«, stieß Tooma mit tiefer Befriedigung hervor. Die Sun Ray fuhr wieder herum. Tooma ignorierte die immer noch heran eilenden Tentakel, so lange sie nicht erneut den Versuch unternahmen, schweres Gerät in Stellung zu bringen.

Durch das transparente Fenster des Gewächshauses starrten sie zwei Tentakelkrieger, der »Gärtner«, sowie, völlig blicklos und ohne sichtbare Emotion, die noch nicht den Pflanztöpfen zugeführten Menschen an. Tooma sah, wie die Tentakelkrieger die Menschen aus dem Haus trieben und der »Gärtner« hilflos mit seinen Gliedmaßen wackelte, als er merkte, dass er allein gelassen wurde.

Toomas Daumen presste sich auf den Auslöser. Die fünf rotierenden Läufe der Sun Ray stießen lange Garben der Stahlprojektile aus. Das Gebäude verging in einer Orgie zersplitternder Wände, und als die gepeinigten Menschen mit ihren geöffneten Schädeln unter dem zusammenbrechenden Dach begraben wurden, schaltete Tooma erneut auf Plasmabolzen und fing an, den Ort des Schreckens systematisch zu zerkochen. Erst als sich ein glühender Teich geschmolzener Erde gebildet hatte, rot schimmernd wie austretende Lava, hielt sie inne.

»Was ... war ging darin vor?«, stammelte Dolcan, weiß im Gesicht. Die elektronische Wiedergabe hatte nicht viel gezeigt, aber es hatte offenbar gereicht.

»Später. West, langsame Fahrt.«

Dolcan gehorchte. Der Lexington schwang herum, direkt auf die sich weiter versammelnden und vergeblich ihre Körperwaffen abfeuernden Tentakel zu.

»Sie ziehen sich zum Gefangenenhaus zurück«, beobachtete Rahel und markierte ein Gebäude.

»Wir müssen ...«

Es war zu spät. Rahel hatte diese Reaktion nicht erwartet, vor allem, da die Tentakelkrieger die Menschen aus dem Gewächshaus getrieben hatten, um der dort bevorstehenden Vernichtung zu entgehen. Offenbar war ihnen dieser menschliche Dünger durchaus wertvoll genug.

Doch jetzt marschierten drei Tentakelkrieger in das Gebäude und Rahel hatte ein ungutes Gefühl. Ihre Hand hieb auf den Schalter der Munitionszufuhr, und wieder jagten lange Garben Schrapnell durch die vor dem Haus versammelten Verteidiger und zerspritzte die Leiber wie Regen, der auf eine glatte Oberfläche auftraf. Es dauerte keine Minute, da hatte der Lexington die verbliebenen Tentakel ausgelöscht, bis auf einige der filigraneren Typen, die ihr Heil in der Flucht suchten; eine Entscheidung, die die Kriegerklasse offenbar nicht fällen konnte, denn von denen hatte sich bisher nicht einer freiwillig zurückgezogen.

Der Lexington machte auf Befehl Rahels einen Satz nach vorne. Tooma sprang auf, schlug mit der flachen Hand auf die Öffnung der Rampe und federte mit vorgehaltener Waffe ins Freie. Sie wirbelte um den Executor herum und wünschte sich für einen Augenblick, ihr altes Platoon bei sich zu haben.

Doch sie hatte nur sich alleine.

Sie stieg über glitschige Reste von zerfetzten Tentakelleibern und musste aufpassen, dass sie nicht ausrutschte. Ein Tentakelkrieger, den es weniger schlimm erwischt hatte, richtete sich plötzlich halb auf. Aus der Armbeuge feuerte Rahel eine Garbe in den heftig blutenden Leib des Aliens. Die Plasmabolzen ihres Sturmgewehrs tackerten über den geschändeten Körper und teilten ihn säuberlich in zwei Hälften. Rahel beachtete das Geschrei der sterbenden Kreatur nicht weiter und feuerte eine weitere Garbe auf die Tür des Gebäudes, dem sie sich jetzt bis auf wenige Meter genähert hatte. Das Schott schmolz unter dem feurigen Stakkato der Bolzen und Tooma watete, geschützt durch ihre Sturmrüstung, durch die glühenden Reste ins Innere.

Die drei Tentakelkrieger wandten sich ihr zu. Rahel erfasste die Situation mit einem Blick.

Die Leichenberge der von den Aliens niedergestreckten Gefangenen sprachen eine deutliche Sprache. Es war niemand mehr am Leben.

Bevor die Krieger ihre Körperwaffen gegen den neuen Feind wenden konnten, hatte sich Tooma bereits auf den Boden geworfen, war herumgerollt und hinter einer einfachen Pritsche zum Liegen gekommen. Dann flog bereits die Granate auf die Aliens zu, die dem Gegenstand mit stoischer Gelassenheit entgegen sahen. Sie begannen, ihre Körperwaffen auf die Pritsche abzufeuern und sie zu zerschreddern, als die Granate mitten unter ihnen detonierte. Es war hochkonzentriertes Napalm, das sowohl die Tentakel wie auch den hinter ihnen liegenden menschlichen Leichenberg in Sekundenbruchteilen in Asche verwandelte. Tooma presste den Helm auf den Boden, als der Feuersturm über sie hinwegbrauste. Ihre Rüstung hielt mehr aus als das, doch sie hatte den Sicherheitsabstand nur knapp eingehalten und fühlte, wie der Boden unweit von ihr zu kochen begonnen hatte.

Dann sprang sie auf, in exakt dem Moment, als die Nase des Lexington mit der im Leerlauf wirbelnden Sun Ray durch die Wand brach.

»Danke, Dolcan«, sagte Rahel, als sie sich erhob. »Wir sind hier fertig.«

Mit einem schabenden Geräusch glitten die Abdeckblenden von den Bugfenstern und erlaubten dem Polizisten einen Blick auf das Gemetzel, das hier angerichtet worden war. Er war kalkweiß und rang sichtlich um seine Fassung.

Tooma warf noch einen kurzen Blick in die Runde. Der kalte Zorn, der sie hierher getrieben hatte, machte allmählich einer tiefen Erschöpfung Platz. Das Adrenalin, das ihr Körper bisher ausgeschüttet hatte, ließ nach. Implantierte Drogendepots sorgten dafür, dass der Turkey nicht zu plötzlich und nicht zu radikal eintrat. Genauso, wie diese Drogen die Wirkung des Adrenalin unterstützt hatten, regulierten sie jetzt die Körperchemie, so dass Tooma langsam wieder entspannte. Winzige, genetisch an ihren Körper angepasste Drüsen begannen bereits, den Nachschub für die verausgabten Drogen zu produzieren. Tooma war eine wandelnde Pharmafabrik für den Eigenbedarf. Sie wusste, dass sie sehr bald sehr hungrig sein würde und eine bestimmte Diät einhalten musste, um den Implantatdrüsen die Produktion zu ermöglichen.

Das würde nicht mehr allzu lange gut gehen.

Viel von der dafür notwendigen Spezialnahrung hatte sie nicht mehr.

Tooma schleppte sich die Rampe hoch und ließ sich in den Sitz neben Dolcan fallen. Für eine Sekunde schloss sie die Augen und holte mehrmals stoßweise Luft.

»Wir müssen hier weg«, stellte der Polizist fest.

Tooma öffnete die Lider und versuchte, der Leere Herr zu werden, die sich in ihr auszubreiten begann. Der Turkey setzte ein.

»Ja, sehr schnell sogar. All das hier ...«, und Tooma umfasste die Szenerie mit einer Handbewegung, » ... war ein dummer Fehler.«

»Nein, Marechal. Ich habe genug gesehen, um zu verstehen, warum wir das tun mussten. Es war ... entsetzlich.«

Dolcan war immer noch kreidebleich im Gesicht. Tooma konnte sehen, wie es in ihm arbeitete. So etwas würde er auch in seiner Laufbahn als Polizist nie gesehen haben.

»Ich übernehme«, flüsterte sie und sah Dankbarkeit in den Augen des Mannes aufblitzen. Rahel wollte sich ablenken. Den Gleiter zu fliegen, stellte eine willkommene Ablenkung dar.

Momente später erhob sich der Executor wieder in die Luft. Der Ortungsschirm erwachte zum Leben. Zahlreiche Lufteinheiten waren auf dem Weg zum Stützpunkt. Und aus dem Orbit glitten zwei atmosphärentaugliche Raumschiffe oder Jäger heran. Es war in der Tat höchste Zeit, von hier zu verschwinden, und Tooma aktivierte alle Maßnahmen zum Ortungsschutz. Der Lexington war ohnehin schwer zu erfassen, da seine Außenhülle mit einem Belag überzogen war, der Radarstrahlen verschluckte. Aber dennoch waren die gut abgeschirmten Energieerzeuger irgendwann nicht mehr zu verbergen. Es war weise, jetzt schnell zu verschwinden, jedenfalls so schnell, dass die Toleranzwerte der Abschirmung durch die Energieentwicklung nicht überschritten wurden.

Für eine halbe Stunde herrschte gespannte Stille in dem Gleiter. Der Kurs führte sie sowohl vom Stützpunkt der Tentakel wie auch von der Fluchtfestung fort, damit bei einer eventuellen Verfolgung keine Rückschlüsse auf den Standort der Festung gezogen werden konnten. Aufmerksam beobachtete Tooma die Ortungsschirme, doch es schien, als seien die heran eilenden Fahrzeuge alle in der Nähe des Stützpunktes gelandet. Als sie schließlich wieder starteten, war der Gleiter bereits ein gutes Stück entfernt. Aus irgendeinem Grunde begannen die Tentakel nicht mit einer systematischen Suche, sondern schienen eher den Stützpunkt wieder aufbauen zu wollen, jedenfalls erschienen größere Fahrzeuge, die wie Lastengleiter aussahen. Offenbar waren die Verluste den Invasoren weitgehend egal, oder sie hatten schlicht wichtigeres zu tun. Nach einer weiteren Stunde war sich Tooma einigermaßen sicher, dass ihnen niemand auf den Fersen war. Sie wies Dolcan an, den Kurs zu ändern und zur Fluchtfestung zurückzukehren. Es galt zu entscheiden, was das Vorgehen der Invasoren für Konsequenzen für die Flüchtlinge hatte. Alles in Rahel brannte darauf, den Kampf gegen den Feind aufzunehmen, aber sie war klug genug, um zu erkennen, dass blinde Wut ein schlechter Ratgeber war. So abstoßend die Praktiken der Tentakel auch waren, jetzt musste auf die Sicherheit der kleinen Flüchtlingsgruppe besonderer Wert gelegt werden. Was sie in dem Lager gesehen hatte, stellte eindringlich dar, was passieren würde, wenn jemand lebend in die Hände der Aliens geriet. Im Grunde genommen war bereits der Angriff auf den Stützpunkt ein unkalkulierbares Risiko gewesen.

Dennoch fühlte sie sich besser. Oder auch nicht. Der immer noch in ihren Adern tobende Drogencocktail machte eine genaue Beschreibung ihres Gefühlslebens schwierig, wenn nicht unmöglich.

Der Flug verlief schweigend. Dolcan machte den einen oder anderen Ansatz, über das zu reden, was passiert war, aber bevor er ein Wort herausbringen konnte, warf er immer einen kurzen Blick auf Rahels Gesicht. Der Ausdruck darin, diese seltsame Mischung aus kalter Wut, Erschöpfung und Trauer, hielt ihn davon ab, mit dem Thema anzufangen, obgleich ihm vieles auf den Lippen brannte. Die Tatsache, dass die Invasoren offenbar bestrebt waren, jede Ressource zu nutzen – inklusive der gefangenen Menschen – ließ diese Aliens noch weitaus fremder erscheinen, als sie ohnehin schon waren. Darüber hinaus ergaben sich zusätzliche Fragen: War überhaupt so etwas wie eine sinnvolle Kommunikation denkbar? Würde man eine gemeinsame Grundlage für Verhandlungen oder auch nur den Austausch von Schmähungen finden? Bisher schien der Feind nicht kommuniziert zu haben, aber niemand konnte so genau wissen, ob die Flotte nicht doch Kontakt zum Gegner aufgenommen hatte. War dabei möglicherweise etwas gründlich schief gelaufen, so dass die Tentakel jetzt zu so brutalen Mitteln in ihrer Besetzung griffen? Dolcan konnte sich nichts vorstellen, was eine solche Reaktion gerechtfertigt hätte, aber er hatte sich auch die bloße Existenz intelligenter Außerirdischer nicht vorstellen können, so dass seine eigenen Begrenzungen nur wenig über die Realität dort draußen aussagten.

Er hätte sich gerne mit Tooma zu diesem Thema ausgetauscht, und sei es nur auf der Basis wilder Spekulationen, aber der Marechal war sichtlich nicht an einem Gespräch interessiert.

Als sie sich der Fluchtfestung näherten, reduzierte Dolcan die Geschwindigkeit. Es war Morgendämmerung, der Umweg, die Vorsicht des Flugplans, all das hatte dazu geführt, dass der Rückflug lange gedauert hatte.

Tooma hatte kein Auge zugemacht. Jetzt rieb sie sich über die Lider und blickte auf den Bildschirm vor ihr, der das Bild des Hangars zeigte.

Das war schlecht.

»Das Hangartor ist sperrangelweit offen«, murmelte Dolcan unbehaglich. »Haben sie unsere Ankunft bemerkt?«

»Selbst dann wäre es unverantwortlich. Die Tarnung des Tors funktioniert nur, wenn es geschlossen ist«, wandt Tooma ein. »Ich habe ausdrücklich angeordnet, dass es geschlossen bleiben soll, bis wir das vereinbarte Signal absetzen. Haben Sie es gesendet?«

»Nein, ich wollte damit warten, bis wir unmittelbar vor der Festung gelandet sind.«

Tooma nickte. Sie hatte von dem pflichtbewussten Mann auch nichts anderes erwartet.

»Dann ist es eine mechanische Fehlfunktion«, mutmaßte der Pilot nun. Aus dem Unbehagen in seiner Stimme war Furcht geworden.

»Möglich, aber nicht wahrscheinlich«, sagte Tooma leise. »Wir landen. Aber nicht im Hangar. Auf der Felszunge davor. Ich möchte, dass der Executor startbereit außerhalb der Festung bleibt.«

»Sie denken doch nicht ...«

»Landen!«

Dolcan verstummte. Der Executor setzte sanft auf, trotz der krampfhaft um den Steuerknüppel gefalteten Hände des Piloten. Kommentarlos öffnete Tooma die Rampe und bedeutete Dolcan, an seinem Platz zu bleiben.

Bereits als sie den ersten Schritt in den Hangar trat, erkannte sie die Spuren des Kampfes. Die eingestanzt wirkenden Löcher in den Metallwänden des Raumes wiesen auf die Körperwaffen der Tentakel hin.

Ihre Kehle schnürte sich zu.

Der Feind war hier gewesen!

Zwei Schritte in das Innere der Station lag die erste Leiche, das perforierte Überbleibsel eines Mannes, eine Hand um den Schaft des Jagdgewehrs geklammert. Sein Körper war übersät mit blühenden Tentakelsporen, die sich in seinem Leib bereits ausgebreitet hatten und ihn als Nährboden verwendeten. Tooma schritt vorsichtig über den Leichnam hinweg, das Sturmgewehr schussbereit.

Sie ging weiter und erwartete das Schlimmste.

Weitere Kampfspuren begleiteten ihren Weg. Weitere Leichen lagen in den Korridoren. Tooma traf auf eine behelfsmäßige Barriere, dahinter Diliberto in verrenkter Haltung, an seiner Seite drei Männer und zwei Frauen, alle noch mit den Waffen in der Hand. Hier lagen auch erstmals zwei Tentakelkrieger, oder eher das, was das Wirkungsfeuer in dem engen Gang von ihnen übrig gelassen hatte.

Rahel erfüllte eine seltsame Ruhe, als sie über die Barrikade stieg und weiter in die Station vordrang.

Sie begann, die Festung systematischer zu durchsuchen. In fast jedem Raum fand sie Tote, oft genug hinter provisorischen Deckungen. Die Flüchtlinge hatten ihr Leben so teuer wie möglich verkauft, daran konnte kein Zweifel bestehen. Gefallene Tentakelkrieger wurden häufiger sichtbar, je tiefer Rahel in die Festung eindrang. Schließlich erreichte sie einen weiteren Lagerraum, und hier schienen die restlichen Flüchtlinge so etwas wie eine letzte Verteidigungslinie aufgebaut zu haben.

Tooma schluckte und musste husten, als der Speichel ausblieb und sich Trockenheit in ihrem Rachen ausbreitete. Der zerfetzte Leib von Erwald Tompkin lag ausgestreckt über dem seiner Frau. Er hatte sie zuletzt mit seinem eigenen Körper gedeckt, doch das gezielte Feuer der Tentakelwaffen hatte sie beide durchlöchert und offensichtlich gleichzeitig getötet. Das fahlgrüne Geflecht der Tentakelsporen hatte in dem massiven Körper des Farmers reichhaltigen Nährboden gefunden und sich ebenfalls bereits gut ausgebreitet. Tooma hob das Sturmgewehr und feuerte zwei kurze Stöße von Plasmabolzen in die Leichname. Die Hitze in dem Gang stieg unmittelbar an, und von den Leibern der Gefallenen - zusammen mit dem Ehepaar Tompkin noch zwei Erwachsene - blieb nicht mehr als eine blasenwerfende organische Masse, die sich dampfend zu verflüchtigen begann.

Tooma stieg darüber hinweg. Sie hatte akribisch genau die Leichen gezählt und sie, unabhängig von der Grauenhaftigkeit ihres Zustandes, genau betrachtet. Sie hatte ausschließlich Erwachsene gezählt, und bis auf zwei Personen waren alle in der Festung verbliebenen Männer und Frauen dem Tentakelangriff zum Opfer gefallen.

Die einzigen beiden Zurückgebliebenen, die Tooma noch nicht gefunden hatte, waren Nedashde und Alwa.

Und die Kinder.

Keines der Kinder war unter den Toten gewesen.

Rahel ließ die letzte Barrikade hinter sich und drang in den großen Lagerraum der Festung vor. Er war verwüstet, die Vorräte in blindwütigem Zorn vernichtet, kein Regal stand mehr, kein Behälter, dessen Inhalt nicht über den Boden verteilt und zerstampft worden war.

Tooma hielt einen Moment inne und schloss die Augen.

Stille kehrte ein. Dann hörte sie das leise, kratzende Geräusch und etwas, das wie ein unterdrücktes Murmeln klang.

Rahel öffnete die Augen und lächelte.

Hinter dem Lagerraum, verbunden durch eine getarnte Tür, gab es einen zweiten Raum, ein letzter, geheimer Zufluchtsort, den die Festungserbauer eingerichtet hatten. Es war einer der ersten Räume, auf die Li die Neuankömmlinge hingewiesen hatte.

Sie hockte sich vor die entsprechende Stelle an der Wand, nachdem sie umgestürzte Regale fort geschoben hatte.

»Ihr könnt aufmachen. Sie sind weg!«, sagte sie mit laut vernehmbarer Stimme. Es folgte ein Augenblick des Zögerns, dann ein weiteres kratzendes Geräusch, und mit einem Knirschen verschwand der Teil der Wand und gab den Weg in den benachbarten Fluchtraum frei. Rahel kroch hinein.

Es waren die Kinder. Die saßen verängstigt, mit verweinten Gesichtern an einer Wand, einige hielten einander umklammert. Alle waren bleich und wirkten unsagbar erschöpft. Die Teenager hatten Waffen in den Händen und einen seltsam erwachsenen Gesichtsausdruck, sie hielten die Mündungen auf Rahel gerichtet, als würde sie sich in jedem Augenblick in einen Tentakelkrieger verwandeln.

Obgleich ihr das Zittern der Hände, in denen die Waffen lagen, nicht entgangen war, bemühte sich Rahel, die Bedrohung zu ignorieren. Sie hockte sich hin und suchte den Blick des Ältesten. Es war Johan Tomass, 16 Jahre alt, ein gedrungener, für sein Alter sehr muskulöser Farmerssohn. Er trug das Jagdgewehr zwar auch mit Nervosität, aber es war gleichzeitig erkennbar, dass er mit der Waffe umzugehen verstand.

»Johan«, sagte Rahel ruhig. »Sie sind fort. Ich bin zurück. Wir sind hier nicht mehr sicher. Lasst uns in den Executor gehen.«

Der Junge kniff die Augen zusammen und nickte zögerlich. Dann räusperte er sich und sagte: »Wir müssen Alwa tragen!«

Er trat zur Seite. Hinter ihm, eingewickelt in einen blutdurchtränkten Verband, lag die Frau und atmete schwer. In der Linken hielt sie verkrampft eine Handfeuerwaffe, und die Art und Weise, wie sie versuchte, den Blick auf Rahel zu fokussieren, war für Tooma Hinweis genug.

»Danke, Johan. Ich erledige das. Du kennst den Weg zum Hangar?«

Der Junge nickte tapfer.

»Du wirst über Sektion II dorthin gehen.«

»Das ist ein Umweg.«

»Ja, ich weiß. Aber der direkte Weg ist … versperrt.«

Rahel wollte nicht, dass die Kinder allzu vielen Leichen über den Weg liefen.

»Dolcan erwartet euch«, sagte sie. »Es ist Platz für alle im Gleiter. Dort gibt es zu Essen und zu Trinken.«

»Und Munition?«, fragte ein schmächtiges Mädchen, vielleicht dreizehn Jahre alt.

Sie hielt ein mächtiges, doppelläufiges Schrotgewehr mit abgesägtem Lauf und sah aus wie eine frühreife Stadtterroristin aus dem Dritten Kolonialkrieg. In ihrem Blick lag ein dermaßen tiefer Hass, den Rahel noch nicht in den Augen eines Kindes erblickt hatte.

»Ja«, erwiderte sie leise und versuchte, nicht auf die abgesägte Flinte zu starren. »Und bessere Waffen als diese.«

Das Mädchen nickte und schien sich ein winziges Stück zu entspannen.

Johan bewies Führungsqualitäten, als er die Kinder – insgesamt 22 an der Zahl – in eine Kolonne organisierte und dann mit ihnen aufbrach.

Als der Raum leer war, beugte sich Rahel über Alwa.

Der Blick der Verletzten klärte sich, als sie Rahel erkannte.

»Zu spät, Marechal«, stieß sie hervor. »Sie kamen drei Stunden, nachdem Sie und Li aufgebrochen waren. Sie haben die Außenantenne der Festung sofort zerschmolzen, und danach den Hangar geöffnet und die beiden Gleiter zerstört. Alles war ein heilloses Durcheinander. Keine Ahnung, wie sie die Festung gefunden hatten, aber ich hatte eher den Eindruck, dass sie über den Fund genauso überrascht waren wie wir. Diliberto hat sein Möglichstes getan.«

Rahel strich der zitternden Frau über die schweißnasse Stirn.

»Ich habe es gesehen.«

»Wir haben die Kinder hierher gebracht. Nachdem die letzte Barrikade gefallen war, habe ich mich ebenfalls gerettet. Die Tentakel durchsuchten den Raum, fanden uns aber nicht. Eine halbe Stunde haben sie gewütet, so laut, dass sie selbst das Weinen der Kleinsten übertönt haben. Ein Glück.«

»Welcher Art sind Ihre Verletzungen, Alwa? Sind Sie von Tentakelsporen getroffen worden?«

Alwa schüttelte schwach den Kopf.

»Nein. Ein Tentakelarm hat mich getroffen und mir einige Rippen zerschmettert, sowie die Haut aufgerissen. Ich habe es notdürftig verbinden können, jedoch einen Haufen Blut verloren. Ich bin nicht gut auf den Beinen, Marechal. Nur Nedashde blieb einigermaßen unverletzt. Sie hat mich hierher geschleppt und vor den Tentakeln verborgen.«

»Ich muss mich von der Qualität Ihrer Verletzungen überzeugen, Alwa«, insistierte Rahel. Die Krankenschwester nickte ergeben.

Rahel öffnete vorsichtig den feuchten Verband. Sie konnte ihn aus dem Erste-Hilfe-Paket ihres Kampfanzuges jederzeit erneuern. Doch das erste, was sie an den aufgerissenen Bluträndern erkannte, waren die blaugelben Flechten einer Tentakelinfektion.

Alwa hatte es auch gesehen.

Sie schaute Rahel stumm an, dann zitterten ihre Lippen, als ob sie noch etwas sagen wollte, doch sie brachte kein Wort heraus.

Einen Moment schwiegen die beiden Frauen und schauten seinander in die Augen. Rahel vermochte eine schweigende Übereinkunft erkennen und dann nickten sie sich beide, immer noch ohne ein Wort, zu.

Rahel erhob sich.

»Ich kann Ihnen Schmerzmittel und Verbandszeug hier lassen, wenn Sie wollen«, sagte sie leise.

Alwa schüttelte den Kopf.

»Dann …«

»Ich möchte nicht bei Bewusstsein sein, wenn es sich weiter ausbreitet. Und stoppen können wir es nicht. Die Kinder sind jetzt am wichtigsten, Marechal.«

Rahel nickte.

Ihr Herz lag schwer in ihrer Brust und schien nur noch einmal in der Minute zu schlagen. »Wo ist Nedashde?«

»Als die Tentakel abgezogen waren, ging sie hinaus, um zu sehen, ob die Luft wirklich rein ist und wir aus dem Raum raus können. Sie kam nicht zurück, also … blieben wir.«

Einige Augenblicke schwiegen die Frauen erneut. Dann hob Rahel ihr Sturmgewehr und trat zur Öffnung des Raumes zurück.

»Es wird nicht wehtun. Und aus Ihnen wird kein Tentakel erwachsen. Mehr kann ich nicht mehr tun.«

Den letzten Satz hatte sie kaum hörbar gesagt. Ihre Stimme war mit Schuld beladen. Alwa versuchte ein Lächeln.

»Kümmern Sie sich um die Kinder, Marechal.«

»Ich werde Sie mit meinem Leben beschützen, Alwa.«

Tooma hob die Waffe, zielte genau.

»Rahel …«

»Ja?«

»Keine Selbstvorwürfe. Sie konnten es nicht wissen. Niemand konnte es. Warten Sie noch auf Lis Patrouille, er ist meines Wissens nach noch nicht zurück.«

Rahel nickte, wobei sie selbst noch nicht wusste, ob sie damit dem ersten Teil der Botschaft zustimmte oder schlicht die Nachricht des zweiten Teils bestätigte. Darüber konnte sie sich später Gedanken machen.

Sie drückte auf den Auslöser. Die Plasmabolzen schlugen in den Körper der Frau ein und umhüllten ihn mit glühender Hitze. Alwa zuckte nicht einmal mehr zusammen. Sie war sofort tot.

Rahel wandte sich abrupt ab und eilte durch die Gänge zurück in Richtung Hangar. Sie nahm den direkten Weg und äscherte Leichen ein, wo immer sie auf welche traf. Sie erreichte den Hangar kurz nach den Kindern. Johan hatte sie auf Dolcans Geheiß auf den Sitzreihen im Laderaum Platz nehmen lassen. Der Pilot hatte Konzentratriegel und angereichertes Wasser verteilt, saß aber wieder pflichtbewusst im Cockpit, als Rahel ins Freie trat.

Li hockte auf der Rampe und erhob sich, als er Tooma ankommen sah. Er hatte auf etwas am Boden gestarrt, das Rahel bei ihrer Ankunft offenbar entgangen war. Sein Gesichtsausdruck war von dem Leid geprägt, das er hatte ansehen müssen. Seine Bewegungen waren schleppend und er sprach, als wolle er in Tränen ausbrechen.

»Wir sind gerade erst …«

»Es ist niemand mehr am Leben«, schnitt Rahel seinen Satz ab. Der Veteran nickte und deutete mit dem Daumen auf den Executor. »Meine Gruppe ist vollzählig. Wir haben nichts von Bedeutung entdeckt. Wir hätten …«

»Nein«, unterbrach ihn Rahel erneut. »Wir hätten gar nichts. Ich kann nicht in die Zukunft sehen. Können Sie das, Sergent Li?«

Der alte Mann blickte Tooma forschend an, dann schüttelte er zögerlich den Kopf. Er wischte sich eine Träne aus dem Augenwinkel und seufzte.

»Wenn Sie trotz alledem noch einmal auf meinen Rat hören wollen – ich kenne einige weitere alte Anlagen aus Zeiten der Rebellion. Ich weiß nicht, ob uns dieses Wissen etwas nützt, aber …«

Rahel legte dem alten Mann – der jetzt erstmals, seit sie ihn getroffen hatte, wirklich alt und gebrechlich wirkte – eine Hand auf die Schulter.

»Ich höre es mir an, sobald wir gestartet sind. Wir verbergen uns erstmal tiefer im Dschungel. Es wäre gut, wenn wir einige Wochen schlicht untertauchen könnten. Mir fallen da ein paar geeignete Stellen ein.«

Li nickte. »Dolcan hat mir berichtet, dass …«

»Auch das besprechen wir später.«

Rahel blickte sich um.

Die Sonne war nun vollends aufgegangen und der morgendliche Dunst hatte sich verzogen. Man konnte wieder etwas erkennen.

Sie seufzte, machte einen großen Schritt, um nicht auf Nedashdes abgetrennten Kopf zu treten, und folgte Li in den Executor.

»Gut. Na gut.«

Eine drückende Stille senkte sich über den Besprechungsraum. Niemand wagte auch nur ein Hüsteln oder ein Scharren mit den Füßen. Nicht alle schafften es, Sikorsky direkt anzusehen. Viele Mitglieder des Sicherheitsrates schauten auf die blanke Tischplatte oder in das Gesicht eines ihrer Kollegen. Die Stille brach nicht, wurde unangenehm. Doch alle warteten darauf, dass Sikorsky mehr sagte, und Suchowka hatte seinen Vortrag beendet. Ohne Triumph. Ohne Herablassung. Ohne das »Ich habe es ja gesagt!«, das viele erwartet hatten. Aber dieser Satz stand trotzdem unausgesprochen im Raum.

Der Sicherheitsrat war das höchste gemeinsame Gremium von Regierung und Streitkräften der Irdischen Sphäre. Er bestand aus dem Admiralstab sowie aus dem Direktorium. Während des letzten Kolonialkrieges hatte der Rat im Grunde die Regierungsgeschäfte vollständig übernommen. Seitdem waren die Sitzungen monatlich, kurz und inhaltlich relativ unwichtig gewesen. Dies war das erste Zusammentreffen außerhalb der normalen Routine. Es ging seit zwei Stunden und hatte, nach einer formalen Eröffnung durch den turnusmäßigen Vorsitzenden – Sikorsky –, aus einem Bericht Suchowkas bestanden, den dieser gerade beendet hatte.

Sikorsky, das sah ihm jeder an, war nicht erfreut. Ob die zentrale Quelle seines Unbehagens die Tatsache war, dass exakt das eingetreten war, was DeBurenberg vorher gesagt hatte, oder die Neuigkeit einer konzertierten Invasion der Sphäre in mehreren kernwärts gerichteten Sonnensystemen, vermochte niemand zu spekulieren. Über das Erstere würde hier auch niemand sprechen, aber das Letztere war ein ernsthaftes, ein existenzielles Problem, und vor allem eines, das die Sphäre völlig unvorbereitet traf.

Die Sphäre und Admiral Sikorsky.

Und die Tatsache, dass dieser Moment der Überraschung möglicherweise hätte vermieden werden können, trug zum Unbehagen des Oberbefehlshabers sicher bei. Suchowkas Miene blieb undurchdringlich, seit er geendet hatte, und er tat so, als müsse er seine Unterlagen sortieren. Tamara Lik saß direkt hinter ihm und konnte sich hinter seinem breiten Rücken verstecken und dabei die anderen Mitglieder des Rates im Auge behalten. Ihre Aufmerksamkeit richtete sich insbesondere auf den derzeitigen Vorsitzenden des Direktoriums, sozusagen das zivile Pendant Sikorskys. Direktor Ahmed Soerensen war so breit und gewichtig, wie Sikorsky drahtig und unscheinbar wirkte. Er strahlte jedoch im Gegensatz zu Suchowka kein bisschen Gelassenheit oder Jovialität aus. Soerensen war ein politischer Veteran, Sprössling einer der großen Handelsfamilien und dann auch noch einer, die vor allem in den Randwelten Interessen hatte.

Er war persönlich betroffen, soweit jemand in diesem Rat persönlich betroffen sein konnte.

Das zeigte sich nun auch darin, dass die Stille letztendlich nicht durch Sikorsky, sondern durch Soerensen durchbrochen wurde.

»An alledem besteht kein Zweifel, Admiral Suchowka? Lydos, Arbedian … kein Zweifel?«

Suchowka nahm die Frage nicht übel. Er wusste, dass Zivilisten diese Art von Nachfragen stellten.

»Kein Zweifel, Direktor.«

Soerensen heftete seinen Blick auf Sikorsky, der immer noch nach Worten zu suchen schien.

»Sind unsere Streitkräfte dieser Herausforderung gewachsen, Admiral?«

Sikorsky sah auf. In seinem Gesicht arbeitete es. Doch der direkten Frage des Direktoriumsvorsitzenden konnte er nicht ausweichen.

»Die bisherigen Berichte legen nahe, dass uns der Gegner deutlich überlegen ist. Nun sind die Randwelten militärisch nicht sehr gut geschützt und wir haben noch keine aktuellen Nachrichten aus Ambius. Aber wenn die Zahlen stimmen und wir von Flottenverbänden sprechen, die quantitativ im vierstelligen Bereich liegen, dann scheinen wir ein ernsthaftes Problem zu haben.«

Soerensen beugte sich vor.

»Aber der Feind ist nicht unbesiegbar. Uns liegt der Bericht dieses heldenhaften Kommandanten vor, der im Arbedian-System die erfolgreiche Flucht des vollgestopften Liners ermöglicht hat … wie war sein Name?«

Alle starrten Sikorsky an. Und Sikorsky wusste, warum sie das taten.

»Jonathan Haark«, presste er mühsam hervor. Er sprach den Namen wie ein Schimpfwort aus. Keiner der Zivilisten schien das zu bemerken, wenngleich zumindest die Mitglieder des Admiralstabs wussten, welche Vorgeschichte Sikorsky und Haark teilten.

»Ah ja, ein bemerkenswerter Offizier. Meine Kollegen und ich haben ihn bereits für eine Auszeichnung vorgeschlagen.«

Sikorsky stand erkennbar kurz vor einer Explosion. In gewisser Hinsicht bewunderte Lik seine Selbstbeherrschung. Heute war definitiv nicht sein Tag.

»Seinem Bericht entnehme ich, dass der Feind vernichtet werden kann«, fuhr Soerensen ungerührt fort.

»Natürlich kann er das«, schnappte Sikorsky.

»Das Torpedoboot, das Capitaine Haark kommandiert hat, war sehr alt.«

»Er hat es als Waffe benutzt. Die Armierung wäre nicht ausreichend gewesen.«

»Aber die Flotte besteht doch aus moderneren Einheiten …«

Suchowka stieß Luft aus.

Alle Blicke richteten sich auf ihn.

Sikorsky lächelte dünn.

»Admiral?«

»Wir reden um den heißen Brei herum«, griff Suchowka den Faden auf. »Die gesamten Raumstreitkräfte der Sphäre umfassen 1466 Raumfahrzeuge, vom Torpedoboot bis zum Schlachtkreuzer. Mit etwas Glück mag es uns gelingen, sollten wir es schaffen, die gesamte Flotte in einem System zusammen zu ziehen, eine der gegnerischen Flotten zu schlagen. Eine. Ich zähle derzeit fünf, wenn die Berichte stimmen, und das muss ja nicht so bleiben.«

Soerensen wirkte bestürzt. Ihm waren diese Zahlen offenbar nicht geläufig gewesen.

»Das heißt, wir können die Sphäre nicht verteidigen?«, fragte er.

»Doch. Es sieht aber so aus, als würden wir den Ansturm des Gegners derzeit nur aufhalten, jedoch nicht völlig stoppen können. Wir wissen zudem nicht, wo er demnächst angreifen wird und mit welcher Flottenstärke. Wir benötigen einen inneren Verteidigungsring, innerhalb dessen es uns gelingt, Flottenteile möglichst schnell zu verschieben. Das heißt aber auch, dass wir die Randwelten prinzipiell aufgeben.«

Die Reaktion kam wie von Lik erwartet.

»Das ist nicht akzeptabel!«, stieß Soerensen hervor. »Das wäre ...«

» ... militärisch sinnvoll«, ergänzte Sikorsky den Satz.

»Um genau zu sein: Ich werde kein einziges Geschwader einem übermächtigen Feind in den Rachen werfen, nur, um rein symbolisch eine Randwelt zu verteidigen.«

Wieder legte sich Stille über die Versammlung. Jeder schien mit seinen eigenen Gedanken befasst zu sein, auch Sikorsky und Soerensen.

Dann ergriff der Vorsitzende wieder das Wort. »Ich möchte eine Aufstellung aller ökonomischen Ressourcen, die wir für ein sofortiges Rüstungsprogramm mit höchster Priorität benötigen. Ich möchte, dass alle Reservisten einberufen werden und die Wehrpflicht wieder eingeführt wird. Ich schlage vor, dass wir alle Liner der Handelsfamilien für den Flüchtlingstransport requirieren.«

Lik sah Suchowka beifällig nicken. »Ich schlage den Bau und Entwicklung automatischer orbitaler Defensivstationen vor. Damit können wir dann zumindest jene Welten ausrüsten, die möglicherweise von der Flotte nicht ausreichend geschützt werden können«, sagte ein anderer Admiral.

Nun nickte Soerensen.

»Darüber hinaus«, fuhr der Direktor fort, »möchte ich, dass sich alle wissenschaftlichen Kapazitäten der Sphäre mit sofortiger Wirkung als eingezogen betrachten. Ich wünsche, dass die nie verwirklichten Pläne aus den Schubladen geholt werden und ich wünsche, dass neue Pläne gemacht werden.«

»Uns fehlt für all diese Maßnahmen das notwendige Geld«, gab Direktor Johan Asmus zu Bedenken. Er war im Direktorium für die Finanzverwaltung zuständig, ein blasser, unscheinbarer Mann, der wie der klassische Finanzbürokrat wirkte.

Soerensen wischte den Einwand beiseite.

»Dann drucken wir noch mehr davon. Wir besitzen schließlich die Druckmaschinen. Aber solche kleinlichen Überlegungen dürfen uns jetzt nicht abhalten.«

»Wir benötigen mehr Informationen!«

Da hatte Suchowka wieder seine Stimme erhoben. Der vorsitzende Direktor schaute ihn auffordernd an.

»Wir müssen eine Kundschaftermission in das Gebiet des Gegners entsenden, damit wir taktische und technische Informationen gewinnen können«, erläuterte der Geheimdienstchef. »Wir müssen mehr wissen als das, was wir bisher erfahren haben, wir benötigen Details, vor allem, um die Wissenschaftler mit genügend Material versorgen zu können, damit sie imstande sind, geeignete und angepasste Gegenmaßnahmen zu entwickeln.«

»Eine Expedition in Feindesland?«, hakte Soerensen nach. »Wie stellen Sie sich das vor? Nein, warten Sie!«

Er atmete tief ein und wieder aus. »Das ist mir bereits jetzt alles zu viel. Ich mache folgenden Vorschlag: Alle Abteilungen der Streitkräfte legen ihre Vorschläge für Aktionen binnen zwölf Stunden Erdzeit dem Oberbefehlshaber vor. Wir werden dann eine weitere Sitzung des Sicherheitsrates einberufen und die notwendigen Beschlüsse fassen.«

Sikorsky nickte schwach. Er schien durch die Ereignisse überrollt zu werden. Es war bezeichnend, wie Soerensen das Heft des Handelns in die Hand genommen hatte. Lik fragte sich, ob Sikorsky schlicht alt geworden war und sich bald die Möglichkeit ergab, ihn durch Suchowka zu ersetzen. Letztendlich würde das den Kriegsvorbereitungen wahrscheinlich mehr dienen als alles andere.

»Nun«, meinte der Oberbefehlshaber schließlich, »ich denke, die Idee Admiral Suchowkas bezüglich einer Kundschaftermission sollten wir ernsthaft aufgreifen. Ich wüsste auch schon einen ausgesprochen geeigneten Kandidaten, der diese Mission kommandieren könnte. Er ist geradezu prädestiniert dafür.«

Plötzlich stand wieder dieses altbekannte Funkeln, diese Mischung aus Verschlagenheit und Entschlusskraft, in Sikorskys Augen. Lik hatte ein ungutes Gefühl und registrierte, wie auch ihr direkter Vorgesetzter etwas unruhig auf seinem Sessel hin und her rutschte.

»Und wer dürfte das sein, Admiral?«, wollte Soerensen wissen.

»Wer sonst als der Held von Arbedian, der dem Feind so nahe gekommen ist wie sonst niemand?«, fragte Sikorsky mit sardonischem Grinsen zurück.

»Sobald wir ihn ausreichend befragt haben, wird er sein neues Kommando erhalten. Eine Beförderung, eine Auszeichnung und eine neue Gelegenheit, die Sphäre vor den Invasoren zu schützen – Capitaine Haark ist der geeignete Kandidat!«

Lik sah in die Runde. Die Direktoren lächelten beifällig und nickten. Die Offiziere blieben unbewegt und zeigten keine Reaktionen. Sie wussten, warum Sikorsky den »Helden von Arbedian« für dieses Himmelfahrtskommando auswählen wollte: Damit er ihn los wurde und er nie zurückkehrte. Denn exakt damit rechnete Sikorsky, das war seinem Gesichtsausdruck anzusehen.

Und Lik vermochte derzeit auch keine andere Rechnung aufzustellen.

Das Problem war, dass es für diese Mission einen weiteren Kandidaten gab, und einen besonders eifrigen Freiwilligen dazu.

Tamara Lik beschloss, so schnell wie möglich nach Thetis zurückzukehren. Wer wusste, was DeBurenberg bei ihrer Ankunft bereits über den Flurfunk vernommen hatte?

Möglicherweise war dann bereits zu spät, ihn von seinem Suizid abzuhalten.

Die Debatte im Sicherheitsrat setzte sich noch etwa eine Stunde fort. Es war deutlich, dass die Mehrheit der Mitglieder mit der Situation entweder überfordert war oder immer noch ein leichter Unglaube vorherrschte. Die Realität war jedoch eindeutig und die Berichte sprachen eine deutliche Sprache. Mit einer gewissen Ernüchterung musste Lik feststellen, dass auch bei den militärischen Ratsmitgliedern die Zahl der Überforderten relativ groß war. Es war eine Sache, aufmüpfige Kolonien in die Unterwerfung zu bombardieren, eine völlig andere, mit einer überlegenen, außerirdischen Raumstreitmacht zu kämpfen, die in einem gewagten Handstreich gleich mehrere Systeme parallel erobert hatte und wahrscheinlich in ihrem Eroberungsfeldzug nicht nachlassen würde.

Nachdem die Sitzung schließlich vertagt und die Admiralität mit Arbeitsaufträgen zugepflastert worden war, nahm Suchowka Lik in der Lobby vor dem Sitzungssaal beiseite.

»Sie fliegen sofort nach Thetis ab«, befahl er mit bedeckter Stimme. »Ich muss mich in kleinem Kreis mit den Admirälen besprechen – Sikorsky will sich von Soerensen das Heft des Handelns nicht aus der Hand nehmen lassen und bereitet offenbar nicht nur die Erfüllung der Aufträge des Sicherheitsrates vor.«

Lik nickte und kommentierte nicht. Sie wusste, dass auch ihr Vorgesetzter ein doppeltes Spiel zu spielen in der Lage war und Sikorsky stürzen würde, sollte sich diese Gelegenheit ergeben.

»DeBurenberg bekommt jetzt auch offiziell jede Förderung, die er benötigt, auch, wenn Sikorsky sich grün und blau darüber ärgert, dass er die Zeichen der Zeit nicht erkannt hat. Der Oberbefehlshaber ist extrem gereizt, dass ausgerechnet Haark jetzt bereits als Held gefeiert wird. Der Bericht des Liner-kommandanten war relativ eindeutig und die Holos benötigen einen Helden, sobald die Nachricht von der Invasion sich rumspricht. Sikorsky wird nichts dagegen unternehmen können, aber er wird Haark bei der erstbesten Gelegenheit fortschicken, um ihn aus dem Sichtfeld der Medien zu entfernen.«

»Wenn stimmt, was über ihn berichtet wird, ist er vielleicht nicht einmal ein ungeeigneter Kandidat für eine Erkundungsmission«, mutmaßte Lik vorsichtig. Suchowka kniff die Augen zusammen, fixierte sie mit seinem Blick und nickte dann langsam.

»Möglich. Sikorsky macht aber schon wieder den gleichen Fehler. Er will Haark nur loswerden. Ich will valide Informationen über unseren Feind. Ich möchte daher, dass die Erkundungsmission ein Erfolg wird. Und das wird nur klappen, wenn wir sie bestens vorbereiten. Ich lege den militärischen Teil in Ihre Hände sowie in die von Capitaine Frazier. DeBurenberg muss ebenfalls mitkommen, daran führt kein Weg vorbei.«

»Das ist gefährlich!«

Suchowka lächelte dünn.

»Alles wird jetzt gefährlich. Das werden wir merken, wenn der Feind an den Grenzen des Sonnensystems steht.«

»Sie glauben, dass es soweit kommen wird?«

Suchowkas Lächeln verschwand.

»Daran besteht meiner Ansicht nach nicht der geringste Zweifel. Und ich möchte dafür vorbereitet sein, egal, welche Ränkespiele Sikorsky mit diesen Vorbereitungen verbindet.«

Antoine Farkas blickte auf. Der herein stürmende Mann hatte ihn aus einem dämmrigen Minutenschlaf gerissen. Mit brennenden Augen starrte er auf die verdreckte Uniform von Marechal Agakawa, der sich taumelnd in den Sessel vor ihm fallen ließ und sich gestattete, für einen kleinen Moment die Augen zu schließen. Doch ehe auch er wegdämmern konnte, riss er sie wieder auf, fuhr sich mit dem Handrücken über den Mund und den stoppeligen Dreitagebart und bemühte sich, so etwas wie Haltung zu bewahren.

Antoine Farkas war das herzlich egal.

Marechal Agakawa und seine sieben Soldaten waren der klägliche Rest der bescheidenen Streitkräfte Arbedians, alles, was nach der erfolgreichen Invasion des Feindes vor einigen Tagen von den Verteidigern übrig geblieben war. Das erste, was er von den Invasoren gesehen hatte, nachdem die *Malu* sich offensichtlich in ihrem sinnlosen Bemühen, ein einzelnes Feindschiff aufzuhalten, selbst zerstört hatte, war die gigantische Flotte, die sich dem Orbit Arbedians näherte. Die Übertragung von der Orbitalstation war bald abgebrochen, als Direktor Lüthannes in einer ebenso nutzlosen wie trotzigen Geste die wenigen Raketenwerfer der Station abgefeuert und nicht einmal eine Delle in eines der Raumfahrzeuge geschossen hatte. Der Feind hatte die Station mit all ihren Besatzungsmitgliedern quasi im Vorbeifliegen vernichtet, ihre Trümmer waren zusammen mit den ersten Landungsschiffen auf Arbedian nieder gegangen.

Die aus dem Orbit erkennbaren militärischen Installationen waren durch direktes Bombardement ausgeschaltet worden. Der Oberkommandierende der höchst bescheidenen Landstreitkräfte, Colonel Berek, hatte jedoch die Truppen vorher von dort abziehen lassen und auf dem ganzen Planeten verteilt. Das war wahrscheinlich auch der Grund dafür, dass man sich mit den Tentakelkriegern, deren Anblick alleine schon schwer genug zu ertragen gewesen war, immerhin ein paar Rückzugsgefechte geliefert hatte. Agakawa hatte bereits gestern früh jeden Kontakt mit dem mobilen Kommandoposten Bereks verloren, so dass die Vermutung nahe lag, dass der Befehlshaber gefallen war. Der Militärfunk fing noch vereinzelte Meldungen versprengter Einheiten auf, doch auch die waren im Verlauf der letzten Nacht weniger geworden. Farkas musste derzeit davon ausgehen, dass die einzige noch einigermaßen funktionierende Einheit die von Marechal Agakawa war, und das auch nur, weil sie den ausdrücklichen Befehl gehabt hatte, den Gouverneur zu verbergen und nicht durch unnötige Aktionen auf sich aufmerksam zu machen. Auf der Flucht aus der Hauptstadt hatte der Marechal trotzdem mehr als die Hälfte seiner Männer verloren, und als sie das kleine Landhaus abseits der größeren Siedlungen erreicht hatten, unter dem sich der serienmäßige Schutzbunker des Gouverneurs befand, waren sie insgesamt nur noch zu neunt gewesen. Farkas' Sekretär hatte, nachdem er davon gehört hatte, dass seine Familie in die Hände der Invasoren gefallen war, Selbstmord begangen.

Farkas hatte ihn später regelrecht um diese rasche und entschlossene Haltung beneidet.

Der Gouverneur war kein Feigling, aber was er zu Gesicht bekommen hatte, als die Aufklärungsteams der Kolonialtruppen noch Aufzeichnungen übermittelt hatten, war definitiv zu viel. Er war ein Verwalter, ein Bürokrat, groß geworden und aufgestiegen in dem großen Bergbaukonzern, der auch das Arbedian-System bis vor kurzem unter Kontrolle hatte. Er mochte diese Welt und hatte sich nicht gesträubt, als seine Vorgesetzten ihn gebeten hatten, offiziell seinen Abschied zu nehmen, um eine »politische Karriere« anzustreben. Seine Frau war auf Arbedian geboren. Der Pragmatismus der Kolonistenbevölkerung wirkte ansteckend. Farkas hatte sich mit seiner Aufgabe mehr identifiziert, als seine Vorgesetzten sich das hätten ausmalen können, und die Entscheidung, den Liner mit Kindern zu füllen und selbst auf eine Flucht zu verzichten, war ihm nicht schwer gefallen.

Hätte er gewusst, was die Invasion der Tentakel bedeuten würde, hätte er sich möglicherweise anders entschieden, aber dafür war es jetzt ohnehin zu spät.

»Gouverneur …«

»Marechal, ich ahne bereits, was Sie mir sagen wollen. Wir sind hier nicht mehr lange sicher.«

Agakawa nickte schwer und rieb sich erneut über das Gesicht. Seine Augen blickten suchend umher, fanden die Thermoskanne auf Farkas' Schreibtisch und ohne um Erlaubnis zu fragen, beugte sich der Mann vor und goss sich eine Tasse lauwarmen Kaffee ein.

»So ist es«, erwiderte er, nachdem er einen tiefen Schluck genommen hatte. »Die Tentakel schicken Patrouillen aus.«

»Jagdkommandos«, korrigierte Farkas ihn bitter. »Sammeln und Jagen der Eingeborenen, um sie zu lebendem Dünger für die Fortpflanzung ihrer Spezies zu machen.«

Agakawa nickte und leerte die Tasse.

»Es ist nur noch eine Frage der Zeit, bis sie uns hier entdecken werden. Wir sollten schnell aufbrechen.«

»Und wohin?«

»Wir versuchen, uns ins Gebirge durchzuschlagen. Es gibt viele alte, verlassene Bergbausiedlungen und eine Menge stillgelegter Schächte. Dort können wir aushalten, bis Hilfe kommt.«

Farkas beugte sich vor. Er unterdrückte ein verzweifeltes Auflachen. »Hilfe? Was für Hilfe erwarten Sie? Glauben Sie im Ernst, das Direktorium wird eine

Flotte schicken, um Arbedian zu befreien, nachdem der Linerkommandant sicher Details über die militärische Stärke des Gegners berichtet haben wird? Mit etwas Weisheit wird man Ambius abriegeln und auf das Beste hoffen.«

Er ließ sich wieder in seinen Sessel fallen.

»Nein, Marechal, wir werden nicht in den Genuss irgendwelcher Hilfe kommen. Und darauf warten können wir sicher nicht. Eher werden wir an Altersschwäche sterben.«

Agakawa wirkte stoisch.

»Gouverneur, ich habe Befehl, Ihr Leben zu schützen. Im Gebirge habe ich dazu bessere Voraussetzungen als hier. Ich möchte Sie daher bitten, den Aufbruch vorzubereiten.«

Farkas runzelte die Stirn.

»Ihre Disziplin in Ehren, Marechal - aber was würden Sie tun, wenn Sie mein Leben nicht zu beschützen hätten?«

Agakawa hob die Augenbrauen.

»Ich würde mich immer noch ins Gebirge absetzen. Ich gedenke nicht, mich oder meine Männer so schnell aufzugeben. Sie sollten sich diese Geisteshaltung ebenfalls aneignen. Es wäre besser für alle Beteiligten.«

Farkas lächelte angesichts des leisen Tadels. Noch vor einer Woche hätte er jemanden wie den Unteroffizier dafür zurechtgewiesen. Jetzt nahm er all dies sehr philosophisch - oder eher fatalistisch.

»Marechal, mein Leben liegt in Ihren Händen. Wenn Sie es für richtig halten, dass wir von hier aufbrechen, dann sollten wir exakt das tun.«

Der Unteroffizier grunzte zufrieden.

»Dann packen Sie zusammen, was immer Sie benötigen. Ich würde gerne bei Einbruch der Nacht ...«

Ein Zittern unterbrach seine Worte. Für einen Moment schien das ganze Haus inklusive des darunter liegenden Bunkers zu erbeben und als von oben aufgeregte Rufe erklangen, war beiden Männern klar, dass ihre Reisepläne soeben beschleunigt worden waren.

Ohne weiteren Kommentar schnellte Agakawa aus seinem Sessel und stürmte aus dem Büro des Gouverneurs. Farkas selbst griff zur Schutzweste, die ihm seine Bewacher aufgedrängt hatten und zwängte sich hinein. Er fühlte sich darin beengt und beklommen, doch die Soldaten ließen ihn nicht heraus, wenn er sie - und einen Kampfhelm - nicht trug. Er fummelte noch am Kinnriemen des Helms herum, als er bereits die Treppe empor kletterte, dem Marechal folgend, und von oben das Fauchen der Plasmabolzen hörte.

Die Tentakel waren angekommen.

Das war spätestens dann deutlich, als Farkas das Prasseln der aufschlagenden Schleudersporen vernahm, die auf die Schutzbarrikade auftrafen, die die Soldaten vor dem Haupteingang des Farmhauses errichtet hatten.

»Runter!«

Eine Hand drückte den Helm des Gouverneurs hinter die Barrikade. Farkas sah sich um. Der Hauptraum des kleinen Farmhauses war nach allen vier Seiten mit großen Panoramafenstern bestückt. Die Treppe in der Mitte des Raumes führte nach oben in ein zweites Stockwerk mit Küche und Schlafzimmer und nach unten in den Bunker, dessen Grundriss doppelt so groß war wie der des Hauses, unter dem er lag. Im Hauptraum saßen fünf Soldaten, einer hinter jedem Fenster sowie Agakawa, und im Stockwerk darüber machte Farkas die beiden übrigen Männer aus.

»Ich wünschte, wir hätten richtige Ausrüstung«, stieß der Marechal hervor und duckte sich, als eine weitere Sporengarbe das Fenster neben ihm zersplitterte. Heftiges Gewehrfeuer erwiderte den Angriff.

Farkas kannte das Lamento. Voll mit allen Implantaten und dem kompletten Körperschutz ausgestattete Marinesoldaten hätten wahrscheinlich jeden Tentakelangriff auf Tage hin abwehren können, doch der Kolonialarmee standen – aus Misstrauen und Angst jener, die jederzeit wieder einen Kolonialkrieg und die damit verbundenen unvermeidbaren Desertionen befürchteten – nur zweitrangige, zum Teil ausrangierte Ausrüstungsteile zur Verfügung. Dass Agakawa überhaupt Plasmagewehre einsetzen konnte, hing damit zusammen, dass die Leibgarde des Gouverneurs immer etwas besser ausgerüstet war als der Rest. Doch die Soldaten besaßen keine Implantate, sie besaßen Körperschutz, der kaum über den der Polizei hinaus kam, und sie verfügten nur über unzureichende technische Möglichkeiten der Aufklärung.

An ihrem Mut konnte Farkas nichts aussetzen. Er hatte sich vorher nie mit den Soldaten befasst, die ihn umgaben, hatte sie fast als notwendiges Übel, wenig mehr als bewegliche Einrichtungsgegenstände wahrgenommen. Wie so vieles hatte sich auch diese Sichtweise während der Krise geändert. Farkas bedauerte, dass er diese Veränderung nie mehr in praktische Politik würde umsetzen können, denn obwohl Agakawa sehr verbissen hinter seiner Barrikade hockte und Befehle gab, spürte er, dass er am Ende seines Weges angekommen war.

»Gouverneur! Gehen Sie zurück in den Bunker!«

Ein weiteres Fenster zersplitterte. Glasscherben prasselten gegen Farkas' Helm. Er fasste einen spontanen Entschluss.

»Nein, Marechal. Darf ich um eine Handfeuerwaffe bitten?«

Eine kurze Gefechtspause trat ein und Agakawa nutzte sie, um Farkas in die Augen zu blicken, als wolle er die Ernsthaftigkeit seiner Absichten testen. Farkas erwiderte den Blick und er wusste nicht, ob es seine eigene Müdigkeit war, die sich auf den Marechal übertrug, oder ob dieser schlicht keine Zeit mehr hatte, sich mit seinem bockigen Schützling zu befassen, aber im nächsten Moment hatte er den Griff einer Waffe in der Hand und ein Ersatzmagazin in der Brusttasche der Schutzweste.

Das dritte Fenster zersplitterte.

Ein Soldat fuhr getroffen zurück, eine Reihe von Körperprojektilen hatte sich durch seinen Oberkörper gestanzt. Der Mann war tot, als er auf dem Boden aufschlug, und das war angesichts dessen, was eingedrungene Sporen mit dem Körper von Verletzten anfingen, eine Gnade.

Das letzte Fenster zerfiel in Scherben. Das Gegenfeuer der verbliebenen Soldaten blieb heftig. Farkas streckte den Kopf heraus und fuhr erschrocken zusammen, als er die Flut von Tentakelkriegern sah, die sich über das Farmland ergossen hatte.

»Das sind viele«, stammelte er und wurde von Agakawa herunter gerissen, als weitere Salven auf das Haus prasselten.

»Warum setzen sie keine schweren Waffen ein und pulverisieren uns einfach?«, fragte Farkas. Der Marechal zuckte mit den Schultern.

»Egal. Vielleicht macht es ihnen so mehr Spaß. Es ist jetzt schon schwer genug.«

Es dauerte keine zehn Minuten, da konnte das Abwehrfeuer der Soldaten die Tentakelflut nicht mehr aufhalten. Als die Tür aufgebrochen wurde und die Invasoren sich in den Hauptraum ergossen, war neben Agakawa und Farkas nur noch ein Soldat kampfbereit. Farkas hielt einfach drauf, ebenso wie die beiden anderen Männer, und ein Tentakel fiel, ein zweiter, dann waren sie über ihnen.

Das letzte Bild vor den Augen des Gouverneurs war der lange, biegsame Arm, dessen Spitze schnell und sicher auf seinen Schädel zuschnellte. Dann war da nichts mehr.

Arbedian war gefallen.

Jede Chronik hat einen Anfang.

Söldner, Schmuggler, Abenteurer - Clou Gallagher könnte mit all diesen Bezeichnungen gut leben. Als Kriegsverbrecher und Hochverräter abgestempelt zu werden, ist allerdings etwas, das der selbständige Raumpilot und sein intelligentes Schiff Trigger nicht auf sich sitzen lassen können. Zusammen mit ihrer hartnäckigen Verfolgerin, der attraktiven Admiralin Tonya Delanne, decken sie eine ungeheuerliche Verschwörung auf. Ihre Recherchen entfesseln einen Sturm, welcher die Grundpfeiler der Monarchie des Planeten Kerian zu erschüttern droht...

Der erste Band der Gallagher-Chroniken liegt nun erstmals in völlig überarbeiteter und erweiterter Form vor.

Achim Hiltrop
GALLAGHERS STURM

Paperback, ca. 220 Seiten, 12,90 EUR
ISBN 978-3-936742-85-5

Seit Jahrhunderten darf niemand die Verschlossene Stadt mehr verlassen. Sie ist ein sicherer Hafen der Verfolgten und Gescheiterten auf der Suche nach einer neuen Chance. Nicht alle finden hier, was sie suchen, aber eines ist sicher: Magie gibt es hier keine, dafür sorgt die Herrschaft des Stadtfürsten.

Doch dann häufen sich seltsame, grausame Todesfälle, mit immer stärkerer Regelmäßigkeit. Als die ersten Stadtoberen dem geheimnisvollen Morden zum Opfer fallen, wendet man sich in aller Verzweiflung an Margar, den Rotmanteljäger, eine lebende Legende, die alt geworden ist.

Margar nimmt den Kampf gegen die unheimliche Bedrohung auf - und muss bald feststellen, dass er vor einer Herausforderung steht, die seine Kräfte zu übersteigen droht.

Michales Warwick Joy
DIE VERSCHLOSSENE STADT

Paperback, ca. 260 Seiten, 12,90 EUR
ISBN 978-3-936742-76-3